《莫言研究年编》编委会

顾　　问 / 程建平　董　奇　莫　言
编　　委 / 张　健　过常宝　王立军　　康　震
　　　　　　余　华　苏　童　欧阳江河　西　川
　　　　　　刘　勇　邹　红　张　柠　　张清华
主　　编 / 张清华
主编助理 / 赵　坤

莫言研究年编

（2017）

张清华 ································· 主编

北京师范大学出版集团
BEIJING NORMAL UNIVERSITY PUBLISHING GROUP
北京师范大学出版社

例　言

　　本年编始自 2012 年莫言获诺贝尔文学奖，原因有二：一是莫言研究更凸显出其重要性；二是研究成果更多，水平更高。及时将这些资料予以搜集和整理，可以为莫言研究，乃至中国当代文学研究提供更多便利。

　　关于本书的体例，需要说明如下几点：

　　一、以 2012 年这一特殊时刻为起点，以编年的形式对莫言研究资料进行整理汇总。

　　二、力求体现资料性质和来源的不同侧面和形式。2017 年卷内容包括"莫言声音""诺奖反应""莫言研究""莫言访谈"四个部分。其中，"莫言声音"是莫言先生获奖后发表的演讲或文章；"诺奖反应"是来自学界内外关于莫言与诺奖的思考；"莫言研究"集中专业性的研究或批评；"莫言访谈"则在对谈的形式中彰显莫言的思想。

　　三、四部分均按时间顺序编排，同月发表则期刊先于报纸。

　　四、编选原则提倡百家争鸣，不避讳不同观点和思想倾向的声音。

　　五、编选强调资料的准确性，所有的资料均以公开发表为准，并以原初发表的刊物为底本，编选人尽量不对原文做任何增删（原文为节选除外）。

　　之前，本年编已由生活·读书·新知三联书店在 2017 年集中出版了 2012 卷、2013 卷、2014 卷，此次将由北京师范大学出版社集中推出 2015 卷、2016 卷、2017 卷。限于水平、时间和精力，疏漏之处难免，欢迎方家和读者批评指正。

　　北京师范大学国际写作中心的宗旨和职能之一，就是开展莫言研究，借此机会，我们谨向所有莫言作品的研究者、批评者和诠释者致以敬意，向为本书提供资料的朋友们表示衷心感谢。

目 录

四、莫言访谈

附 录

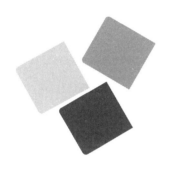

一、莫言声音

在"莫言长篇小说系列最新版暨莫言作品独家授权新闻发布会"上的发言①

莫　言

我把自己发表的全部作品交给浙江文艺出版社有很多原因,其中一个重要原因是,我祖上曾经是浙江人。据家谱记载,我们的祖先在浙江龙泉生活过很长时间,至今还有很多族人在龙泉生活。

再一个原因是,浙江是文学大省。我获得过茅盾文学奖,茅盾就是浙江人;我入围过鲁迅文学奖,鲁迅也是浙江人。我从小是读着鲁迅、茅盾、郁达夫这些浙江籍作家的作品长大的,从他们的作品中汲取了很多力量,发现了很多主题。

我简单回顾一下我的文学创作道路。1981 年 10 月,我开始发表小说,我的处女作短篇小说名字叫《春夜雨霏霏》,至今印象非常深刻。对文学作者来讲,发表处女作是人生当中重大的节日,处女作发表对于投了全国很多刊物的作者来讲,那种兴奋感和鼓励是巨大的。我是在小说发表后才知道还要给稿费,当收到了一笔 72 元的稿费时,我真是欣喜若狂。我买了鸡和烟酒,请战友吃。

在处女作发表大喜事的鼓励之下,我继续不断写作,连续投稿给《莲池》,然后发表。那时候《莲池》一共发表了我五篇小说。后来,我在《解放军文艺》《人民文学》等杂志上面发表小说。

1984 年,在发表十几篇小说以后,我报考解放军艺术学院文学系,被录取。在两年

---

① 2017 年 1 月 11 日,浙江文艺出版社在北京召开"莫言长篇小说系列最新版暨莫言作品独家授权新闻发布会"。本文是莫言在会上的发言。

的学习中，我们的老师用了一种比较新的教学理念，用讲座的方式把全国高校的很多著名的教授和作家请到学校，让同学们在短时间内接触了大量文学和文学之外的信息，了解到中国文学的过去和世界文学的历史，以及在很长时间内被忽视的部分，由此开阔了眼界，把写作立足于写经典作品之上。短短两年，我写了大量的作品，和同学互相阅读、互相批评。在交流切磋的氛围里，我们的创作有了很大的提高，像《红高粱》就是在军艺写出来的。

我早期的作品主要是写童年、故乡和民间口头文学。后来的长篇小说就以高密东北乡为背景，把天南海北的事情、别人的经历和故事，都纳入我的作品中。

总而言之，写作从1981年发表作品到今天，30多年过去了。在这30多年的时光里，我真是应该写出更多的作品，但因为这样那样的原因而没有写出更多的作品。我一直认为，我应该写出一部更好的作品，让它真正成为世界文学的经典。每次写的时候，我都是铆足劲想写出世界文学的经典，但是，往往写着写着，就像爬一座高山一样，爬不到顶，气就泄了。所以，写作是对一个作家的毅力、精力、财力的考验。

现在人过60，我依然还有创作伟大文学的梦想。但是，梦想就是不容易实现的。如果我作为一个作家没有这种写经典文学的梦想，那么，我想我就可以搁笔了。正是因为还有这样一种热情，还有这样的实力，所以还是要写下去的。

这里涉及一个大家比较关注的问题，我从获得诺贝尔文学奖至今，很多次媒体预告了我新作的内容，甚至是题目和出版时间，但至今千呼万唤不出来。今年能不能出来呢？我觉得今年还出不来。可能还要过一段时间。

在这里，我非常坦率地跟大家说，我一直在努力，而且我一直很努力。尽管，这几年确实参加了各种各样的社会活动，去过很多地方，做了很多演讲，也写了很多杂七杂八的文章，但我对文学的梦想的力度没有减弱。

或者说，我对写经典文学的这种准备没有停止。我一直在搜集各方面材料，甚至也悄悄地到一些我准备创作的小说里的人物生活的地方去做一些调查和采访。总而言之，千方百计做准备，尽量想把这个作品写得好一点。但愿我的新作出来后，不会辜负大家的希望。

写作是连续的，一个作家的写作，不可能完全切断和他旧作的关系。就像一对父母生养了一群孩子，每一个孩子看起来面貌都有差别，但他们是有血缘关系的。我想，我的新作应该跟我已经发表的所有作品都有一种内心的联系，应该有一些永远不会变的东西。当然，肯定会有一些新的变化，因为时代变了，我也跟着变了。

谢谢大家！

（原载中国作家网2017年1月22日）

大画家李晓刚

莫　言

　　我不懂绘事，虽然也偶尔去看看画展或翻翻画册，但没有判别好坏的能力，只有喜欢与不喜欢的感受。

　　1983 年，李晓刚从解放军艺术学院毕业，1984 年我踏入这所学校的大门。过了 20 多年，在一次朋友聚会上，认识了这位非凡的校友。虽然我读的是文学系，虽然我对美术一窍不通，但每次去学院图书馆，几乎都是借阅画册。那里有梵·高的画册，有高更的画册，有莫奈的画册，有毕加索的画册。画册珍贵，不许拿走，只能在那间小小的阅览室里看，旁边还有一个管理员，不时地投过一瞥，有监督之意，我想大概是怕被不良分子用刀片剐去几页吧。这些画我都喜欢。我看着画，心里感动，仿佛能感受到画家创作这些作品时的心情，心里也就涌动着同样的或暴烈或忧郁的感情，想用某种形式表达出来，别无长技，只能诉诸文字，于是就有了《红高粱》《爆炸》那样一批轰轰烈烈的作品。现在我想，那些画册，一定是李晓刚读过了无数遍的，他从那里边，一定也汲取了许多营养。从这个意义上说，他是我的师兄。现在，我依稀回忆起了当时在学校里盛传着的李晓刚的大名，说他入围了全国美展的《冻河》，说他赢得了赞誉的《泸沽湖的传说》，大家在传说着他的成绩和他的年轻时，同时也在预测着他的远大前程。今天的事实证明，李晓刚没有辜负校友和老师对他的期望。他先是东渡扶桑，后又游学西洋。20 多年里，殚精竭虑，面壁破壁，勤奋创作，用几十幅非凡的作品，奠定了自己在东洋画界的地位。

　　我只看过李晓刚送我的画册，没有看过他的原作，但就是在画册这样小小的尺幅里，我已经感到了一股大气。我最喜欢他画的女人。这些女人，高贵而忧郁，正符合了我对女人的最高级的想象。这是些大女人，不是小女人。这样的女人身上，洋溢着高尚的色情，是人性和神性的结合，超凡但并不脱俗。我也喜欢他画的风景。那些河，河边的房子，房子边的树，河上的桥，河里的水，水中的倒影，都是感性的，既是实物的写照，更是梦中的幻境。

仅仅有了这些画，还不足以让我用"大画家李晓刚"来做这篇文章的题目。因为有了那幅画在一心寺里的巨幅壁画《雪山弥陀三尊图》，我才敢说李晓刚是个大画家。这项宏伟的艺术工程创作伊始，就将米开朗基罗在西斯廷教堂里干的那件大活儿当成了榜样。米开朗基罗那活儿已经成了艺术史上的伟大奇迹，李晓刚在一心寺里干的这件活儿能否流芳千古还需要时间的证明。但仅从照片上看，我已经被那巨大的气魄和无边的庄严所震慑。李晓刚把喜马拉雅山搬进了一心寺，同时他还把弥陀三尊的莲花宝座安放在喜马拉雅山上。因为有了这壁画，一心寺放出了万丈光芒，那是普照众生的佛光，也是精彩绝伦的艺术之光。干出了这等活儿的人，不是大家是什么？

（原载《美术大观》2017 年第 1 期）

莫言的黄土地幻觉世界与中国文学契机①

莫　言

各位晚上好！

　　非常光荣地站在这个舞台上跟大家说话。我叫莫言，本来不应该说话，但有时候也不得不说话，这也是我人生的一大悲剧之一啊。刚才在车上的时候，有一个小伙子就问我："你的名字的来历，为什么叫莫言？"我说我的原名中间那个字里面就是个"谟"字，按照中国古代的书写方法，从右往左，恰好就是"莫言"。我想一个作家的笔名与他的创作中间会存在着一些微妙的关系。一个人为什么要起笔名，这里边也有很深刻的心理的原因，你看鲁迅也起了那么多的笔名。我想起七十年代末、八十年代初我开始学习写作的时候，我最早使用的是原名，后来迟迟得不到发表，每次寄出去之后都是退稿。那时候我还在军队里工作，我们的一个战友就说："你这个名字不行，你换个名字。你看人家鲁迅、巴金，这名字多么响亮、多么干脆。你这个'管谟业'，人家编辑一看就很烦，就给你弄到一边去了！"后来我想，好，我起个笔名。当然，这个莫言里边也包含了许多的意思，按照字面的理解，就是不要说话。我获得了诺贝尔奖之后，围绕着我这个笔名也有很多各种各样的玩笑，也有各种各样的解释。实际上，起的时候也没有想这么多，主要是提醒自己少说话，多写作；少说话，多干事。我想这是我们中国人的一种非常宝贵的人生态度，说的太多了，干的肯定就少了。

　　今天站在这里，我觉得要说的话确实是很多，千头万绪。从二十世纪八十年代开始，我们中国大陆开始了声势浩大的、持续至今的、成绩显著的改革开放。文学作为社会意识形态的一个重要的方面，也跟整个开放大局一起，开展了自己文学的解放运动。

---

① 本文为 2017 年 4 月 19 日，莫言在香港举办的"莫言的黄土地幻觉世界与中国文学契机"讲座上的发言。

这个时候，我是亲身经历的这个过程。我既是这个过程的一个写作者，当然也是一个非常好的读者。我阅读了大量的同行的作品，也阅读了这个时期大量被翻译成中文、介绍到中国来的西方的文学作品。接下来我会慢慢地谈到在这个过程当中，我所提到的这几个元素对我的重要的影响。外来的文学、本土的文学、同行的写作，以及我们的前辈作家的写作，诸多的因素是怎样融合在一起，成就了一个新时期的一个小说作者。

前边我还是想讲一些大一点的，几个主要的大问题。第一个就是关于这个香港文学，我们过去在 80 年代和 90 年代的时候，有一个非常不好的口号，说香港是文化沙漠。我没来香港之前也以为香港确实是文化沙漠，但来了以后，发现香港不是文化沙漠，甚至可以说，香港是文化的绿洲。这是讲大的文化，讲我们香港的饮食文化，讲我们香港的电影，讲我们香港歌曲，单从文学的领域来讲，香港也是具有自己非常丰富的资源的，也是有可圈可点的成就的。我的阅读范围是比较宽阔的，我对文学的认识，也是非常包容的，我不认为所谓严肃的文学与流行文学之间有什么不可逾越的障碍。我也始终认为，以金庸先生为代表的崛起在香港的武侠小说，是中国文学一个重要的组成部分，当然，也是世界文学的一个重要的构成部分。我当年作为一个武侠小说的读者，也是沉浸在对金庸的阅读里边废寝忘食。我记得 1989 年的一个暑假期间，我借了整整的一箱子金庸先生的小说，从头读到尾，有时候一天会读两本，那确实是觉都不想睡。在这样一种疯狂的阅读当中，我刚开始确实是被里边的故事所吸引，被里边奇妙的、各种各样的机关所吸引，后来也慢慢地开始冷静地考虑为什么这样的小说这么吸引人，这个武侠小说到底有没有艺术和文化的含量。经过第二次的重读以后，我就发现武侠小说，尤其是金庸先生的小说，它的文学含量还是很高的，我必须承认这是非常好的文学作品。我们很多所谓的严肃文学，也未必达到他这样的一种艺术成就。譬如说他的语言，那毫无疑问是非常好的，他对人物的塑造也是非常成功的，他讲故事的技巧也是非常高妙的。所以我想，以金庸先生为代表的香港的武侠小说、精英文学，应该是一个非常了不起的成就。我想香港的严肃文学，实际上也是有一条没有断过的、像静水一样的、默默地这么流着的一条文学的脉络，严肃文学的脉络。就像今年差不多有一百岁的刘以鬯先生，他的《酒徒》《对倒》《打错了》，这些小说毫无疑问已经成了中国现当代文学中的经典作品，中国的文学史里边，一定会有他的地位。像后来的西西女士的《像我这样一个女子》，她的小说也是让我们这些大陆读者，在八十年代最早读到的时候也是觉得眼界大开。她写得真是非常非常的好，她的小说，我想也是香港文学的一个非常重要的内容。再年轻的作家，像黄碧云女士的小说《烈佬传》《烈女传》，董启章先生的香港三部曲，都是很有野心的、很有气势的、非常了不起的、非常深厚的作品。董启章的香港三部曲差不多有一百万字了，他从日常事务入手，有用文学为香港树碑立传的雄心壮志。这样的作品，尽管阅读量我估计不是太高，读者不是特别多，但是它作为一个文学成就是存在在这个地方的，它的价值是会不断地被发现的，随着时间的推移，很多的东西、一些流行的东西可能会被淘汰掉。但是，一部有价值的、有深厚内容的、代表了一个地区百年历史的这样一种文化积淀的一个文学作品，它的价值应该会不断地被发现。也许过了十年、二十年，甚至一百年，那时候的读者会重新来读这些作品，通过阅读这样一些作品，他们的脑子里会再现我们正在经历的，或者我们已经经历过的香港的时光、香港的岁月。我想这是我对香港文学的一个粗浅的认识，肯定，我举的例子都是挂一漏万的。现在我相信在香港还有成千上万的文学写作者，那文学爱好者就会更多。我曾经担任过香港文学双年奖的评委，也比较集中地阅读过香港的一些年轻作家写的文学作品，也感觉到他们的文学已经达到了很高的艺术成就。也就是说，香港文学跟内地文学还是有很大区别的，就像台湾的文学跟大陆的文学区别很明显一样。这样的文学以及散落在世界各地的一些用华语来写作的作家们，共同地构成了我们中华文学的版图。所以，香港在这个版图上，绝对占着一个很重要的位置。

我想任何一个国家，或者一个地区的文学，它最根本的根基，还是这个地方的生活。这个生活是广义的，这个地方的地理环境、山川河流、生活习惯、语言、礼仪，都构成了这些地方的文学要反映的重要的基础。我想香港文学跟大陆的文学的区别，它的特色，就是因为香港的地方特色。香港的历史、香港的地理、香港的文化，以及现在香港人们正在经历着的、正在过着的这种平凡的岁月，都必然使香港的作者写出跟别的地方完全不一样的文学作品来。所以我从来是一个文学的乐观主义者，我不认为文学会在这样现代科技快速发展的时代里边就会消失内地，我也不认为小说会呜呼哀哉，因为关于"小说死了"的这种讨论，在二十世纪八十年代内地就有过。事实证明，小说不但没有死掉，而且小说经常会"回光返照"，而且返照得很灿烂，人们对文学的热情，有一段时间看起来是消沉了，但是过两天会借着某一个由头突然又焕发出一种非常高涨的热情来。无论是阅读，还是创作，读者的阅读热情跟作者的创作热情，有时候是并驾齐驱的。所以，我想文学的发展，可能是像任何事物的发展一样，不会是一条直线，也不会是一条一直上升的路线，它应该是像波浪一样在前进，有高潮，也有低谷。所以，我觉得文学这个东西，你说它没有用，它还真是有用，要说它有用，它也似乎没有用。2012年，我在瑞典领取诺贝尔文学奖的那个晚宴上，每个获奖者都要做一个五分钟的简短致辞，在这个致辞里边，我觉得最好的一句话，就是讲：与科学技术相比，文学是没有用处的，但是文学的最大用处，就在于它没有用处。可能绕来绕去，我估计把瑞典人也都绕糊涂了，什么叫"最大的用处是没有用处"？那么具体地讲，我想说文学不像数学，也不像物理，也不像化学和其他的任何一门可以应用的科学一样，它立刻可以转化成生产力，它立刻可以变成物质，它可以运用于医学救人的生命，可以转化成武器来致人于死，它也可能变成其他宏伟的建筑等。但是文学，你说一个人他一辈子不阅读，他能不能活下去呢，当然他可以活得很好；一个人一辈子只看科学的书籍而不看文学的书籍，是不是这个人也可以活得很好呢？我觉得也是没有问题的，依然可以活得很好。当然我想一个读过文学书籍的人，跟一个从来没有接触过文学书籍的人是不一样的，即便是在乡村里边那些不识字的文盲，不识字的农民，你也不能说他们没有任何的文学素养。我记得我小时候在农村成长的时候，就见到过、聆听过很多我的村子里面不认识字的乡亲们讲述的故事，他们尽管是文盲，但是他们讲起故事有板有眼，有高潮、有低谷、有伏笔，讲得非常吸引人。他们都是口头的文学家，当然他们也都是故事的聆听者，任何一个故事的讲述者，开始的时候都是一个很好的故事的聆听者。因为听故事，然后讲故事给别人听，在讲的过程当中不断地添油加醋，这就变成了故事的创作者，作家无非是把这个过程变成了用笔写的过程。所以我现在回忆起来，我当年确实是这样，我去集市上听说书人讲一个故事，然后回来就讲给我的母亲和我的姐姐听。她们晚上在油灯下面做针线，我就给他们复述我白天在集市上所听到过的故事。因为有的情节记不太真了，那我就编造；有的地方我觉得写得不太过瘾，那我就添油加醋。那么事实证明也收到了很好的效果，但是这让我逃避了劳动。我白天要去割草啊去放牛，那么如果说我要去赶集去听故事去，那我母亲想到晚上可以听我讲故事，她就说："那你去吧。"所以文学还是有用的，在我的童年时期它就帮我逃避了劳役。总而言之，我想我作为一个文学的读者，作为一个小说的作者，我对文学还是充满了厚爱的，我也希望我们更多的人热爱文学。

我们对文学的态度，有时候也可以说是一个民族的文明的态度的一种标志。当一个国家对文学给予高度的重视的时候，我认为这个国家肯定是一个文明的国家；当一个国家对文学给予鄙视、压制，甚至对作家进行迫害的时候，那么这个国家肯定不是一个文明的国家，或者说这一段时间内这个国家出了问题，任何一个正常的、文明的、进步的国家，永远都会把文学当作自己民族的精神生活的重要方面，永远都会把文学的写作者、文学的爱好者、文学的读者，当作自己民族的最优秀的分子来热爱、来呵护。据内地的某一张报纸的报道，他们在挖掘古代的坟墓的时候发现，埋葬的坟墓里边的古人的身体都已经变成了尘埃，但是他的头发依然存在。所以我由此想到，文学对于一个社会，就有一点像头发对于一个人一样。一个人满头浓发，浓密的头发是非常美的。一个人即便是像我一样，头发很少，也可以活得很好，但是你不能因为没有头发也可以活得很好而拒绝头发。因为没有头发的人总是梦想着自己有一头好头发，这也为很多卖生发精的人创造了致富的商机，我认识内地的一个非常有名的富商，他的第一桶金就是代理了一种生发精，我也曾经买过一瓶，抹了以后满头好像是被辣椒辣得火火辣辣的，满头冒"火"，依然不长头发。这就是开开玩笑，岔题了。总而言之，我想文学确实是在某种意义上讲，是一个国家的符号；文学家呢，伟大的文学家应该是一个民族的精神旗帜。

所以像托尔斯泰这样的伟大作家，我们中国像曹雪芹这样的伟大作家，毫无疑问是我们民族的伟大的旗帜。所以我看到很多的外国领导人到俄罗斯去，他们一般都会把这些人带到托尔斯泰的庄园里去参观，他们不会把这些人带到生产出 AK47 冲锋枪的那个地方去参观。尽管这个 AK47 冲锋枪生产了两亿支，但他们永远不会展示，他们会展示他们的托尔斯泰、普希金、肖洛霍夫。所以文学是超越了民族的、超越了政治的、超越了阶级的这样一种人类的精神的家园。因为我们在这样一种阅读当中，会使我们认识到人的一种最高贵的品质，会使我们的眼界高阔，会使我们认识到人的最宝贵的地方和人的最可悲的地方，也就是说，通过阅读可以认识自己。所以一个喜欢阅读的民族肯定是具有巨大的反思能力的，他会在阅读当中对照、比较，然后反思，最后得出一种清醒的结论。我想当众多的人都是一个阅读者，当众多的人都在这样一种阅读中反思的话，那一个民族的精神素质自然就会提高。总而言之，我想文学需要生活，生活也需要文学。

我们现在有一种悲观论调，就是说文学到了现在是不是越来越凋零了，越来越式微了，理由之一，就是读者是不是越来越少了。书卖得越来越少，过去一本小说可能卖几百万册，现在只能卖几万册，或者是几千册，甚至几百册。当然我想这些现象都是存在的，因为随着科技的进步，娱乐方式是越来越多样化的，而人的业余时间是一个恒定的常数，娱乐方式的多样化自然会把这个娱乐时间给分割了。在一段时间之内，你看了电视就不可能上网，你上了网就不可能阅读，所以现在关于文学这个悲观的论调，可能更多的是从这方面得到的。但是我觉得有时候我们应该换位思考一些问题，就对于这种科学的发展，无论你有多么大的敌意，它是拦不住的，我们只能适应这个东西，最终还要向它投降。我记得 90 年代，当电脑刚刚出现的时候，大陆有一些最先锋的、最喜欢新事物的作家开始用电脑写作。我当时是一个坚决的反对者，我说我永远不会使用电脑，但是后来我觉得不使用也不行了，当你还是一笔一画地写出稿子来的时候，你还要去把它复印，复印了以后要去邮局邮寄，邮寄还要花费用不说，而且是那样麻烦。最主要的是人家现在刊物也好、报纸也好、出版社也好，最后就说："我们不接受这种稿子了，你有没有什么电子邮箱啊，你发给我们电子版嘛。"逼着你必须用电脑。用了一段（时间）电脑以后，我就发现这个电脑写作有它的便利之处，但是确实也不适合我这样的作者。因为我拿着笔写作已经养成了一种习惯，几十年来就拿着笔写作，我拿着笔的时候，我不会去考虑某一个字怎么样写。我只想我的小说，想我的文字，然后我的手到笔到、心到笔到。但我如果面对着一个键盘一个屏幕的话，那我用拼音输入，我要不断地选字，它会使我的思路不断地被打断，而且没有成就感。我用纸笔写作的时候，每写完一张，撕下来放到一边，一天会攒下来这么大一摞，一看，哎哟，五千字、一万字、几万字，非常有成就感。用电脑，一关机，我觉得好像我什么都没干。如果遇到有病毒的话，丢了，那更是什么也没干。

所以我想很多东西确实也抗拒不了，就像互联网也抗拒不了一样，我想随着这个互联网的出现，网络文学变成了一个非常重要的文学创作的力量——网络作者，网络文学也变成了文学里边的最大量的一个门类。那么这也是文学悲观论者的一个理由，就是说，大量的网络文学的出现使严肃的文学创作受到了挤压。但是我觉得，严肃文学跟网络文学之间并没有一道不可逾越的障碍，网络文学之所以还被冠以文学之名，那么它就要符合文学的一些最基本的规律，要用语言来写作，要写人物，还要讲故事。那么，尽管浩如烟海的网络文学里面确实精品比较少，也有很多确实写得非常非常差，但是在这样一些作品里面，大量的网络文学里面，只要有那么十部八部的好作品，你就必须承认它。我想现在文学界、批评界以及中国作家协会对网络文学越来越重视，成立了专门的网络文学研究的委员会，也有很多网络作家被吸收到作家协会的主席团里边，当了全委会的委员、主席团的委员，有很多省里也都专门成立了网络作家协会。而且现在网络作家很多，确实创造了巨大的利润，现在流行的叫什么IP是吧，一个IP卖上亿元，一部网络小说光影视改编权就卖一亿元人民币，甚至两亿元人民币，这是太惊人的一个数字了。而且他们写作的速度非常快，过去我一天写一万字，好像当时的中国作家里面，大家认为我是快手，现在他们说一天能敲3万字；过去有一部小说写50万字，我认为已经写成了江河小说，很漫长了，但是现在我看到有的网络小说是1500万字。我也在网上试图阅读过一部反腐败的网络小说，我总认为它应该结束了，一看，还没结束，我看到第250章的时候，我说总该结束了吧；后来一看，到了500章的时候，哎哟！算了，我不读了。所以这种网络阅读、网络写作使网络文学具有它自身的特点，这些现象我们只能研究，你可以不在网络上写作，但是你必须了解这个，你应该知道网络文学作家他们写了什么。所以我想内地的这个文学状况目前确实是一言难尽，而且文学像过去一样，好像就是一个严肃文学、流行文学，现在好像越来越分得细、类型化，小说里边有职场小说、爱情小说，还有穿越小说、玄幻小说、盗墓小说，越来越技术化，越来越专业化，分工越来越细。我也看了这些小说，这些作家都是某一方面的专家。我也见过了写盗墓笔记那个作家，我以为他是一个盗了多少古墓的一个盗墓者，结果就是一个年轻人，他那些小说里边关于盗墓的很多描写，是他想象出来的，所以从来也没有这样的墓，也从来没有这样的盗法，但是他写到小说里去拍成电影、电视以后就让大家信以为真。所以我想这些作家的想象力也是非常惊人的，那么穿越小说就更加自由了。过去我在写《红高粱》的时候，用一个倒叙，大家认为是创新，现在人家一会儿在唐朝，一会儿在明朝，一会儿到了现在了，一会儿又到了200年以后，到了2030年、2050年了，各种预设小说的、穿越小说的这种时间已经不存在了，它们仿佛在时间的迷宫里面来回乱窜，窜到哪个朝代是哪个朝代。过去我们认为都是封建迷信的一些东西，现在在小说里面比比皆是。当然这个小说自身也有它自己的价值，它扩展了我们的想象力，它让我们看到人的想象是没有边缘的。过去我们认为一句话叫作"无中生有"，是不可能存在的，现在看起来在文学创作方面，"无中生有"是一个经常出现的现象，当然这种"无"不是绝对的无，它还是建立在作家的生活基础之上的。作家用他基本的生活经验，然后加上他的想象力，嫁接上其他各种门类，如科学的、艺术的，甚至算命的、医学的知识，融聚成一种新的文学样式，这样，文学创作实际上就是想象力的练兵场，当然也是语言的狂欢场。

所以我当然也希望我们的网络文学作者能够稍微地沉静一下，不要写得那么快，本来一天写三万，你写一万五就可以了。把语言打磨得更加美一点、更加精练一点，把故事设置得更加合理一点，把人物塑造得更加丰满一点。当然，我想这样一种愿望，究竟能不能实现也很难说，因为网络写作有时候背后有一条"鞭子"在抽赶这些作家，这个"鞭子"就是利润；我也希望我们的网络作家背后带上一个盾牌，不要怕抽打，我就要写得慢一点，然后提高质量。所以从这个意义上来讲，网络写作、手机阅读、网上阅读，都应该看成文学的阅读和文学的创作活动。那么这样来看的话，确实我们的文学不但没有凋零，而且处在一种十分繁荣的状态。我想香港的情况是不是也是这样，我没有做过调查研究。当然我觉得哪里有年轻人，哪里就有网络创作。过去我们老想什么东西搞一个群众运动，内地在50年代的时候也掀起过一个群众性的诗歌创作运动，每个农民都来写诗，一天写一万首。文化大革命期间，也有一个天津郊区的一个小金庄，农民也都纷纷出来写诗，就把文学创作当成一种大的运动。那么现在我觉得我们这个文学创作真是到了一个群体创作的阶段，你说谁没在网上发表过言论？我们现在很多的微信文章都写得那么有文学水准，我刚刚有了微信，我会用了，我在微信里面也看到了很多"莫言"创作的，但不是我写的，非常好的作品。我在北京有一次吃晚饭，有一个非常漂亮的、优雅的女士，就说："莫言老师，我要朗读一首你的诗歌献给你，《你若懂我该有多好》。"她朗读得声情并茂，眼里含着闪闪的泪光，我听了很感动，后来她读完了，我就说："如果是我写的该有多好！"后来我又说，我希望这些网络的写作者们，大家都把自己的"孩子"赶快领回去，否则的话，我就要编一本书了！我就把在网络上的那些用我的名字创作的段子、励志的美文、心灵鸡汤全部编到我的这种文集里去，你们到时候可别来找我告状打官司。我公开发表了这个言论，至今也没有一个人领回去，而且最近又有了我写的《饮酒赋》，关于同学的段子，唱同学聚会的、孝顺父母的，都是很正能量的，非常积极的，符合我们的各种各样的道德标准。我想那既然这样就编吧，我也不再反对了，大家如果能够借用我的名义，使这些美好的道德得以广泛的流传，何尝不是一件乐事呢？

所以我觉得文学需要生活，就是因为我们的生活变化多端，我们每个人的写作，无论它是多么复杂，你认真分析，都跟他个人经历的密切相关，这是我的亲身体验，也是很多作家的这种自传里面描述过的。一个作家，有的人可以写各种各样的题材，他既懂写军事，也能写农业，也能写工业。但是你认真分析起来，实际上他这个创作，哪怕一百部小说里边，他的童年记忆、故乡经验，永远是在背后潜藏着的，这个是无法改变的。所以我的小说有时候也写到大城市，有的时候也写到海南岛，但是最根本的，支撑着我的文学大厦的根基的，还是我的故乡和我的童年，或者说是我的生活。那么这个生活当然是广义的，有时候可能是我没有写作，但是我去上学、逛街去了，我去吃饭去了，我去跟人打扑克了。对一个作家来讲，这实际上都是一种积累体验的机会，当然你要去犯罪的话，见了警察也用这个理由来为自己开脱的话，那警察是不买账的，你不能说"我为了体验生活去掏人家的包"，你不能说"我为了体验生活去放火"，法律是不会给作家开这样的方便之门的。当然对于一些无法体验生活的作家，实际上还有个办法，就是设身处地的把别人的经验转化成自己的经验，一个就是把个人的体验，把自己的经验嫁接到别人身上去；另外是把别人的经验、别人的故事，通过自己的心理同化，变成自己的故事。那么生活需要文学更不要说了，作家离开生活无法写作，我们在生活当中，我们现在写信也好，聊天也好，写微信也好，发短信也好，都必须是有一定的文学的基础。即便谈恋爱，有文学知识也比没有文学知识好；即便写情书，有文学修养肯定比没有文学修养好。我们现在回头来看五四时期，像徐志摩先生他们这些人写的情书，多么优美，能够经得住这样的情书"打击"的人确实不太多。所以无论从哪个角度讲，多一点文学都是好的。

当然我想现在这个文学跟任何一件事物、任何一个领域一样都需要交流，没有交流就没有文学，或者说交流也需要文学。那么谈到文学的交流，我觉得真是还要感谢西西，西西是我刚才讲到的香港非常有名的老作家。在二十世纪八十年代，那时候，大陆跟台湾还没有这种直航，也没有太多的文化交流，大陆的文学在台湾当然还是"禁书"，台湾的文学也没有被介绍到大陆来。记得大概就是在那个时候，西西就把我的小说《红高粱》《爆炸》拿到台湾去，在洪范出版社出版。所以，我想西西女士为台湾和大陆两岸之间的文学交流也做出了很大的贡献。我刚开始以为香港人都是非常有钱的，因为她到了北京要请我们吃饭，还给我们带烟，还送给我们各种各样的酒，我觉得这个香港作家太有钱了。后来我知道西西的生活过得很拮据，她的房子很小，她是坐在马桶上写作的，把马桶一放，就是她的座椅，然后前面放一个小桌，那这个房间到底有多小，我不知道。她的生活也是那么样的简朴，所以后来我知道了这个真实状况，就非常感动，这样一个成就比我们大得多的作家，为了把我们的小说介绍到台湾，给台湾的读者看，充当了这样一种桥梁的作用。而且自己去北京，自己找旅馆，请我们吃，给我们带礼物，我们还感觉到很坦然：你们香港人那么有钱嘛。后来知道她的生活还不如我过得好，我心里很惭愧，包括写文章也提到过这个事情。西西女士这两年还是在写作，她的想象力领域也是非常宽广的，她现在做手工缝了很多熊，然后就把这个缝熊的过程写成了小说《缝熊记》，大家可以去买这本书看一看。

80年代以来，我想中国当代文学之所以有很大的发展，是跟交流分不开的。我们去台湾的时候，是80年代末，去台湾跟台湾的同行们、作家们聊天，就发现他们20世纪60年代阅读的文学作品是我们80年代才阅读到的，我们比他们晚了20年。所以这才有了在80年代像西方、像拉丁美洲的爆炸文学、西方的意识流小说，美国的海明威、福克纳这样一批，像英国的格林、毛姆、劳伦斯这样一大批西方的现代派的文学，包括法国的新小说，使我们这些从来没有接触过西方文学作家们眼界大开，现在叫"脑洞大开"，我们当时就感到很震惊，就感到小说原来是这样写！小说，人家西方的作家已经这样写。但是我们立刻意识到，这样写谁还不会，我也会，因为我觉得我们生活当中类似的故事、类似的情节比比皆是。你不是玩荒诞吗，我觉得我们生活当中的很多亲身经历比你写得还要荒诞，所以在这样一种情况下，我们的写作就自然地带上了一种模仿的痕迹。但很快就意识到这是一种单纯的、简单的模仿，这样一种创作冲动要冷下来，因为你即便是写得跟他们非常像，甚至比他还要魔幻，那终究是"二手货"。所以，一个作家要在文坛上站住脚跟，必须写出具有自己的鲜明的特色和个性的作品。那么一个民族的一个国家的文学，如果要在世界文学当中占有地位的话，那肯定还是要写出具有自己的地方特色的作品来。所以我想文学实际上也是一个统一了，它是特殊性跟普遍性的统一。那就是说，世界文学是一个整体，不论是哪个国家的文学，它必然符合文学的最基本的规律，就是用语言来写人的情感，是塑造人物的，这样一些最基本的原则肯定是变不了的。但是民族特色、地方特色、作家个性，又是带着这样鲜明的标记的，这又使一个国家的、一个地区的、一个作家的创作，跟其他的作家的、其他的国家的文学区别开来。所以，好的文学必定是特殊性跟普遍性的统一，是民族性跟世界性的统一。所以，这个是我们在80年代疯狂地学习过西方一段（时间），觉悟之后意识到的问题。所以，这个时候就有了像韩少功他们提倡的"文学的根"这样一些文学运动，这些运动实际上就是提醒大家不要单纯地沉浸在对西方文学的这种模仿当中，不要被他们一下了就震昏了、震晕了，应该立刻清醒过来，应该从我们的民族文化、民间文化里面寻找资源，寻找我们学习的榜样，然后才可能使自己在文坛上站住脚，也才可能形成中国的当代文学。

经过这几十年的努力，我觉得我们这一代人和后来的更年轻的作家共同奋斗，已经使中国当代文学变成了世界文学重要的一个方面。我们大量的作品现在已经被翻译成了多种外文，在世界各地出版，这几年中国政府对文学的翻译也给予了很大的帮助，新闻出版广电总局有一个"经典中国国际出版工程"，中国作家协会有一个"中国当代文学百部精品译介工程"，全国哲学社会科学规划办公室有一个"中华学术外译项目"，国务院新闻办有一个"中国图书国际推广计划"，那么这些机构所设立的基金，都在帮助中国文学对外翻译。如果你要翻译一部中国作家的小说，你可以向有关部门来申请这种扶持，如果你符合了条件，就会给你一定的经济帮助。那么这样一种努力，当然也有人提出一些不同的看法：因为文学的翻译应该是自由的、民间的，不应该由政府出面来推荐。但是世界上的很多国家为了推荐自己的文学，都是做出了这样的努力的，它必然有它的正面的效应，那么肯定也会有负面的一些说法。我认为这是一件好事，因为文学翻译确实是一件出力不讨好的事情，翻译确实是一个报酬很低的职业，很多西方的汉学家都是在业余创作，业余时间来翻译的。翻译中国当代文学，往往也都是一种赔本的"生意"。尽管我们现在有这么多的作家写了这么多的作品，但是真正造成了世界性影响的，走入了千家万户、变成了外国读者口口相传的作品的，确实数量还比较少，因为这个小说或者诗歌被翻译成外文后，有的就是翻译过去了也就束之高阁，没有阅读。没有阅读，实际上这本书是不存在的，因为一本书只有走进读者手里被阅读了，它的价值才得以实现。所以从这个意义上来讲，我也一直在提这个意见，就是希望能够用比较大的精力，集中起来推荐最精美的作品出去，不要翻译完了就不管了，翻译的时候我们要扶助，翻译过去以后，在推广的时候也应该继续帮助，因为现在确实是一个营销的时代。我们也相信偶尔会有一本书会被读者发现，然后用这种口口相传的方式使这本书引起很大的反响，得到很好的评价。但它更多的还是要借助传媒，造成声势，然后引起一种广泛的阅读。

另外，像文学在交流当中的作用，实际上这个我前面也涉及了，在国家与国家的交流当中，必定有文化交流这一项，从来就没有纯粹的政治交流，也从来没有纯粹的经济交流，一切的交流实际上都包含着文化含量。我们现在倡导的"一带一路"，像我们有辉煌历史的"丝绸之路"，看起来是经济贸易，实际上贸易中心这个商品本身也是文化。我们的瓷器有图案，我们的丝绸有图案，这本身也是重要的文化艺术品。那么，文学在各个国家之间的多边交往过程中，应该也是发挥着很重要的作用的。我 2015 年曾经跟随李克强总理去拉丁美洲访问过，我们是在哥伦比亚跟哥伦比亚的总统桑切斯，还有李总理在一个讲台上谈文学，这是中国的国家领导人首次在国外与外国国家元首、中国的作家和哥伦比亚的作家一块聊文学问题。我当时一个很深的感慨就是，哥伦比亚的总统桑切斯说："我们对文学还是很重视的，我告诉你们一个消息，十分钟以前我们跟游击队达成了一个协议，为了文学论坛的顺利举行，我们停火 24 小时。"我当时就感觉到这个事情真挺有意思的，一个文学论坛竟然让交战双方停火 24 小时，这大概在人类历史上没有过，是吧！由此可见，哥伦比亚游击队是多么有文学素养，因为我们在中国历史上有这么多的战争，从来没听说因为文学而停火 24 小时。所以这也让我们作为一个作家，感觉到力大气粗了起码有半个月的时间。当然回到国内以后，渐渐也感觉到，这好像是一个梦境，这件事情好像没有发生过，本来就不存在。因为我们离开了不几天，双方又炮火连天，弹痕遍地，又打起来了。后来当然人家又停火了，那不是因为文学，是因为各方面的利益谈判，最后达成了一致。总之我想文学它还是一个非实用的东西，它对人最大的作用还是一种审美的体验，一种精神的熏陶，一种心灵的、精神的保健，同时也是人类认识自我、理解他人的一种方式。没有文学可以生活，有了文学可以生活得更丰富，我想这是我对文学的理解。

至于我自己的创作，因为时间的关系，我觉得也不能太展开来谈了。第一点，我觉得任何一个作家刚开始的写作必须立根于自我，必须从自我出发。这是老生常谈，写你最熟悉的生活，写你最熟悉的人，甚至可以考虑把你的亲人写进去，当然要改头换面了，起码要改换姓名了；当然你可以考虑把几个人变成一个人来写，你可以写你的亲身经历；当然你可以把你的亲身经历安到另外一个人头上去，当然也可以把别人的故事变成自己的故事。总之，我想写自己最熟悉的东西，然后由此起步，慢慢地再扩大你的书写范围。你写你最熟悉的领域，也慢慢地可以通过一些技术的努力，通过学习、阅读、调查、访问，再加上你的想象力，再写一些你不熟悉的领域。总之，我想一个作家要不断地创作，必须有不断地学习、不断地更新知识的愿望和能力，你头脑当中关于文学的这根弦一定要绷得紧紧的，这部分神经在睡觉的时候也不要休息。因为我们很多的梦境都是很好的文学素材，我就感觉到我从做梦当中得益甚多，我的好几部小说都是从梦中得来的，或者灵感是在梦里面产生的。我的成名作《透明的红萝卜》，至今有人认为那是我最好的小说。一般的读者有这样说的，学者也有这么说的，那么这部小说实际上就是我的一个梦，然后在这个基础上产生了。当然完全靠一个梦是不可能写成一部小说的。我做了这样一个梦，梦到一片萝卜地，然后梦到一个身穿红衣的少女，拿着一个铁叉，叉着一个萝卜，背对着阳光向我走来，然后梦醒了。我就感觉到这个画面这么样的辉煌，这个意境这么样的美好，然后把我童年时期在这个桥梁工地上给铁匠当学徒的一段生活融合进去，就变成了这个小说。那么也就是说，尽管你的灵感来自梦境，但是真正书写的内容还是离不开生活的积累的。如果没有在桥梁工地上给铁匠当学徒这段经验，那我这个梦境我估计有 500 字就可以写完了。有了这样一种经验，有了人物，也就有了故事。梦境是这个小说的氛围，那么这部小说就变成了一部三万五千字的中篇小说了。所以我感觉到我们的灵感的来源可以花样繁多，但是灵感必须植根于生活经验。也就是说，我之所以做这样的梦，还是跟我的生活有关系的。我们要相信灵感，但是不要迷信灵感，我们必须把生活积累当作自己最重要的一种写作的资源库，而且这个资源库要不断地充实。现在年龄大了，我也不可能天天下去生活，也不可能每天拿着个笔记本到处去观察。那么在到了这个年纪，我们补充生活资料库的一个方式，就是阅读看电视，听人聊天。也就是在当下这个时代里边，后期创作资源的方法也要与时俱进。从这个意义上来讲，网络也真是个好东西，现在在网络上，你要了解一件什么东西呢，还是很容易的。譬如我要写"二战"期间八路军使用的这个武器，过去我要去跑军事博物馆，我要去采访抗战老兵，现在我在网上搜索，我网上一搜索三八大盖儿（步枪）、王八匣子（手枪）、加拿大机枪、冲锋枪、勃朗宁（手枪）、手榴弹，日本的钢盔，各种各样的服装全都出来了。那么这样就为我们的文学写作的真实性、细节的可靠性提供了一个很大的保证。当然在网络上利用网络来体验生活，了解生活不是最好的办法，但现在也是一个重要的办法，你没有必要再为了看一件东西，跑博物馆里，那多浪费时间。

另外一点，文学毕竟是语言的艺术，如果一个作家的语言功力不到家的话，那他的故事讲不精彩。这个故事本来很精彩，但他语言不好，他也讲不清楚。有时候我们阅读，并不仅仅是看故事，尽管当年我在瑞典演讲，题目是《讲故事的人》。但小说并不仅仅是讲故事，我那样讲也是为了强调小说故事的重要性，但是小说确实并不仅仅是讲故事，小说的写法确实也很重要。我们评价一个作家，尤其是我这种专业的写作者评价一个作家的时候，我会首先看他的语言，这个语言，有陌生化；这个语言，不是那种轻浮的、流畅的、华丽的语言；这个语言甚至有一点点陌生，有一点读起来疙疙瘩瘩的，但是它非常的有味道，非常的有嚼头，那我可能会对这个作家另眼相看。那么我的意思是，我们作为一个写作者，必须有很强的文体意识。我后来也研究了一下，我们历史上的很多大作家，之所以是大作家，就是因为他们都有非常独特的、个性化的文体，我们现在讲鲁迅、讲沈从文、讲张爱玲。那么这些作家，首先就是语言个性非常鲜明，鲁迅的语言跟沈从文的语言差距太大，张爱玲的语言跟丁玲的语言差别又是那么大，也就是说，这些作家是因为他的语言而存在的，因为他们的故事别人也讲过，或者类似的故事，别人也讲过，为什么不如他们精彩？就是因为他们的语言没有像我刚刚列举的这些伟大作家的语言好。所以我觉得一个伟大的作家，不仅仅是一个讲故事的人，还应该是一个文体家。他们的文学语言是为我们的民族语言的、是为我们汉语的写作的发展、丰富做出了贡献的，即它丰富了我们的语言，甚至在某种程度上创造了我们的语言，所以这就是伟大的文学家了，就不仅仅是一个讲故事的人。所以有时候我们看到国外对一些作家，比如说对普希金他们的评价那么高，而我读他的诗，也感觉不过尔尔。后来问了一下精通俄语的朋友，就说它翻译过来以后，语言之美流失大半，他的语言应该是对俄罗斯的语言有发展的丰富，是有巨大贡献的。所以我想作家也应该是一个有强烈的文体意识的写作者，你必须千方百计地使用一种带有你的鲜明特征的语言。同样的故事，我用我的语言讲，就会让读者产生另外的审美感受。

再一点就是，小说无论怎么写，最终还要落实到写人上。我们讲到一个伟大作品，首先想到的实际上是这个作品里的一些典型人物。我们讲曹雪芹那么伟大，《红楼梦》那么了不起，那首先想的是什么？林黛玉、贾宝玉、王熙凤这些活灵活现的、性格鲜明的人物，我们一闭上眼睛，我们可能已经忘记了这个小说里的某些细节故事、细节情节，但是这些人物的音容笑貌宛若在我们眼前，那人家就是把人物写活了。所以，尽管这是一个非常古老的关于小说的评价，但是现在我觉得这个定律是永远存在的，就是我们写小说的人，还是要把写人、塑造人物放在一个最重要的位置上。如果你把这个人物写活了，写成功了，写得栩栩如生，写得让读者掩卷之后，这个人物就浮现在他面前，那我们就成功了，把人写好了，小说家的任务就完成了。总而言之，我想关于香港文学，我的认识很粗浅；关于内地文学，我的认识很片面；还有我自己的文学，我的认识很模糊。

就讲到这里，谢谢大家！

（本文根据优酷网 2017 年 10 月 3 日视频整理）

打人者说

莫　言

毕建勋老师嘱我为鲁迅美术学院学报写一篇有关他作品的文章，这让我想起了几年前为他的系列作品《打人者》所写的那些文字。

记得题目是《打人者说》。其意为，凡打人者，总是有许多的话要说。首先要对被打者说，说"我"——或是"我们"——更多的时候是"我们"，为什么要打"你"，抑或是"你们"。凡打人者，之所以打人，总是首先要占领一个道德的高地，于是义正词严，举拳有理。一般情况下，被打者是没有权利，也没有机会为自己申辩的，因为，一旦当象征着正义或代表着正义的拳头高高地举起来时，道德审判的工作已经完成。接下来进行的就是正义的报复。我们在我们的历史上以及在我们的现实生活中，已经见惯了这种正剧——即便是惨剧，我们也只能当作正剧看。我们在从小接受的教育中，已经把这样的惨剧当成公道和天理。这公道和天理的根本依据就是：杀人者偿命，作恶者受罚。于是，我们把人施之于他人肉体的暴力，当成了天道的报应。于是，我们不仅习惯于棍棒施之于肉体，我们还习惯于拳脚施之于妇婴，我们还习惯于那些天才狱卒们的发明：从腰斩到凌迟，从剥皮剜眼点天灯到枪筒戳肋骨到头顶上放爆竹，因为这一切，都是假借了正义和天道。关于人跟动物的根本区别，有种种或庄或谐的判断。但我要说：人与动物的根本区别在于，人可以对同类施以酷刑——以上这些漫无边际的感慨，都是因为不久前我去怀柔的一个画室，看了中央美术学院毕建勋教授一幅巨大的中国画而生发的。这幅画长约四米，高约七米，画面上共有五十余人，有两个人在痛打一个躺在地上的人，其余都是身份各异，年龄不同，表情万端的围观者。这幅画作的题目就叫《打人》。刚开始我以为是幅油画，但问过之后知道是幅国画，是使用中国水墨中国纸张画成的中国人物画，这些对我来说都无关紧要，对我有意义的是这幅巨作所产生的力量。画家问过我的感受，我说：震撼！又问，还是震撼。这震撼当然与画作的尺幅有关，但不是最重要的，最重要的是这幅画作所表现出的被我们司空见惯了的场景，实际上成了一幅巨大的镜子。这镜子照出的是人心，是我们已经麻木的灵魂。

我对画家说，我已经活了五十五岁。童年时曾经挨过很多次打，父母打过，老师打过，村里的同伴打过，村里的干部打过，也曾差点被北京胡同里的女人打过，但我除了打过女儿一次，从来没有打过人。即便是打女儿那一次，也是我心中难以逝去的痛，想起来便感到深深的罪疚。但这能否说明我就是一个好人呢？能否说明我是一个善良的人呢？不能！因为我看过无数次打人，当然都是以革命的名义打坏人，当然都是以正义的名义打恶人。当我看到那些据说是曾经残酷地剥削过、迫害过贫农的地主被吊在梁头施以酷刑时，当我看到集市上的小偷被群众顷刻之间打得血肉模糊时，我的心中产生过不忍，但我并没有认为这样的行为是不人道的，即便我心中觉悟到就是真正的罪犯，群众也没权力对其施以酷刑和肉体打击时，我也没有胆量跳出来为被打者说一句话。这幅巨作上那些旁观者，其实就是我，其实就是我们。

旁观者是我们，打人者会不会也是我们？其实，只要做了旁观者，完全可能成为打人者。我，也许是我们，每个人的内心深处都藏着一个打人者。当我们遭受到不白之冤时，当我们蒙受了奇耻大辱时，当我们遭受了不白之冤蒙受了奇耻大辱而又没有力量报复时，我们的心中，是否想象过一个对那些恶人施以暴力的场景？你们也许没有，但我有。几年前当北京胡同里那个蛮不讲理的女人无端地欺辱了我和家人时，我想象过对这个女人施以酷刑的场面；不久前当我看到那个河南的农民被警察屈打成招判处无期徒刑服刑若干年后因为"死"者竟又活着出现终致冤情大白的案例后，我就想象过对那些刑讯逼供的警察施以同样的酷刑，这样的冤冤相报是人世间循环上演的戏剧，符合多数人的心理。据此我说，尽管我们从来没有打人，尽管我们今生也不会打人，但这幅题名《打人》的巨作却与我们每个人有关，因为我们都在精神上打过人，并有可能成为真正的打人者。

当然，我们也很有可能成为被打者，当所有的人都认为施恶者挨打是天道时，那么，天道就是一张施恶的遮羞布。当强者对弱者举起拳头时，完全可以把被打者说成是杀人犯强奸犯、纵火犯，没有人去深究被打者是不是真的有罪。就这样，许多无辜的人，都被当成恶人打了，或者被打死了。人，一旦可以打人，不管出于什么理由，就说明人还不是真正的人。人，一旦可以打人，不管你打的是什么人，你距离野兽就很近。其实，这个地球上，真正的猛兽不是老虎也不是狮子，而是人。人可以成为天使，也可以成为魔鬼。人心可以是天堂，也可以是地狱。所谓六道轮回，其实都在人心中，一念之差，此身已堕入地狱。拳头举起来，灵魂沉下去。这些意思，画家已经用他的画面，向我们表露得十分清楚。

当年，鲁迅用他的笔，揭露了"看客"心理，有人说这是中国人的劣根性，其实，这不独是中国人的劣根性，而是全人类的劣根性。我的小说《檀香刑》是受鲁迅对看客心理的批判启发而作。我想到，看客之外，还有施刑者与受刑者，这三者之外还有导演，四方合一，方能构成一台大戏。于是我写了刽子手，写了罪犯，也写了施刑的场面，有些人对这部小说中的"残酷描写"多有批评，但我想，酷刑也是一面镜子，会照出各种嘴脸，当我们从中看到自己的狰狞嘴脸时，是需要一点勇气才敢于承认那就是"我"的。毕教授的画作《打人》与我的拙作《檀香刑》多有暗合之处，只不过画面的力量较之文字的力量更为直接。我不敢说自己已经看懂了毕教授的画，但起码是，从毕教授的画里，我看到了我自己。

似乎仅仅用画笔还不足以将心中的话表现出来，毕教授与他的学生盛华厚，又合作了与《打人》这幅画密切关联的诗剧《打人》。我认真地读了这诗剧，深受感动。尤其是尾声部分，几乎是泣血锥心，像一个传教者，为了把爱灌输到荒凉的人心而顿足悲号。看到这里，我似乎懂了，毕教授画《打人》，不仅仅是要用这种巨幅画面警醒世人，而是要唤醒人心中沉睡的爱，对他人的爱，对自己的爱，也是对人类的爱，爱是《打人》的唯一主题。

"我挚爱的人啊/你们自己把自身摧残至此/你把我摧残至此/你把你摧残至此/那无处不在的摧残/就是我的悯人悲天/别再让我痛苦万般"

这种超越了阶级、种族，甚至善恶的对人的爱，是上帝的胸怀，这样的爱从来没被实行过，今后也不可能被实行，但这样的爱是存在的，这也是上帝存在的理由和标志。

（原载《艺术工作》2017 年第 3 期）

"重要的日子"

——在北京师范大学 2017 届本科生毕业典礼上的演讲①

莫　言

各位老师、同学们：

　　很高兴来参加今天的毕业典礼。26 年前，我也参加了一个毕业典礼，那是北京师范大学跟中国作家协会合办的一个文学创作硕士研究生班的毕业典礼。我在这个班里学习了两年半，半年预科和两年正式学习。毕业典礼上，学校的领导一开始就说："同学们，今天是人类历史上一个令人难忘的日子。"我们听后感觉这位领导有点大词小用，有点夸张了，50 个学生毕业，怎么会变成了人类历史上一个难以忘记的日子？但这位领导紧接着说："同学们，海湾战争在两个小时以前爆发了。"这一天是 1991 年 1 月 17 日，我对数字很不敏感，但我牢牢记住了这个日子，因为在我们毕业典礼前两小时，海湾战争爆发了。

　　从我们毕业到现在，已经 26 年了。这 26 年来，地球发生了巨大的变化，人类社会也发生了巨大的变化。中国社会发生的变化，用翻天覆地来形容丝毫都不为过。想一想 26 年前，再对比一下今天，无论是从科学技术、文学艺术、老百姓的日常生活、人的思想情感，还是生活中的一些细节，我们都感到恍若隔世。当然，我想，1991 年出生的很多孩子是不知道我们那时的生活情境的，他们没法儿比较，但是我们这个年龄的人回头一想，就感叹不已。未来的 26 年，或者今后更长一段时间，人类社会发生的变化还会更巨大，中国社会发生的变化也会让我们更加兴奋、激动。

---

① 本文为 2017 年 6 月 22 日，莫言在北京师范大学 2017 届本科生毕业典礼上的演讲。

在不断变化的社会生活中，我们要如何去适应？同学们经过四年紧张又愉快的学习，即将离开校门，到广阔的社会生活海洋里去游泳，到广阔的天空中去翱翔。相对而言，大学的生活是比较单纯的，甚至可以说是比较单调的，但我们一旦毕业进入社会，就必须面对非常复杂、非常多样的生活。我们每天所接触的人也会跟我们在学校里接触的人大不一样。我们在学校里面接触的基本上都是有学问的人，老师们有学问，同学们有学问，包括我们食堂的炊事员学问也很大。但是一旦进入社会，大家就要与各种各样的人打交道，这里面肯定有很多好人，大部分都是好人，但也会遇到一些令我们不愉快的人，我们还会遇到很多不愉快的人带给我们的不愉快的事。所以我们要调整心态，尽快地适应这个社会，那么在激烈的社会变化中怎样尽快地适应呢？社会是千变万化的，但是也有一些东西永远不变，我这26年来之所以取得了一点点成绩，有几点是不变的：

第一，爱国之心不能变。我们生活在这个地方，我们成长在这个地方，我们进步在这个地方，我们跟祖国和这片土地的联系是血肉相连、不可分割的。所以，我们的记忆里面就有中华文明的深刻影响，我们的血脉里面流通着的是炎黄子孙的血脉，爱国之心是我们做人处世的一个根本理念，要坚定不移。

第二，敬业之心不能变。这里并不是说我们要做一个循规蹈矩、老老实实的工作者，当然这一点也很重要，我想这个敬业之心里面也包含着创造、包含着创新，怎样在自己的岗位上干出杰出的成绩，这其中一定有创新、创造在发挥作用。大家很可能毕业后去一个很普通的岗位，去一个学校教书，去一个公司上班，去一个机关当小公务员，这些工作都是非常琐碎的，要求我们按部就班地按照别人的吩咐来做事，完成别人分派给我们的任务。但是我想，即便是在这样一种循规蹈矩的工作程序里，我们依然不要忘记母校教给我们的创造力和创新精神，我们依然有创新创造的空间。我们应该用优异的成绩来改变现状，所以敬业里边包含着创新和创造。当然，我们不可能每个人一出来就成为老板，都成了比尔·盖茨，都成了马云，其实他们也没有什么了不起的，他们也是一步步走过来的。我想，假以时日，同学们只要坚持这种敬业精神，保持北师大赋予你们的创新精神和挑战能力，你们一定能够做出业绩。

第三，诚信为本、友善对人不能变。同学们一定发现了我讲的这四个不变，就是我们社会主义核心价值观里后面的八个字。我想，社会主义核心价值观实际上也是指导我们毕业以后走向社会的一个根本。做人如果不诚信是不能长久的，大事小事都很难做好。如果没有友善之心，我们也不会有朋友，我们对别人不友善换来的必定是别人对我们的不友善，所以将心比心是最朴素的辩证关系。

总之，无论社会怎么变化，希望同学们在未来的生活中，爱国之心永不变，敬业之心永不变，诚信为本永不变，友善对人永不变。

同学们，希望我们今天这个日子也能成为一个人类历史上重要的日子。许多年之后，当你们站在领奖台上，也许会回想起 2017 年 6 月 22 日在北京师范大学毕业典礼的那个上午；许多年之后，当你们手牵着自己的孩子在公园里漫步的时候，也许会回想起 2017 年 6 月 22 日在北京师范大学毕业典礼的那个上午；再过许多年之后，当你们用小推车推着自己的孙子摇晃着满头白发的脑袋在公园里散步的时候，你们会回想起 2017 年 6 月 22 日在北京师范大学毕业典礼的那个上午。所以，这个日子是一个重要的日子，这个日子必将记载在人类史册上，因为今天上午我们北京师范大学有 2500 多名同学光荣地毕业了！

谢谢大家，祝贺大家！

（本文由北京师范大学国际写作中心苗昂先生提供）

在汕头大学 2017 届毕业典礼上的演讲[①]

莫　言

尊敬的李嘉诚先生，亲爱的老师们，同学们，家长们：

大家上午好。我非常荣幸地参加这个热烈而盛大的毕业典礼。我参加过很多的毕业典礼，这是最让我激动的毕业典礼。

毫无疑问，汕头大学暂时还不如哈佛大学著名。我要说什么呢？我要说的是，三年前我参观了哈佛大学的校园，写了一组诗，其中一首是这样写的：

> 又有人摸着哈佛的左脚照相，
> 青铜被摸成黄金。
> 后面还有数十人排队等候，
> 是那样的耐心。
> 哈佛满面愁容，似乎脚痛。
> 三百多年来，这里走出了很多精英，
> 也走出来——我不敢说"很多"——庸才。
> 而庸才更喜欢宣称：
> 我来自哈佛，我是摸着哈佛的左脚毕业的。

同学们，我想表达的是，从哈佛这样的名校毕业，当然很光荣。但是从汕头大学这样暂时还不太出名的大学毕业，同样很光荣。因为，从哈佛毕业的并不说明他必然就能

---

① 2017 年 6 月 27 日上午，莫言应邀参加汕头大学 2017 届毕业典礼并致辞。

干出轰轰烈烈的有益于人类的业绩。而从汕头大学毕业的，假以时日，必有人能做出万众瞩目的，利国利民的丰功伟绩。

一座大学之所以著名，当然要靠优秀的教师，教师队伍里一定要有被世人公认的大师，甚至连学校的建筑，校园的风景，都是大学著名的因素。但是最根本的，一所大学之所以是著名大学，是因为这所大学培养出了杰出的人才。所以说大学著名基本上是靠毕业后走向社会的学生。汕头大学要在不久的将来成为中国的乃至世界的著名大学，靠的是你们，朝气蓬勃的你们，如花似玉的你们，生龙活虎的你们，整装待发的你们，跃跃欲试的你们。

同学们，五天前的上午，我参加了北京师范大学本科生的毕业典礼，做了一个即席演讲，在演讲中我说："我们不可能都变成马云和比尔·盖茨，当然马云和比尔·盖茨也没有什么了不起，他们也是一路走过来的。"

我的这个演讲，被一家媒体断章取义，取了一个标题"诺奖获得者莫言：马云、比尔·盖茨没啥了不起"。正是因为这个原因，同学们，我昨天半夜没有睡觉，写了这篇演讲稿，为的是严谨一点，不要再出漏洞。

同学们，其实，最同意我在北师大演讲中那几句话的，我想很可能是马云、比尔·盖茨他们自己。因为他们内心认为自己没有什么了不起。而只有那些没有什么了不起的人才会狂妄地认为自己了不起。

六天前，马云在美国的底特律做了一个演讲，在演讲中他说他参加了三次高考，三次落榜。他落榜之后去考警察，最后参加面试的四个人录取了三个，唯一一个没有录取的就是他。

他还说杭州第一家四星级饭店建成以后，他和他的外甥一起去应试服务员，他的文化考试成绩远远比自己的外甥好，但他的外甥被录用了，而他被淘汰了。因为他的外甥比他既高又帅。而现在，马云说，他创办了阿里巴巴，他的外甥还勤勤恳恳地在饭店洗衣房里工作。马云还说创业之初他的团队只有 18 个人，他说"我们 18 个人都来自普通的家庭，不是富豪，也没有政治背景，我们甚至没有才华"。但是马云对他的团队说，"如果我们可以成功，那么全世界 80% 的年轻人都可以成功"。

至于比尔·盖茨，同学们都知道他在哈佛没有毕业，他是肄业生，他上了一年就不上了。尽管过了很多年之后哈佛授予了他荣誉博士的称号，但是他在哈佛的一次演讲中也提到他在哈佛学习时的诸多不顺利，在学校里面也遇到了很多的障碍，以及创业的艰辛，事实证明像马云和比尔·盖茨这样的大神级的人物，在他们的学业之初和创业之初也真的没有什么了不起。

今年毕业的，我们汕头大学的各位同学，都没有像马云那样三次高考三次落榜的悲惨经历吧？大家都顺利地毕业了，这一点比比尔·盖茨还牛啊！但是这两个人走出校门之后都用他们不同寻常的思维，坚持不懈的努力，当然还有时代赋予他们的好运气，使自己从一个没有什么了不起的人，最终成为一个了不起的人，所以马云和比尔·盖茨的了不起，就在于他们曾经没有什么了不起，他们的了不起更在于他们实际上已经了不起了，但他们还自认为没什么了不起。

同学们，你们今天就要毕业了，你们可能有一点点沾沾自喜，因为比尔·盖茨都没能大学毕业。但是我想告诉同学们毕业才是真正的开始，所有的学习都是在为走向社会做准备，北方的民间有一句粗俗的比喻，"是骡子是马牵出来遛遛"。话很糙，但理不糙。你们是没有什么了不起呢，还是真正的了不起呢？都需要用在社会生活的广阔海洋里的拼搏实践来证明。

同学们，我当过20年兵，当兵的时候耳熟能详的一句话就是，不想当将军的士兵不是好士兵。这句话据说是拿破仑说的。这句话其实是片面的，如果所有的士兵都能成为将军，谁来冲锋陷阵？一将功成万骨枯，当了将军的士兵是极少数的。构成一支军队的大多数是根本不想当将军的士兵，而不想当将军的士兵未必不是好士兵。后来有人告诉我拿破仑的原话是：不想当将军的士兵，不是好士兵，而当不好士兵的士兵，永远当不好将军。

同学们，大学尽管也是社会的组成部分，但校园内的生活比起广阔复杂的社会而言，还是单纯的，但年轻人就是要敢于挑战。要像海燕一样，渴望着暴风雨的洗礼。无论遇到多大的困难，也不要惧怕，因为希望总是在困难中孕育，机遇也在困境中产生。

社会是分阶层的，有将军必有士兵，有老板必有员工，有领导必有下属，过去如此，现在如此，我想未来也大概如此。

这就要求同学们在毕业之后要踏踏实实地从最普通、最琐碎的工作干起。但如果你有一个亿万富翁的老爸在，明天就要把公司交给你，这就另当别论了。但是假如我是你们其中某一个人的有亿万资产的老爸，在把大权交给你之前，我会让你先去干最脏最累的工作。

同学们，我们希望大家创新，创业，立大志，当大官，做大事，发大财。但毕竟最终能当上大官，做成大事，发了大财的是极少数人，而大多数人在普通的岗位上勤勤恳恳地、踏踏实实地、一丝不苟地、认真负责地工作着，这样的人是支撑这个社会宝塔的最坚实的基座。他们虽然得不到万千粉丝的追捧，虽然得不到勋章和奖牌，虽然得不到在绚丽的舞台上出彩的机会，但作为一个为社会为他人也为自己辛勤劳动的人，也是值得尊敬的，平凡而伟大的了不起的人。

马云了不起，马云的那位在饭店洗衣房里勤勤恳恳工作着的外甥也了不起。

同学们，过去40年，中国社会发生了巨大的变化，创造了人类社会发展史的奇迹，在未来的40年里，中国将发生什么样的变化，谁能想象出来哪怕千分之一，也必将占尽先机。变化就是机遇，变化越大，机遇越多，希望同学们抓住机遇，敢想敢干，既要有鸿鹄之志，又要实事求是；既要敢做第一个吃螃蟹的人，又要严防食物中毒。

最后，我祝愿同学们抖擞精神，投身到第四次工业革命的浪潮中，奋勇搏击，争取在不久的将来成为不同岗位上的状元，成为不同角度的模范，成为自己认为没啥了不起，别人认为你确实了不起的人。

谢谢大家。

（本文由管笑笑博士提供）

"我的文学道路" [①]

莫　言

各位老师、同学们：

上午好！

非常高兴能够来到我们珠海分校和大家见面，虽然之前没来过，但是我们珠海分校的美名早就灌满了耳朵。我们的董校长、刘书记很多次都说过，一定要到珠海分校去看一看，甚至要在那里住一段，我感觉到好像是希望我把家搬到这个地方来。来到珠海分校，今天早晨转了一下，确实感觉到校长和书记的话都是实话，而且他们说的还有所保留，就是我见到的比我想象的还要好。可惜就是这一场"天鹅"台风刮断了我们校园的1900棵巨树，这都是很心痛的。风啊，有时候也真是坏东西，我前几天写了一首打油诗，其中有两句叫"60年的委屈，能对谁说，就像风无奈地从缝隙中穿过"。现在来到这里看，发现这个风可不是那么无奈，它是肆无忌惮地从空旷的地方刮过，所有挡路的都会被拦腰折断。但我想根还在，我们的树总有一天还会重新长出来。

我今天在现场也真是非常感动，这么多同学来听我说话，而且我在这里得到了很多荣誉，两张红光闪闪的大证书，里面的文字我还没看到，回去认真看。而且我也领略到了我们珠海分校的同学们的才华，我想在中国的这么多的大学里很可能找不到一所大学，能够让800多人齐声朗读一首诗，在我们珠海分校做到了。我相信肯定不是昨天布置好的作品，但是这首诗肯定是很早以前大家都背过的，跟我们的诗人余光中先生长期在我们学校工作、教学有关系。我实际上也是余先生的"粉丝"吧，知音是谈不上的。20

① 本文为 2017 年 12 月 15 日，莫言在北京师范大学珠海分校"我的文学道路"见面会上的演讲。

世纪 80 年代初的时候，我在解放军艺术学院学习，当时有一位叫李元洛的先生，好像是研究台湾诗歌的专家，他就用两节课的时间给我们专门介绍了余光中的诗。当时像这首《乡愁》，反正我也差不多能够背过，现在都忘了，但你们一说我也能想起来，深深地感到余光中先生的学养是多么深厚，他对我们中国的古典文学真是熟到骨头里去了。所以他的诗里面处处可以看到我们的唐诗、宋词、汉赋的影响，但是又有像盐溶化到水里一样了无痕迹，这才是一种真正高明的继承。我们又可以在诗里感受到西方文化的影响，因为余先生长期在美国支教，也翻译了很多的外国文学作品，对西方的诗歌、美术也是了如指掌，但是他这样的一种借鉴，也仿佛是我们吃了羊肉变成了我们自己的营养一样，也是了无痕迹的。所以，他这种继承、他这种借鉴，是值得我们搞文学的人认真学习的。最终他在继承中国传统文化的基础上，在大量地学习借鉴西方文化的基础上，熔铸出他的诗歌和散文，形成了他的鲜明的文学共性。

所以这样一个趋势确实让我们感到心中有悲痛，那么他的乡愁也不会到此为止，他的乡愁肯定还会继续写下去的。我们在什么地方可以发现乡愁，乡愁现在也是我们大陆最热的一个词，如果要评年度热词的话，去年如果评的话应该能评上"乡愁"。所以我想现在对我们珠海分校来讲，乡愁就像一场台风过后，大树被拦腰折断，树冠出去校外，树干留在校内，只有树根留在地里，何愁大树不出头啊！所以我们的诗人虽然已经走了，但他留下的传统、他的音容笑貌、他的诗歌，依然会在我们这片土地上继续存在，就像我们的树根慢慢地抽出新的芽苗，然后重新长成参天大树一样。

再一个感受就是朗读确实是一门艺术。这两年中央台的《朗读者》也是火遍了中国，很多人都在台上朗读故事。我也受过很多次邀请，前几天他们还邀请我去，我是一直不敢去，因为我的普通话讲得不标准。我们待会儿让张老师(张清华)给大家朗读一下余光中的诗，昨天我在手机上看了那一首诗，叫作《等你在雨中》，听得我眼泪汪汪的，诗写得好，经他一朗读，更好。我的小说和我的诗写得都非常一般，但经过我们刚才这两位同学的朗读，我自己都被感动了。所以"三分文章，七分读"，真是有道理的，所以古人教学就是先让大家学着念、学着唱，先背得滚瓜烂熟，体会到语言的节奏音韵之美，这是有道理的！

我去年在浙江一带遇到我们搞诗歌的叶嘉莹先生，她是台湾的，这几年在大陆传播我们诗词，影响非常大，是电视台的嘉宾常客。去年她在会稽山讲诗词，那么大年纪了，90 多岁了，好像不要过脑子一样，一背起辛弃疾、李清照就滚瓜烂熟、脱口而出，我就一直感觉到这些记忆力好的人能够呱啦呱啦背书的人，他们不用脑子的，他们都用腮帮子记的。我跟叶先生说，你怎么记得这么好啊？叶先生讲她小的时候，四五岁的时候就开始背诵诗歌，而且背着背着就唱出来，一边摇头晃脑一边唱，所以这样一种记忆是肯定是不但调动了大脑而且调动了肌肉。所以她永远不会忘记，脑子忘了腮帮子还记得。我跟她说我很遗憾小的时候也喜欢把书唱出来，但是无论是家长或者老师听到都会对我们严加批评，不许唱，要认真地、正襟危坐地、一板一眼地、字正腔圆地来读、来背，要用脑子背，不要光叽里呱啦地唱。我想就把我的这种背诵的尝试的天才给扼杀了，而且我父亲他们当时教育我的一个活生生的反面教材就是我们邻居的一个大爷。他上了三年私塾，《三字经》《百家姓》《日用杂字》背得滚瓜烂熟，但是遮住了书页，拿出其中的几个字让他读，他不认识。就是说他光学唱，他会背书但不认识字，当然这也是个问题。现在我们这种教育、这种朗读、这种背诵，我想如果真要记得牢、背的牢，除了童子功之外，还要让孩子们一边唱一边摇头晃脑，不但要调动他大脑的记忆，而且要调动他的肌肉记忆，这样才能够受用终生。

刚才这个同学朗读了《红高粱》里面的一段，我的作品确实数量也比较多，时间有限，我不知道该从哪里说起，既然她们读了《红高粱》，那么我就谈谈《红高粱》。确实发生过这样一场真实的战斗，战斗的地点就在距离我们这个孔向东书记家往北十里路的地方。他是胶州马店人，刚刚我才知道，沿着马店往北往西一点就是胶平公路，当时叫胶县，胶县到平度的公路，往北走十里在胶莱河上就有一座小石桥，这座小石桥上就发生了一九三八年四月二十几号的一场战斗。当然这场战斗我们中方的参加者不是共产党领导的八路军和新四军，也不是共产党领导的游击队，而是属于国民党的游击队，这个游击队领导人叫陶克明，是诸城人，后来逃到台湾去了。陶克明到了台湾以后写了一些回忆录，然后他的儿子拐弯抹角地找到我，然后把一份他父亲写的回忆录寄给我。那么这个陶先生他当然不会不回忆他一生当中最辉煌的一段经历，那就是发生在 1938 年的这场战争，他领导的这场战斗，里面附了很多的照片。我看了这些照片，相信这场战斗是确实发生过的。但是我也感觉到这战绩是被夸大的，因为他既然拍了照片，那么就是说回忆文章里面所讲述的缴获了日本鬼子的九二式重机枪，那个时候一挺重机枪可是不得了的缴获，但没有重机枪的照片。他说是打毁了敌人的两辆轻型的装甲汽车，还有八辆运输车辆，但照片里面好像只有一辆汽车，那些照片他为什么不拍呢。而且说缴获了日本鬼子三把军刀、四十多支步枪，还有子弹数千把，照片上好像只有十来支步枪，难道那些步枪被炸坏了吗，所以我想这个战况还是战绩是有所夸大的。而在 1938 年，如果能够按照他的回忆录所说消灭了五十六个日本士兵，而且其中有一个叫中岗弥高的中将，那就是轰动全国的伟大战绩。我们八路军当年打死一个阿部规秀，也是个名将，我们拍了多少电视剧。我想如果在 1938 年有过这样一场战斗，蒋委员长肯定要通令嘉奖的。打死一个中将那还得了吗？打死一个少将都是伟大胜利。可是，这场战斗没有蒋委员长的通令嘉奖，只有山东省主席沈鸿烈的言语不详的这么一个通电。

所以我想这个战绩值得怀疑，当然战斗肯定存在，即便打倒了十个日本士兵、打死了五个日本鬼子，都是了不起的胜利，中国人敢跟日本人正面交锋作战，是很不容易的。而且小说《红高粱》发表之后，我的日语的翻译者老是问我，我查遍了这个侵华日军的序列，怎么就找不着中岗弥高呢？我说你找找是不是少将，他说少将里边也没有；那我说你找找是不是大佐呢？他说大佐里头也没有，就是没有这个人。后来经过他推测，说很可能是技术军官、文职人员，相当于中将级别，我们军队里面也有很多医生们享受很高的待遇，享受中将、少将待遇，是不是可能是搞什么铁路建设、军线维修的这么一个技术官员。

我说不管怎么说吧，这个战斗确实发生了，而且老百姓都在讲述，一直讲述了几十年。我当年在农村劳动的时候，因为距离这个地方不远，有时候下地干活都要路过这里，所以每当走过这个地方就会想起这场战斗。那些老人们也都会通过自己的记忆，来口述自己记忆中的一些战斗故事，我们就会发现，每个人的讲述都是有差别的，张大爷跟李大爷讲的不一样，李大爷跟孙大叔讲的又有区别。那么，我这次认真看了指挥这场战斗的陶克明先生的回忆录，还是理出了些头绪：第一，参加这个战斗的队伍是非常明确的；第二，对战斗发生的时间是非常明确的；第三，对战斗战术也是非常清楚的。那么我的小说《红高粱》中描写的爷爷奶奶他们在这个桥头埋上了北方农村耙地用的铁耙，耙齿尖朝上，然后让日本人的汽车一下子扎到，轮胎扎透，困在小桥上无法行走，然后他们利用手榴弹，把敌人消灭个差不多，这个过程是这样的。这次他这个回忆录里面附上另外一个参加战斗人的回忆录，就是他们用铁耙把车轮胎扎破以后，一声令下，当时他们没有好的武器，只有手榴弹，几十颗手榴弹全部丢到车上去。爆炸过后大家都不敢抬头，听了一点动静没有，这是怎么回事？后来悄悄一看，汽车上的人可能都被炸死了，按照他们的说法是消灭了五十六个鬼子，也就是说，这一波手榴弹炸伤了四十八个，只有八个活着的，跑到老百姓家里去了。然后就包围起来八个日本士兵，那么这八个日本士兵让游击队付出了沉重的代价，死了几十个人，前面的四十多个人就是一波手榴弹全死光了。

当然，写小说、写这种历史的小说，不是要真实地再现这样一个战斗的场面；也不是要准确无误地描写一场战斗的经过，而是要通过这样一个战争的背景来写在战争中的人。当然我又不仅仅要写短短的这么一个战斗，而是要写战斗发生之前，也要写在战斗发生之后，要写人的情感，要写人的恩怨，要写人的情感在战争这样一个特殊环境下的变异。这个小说是1985年我在解放军艺术学院文学系学习的时候写的。我当时是军人的身份，我们军艺的文学系当然会把军事文学创作当作我们最重要的任务。而1985年也正是抗日战争胜利40周年，当时很多老一代的作家对我们这批年轻作家不太信任。他们经常表述这样的看法：像他们那一代老的经历过战争考验、有战争经验的作家，因为"文革"十年的耽搁，浪费了大量的时间，当重新拿起笔来时，精力也衰减了；而像我们这一些比较年轻的军旅作家，精力充沛思想活跃，但是缺少战争经验，所以中国的军事文学的发展前途是堪忧的。我当时在这个会议上也发表了不同的看法，我说这个没有关系，苏联的卫国战争是打了四年，但是已经出现了五代写卫国战争的作家。我们中国的战争历史比苏联的卫国战争历史要长多了，我们有很多丰富的资源、素材，我们这帮年轻作家虽然没有经历过战火的考验，但是我们可以用别的方法来弥补，我们可以看电影、查资料，我们可以到民间去采风，我们可以去跟经历过战争的人交谈。另外，我们确实没有看过跟日本人真刀真枪拼杀的场面，但我们去人民公社的屠宰组里面看过杀猪，在自己家里面也杀过鸡，这些经验是可以移植过去的。所以在《红高粱》里面有几句描写，写游击队的大刀，把日本侵略者的脑袋脖子砍断以后，他的脑袋当然是飞到河里去了，他脖子上的皮肤刷一下就褪下去。有一个参加过战斗的老八路就说：这描写的太对了！就是这个样儿！你是怎么知道的？我说我杀鸡的时候就这样儿。

当然在小说里面有这样一些描写，到我现在这个年纪，也感觉略有过分之处，但是在80年代文学探路的时期，各种文学思潮汹涌澎湃地碰撞的时候，这种描写是被允许的，而且还有人写得可能比我还要大胆。这说明一个问题，就是我们一个人的生活经验是有限的，我们不可能把各行各业都去做一遍、干一遍。我们必须善于把别人的经验移植为自己的经验，我们必须把我们不熟悉的生活，通过某些方式变成熟悉的生活。文学所谓的移情，情节构置方面所谓的"偷巧""取巧"，都是可以允许的，这也是一个作家的看家本领。否则我们的经验很快就会写完。作为一个职业作家，我们要不断地写作，那么就只能千方百计地去"偷"别人的。这是比较难听的说法，不难听的说法就是要学习、借鉴别人，善于移情，善于把自己的感觉推到自己小说里面的人物身上去，这叫"推己度人"。善于把别人的经验变成自己的经验，在别人身上发生的事情，完全可以在小说里移植到以第一人称"我"来写的作品里去，当成"我"的事情来写。所以，有的时候有一些读者也是挺不讲理的，往往会把小说里面的人物跟作家画等号，有个别的批评家也故意这样做，你在小说里面写了一个很坏的流氓，这个批评家就认为是作家的内心灵魂的暴露。那我这里面写了一个高尚的人，写了雷锋，你怎么不说雷锋就是我呢？就是说，这样一种批评是很武断的，我们应该相信作家是能够虚构的，我们相信作家能够写坏人的时候像坏人，写好人的时候像好人。在当今风云变幻、难以琢磨的时代里，在形形色色的人物纷纷登场的这样一个时代里，我们的文学、我们的作家怎么样能够让我们的作品本身也变成一场丰富多彩的大戏，怎么样让众多形形色色的人，戴着各种不同面具和想法的人，在我们构建的小说的艺术舞台上来表演，就需要作家能够不断地推己度人，不断地变换自己的心理身份。我们文学院的同学们肯定都能够理解这一点，而且经过训练以后都能够做到这一点。

我这个《红高粱》当然不仅仅是写了一场战斗，也写了情感，也写了这样一种植物。本来这个高粱并不是一种好吃的粮食，我们家乡之所以要广泛地种高粱是由这个地方的地势所决定的，高密东北乡地处胶州、平度、高密三县交界的地方，有好几条河流在这个地方汇集，以前降雨量也比较大，每年到了秋天的时候洪水泛滥，出了村庄一片汪洋。我小的时候听到最大的声音就是青蛙叫声，每到夏天的夜晚，整个的东北乡一片蛙声，吵得觉都睡不着。我一个大哥当时在上海读大学，他每年暑假回来，一下火车就听到东北乡一片蛙声响亮，他心里立刻就像坠上了石头一样沉重：坏了，今年又涝了！听不到这么多青蛙叫的时候说明年景不错，听到全是青蛙的叫声，就知道庄稼全被淹死了，所以在这个情况下我们只好种高粱，因为高粱秆高，耐涝。所以我在小说里写一片红色的高粱淹没在一片水里面，这种场景我是见过的，只是没有像小说里写得那么辉煌，而且水高粱一旦被淹到水里以后，很快就会烂掉的。有的时候这个高粱种子在高粱穗上长出了绿绿的芽苗，因为来不及收割，所以这个时候你就看到水里面出现了一种奇特的景象：所有的红高粱，都变成了像狗尾巴一样重生的绿色的这种大高粱穗，长得像胡须一样垂到水面。这个我在小说里面没来得及写，将来再说吧。

1987 年，有了张艺谋的电影，电影也是在小桥上拍的；2013 年郑晓龙又把它拍成了电视连续剧。电影是姜文和巩俐演的，电视剧是周迅和朱亚文他们演的。电影我看了几遍，电视剧我没看完，看了 20 多集，我就去美国爱荷华（大学）了，等我回来的时候就演完了，我也没再去从头看。我就知道这个电影当时做的简单，因为 90 分钟的时间，一部长篇小说，那么多的情节，那么多的人物，只能选取其中比较有意义的、最能够表达导演的精神追求的。张艺谋基本只用了《红高粱家族》的前面两章《红高粱》和《高粱酒》，我认为还是比较精彩地演绎了这个故事，也比较准确地提炼了这部小说的精神，那就是一种自由的、奔放的、敢说敢做的，这么一种男子汉的、一种人的个性解放的精神。那么电视剧自然就是要做加法，过去的电视剧一般都是 20 集、30 集、40 集，这几年是越拍越长，60 集、80 集、200 集，越长才能够把钱赚过来，短的话演员的片酬都不够，所以《红高粱》硬给抻成了 60 集，这里面就要大量地添加人物、增加故事情节，就要像一团面一样发起来。后来我看了很多的历史题材电视剧，如果你看一部就拉倒，如果你把每一部都看的话，你就会发现很多情节都是相同的、类似的。尤其现在这种宫廷剧，很多阴谋、很多桥段、很多套路都是在反复使用。我也问过一个编剧，我说你写清宫的戏跟明代的戏，情节怎么都一样啊，他说看了这部戏的观众未必会去看那部，我说假如他两个都看了怎么办？他就说那都忘了。谁去记这个啊。我说我太老实了，我每次写东西、编剧本，都生怕重复，让人家发现马脚，他说放心放心，改头换面没关系。

我也确实写过不少电影剧本，也写过一些电视剧剧本，各种文学题材都尝试过，我也写过话剧，当然我也写过诗歌，今年在《人民文学》发表了几首诗。刚才我们同学的朗读，真是增加了我写诗的信心，把我的诗朗读得这么好听，那我还要继续写。所以我们北京师范大学国际写作中心，不仅仅是研究小说，诗歌也是我们关注的一个重点。我们中心现在也有两个大诗人：欧阳江河、西川，当然也有我们的小说家苏童，他就是我们北师大的老校友，又是我们年轻帅气的小说家。所以写诗对我来讲是一个崭新的尝试，我感觉写诗比写小说要轻松，写小说要有很好的耐性，你写 150 万字的长篇，就要屁股耐过三个月，要坐住，不能坐不住。当然海明威据说是站着写，但他一天只写四百字。我们坐着写，我一天可以写一万四千字，甚至一万七千字。有的人说：你一天一万七，肯定是垃圾。真不一定，有时候一天写一百七十字，第二天一看，垃圾。当每天写到一万七的时候，差不多字字珠玑，因为你的灵感来了，你的全身的感觉被调动起来了，你的每一个细胞都被激活了，都在为文学服务；你的比喻赶不上你的思维，所以妙语连珠，一天一万七，字字是珠玑，一天一百七，字字是垃圾。

所以不要管作家写得多么快，不要以此为标准来批评一个作家写得不严谨。我们古人怎么写，外国人怎么写，这句话是不对的。李白如果一天写一行诗，像贾岛那样，肯定不是李白了，李白就是下笔千言，倚马可待，这才是李白。李白的诗肯定是喷出来的，而有的人的诗是挤出来的，挤出来的诗怎么可能比得上喷出来的？从这个意义上讲，写诗是比写小说要轻松愉快的。写小说要坐着写，写诗可以走着写、可以骑在马背上写、可以在游山玩水时写。再一个，诗确实是需要感情的饱满，感情不饱满不足以喷；另外一个，诗确实需要语言的高度凝练，需要写作者的思维极其活跃，不断地做各种各样的过山跳，不断地做各种各样高难度的冒险、语言的冒险，像蹦极一样。体会从语言的顶峰坠落到语言的低谷这种降落时的快感，所以说到诗歌，我还是把话筒交给我们张老师，让他给大家谈一下这方面的问题。

（本文根据腾讯网 2017 年 12 月 15 日视频整理）

在 2017 中国艺术研究院电影电视评论周开幕式上的演讲[①]

莫　言

各位专家、各位老师、各位同学、各位领导：

非常高兴来参加我们电影电视评论周。今天我们中国艺术研究院可以说是张灯结彩，充满了节日的气氛。元旦也快到了，在元旦前举办这么一个活动，真是非常的有意义，恰逢其时。

讲故事也不能漫无边际地讲，要讲跟电影有关的故事。十几年前，法国一家很大的报纸邀请了全世界四十多个国家的作家，要求他们写一件发生在 20 世纪 70 年代初期的具有国际性的文化艺术事件，那个时候我在我的老家山东高密的一个偏僻的乡村里做农民，我实在想不出来在我们村里面发生过什么样的具有国际性的文化艺术事件。后来突然想起来一件事情，就是在 1972 年深秋的时候，我们县城里上映朝鲜电影《卖花姑娘》，而且据我们村在县城的那个人回来说，这个电影非常好看，一票难求，所有去看这个电影的人没有一个不流眼泪的，甚至有在电影院里哭晕了的，哭晕了以后心脏病发作送到医院抢救的。这一下子勾起了我们几个小伙子的兴趣，那会儿我们也就是十七八岁。当时因为我们是社员，要去县城看电影，首先要经得生产队长的同意，那天下午我们生产队好像有很重要的劳动，我们也没有请下假来了，后来我们偷偷地跑掉了。

从我们村到县城要 50 里路，我们也没有自行车，一路急行军，上气不接下气地为了看《卖花姑娘》往县城奔跑。跑到县城是傍晚，大概七点多钟了，这个时候十一点以前的票全部卖光了，我们只能等着看深夜十一点那一场。我们进到电影院还是满座，电影开始不久就听到四周响起了抽噎的声音，慢慢发展成低声的抽泣，后来有一个女的号啕

①　本文为 2017 年 12 月 26 日晚，在"2017·中国艺术研究院电影电视评论周"开幕式上的演讲。

大哭。我向来号称是眼睛比较硬的一个人，但是也受到电影情节的感染，也是热泪盈眶。看完了电影我们连夜跑回家了。

第二天一大早还要出更，队长见了我们第一句话是骂我们为什么不请假就跑了，你们去干什么去了。我们说看了一部非常感人的电影。我们队长说什么东西也比不上吃饭重要，电影能当饭吃吗，你们看了一场电影，今天早上不吃饭可以吗。我们说不可以，因为跑了一夜很累，必须吃饭。他说那不就是了嘛，所以还是吃饭要紧。实际上从某种意义上来讲，看电影确实比吃饭重要，我想如果让我饿一天肚子能看一部好电影，我一定会饿肚子。

后来到了 80 年代，我考入了解放军艺术学院，我们同学里面有一个专门搞"文革"期间电影评论的同学。他写了一篇文章，说《卖花姑娘》这部电影赚取了中国人一万吨眼泪，我说你这不是胡说八道嘛，一万吨眼泪差不多是一个湖泊了。他给我算账，他说中国当时有多少亿人口，大概有十几亿人口，看过电影的人有一亿人次，每个人流一两眼泪，这么一算就一万吨了嘛。我想直到现在可能也没有一部电影能够赚取我们中国人民一万吨眼泪。

写了一篇文章，我又去跑了好几家音像店，终于买到了 VCD《卖花姑娘》，我想事情已经过去快三十年了，当时我是一个小伙子，现在我是一个很成熟的中年人了，而且我看了那么多的电影，古今中外的电影，难道还会为《卖花姑娘》这样一部电影流眼泪吗？为了写文章时引用细节更准确一点，我在电脑上重看了一遍《卖花姑娘》。这一看发现，每到催泪的地方，我依然会泪流满面。这么简单的情节我为什么要哭呢？我明知道那个地主往孩子的眼睛上浇参汤的情节几乎是不可能发生的，但我还是被它感动了。我想这部电影里有我的青春岁月，因为我看电影的时候，一边看着电影里面的情节，一边想象着我们忍着肚子的饥饿往县城奔跑的情节，想起我们当时那么的年轻、那样的追求，为了看一部电影可以不吃饭，我想看这种电影，实际上都是在重温自己的青春岁月。

前几天我又看了一部电影，也是我今年看的唯一一部电影——《芳华》。这部电影大家都说要带着纸巾去，我也不太相信，冯小刚我也认识，难道他真能把我的眼泪催出来吗？但是一看这部电影，确实不止一次的又是泪流满面。因为一看到草绿色的军装，一看到红领章、红帽徽，我便想起了自己二十多年的军旅生涯。我当兵的年代恰好是这部电影所反映的年代——"文化大革命"的末期，紧接着是对越自卫反击战，我们当年也是热血青年，我们非常希望能有机会上战场去报效祖国。当然也有私心，与其说活得窝窝囊囊的，不如到战场上建功立业，即便牺牲了，也是一个烈士，也让我的父母在村子里扬眉吐气；如果牺牲不了，我也一定是一个功臣。于是抱着这样的想法，我们都写了决心书。最终，我没有上战场，但是对当时整个国际国内的氛围、对当时我们这些在部队里面当兵的年轻人的精神状态是非常了解的，所以一看到这部电影，马上就联想到自己当兵的岁月。看到电影里面的那些人物，感觉就是自己身边的战友，所以他们的命运也就是我的命运，他们的青春也就是我的青春，他们的遭遇也就是我的遭遇。因此，当他们的命运遭到挫折的时候，当他们的个人生活出现很大困难的时候，当他们受到了不公正待遇的时候，当他们的肉体受到了子弹的打击而流血的时候，尤其当他们的精神受到创伤的时候，我感同身受，因此我也泪流满面。这部电影里面有我的青春。

我作为电影观众，是不太高级的。现在一些很高级的电影观众，绝对不把一部电影能否让自己流眼泪当作评价这部电影的标准，他甚至会说这些能够催泪的电影肯定是不深刻的电影，而真正深刻的电影是让人流不出眼泪的。这样的说法也有一定的道理，因为电影艺术太丰富了，题材太多样化了，风格也像万花筒一样让人眼花心乱，我想评价电影的标准也是千千万万的。我作为一个比较一般的电影观众，我还是希望看到能够引发自己这种青春想象的电影的，能够让我感同身受的电影的，能够让我跟电影里面人物的命运混杂在一起的电影的，我觉得还是我愿意看的。

我想到了第三部电影，我参加过编剧，根据我的小说《红高粱》改编的电影，这个导演大家都知道，是张艺谋。这部电影我看了很多遍，看这部电影我一点眼泪都流不出来，我反而觉得好笑，因为我知道这个电影的制作过程是那样的滑稽，根本没有像我们作为一个纯粹的观众坐在电影院的感受。一看这部电影，看到某一个镜头，我想起了姜文在我们家里吃饼的那个样子，姜文一脚把我们家的热水瓶给踢碎了，一点不道歉，而且好像还嘟嘟囔囔的，我赶快打圆场，我说我们这部电影肯定会引起爆炸性的效应，你看真的爆炸了。看到巩俐坐在小石桥上，我马上想起来我带着一帮朋友去看拍电影，看了一上午巩俐坐在那个小桥上一个镜头没有拍完，他们很失望，拍电影这么难看，一点都不好看，没有意义。所以看《红高粱》我不感动，我反而觉得好玩。

也就是说，当一般观众沉浸在电影里面感动得死去活来的时候，这些导演们、这些电影的制作者们都在偷偷地笑。所以我想电影导演这个工作他们就希望把所有的观众都变成傻子，希望所有的观众都把电影当成真事，尤其是希望所有的观众都把自己沉浸到电影当中去变成其中的一个角色。而我们的电影评论家就是要时刻提醒观众，这是电影，不要太当真了，太当真就不能自拔了。所以我想我们电影电视评论周就起了这么一个让观众冷静的作用，时刻提醒大家这是电影，不要陷入太深。电影是一门艺术，也是一门技术，这里面有好的，也有不好的，有值得大家好好学习作为榜样的人物，也有值得大家认真批判的人物，这里面有一些闪光的思想，也有一些不太健康的思想，这就需要在电影评论的指导下让观众有更加冷静的态度和立场，来接受我们的电影艺术。

我想有了电影开始，电影评论就存在了，即便刚开始的时候没有这么多的刊物，也没有什么电视的评论频道，但是那个时候每一个观众都是一个潜在的评论者，我们看完电影在一块议论就是对电影的评论。只不过电影发展了一百多年之后，电影评论已经变得非常成熟，已经产生了很多电影评论自身的理论体系。所以我想在这样一个时刻，在电影电视大量出品的情况下，怎么样让我们的观众去选择最好的电影看，或者怎么样引导我们的观众从电影里面发现最有价值的东西，这是我们电影评论的价值所在，也是我们这一次中国艺术研究院主办的电影电视评论周的价值所在，谢谢大家。

（原载中国作家网 2017 年 12 月 27 日）

二、 "诺奖"反应

论莫言获奖的提振"核力"

韩雪梅

从社会学的角度讲，围绕一种有价值、有意义的事物和现象，其提振"核力"说到底，就是能够产生"提高与振奋"价值能量的核心动力，有效放射出"核能源"意义的嬗变能极。当下文学界乃至社会上的"莫言热"已经消退了很多，一切近乎又复归常态。因为，现在离莫言荣获诺贝尔文学奖已经过去了四年时光。有专家说莫言获奖前，中国当代文学可称之为"前莫言时代"；莫言获奖后，那就理所当然称之为"后莫言时代"。但是我感到，围绕莫言获奖对于中国当代文学时间段的概念划分，其实并不重要，它仅限于学理研讨的术语区分。可以说，莫言获奖对于中国文学时间段划分的真正意义，是看其真正产生的影响和价值为当下文坛确实带来了什么，能够产生多大的推动力？换言之，"莫言热"的冲击波给中国文学乃至文化的提振"核力"到底有多强，波及有多广，热度有多久，意义有多深。可见，目前我们所需要的，是针对当下中国文坛的整体态势，必须有一种十分清醒的分析与判断，进而更好地涵濡和转化莫言获奖的提振"核力"，以此进一步推动和发展美好而神圣的文学事业。

一

2012 年 10 月 11 日，瑞典文学院宣布，将 2012 年诺贝尔文学奖颁给中国作家莫言。一时间，低迷的中国文学界立刻沸腾了，转型时期的中国社会也随之跟着"热闹"了，莫言本身不由分说、不由自主地由人变成了"神"。就在他荣获诺贝尔文学奖的前一年，也就是 2011 年，苦熬了多年的莫言才凭借长篇小说《蛙》，并非高票地获得国内第八届茅盾文学奖。我们现在回头看，假如莫言没有成功摘取茅盾文学奖，中国的文学界是不是出了个大笑谈，中国作家协会将会多么被动。好在中国文学"有惊无险"，终于比国际的诺贝尔文学奖提前一年"慧眼识珠"。

那么，莫言之"珠"是什么？他本身的文学价值在哪里？瑞典文学院给出的答案是："莫言的作品中充满魔幻现实主义色彩，是历史和现实的并存，融合了民间故事、历史与当代社会，在作品中创造了一个令人联想的感观世界。"①莫言获奖之后，文学评论界全方位、立体化深入解读他的《丰乳肥臀》《蛙》《四十一炮》《檀香刑》《生死疲劳》《红高粱家族》等代表作品，大家从不同角度直抵他的"价值核心"进行定论。孙郁认为："莫言是我们这个时代一个标志性的存在，他的价值在于把泯灭的文学良知从泛道德的世界里打捞出来，进入了人的本原。"②刘再复把莫言的创作形容为"鲸鱼状态"："现在看来，莫言的鲸鱼状态，他不仅是中国黄土地上的奇迹，而且是地球上这个蓝色星球蓝土地上的奇迹，从太平洋遨游到大西洋，还将从二十一世纪游到今后许多世纪。我们为中国出现这么一条文学大鲸鱼而骄傲，但最好应当如他所说的，重要的是牢记鲸鱼的精神。"③南帆则提出"在'魔幻'与'现实主义'相安无事的时代，莫言的魔幻修辞显示了强大的文学想象，这种想象可以轻而易举地衔接异于现实的神奇世界——这是文学对于神话时代的致敬。"④

可见，莫言获诺奖具有中国当代文学的"符号"意义和时代价值，莫言创作思想在中国社会转型期的特殊历史阶段，确实具有精神性的引领和推动作用，"是对中国文学的一个阶段性总结，他的文学表达很有生命力，启发同时代的作家深入思考自己的来路与去向。"⑤我觉得，这种真正意义上启发"来路与去向"的实际推动作用，就是莫言获奖之后文学现场提振"核力"的价值转化和力量构建。一方面，是他作品中现实主义精神对当下文坛创作的影响和集聚，另一方面，也是对于中国文学更有机会走向世界的自信确立和思想表达。哲学告诉我们，对于任何一种事物和现象来说，提振"核力"的产生与释放，是事物发展规律"可然律"和"必然律"的实质互化，社会如此，文学亦如此，何况是莫言效应的言说时代。

二

"莫言获得'诺奖'，已经构成了巨大的文化事件，在很大程度上，这使得莫言从一

---

① 2012 年诺贝尔文学奖颁奖辞。
② 孙郁、莫言：《一个时代的文学突围》，载《当代作家评论》，2013(01)。
③ 刘再复：《莫言的鲸鱼状态》，载《当代作家评论》，2013(01)。
④ 南帆：《魔幻与现实的寓言》，载《当代作家评论》，2013(01)。
⑤ 刘茜：《莫言获奖是新时期文学的一个总结》，载《中国文化报》，2012-11-27。

个'有限度'的著名作家，跻身于一个民族的'文化英雄'行列。我们所关心和重视的，更多的应该是那个与文学本体相关的莫言。我们最需要探究的是，莫言穿越历史和我们这个时代的表象，创造出一种独特语境和想象的世界。"①也就是说，我们要将给付莫言的崇拜变为莫言获奖后对当代文学现场提振"核力"的清醒认识和客观把握，进一步提升中国文学的核心价值观和国际话语权的发声力，这一点，经过四年的深刻认知，文学界应当取得共识，莫言获奖不仅为世界提供了重新评价中国文学的机会，更打开了中国文学走向世界的通道。

长篇小说被称为文学之王，是文学体裁中的"航空母舰"，莫言就是以其充满魔幻现实主义色彩的长篇小说打动国际文坛的。他获奖后的这几年，中国文坛长篇小说的创作突飞猛进，每年递增的速度高得惊人。2015年纸质出版长篇小说已突破5000部，创下中华人民共和国成立以来纸质出版长篇小说的最高纪录。这其中，我们高兴地看到，在长篇小说创作的主潮中，现实主义的创作思想和艺术风格占据了核心位置，逐步形成了一种现实主义的格局与气质。我们以2015年第九届茅盾文学奖为例，全国共有五百部长篇小说参评，通过专家的第二轮评选，有252部具有现实主义精神的作品脱颖而出。最后，格非的《江南三部曲》、王蒙的《这边风景》、李佩甫的《生命册》、金宇澄的《繁花》和苏童的《黄雀记》登顶。我们看，这五部获奖作品，无一例外都是深入生活、直面社会、扎根人民的现实主义代表作，是五位作家用现实主义精神烛照社会生活责任担当的民情之作，充分表达了这个时代生活的深度和广度，成为莫言现实主义作品获奖之后，中国文学现场提振"核力"的有力证明。这几年，"现实主义承认人和世界的客观性，按照世界的本来面目再现社会，强调人类理性的能动力量，重视人的社会性，与时俱进，守正出新。"②中国当代文学的现场，正在发生现实主义创作精神由物理能质向化学反应的可喜嬗变。

莫言重要作品所讲述的具有中国特色的高密故事，洋溢着浑厚、悲悯的人类情怀，作品在得到国内广大读者喜爱的同时，也颇受国外读者的欢迎和好评，很好地发挥了"阅读'莫言'看中国"的大文化作用。莫言获奖的另一个提振"核力"，那就是促进中国当代文学进一步走向世界，更加拉近了中国文学和世界各国读者之间的有效距离，成为中国文学走向世界的又一个新起点，中国之声在国际文坛的影响力和感召力越来越强。2016年4月4日，国际儿童读物联盟公布了2016年度"国际安徒生奖"获奖者名单，中国作家曹文轩摘得这一世界儿童文学领域的至高荣誉，实现了华人在该奖项上零的突破。继莫言获诺奖之后，曹文轩亦在国际上获大奖，中国当代文学在世界面前一次次展

---

① 张学昕：《谈作为故事"讲述者"的莫言》，载《文汇读书周报》，2014-10-31。
② 张江、雷达等：《现实主义魅力何在》，载《人民日报》，2016-04-29。

现了蓬勃的生机与活力，风景这边独好的"中国故事"在世界上的分量与日俱增，异彩纷呈。

三

毋庸置疑，任何事物都有其两重性，甚至多维性，文学也不例外。莫言荣获诺奖，其提振"核力"对中国当代文学的繁荣发展是不可低估、有目共睹的，这一点在文学评论界早已取得共识。但是，我们要说的是，"莫言热"之后，文学现场就永远"莫言"了吗？文学的力量就持久地"一飞冲天"了吗？中国文学真的远离社会被边缘化了吗？面对当下的文学现场，我们还需要反思什么？诺奖与中国文学现场价值的冷静重估问题，显得非常重要而富有现实意义。

2012年以来，全国每年出版的纸质长篇小说都达数千部以上，每年都打破出版数量的历史纪录。可是，大家静下心来想一想，每年能有多少部长篇小说给读者留下印象，这里还不必说留下了深刻印象，真正能够打动读者心灵的高质量作品也就十几部而已。作品海量不等于文学能量，出版的数量和作品质量严重失衡，小说原创力明显匮乏，粗制滥造成为中国当代文学繁荣发展的最大弊病。

与此同时，我们今天的文学是越来越"市场化"了，越来越向市场献身，甘当金钱的奴隶。其具体表现症状是：一为文学远离了民众，呈现出一派屡弱扭曲的文化病象；二为文学"娱乐至死"，在商品娱乐化的文学世界中，缺少了人们对思想道义的精神追求；三为文学消解道德，许多突破道德底线的作品在市场上反而颇为流行；四为文学"虚无"历史，把真实的历史改为可任意涂抹打扮的"小姑娘"，在社会与艺术的真实面前变得毫无顾忌；五为文学"乱化"生活，只要是在市场上有特殊"卖点"的材料，无论其精神本质是什么，一定会是文学作品中大书特书的低俗"生活"。"文学生产与市场经济发生联系以后，最初的担忧是文学位置的边缘化，而后意识到文学的危机在于价值的边缘化。避免价值边缘化的可能途径，是在市场中坚守文学的审美理想，保持文学的独立价值，否则面临的将不是边缘化，而是文学的死亡。"[①]这就是我们最为忧虑的问题：文学艺术走向市场后，精神价值开始严重流失，艺术形式上的审美探索也已逐渐弱化，"莫言热"形成的提振"核力"，在中国社会转型期物质至上的一道道阻力面前，远远没有真正冲破沉重的压迫和干扰，处于意识形态困境中的中国文学，还没有真正建立起一种代表中华民族文化气质和思想精神的时代图腾。莫言的个人作品，诺贝尔的一个奖项，"莫言热"的

---

① 张江、王尧等：《文学不能依附市场》，载《人民日报》，2016-03-28。

一阵浪潮，现在看来，一方面促进了中国文学的发展，而另一方面，则无法延缓和削弱多数作家创作思想的现实迷乱与浮躁。在不长时间的热闹背后，中国当代文学应以什么样的标准再次审视和重新确立自身的文化价值和社会意义？这个沉重的问题不仅是留给莫言自己的，更是留给中国社会的一道必答题。

其实，早在四年前，刚刚获奖的莫言就有很清醒的判断，面对社会的各种提问，他早已做出了预想式的科学回答："希望大家把对我的关注变成对中国当代文学的热情。"①围绕莫言获奖的提振"核力"问题，作为在中国文学现场打拼了几十年的名家，他本身是最有感受的，深知个人获奖所产生的冲击"核力"会十分有限，而全社会对中国文学的关注与热情则是无限的。无疑，作者和读者持久的热情与社会环境的文化热度，才是文学艺术繁荣发展的根本动力和强劲"核力"。要想进一步改变处于社会边缘化的文学艺术现状，中国文学必须回归本我，找寻"热闹"之后的强大动力。我们感到，当莫言获奖后的"喧哗"归于平淡，真正属于中国文学和中国作家的发展之路还很长很长。四年前，社会和文学本身，把莫言获奖将会对中国文学的发展产生的积极推动作用给予了虚幻化的无限放大，把莫言个人的艺术魅力不现实地转化为期望中国当代文学的"全线飘红"，人们好似不再特别关注莫言的代表作品，大有等待二十世纪八十年代文学热潮很可能回归的美好愿望。

"今天的读者分享着莫言的喜悦，那些世俗层面的一切正在遮掩着他真正的价值，这恰是莫言要踏倒的存在。他在文字的王国里以笑的方式和狂欢的方式面对尘世，这个怀着大爱和悲悯之情的人，以孤独换来了喧闹的赞誉，但他需要这些吗？在诺贝尔奖的背后，他更认清了世俗的存在，而我相信，他意识到还有的陌生领地在期待着自己的耕耘。在苦难与不幸还在的时候，文学的突围之路，仍是长的，我们和他一起，还在没有完成的途中。"②是的，评论家、作家和学术界都应该有这种深刻的认识，大家都知道任重道远的文学突围之路究竟有多长。文学离我们还有多远？我们距商品化的市场又有多近？刘再复在莫言获奖后第一时间把其创作精神称之为"鲸鱼状态"："莫言没有当鲸鱼的野心，但他却牢记鲸鱼的精神，坚定地走自己的路。这就是莫言的大生命的状态，是大气象的状态，是大文学的状态。"③那么，按照这种"鲸鱼状态"的观点，大家来看，目前中国当代文学的状态，是大生命的状态，或是大气象的状态，还是大文学的状态？围绕这个既敏感又现实的问题，莫言的回答很巧妙，他说自己获得诺贝尔奖，根本不能代表中国文学获得了诺贝尔奖。莫言一直在不停地呼吁，诺奖过后，我们应该把关注的

① 李舫、莫言：《希望把对我的关注变成对中国当代文学的热情》，载《人民日报》，2012-10-19。
② 孙郁、莫言：《一个时代的文学突围》，载《当代作家评论》，2013(01)。
③ 刘再复：《莫言的鲸鱼状态》，载《当代作家评论》，2013(01)。

重心转移到文学本身，由关注个人本身荣誉，转而更聚精会神地关注中国文学的发展与繁荣。

归结而言，莫言获奖对中国文学确实产生了一定的提振"核力"。但是，身处当前社会转型进程中患有经济"高血压"和文化"贫血症"的特殊历史时期，我们还需进一步加大"剂量"，给早已被边缘化的当代文学注入固本强基性质的生机与活力，给面向市场但不应顺从市场的中国文学增添强大持久的精神力量，在文学作品精神性与商品性的博弈中，深层次提振和扩散文学现场具有放射意义的生命"核能源"，有力冲击和突破市场化的层层重压与裹挟，努力激活和焕发文学艺术事业的真正价值能量。按照这一观点，现在看来，想要进一步改变文学现状，实现新世纪文学书写"民族梦""中国梦"的伟大筑梦工程，为这个飞速变化的时代做出一份真实的精神代言，无疑，当代文学的繁荣发展仍然任重道远，需要我们继续奋力前行。

（原载《吉林省教育学院学报》2017 年第 5 期）

"后诺奖"时期莫言小说研究的瓶颈和路径
——兼及莫言研究的分期问题与刘广远、王敬茹商榷

姬志海

一、"后诺奖"时期莫言研究的意义、概况和瓶颈

20 世纪 80 年代以来的中国当代小说发展流变一直都是学界关注和研究的热点，莫言更是这其中绕不开的重量级作家之一。1985 年《透明的红萝卜》的发表，"重感觉叙事"的莫言开始为文坛所侧目，其后《金发婴儿》《爆炸》《球状闪电》等一大批同类型中短篇小说接连发力，特别是 1986 年以《红高粱》为代表的红高粱家族系列的新历史主义小说的问世更使莫言成为拥众多读者的先锋派小说家。从 90 年代的《酒国》《丰乳肥臀》开始，莫言尝试狂欢化的多声部叙事技巧，并且取得了极大的成功，进入 21 世纪以来，他更是以《檀香刑》《四十一炮》《生死疲劳》《蛙》等多部均可堪称经典的长篇小说文本，超越了同时代的其他中国小说作家，跻身于世界一流小说大师的行列。2006 年 7 月，继巴金之后，莫言被授予了"福冈亚洲文化奖"，时隔六年，他又一举斩获了诺贝尔文学奖，成为获得该奖项的第一个中国籍作家。

倘以"莫言"为关键词检索"中国知网"即可发现，自 2012 年 10 月到 2017 年 5 月，国内批评界对莫言及其小说创作的批评文章骤然增多。与此同时，一大批国内知名学者还先后在北京、济南各地举行了若干场针对莫言创作的专题分析的大型学术研讨会，以《当代作家评论》《小说评论》为代表的重量级学术期刊也先后开辟了针对莫言小说的研究

专栏……影响所及，越来越多的台湾学者与海外汉学家也先后接踵加入到这一讨论和互动中来。可以预见，在不久的将来，关于莫言及其小说的研究势必成为一个吸引国内学人和国外汉学界乃至国外文学界众多研究目光的新的"磁极"和"黑洞"，即针对莫言及其小说创作的研究，更大一股蓄势待发的学术发展性与突破力正在启动，更多具有巨大创新潜力的、新的学术知识生长点也正在形成。

笔者以为，在莫言获得诺奖以后的新的形势下进一步对之进行研究，不仅仅是学界盲目趋时的"大势"所趋，从更深层面的意义上讲，它还是建构更科学、更合学术逻辑的中国现当代白话小说史体系的学术要求。自 2012 年 10 月 11 日莫言获得诺贝尔文学奖的消息传出迄今，学界关于"莫言是否已经超越了鲁迅、中国当代小说是否已经全面超越了现代小说"的争论就一直众说纷纭、聚讼不已。大体看来，对此问题持质疑态度的学人不仅大有人在，似乎还略占上风，先是有清华大学肖鹰教授在京专题学术研讨会上传檄在先，声称"我认为他（莫言）是不会获奖的。所以他获奖后我受到了莫大的打击。诺贝尔奖让我失望，诺贝尔文学奖失去了起码的文学性的水准，除非全球已经没有真正的文学了"[1]；继而又有复旦大学郜元宝教授发难于其后，其在 2013 年 2 月下旬的《文学报》上断言：包括莫言在内的中国当代作家在整体上与现代作家之间的差距委实不可"以道里计"云云。[2] 以莫言及其小说创作为代表的中国当代小说作家和当代小说到底该进行怎样的文学史定位，当代作家的小说究竟是否应该进行经典化的学界认证？莫言（包括另一位汉语小说作家高行健）等在国际上接连斩获文学奖项的事实本身能否视为中国当代小说取得世界认可的佐证？时至今日能否认定中国当代小说作家和作品已经初步形成自己特有的时代特色，并足以与中国现代小说作家及其经典创作颉颃并举，从而已经成长为新的一代之雄？上述这些疑问，相信大都可以在很大程度上凭借对莫言及其小说进而广泛而深入的研究和探讨后得到启示和解答。

总体看来，历经众多研究者的广泛探讨和深入对话，学界针对莫言及其小说的研究，经历了一个从表及里、渐次深入的过程，也初步积累了一些可喜的研究实绩和优秀的学术成果：就国内来看，除了发表在各级刊物上的专题文章，以及众多资深学者的研究著作（如张志忠教授 1990 年出版，2012 年修订后再版的《莫言论》；贺立华和杨守森等于 1992 年发表的《怪才莫言》和 1997 年作家钟怡雯的《莫言小说：历史的重构》等）以外，尚有 1992 年、2005 年和 2006 年分别出版的三套《莫言研究资料》和约 200 篇被中国知网收录的硕士和博士毕业论文。当然，有关莫言的研究不仅限于国内学界，边远及海外多个国家和地区，就笔者所接触的研究材料来看，大陆之外的莫言研究，主要集中于美

---

① 参见高旭东等：《诺贝尔文学奖与中国：从鲁迅到莫言》，载《山东社会科学》，2013(2)。
② 郜元宝：《因莫言获奖而想起鲁迅的一些话》，载《文学报》，2013-02-21。

国、日本、法国、越南。

以下，笔者拟对学界关于莫言及其小说研究的基本观点、主要思路和研究范式等问题做一次简单的扫描和梳理，在此基础上，分别就当下学界在莫言研究中面临的研究范式上的瓶颈问题、30多年来的莫言研究阶段的划分界限问题、2012年"后诺奖事件"以来学界围绕着莫言研究所出现的新的聚焦点问题进行阐述和评析。

早在1997年，陈启德先生就初步罗列了截至彼时学界关于莫言研究的四种向度[①]：一是"怪味"寻踪，"对莫言作品大胆的艺术探索，色彩语言运用的奇特，莫言作品中的生命意识、酒神精神和莫言'高粱地'的传统文化精神进行研究"，这以张卫中的《论福克纳与马尔克斯对莫言的影响》、张志忠的《莫言文体论》、张清华的《祖宗遗产的启示》和胡河清的《论阿城、莫言对人格美的追求与东方文化传统》等为主要代表。二是审丑扫描。针对莫言《红蝗》《丰乳肥臀》等文本创作，一批学者"集中而又犀利凶猛地批判了莫言的反文化、非理性的书写丑恶事物"，这以杨联芬的《莫言小说的价值与缺陷》，贺绍俊、潘凯雄的《毫无节制的〈红蝗〉》，王干的《反文化的失败——莫言近期创作批判》，张学军的《莫言小说与西方现代主义文学》，夏志厚的《红色的变异——从〈透明的红萝卜〉、〈红高粱〉到〈红蝗〉》和颜纯钧的《幽闲而骚乱的心灵——论作为一种文学现象的莫言小说》为代表。三是感觉探微，主要探讨了莫言作品独特的语言风格，以钟本康的《感觉的超越、意象的编织——莫言〈罪过〉的语言分析》、朱向前的《深情于他那方小小的"邮票"——莫言小说漫评》、大卫的《莫言及其感觉的宿命》和杨联芬的《莫言小说的价值与缺陷》等为代表。四是文体透视，对莫言小说中自觉践行的文体意识进行了归纳。以朱向前的《莫言小说"写意"散论》和季红真的《现代人的民族民间神话——莫言散论之二》为代表。

1995—1997年可以视为莫言研究的第一次小的高潮，因此陈启德先生对此所作的综述和总结大有必要，这之后，越来越多的批评文献将视域重点集中和聚焦在了莫言小说既定的文本自身的探讨和分析上：诸如对莫言艺术创新的研究；对其作品中所展现的民间立场、生命意识、女性主义、欲望化书写、审丑、结构主义叙事学、狂欢化叙述层面的研究；对隐藏在其文本间的东西方文化的共鸣与碰撞的研究；或者是从政治的角度来分析忖度其小说的主题研究（这种意识形态色彩浓厚的主题研究多是国外学界的研究用力所在）。

应该承认，学界针对莫言及其小说的研究的确斩获和积累了不少不乏真知灼见的学术成果，但是， 个值得注意的问题是 迄今很少有学者能够从 M. H. 艾布拉姆斯的

---

① 陈启德：《穿越高粱地——莫言研究综述》，载《莫言研究资料》，247～253页，天津，天津人民出版社，2005。

"世界""作家""作品""读者"这一整体的、系统的角度对莫言及其作品创作进行"博观""圆照"式的综合评价（当然，张志忠教授的《莫言论》有过这种努力的方向，但其对莫言90年代尤其是21世纪以来的长篇小说文本的研究分析尚有待深入，且类似的综合性研究专著毕竟屈指可数）。按照 M. H. 艾布拉姆斯的解释，文学活动有四大要素，即世界—作家—作品—读者。作为文学活动组成部分的文学批评，也要兼顾这四个要素。倘若"只明显地倾向于一个要素，就是说，批评家往往只是根据其中的一个要素就生发出他用来界定、划分和剖析艺术作品的主要范畴，生发出借以评判作品价值的主要标准"①的话，就会造成文学批评的偏执，偏执的结果就自然分别形成了以作者创作为依据的"作者中心"范式、以文本的语言结构为依据的"文本中心"范式和以读者接受为依据的"读者中心"范式——应该看到，虽然也有不少论者在"作品"之外的其他三个领域偶尔提及，却缺乏全面综合的眼光和专门深入的论述。这种有失片面的研究，似乎与莫言小说所取得的不菲实绩及其在中国当代小说史上的地位颇不相称。也难以（倘若仅从作家在文本中说了些什么来考察的话）令人信服地解释莫言及其小说创作的复杂性及丰富性——这也是目前学界关于莫言及其小说创作研究的亟待改进之处。

所幸这种失之偏颇的研究界窘况正在发生令人欣慰的转变，笔者通过在中国知网上检索一些著名高校的硕博论文时发现，一种从"反映论，创作论，文本论，接受论"这一互相通约的、整体的、系统的观照角度切入莫言小说的研究努力已经初露端倪：比如 2011 年山东大学宁明的博士论文《论莫言创作的自由精神》、2012 年复旦大学斋藤晴彦的博士论文《心理的结构与小说——用分析心理学解读莫言的作品世界》和 2013 年西南大学左秀的硕士论文《制度困境下的生命追思——以莫言〈蛙〉为中心》，都分别从作家的创作主体性、作家创作的心理挖掘、作家与其所置身于其中的社会写作体制之间的关系变化等层面来着眼，昭示了这种综合性研究方法在学术创新方面的潜力。

二、莫言研究的分期和"后诺奖"以来学界的新焦点

针对莫言研究界更新速度快、更新频率高的客观事实，为了将来研究者的研究便利计，笔者以为，对 30 多年来的莫言研究历程进行阶段上的划分是非常有意义的，因此，也就对渤海大学的刘广远、王敬茹在其《莫言研究综述》②中提出的"三分期法"格外关注，但笔者在阅读之后发现，刘、王在参照和借鉴黄萍在《莫言小说研究述评》③中提出的按

---

① 艾布拉姆斯：《镜与灯——浪漫主义文论及批评传统》，6 页，北京，北京大学出版社，1989。
② 刘广远、王敬茹：《莫言研究综述》，载《沈阳师范大学学报》（社会科学版），2013(2)。
③ 黄萍：《莫言小说研究述评》，载《新世纪论丛》，2006(4)。

照历时顺序分期的三分法(发端期1985年、高潮期1986年—1990年、拓展期1990年—)的基础之上建构的所谓新的"三分期法"(1985—1990年探索期、高潮期;1990—2000年质疑期、批判期;2000—2010年成熟期)是大可商榷的。首先,这种新"三分法"说完全忽视了1995年(莫言《丰乳肥臀》的发表),2006年(莫言被授予"福冈亚洲文化奖")和2012年(莫言获得诺奖)这三个节点在莫言研究的分期中不可或缺的极端重要性。其次,这种所谓"三分法",也主要针对的是莫言2010年之前的创作,而实际情况是2010年,特别是2012年以后的莫言研究又有了最新的变化和趋势,这没有引起二人的注意。正是基于此,笔者通过对上述两种三分法进行适当的整合之后,将学界针对莫言及其小说创作的研究分为四个阶段:

第一阶段为1985—1995年,可以视为初步探索期;

第二阶段为1995—2006年,可以视为深入探讨期;

第三阶段为2006—2012年,可以视为发展成熟期;

第四阶段为2012年莫言获诺奖后,可以视为高潮和新变期。

上述四个阶段针对莫言及其小说的研究和对话中,各批评者和诸位学人之间既有共识和默契,又有矛盾和分歧。这其中的矛盾和分歧自1995年莫言的《丰乳肥臀》付梓以后开始急剧凸显,并随着莫言研究的深入而日趋激化,并在不同阶段呈现不同的特点。

探索期的研究文献大多限于对其成名文本《透明的红萝卜》和改编电影获奖后名声大噪的"《红高粱》家族系列"的追踪式评论,这时对莫言的创作批评还属于比较肤浅的阶段。90年代以来,莫言的小说创作进入了一个跳跃式的发展、转型期,多声部共鸣式的狂欢化诗学的小说美学创作元素逐渐进入莫言的小说试验中来。1995年,彰显着强烈的"伦理狂欢"色彩的《丰乳肥臀》的发表让文坛对莫言的创作重新瞩目和深入地探讨,由于莫言超前的小说意识、先锋的小说风格超越了当时学界的接受视域,是时大量的批评文章充满了道义讨伐色彩颇浓的质疑和批判,但也有相当数量的批评者(以陈晓明、张清华教授等为代表)高度地肯定了莫言小说创作的"划时代的"文学史意义。2006年之后,伴随着莫言被授予"福冈亚洲文化奖"的轰动效应和越来越多的重量级的长篇小说的先后问世,批评界对莫言小说的研究有了更加理性和深入的探讨与争鸣,莫言研究开始进入成熟期(从硕士博士的论文情况来看,2002—2006年四年的硕博论文统共只有不到30篇,而在2006年之后的几年时间里,高校研究莫言及其小说创作的毕业论文就激增到了前四年的五倍之多)。而到2012年10月以后,如前所述,由于莫言荣获诺贝尔奖的直接推动,学界对莫言的研究进入了高潮和发展新变期,这期间除了许多知名高校的硕博论文继续关注莫言及其创作之外,出现的一个最为引人注目的变化就是——围绕"莫言是否已经超过了鲁迅、中国当代小说是否已经超过了现代小说"的话题，学界一度展开了激烈地争锋，且至今这个学术公案都没有得到令人信服的解决。

如前所述，这次争锋首先由清华大学的肖鹰教授在北京文艺座谈会上对莫言获奖小说的含金量进行质疑和口诛笔伐而起，继而又有复旦大学的郜元宝教授在《文学报》上发表的"火药味儿"更足的檄文《因莫言获奖而想起鲁迅的一些话》殿后，如果说肖鹰教授的批判还只限于莫言自身小说创作的话，那么郜元宝教授则是把讨伐对象无限地扩大到所有当代小说作家身上。二人不无偏激的观点旋即引起了学界的轩然大波，许多学者都先后著文对此予以批驳，许多大型的学术研讨会也围绕该论争先后举行。

在以黄桂元先生为代表的不少学者看来，"郜教授对当代中国文学已经超过现代文学的说法耿耿于怀，使人莫名其妙，因为并没有人作如是说，这完全是他自己的一种虚构和想象"①。这句话仿佛在向读者传递这样一种信息：郜教授的这种——在没有任何人开口设问的前提下，无中生有地"一个人演双簧"，非得要在"当代中国小说"和"现代小说"二者之间较雌论雄、争长竞短，分出个强弱高下不可——的行为，委实无异于找风车作战的堂·吉诃德，荒唐之极。其实，在这貌似荒唐的漫画背后，未必就单单是郜教授一个人在那里孤军与"风车"大战。因为事实上，自从莫言成功问鼎诺奖这一文坛重镑信息传出迄今，学界对于这个问题的思考就一直在酝酿、发酵，彼时已经到不容回避的地步。与郜教授持相同、相近观点的学者、批评家不仅是有，而且数量上也绝不会只是寥若晨星的少数几个。

黄桂元教授对二人观点的批驳引起了许多学者的共鸣，这其中，针对如郜元宝教授这般在莫言之于鲁迅、中国当代小说之于现代小说二者关系上所持的这一不无"意气"和"偏激"的论断，北京师范大学张清华教授的观点似乎更为中肯，他认为："90年代以来，中国汉语新文学出现了一个'准黄金时代'，这一时期出现了一批长篇小说，可以被称为是五四以来最成熟的、最复杂的、技术含量最高的长篇作品，中国文学从五四时期到20世纪90年代，到了一个总结性阶段、一个收获期……莫言获奖不仅是'新时期'文学的总结，也是整个汉语新文学一百年历史成熟的标志。并不是莫言的作品说明汉语'新文学'成熟了，而是整个汉语'新文学'在20世纪90年代后，出现了成熟和收获的局面。这也是莫言能够成为一个世界级作家的背景和基础。事实上应当把鲁迅、巴金、沈从文、老舍、莫言、余华、贾平凹、王安忆、张炜、铁凝、苏童、格非、毕飞宇等作家看成一个整体，汉语新文学就是这样一个整体。"②

---

① 黄桂元：《被消费的鲁迅与被纠缠的莫言——兼与郜元宝先生商榷》，载《文学报》，2013-04-04。
② 张清华：《从鲁迅到莫言，这是一个谱系》，载《新华每日电讯》，2012-11-02。

客观地讲，"莫言们"较之于"鲁迅们"、中国当代小说较之于现代小说，或许从整体而言还不能说是业已形成了双峰并峙、秋色平分的格局，但两者之间似乎也并不存在着什么清晰的、绝对的高下优劣之分。所谓"梅须逊雪三分白，雪却输梅一段香"。前者之于后者，既有其不容讳饰的诸多"不及"之处，同时亦有超越先贤们的不菲创作实绩——以鲁迅们为代表的中国现代小说作家所取得的创作实绩委实让人高山仰止，足以彪炳文学史册，对于这一点谁也不能、也不想去否认，但是，中国汉语新文学的长河，却不能因他们的消逝隐耀而干涸断流。所谓日月虽终古常见而光景常新，譬之文坛则才人代出而风骚各擅。薪传至今的中国汉语新小说在新的时代语境中理所当然地也会取得属于它们自己的辉煌、建造属于它们自己的时代丰碑，这是再正常不过的、顺理成章之事。对此，评论界不应该总是热衷于缅怀逝者，醉心于贵"昔"贱今、厚远薄近。事实上，以莫言们为代表的中国当代作家在沿着由鲁迅们为代表的无数开路先锋开辟出来的道路上继续前进时，在继续鲁迅们未竟的事业、替他们修残补缺时，也在替他们发扬光大。在新的历史条件下，在新的文学平台上，在总结和处理这后 30 年的当代文学与中国古典文学、现代文学、世界文学这三者之间的继承和对接关系的同时，在随同时代的移形换位，60 多年以前对鲁迅们产生过极大影响的现实主义、自然主义、浪漫主义和新浪漫主义(实质上就是现代主义)诸理论已经被今天汹涌澎湃的现代主义、后现代主义文学思潮挤出文学中心的今天——必须阐明的是，虽然西方的同步现代主义文学思潮早在"五四"时期就已传入中国，但其始终都处在强大的现实主义文艺思潮的压迫下，并没有得到应有的充分发展，而是尽显其孱弱一面，这种情况一直到 80 年代中期以后才大大改观——以莫言们为代表的当代作家在新的空间和高度上所做出的开拓与创新成就，已经远非当年的现代作家们所敢梦想！

三、"后诺奖"时期莫言研究的新路径

所谓"圆照之象、务在博观"，针对既往研究中研究者人为割裂文学活动的四大要素("世界—作家—作品—读者")所造成的研究偏颇，笔者以为，对于莫言及其小说文本的研究应该采取的是相对"折中"的态度与更加综合多元的方法。

这里所谓的"折衷"是指刘勰在《文心雕龙》中提倡的一种总体批评观，《文心雕龙·序志》云："及其品列成文，有同乎旧谈者，非雷同也，势自不可异也。有异乎前论者，非苟异也，理自不可同也。同之与异，不屑古今，擘肌分理，惟务折衷。"[①]"折衷"意即

---

① 王利器：《文心雕龙校证》，295 页，上海，上海古籍出版社，1980。

"折中"，意思是说对作家的批评应该是持论公正、恰如其分，即所谓"扣其两端而权衡之"——针对莫言及其小说创作来说，就是须采用文学的外部研究和内部研究相结合、整体把握与个案解读相结合、历史原则和逻辑原则相结合的系统多元的研究路径，通过共时与历时的纵横对比，把莫言的创作放进整个中国百年白话现代小说的谱系和发展流脉中去衡量，做到长处与短处、优点与缺点同时兼顾，以此全面、多元、流动发展的宏阔视野来全面观照莫言的独特贡献和创作得失，而不是一味地进行廉价地吹捧，或者是充满学究气的简单棒杀。

这里所谓更加多元的方法是指在结合"反映论，创作论，文本论，接受论"这一互相通约的、整体的、系统的观照角度，切入莫言小说研究的具体操作环节时，需要根据研究对象的不同而采取与之相应的不同的研究方法（由于预计使用到的中外文艺理论、批评方法很多，笔者下面还要进行必要的展开），从某种意义上讲，任何文艺理论或者研究方法本身并不存在什么清晰绝对的高下优劣之别，而只有适合与不适合的区分。它们在研究不同的对象时各有自身的优缺点，因此应该加以灵活地运用。在使用各种批评理论时，一定要注意它们的适用性，坚决避免把文本丰富无比的信息当作是个人演练新的批评方法、时髦的批评术语的实验平台和表演现场。应该积极地把自己的研究结论放在和前人的学术既有成果的对话中去，尽量开拓表面上似乎不可通约的各种理论视域、学科领域之间的可能性联系。力争在对莫言及其小说的解读中，最大限度地将那些从前被忽略和删除的、处于各种理论缝隙之间的、因为自身不具备某种批评理论的特色而显得"无色调"的内容和信息展现出来。

循此思路，笔者以为，针对莫言及其小说创作的研究不妨从以下五个层面，依照时间的和逻辑的双重次序进行。

第一，莫言创作所面临的历史前提；

第二，莫言的自由主义主体精神；

第三，莫言小说的创作实绩与不足；

第四，莫言创作的独特贡献及其文学史意义；

第五，莫言作品的阐释与接受。

在第一层面的叙述里，拟解决的问题是莫言在其作品中写作的对象和表现的内容来源——即莫言"写什么"的问题。研究者不妨借助马克思主义的现实主义文学反映论等作为研究这方面的基本方法，即把文学作为一种审美意识形态，其表现的对象必然是作为其形而下基础的特定社会存在的理论。以莫言生长在其间的中华人民共和国60多年以来的客观历史真实为中心（兼及其作品上溯的不同时代的历史叙述，当然，这种叙述也是经过修饰的，但文学研究又不得不在既定的历史记述里进行）作为解读其创作表现对象的材料准备和来源的问题。固然，文学表现是以人为中心的，但是，这里人的思想情感、性格行为又必然和特殊的历史阶段相联系。

在第二层面的叙述里，拟解决的问题是莫言作为体制内作家是如何处理自身的作家主体性与体制的规范要求之间的关系的，即莫言是怎样写问题的。研究者不妨借助知人论世研究、传记研究和心理学研究以及萨义德的知识分子论等作为批评理论进行深入探讨。

第三层面应是论述的重点，在此一层面的叙述里，拟解决的问题应是作家莫言的创作主体性是如何在对体制规范的接纳和潜逃中具体表现在其形而下的文本之中的：从小说作为反映时代苦难、映照客观生活真实、社会痼疾、历史真相的工具和载体的层面而言，莫言表现出了其对社会良知的尊重、默认、遵从和坚守；在这个意义上的莫言是个有什么说什么的老老实实的记录者；从小说作为愉悦心灵感染读者的艺术表现手法这个层面而言，莫言又以其先锋的姿态、神秘独特的故事资源、变幻莫测的叙事技巧、自由狂放的叙事语言屡开风气之先，始终处于对传统叙事逃离、超越乃至颠覆的不太老实的胆大妄为、特立独行的叙述者。在这一层面，研究者不妨采取时间线索的纵向表述，对莫言作品的艺术探索做开放的追踪式批评。这里研究者可以借助的批评理论有俄国的形式主义批评、英美新批评、结构主义叙事学理论、后现代主义批评中的现代性批判理论、利奥塔的解构宏大叙事理论、女性主义批评、身体意识论、巴赫金的狂欢化理论、西方马克思主义的祛魅理论、异化理论和重建主体性的理论等，并在肯定其创作实绩的同时，指出其不足乃至缺陷之所在。

在第四层面的叙述里，拟解决的问题是试图表述莫言在整个中国现代白话小说100年发展谱系中的位置问题，他带给中国当代文坛特别是他现在的民族化转向带给中国当代长篇小说创作的启示是什么。本章研究者将以莫言为代表的中国当代作家与以鲁迅为代表的中国现代作家做出可行性比较，弄清楚他们之间的承传与发展。

在第五层面的叙述里，拟解决的问题是对莫言作品的传播与接受问题进行探讨。研究者不妨借助海德格尔、伽达默尔的现代阐释学和伊赛尔、姚斯的文学接受理论进行研究。

以下笔者就这种综合研究范式自身具有的潜在创新可能性及其应用价值略作展望。

如前所述，依据 M. H. 艾布拉姆斯的"文学批评必须要兼顾世界—作家—作品—读者这四个要素"的观点和刘勰"折中"的文学批评准则，目前国内外学界关于莫言及其小说创作的研究尽管非常丰富并且具有呈几何倍数上升的趋势，但是这种研究往往只能流于"片面的深刻"而缺乏整体的观照。尽管张志忠教授的《莫言论》以及笔者上文所列举的若干篇硕博论文中的研究路径对于目前的莫言研究现状有着某种纠偏救弊的良好导向作用，但是，作为践行这一综合研究方法的开拓者，他们的研究积累还不是非常深厚，其中仍然有许多没有说透的，或是没有说到的，或是虽然说到但是尚有可以商榷余地的地方。比如，在他们的论著中几乎都程度不同地存在有失"折衷"的倾向，均有对莫言创作的不足和缺陷方面谈得不够深入的现象。其次，在一些针对莫言及其小说研究的硕博论文中还存在着一些不容忽视的学术硬伤，试以宁明的博士论文为例，就可以对这种研究中存在的武断、随意性进行斑豹，其若干观点的确让笔者不敢苟同：宁明在其博士论文《论莫言创作的自由精神》①的前言中断言："而到了90年代和21世纪，……自由空间可谓史无前例，一切内容都可以呈现，一切观点都可以表达，原先的禁忌全部成为创新的靶子，包括性，包括道德，包括习惯，包括习以为常，价值观彻底实现了多元化……在这场创新型的'文学革命'中，真正实现了'创作自由'，可谓'百花齐放，百家争鸣'"。笔者以为这种表述大为可疑，90年代以后，文学创作的外部环境的松绑的确是推进文学繁荣的不容否认的重要因素之一，但这种境况似乎还没有达到所谓的"彻底实现了多元化"的地步，至少当代体制内外的中国作家在其任何付梓的文本里必须坚持中国共产党的领导和坚持四项基本原则这个方向还是有的吧，对这种创作环境的陈述可以以"一元多向"（这里的一元就是上述的两个坚持，多向是不同的审美和价值取向）来概括似乎更为合理。彻底多元化和一元多向貌似是差不多的表述，但后者从某种程度上而言直接限制或者决定了莫言小说的取材领域和方向却毋庸置疑。笔者以为宁明先生的这种论述无形中放大了作家的创作主体性，有为情造文的致命缺陷。不能作为支撑其论点的材料和论据。其次，宁明以为作为小说作家的莫言对于自身主体性的体认所赖的自由精神主要是从西方过来的舶来品——这里宁明先生应该是断章取义地采用了湖北大学刘川鄂教授关于中国现代文学中的自由主义文学思潮的说法，对此种结论，笔者仍然认为过于轻率，笔者以为，这种"独立之精神，自由之思想"是客观地浸透在中国传统优秀文人的血脉里的，从先秦到清末正是因为有了这样一批坚守自身主体性的作家群的存在，他们才敢于以其哀情著书、以其哭泣著书、以其不平著书、以其发愤著书、以其性灵著书、以其怨毒著书、以其怒吼著书……他们的这哀情这哭泣这不平这愤慨这性灵这怨毒这怒吼汇聚起来的巨浪洪波，不断地冲决封建正统思想中的由"发乎情止乎礼义""美刺讽谏"、"诗教"与"载道"……共同搭筑的堤坝，终于成就了中国古典文学渊停谷储，钟灵毓秀，洋洋乎大观，郁郁乎文哉的辉煌。这种"三军可以夺帅、匹夫不可以夺志"的对于主体创作自由的追求和捍卫精神作为基因密码传递给了莫言，而这一遗传基因无疑从很大程度上成就了"莫言们"的小说创作。

通过以上讨论，不难发现，在处理学界既有的莫言研究分期的问题上，1995年、2006年和2012年这三个特别重要的年份不仅要考虑进来，而且应该将其作为划分莫言

① 宁明：《论莫言创作的自由精神》，博士学位论文，山东大学，2011。

研究阶段的重要节点矗立起来。在"后诺奖时期"莫言研究的方法上，针对涌现出来的各种问题，学界应该采取更加宽广的视角，即从"世界""作家""作品""读者"这四个可以互相通约的扇面——作为进入的研究路径，唯其如此，才不致在研究中失之偏颇，从而在这种内外结合的综合研究视阈中开掘出更多的学术创新点和"知识增量"来。

（原载《社会科学动态》2017 年第 9 期）

如何讲述当代中国的神奇故事

——与李建军论莫言与诺奖

张志忠

　　莫言荣获诺贝尔文学奖之后，争议和批评之声非常热闹，却很少看到学理性的论辩和回应。这对于澄清事实、澄明理论显然是大为不利的。中国大陆最猛烈的批判，则是出自当下最为活跃的批评家之一李建军先生。李建军言之凿凿地说，莫言的获奖，很大程度上，是"诺奖"评委根据"象征性文本"误读的结果，——他们从莫言的作品里看到的，是符合自己想象的"中国""中国人"和"中国文化"，而不是真正的"中国""中国人"和"中国文化"，当然也不是真正的"中国故事"①。

　　择其要点，李建军的批评，一是强调汉语作为表意文字的独特性，使得中文作品翻译为西方语言难以传达其丰厚意蕴；二是指责诺奖评奖在许多时候都不公正不谨慎，把该奖颁发给不该获奖之人；三是批评莫言的作品迎合了西方人所持"东方主义"（萨义德语）的文化偏见，歪曲和污损了中国的形象。

　　这些论断当然是值得关注与讨论的。它不仅关系到如何评价莫言的创作之成败及诺奖评奖委员会的优劣得失，还关乎当下至关要紧的"向世界讲好中国故事"的文化命题。

---

　　① 李建军写于莫言获诺奖之后的《直议莫言与诺奖》，刊载于《文学自由谈》2013年第1期，同月也刊载于上海的《文学报》上。《2012年度"诺奖"〈授奖辞〉解读》则分为上下两期刊载于《文学报》的2013年3月7日和3月22日。由于莫言和李建军都是文坛的重量级人物，李建军的文章又是国内非难诺奖和莫言言辞最为激烈的，这些集中火力清算莫言兼及诺奖的檄文发表后，受到很多关注，引起相应的反响，先后有郭玉斌的《直议李建军的"直议"》（《文学自由谈》2013年第3期），孟祥中的《对话〈直议莫言与诺奖〉》（《山东社会科学》2013年第8期），王金胜的《莫言、诺奖、批评及批评的批评——对话"对话〈直议莫言与诺奖〉"》（《东方论坛》2014年第5期），朴素的《批评家李建军的"道德手术刀"》（《羊城晚报》2014年5月11日）等。

但是，在笔者看来，数年之间，堪与李建军的重量级批评相对等的反批评一直未能出现。这不利于文学批评的深化，也显示出学界的某种缺憾。本文就是一篇反批评，批评李建军文章中自相矛盾的破绽，揭示文化领域中"阴谋论"的荒谬和部分国人的"怨恨心态"，从正面阐述莫言作品讲述中国故事和农民英雄的积极意义，以及在经济全球化语境下以坦然和开放的心态与世界对话交流的建设性价值。

一、"深度语言"和"浅度语言"的褒贬弃取

李建军的立论前提，"深度语言"与"浅度语言"之优劣对比，是建立在中国文字特性所决定的不可翻译、难以进行跨文化解读的前提下，不知道这算不算一种自我优越感甚强的文化民族主义？

> 因为，汉语是一种表意性很强的"深度语言"，而西方的语言则属于表音性较强的"浅度语言"。对西方人来讲，中国的语言和文化几乎就是一个无法进入的封闭结构，实在是太难理解、太难掌握了，张爱玲在《忆胡适之》中说："我们'三字经'式的名字他们连看几个立即头晕眼花起来，不比我们自己看着，文字本身在视觉上有色彩。他们又没看惯夹缝文章，有时候简直需要个金圣叹逐句夹评夹注。"汉语文学中只可意会、不可言传的"意思"和"意味'"实在太幽隐、太微妙、太丰富了，要一个中国人"契其要领"已经很难，要一个外国人心领神会就更属不易，包括那些孜孜无倦、用力甚勤的汉学家，"犹不可得其仿佛大概"，也都很难深刻地理解和准确地评价中国文学。①

以"深度语言"和"浅度语言"区分不同语言的深度，让我们沾沾自喜，暗自得意。问题在于，这样的描述，用以作为支撑的论据是否有充足的说服力。张爱玲的感叹，具有明确的指向性和随意性，是讲她正在从中文翻译为英文的《海上花列传》的人名翻译问题；这在文学翻译中恐怕未必具有普泛性，在中文与英文两种语言优劣高下的比较上是没有什么说服力的——《海上花列传》中络绎而来的狎客和娼妓，罗子富、黄翠凤、蒋月琴、赵朴斋、王莲生、沈小红、张蕙贞、洪善卿等，人物众多，令人应接不暇。记不住人名是很正常的。老外认为中国人的名字难以理解，这恐怕不涉及所谓"深度"、"浅度"，而是一种习惯所然。反过来，英美人姓名中的蕴含，比如说从《圣经》中生发出来

---

① 李建军：《直议莫言与诺奖》，载《文学自由谈》，2013(1)。

的"约翰""彼得"等姓氏，以及俄语中那么多的姓名的变格和昵称，也经常让中国的读者一头雾水。在许多年间，中国人翻译外国文学的长篇小说，往往会附有一个人物表，以帮助读者理出个中头绪，便是一个明证。

李建军引用的另一个例子，比较有学理性，是转引了闻一多对日本学者小畑熏良翻译的英文版《李白诗集》的批评。将"风流"误译为"风"和"流水"，把"青春"误译为绿色的春天，这样的错误，一经指出，就令人哑然失笑。但是，闻一多不过是就事论事，有多少错误说多少错误，并没有从中发展出什么"深度语言""浅度语言"的概念，更没有当头棒喝地叱责他不要做这种将深奥的汉语诗歌翻译为浅显的英文的蠢事。反之，闻一多对小畑熏良称赞有加："小畑熏良先生的错儿整套的都给搬出来了，但是我希望读者不要误会我只看见小畑熏良先生的错处，不看见他的好处。开章明义我就讲了这本翻译大体上看来是一件很精密，很有价值的工作。一件翻译的作品，也许旁人都以为很好，可是叫原著的作者看了，准是不满意的，叫作者本国的人看了，满意的许有，但是一定不多。……假使小畑熏良先生的这一个译本放在我眼前，我马上就看出了这许多的破绽来，那我不过是同一般懂原文的人一样的不近人情。我盼望读者——特别是英文读者不要上了我的当。"①

从以上论析来看，李建军对于"深度语言"和"浅度语言"的阐述和证明，未必能够服人。但是，他却由此引申出这样的判断：正是由于这种文化沟通和文学交流上的巨大障碍，使得诺贝尔文学奖的评委们无法读懂原汁原味的"实质性文本"，只能阅读经过翻译家"改头换面"的"象征性文本"。而在被翻译的过程中，汉语独特的韵味和魅力，几乎荡然无存在转换之后的"象征文本"里，中国作家的各种不同文体特点和语言特色，都被抹平了。② 这样的判断是否太轻率了呢？子非鱼，安知鱼之乐乎？何况，其中还洋溢着"中国文化优越论"的傲慢与偏见。作为一位饱读诗书的学人，李建军何以断定他读到的他国文本的中译文就能够将"浅度语言"毫无障碍地翻译为"深度语言"？反过来，当中国学者纷纷抱怨说德国哲学家的著作难以阅读和翻译，我们是不是也要去讨论"浅度语言""深度语言"之优劣呢？

二、谁的"偏见"？ 何谓"迎合"？

从语言层面进入意义和价值，李建军判断文学优劣的尺度，是深受 19 世纪俄罗斯

---

① 闻一多：《英译的李太白诗》，《闻一多全集》第三册，164～165 页，北京，生活·读书·新知三联书店，1982。

② 李建军：《直议莫言与诺奖》，载《文学自由谈》，2013(1)。

文学的人道主义情怀熏陶而成的、强烈的注重伦理性、道德性的文学观。他指责诺奖评委错过了鲁迅，错过了张爱玲，错过了沈从文、老舍、巴金、汪曾祺、史铁生、王小波、韦君宜、从维熙等一大批中国作家，"看不到陈忠实《白鹿原》的苍凉与怆恒，看不到路遥小说的崇高与诗意，看不到章诒和散文的风骨与韵致，看不到杨显惠小说的悲惨与凄苦，看不到蒋子龙《农民帝国》的深哀与巨痛。"①联系上下文，这里列举的诸位作家，在李建军心目中可能个个都比莫言更为优秀，更应该获诺奖。但在我看来，李建军标举的勇敢与犀利、温情与尖锐、悲惨与凄苦、深哀与巨痛，都是描述一种情感和态度，都不是评价文学的必须尺度；这里所列举的诸位作家，我对他们都抱有很高的敬意，但是，要说他们每一位的文学成就如何之高，在气象、格局和审美境界上达到如何的境界，恐怕要打个大大的问号——譬如以纪实文学见长的杨显惠和章诒和，乃至从维熙的《走向混沌》和蒋子龙的《农民帝国》，说它们都有各自的优长，这是可以确认的，但是，要说这些作品都足以成为文学经典，我是无法苟同的。在李建军使用的这些评语背后所隐藏的，很难说是"历史的和美学的批评"（马克思语），他看重的，乃是这些作家对于当代历史与社会现实的批判强度吧。

由这一判断出发，李建军既批评诺贝尔文学奖评委会的偏颇眼光，又痛贬莫言对西方文学价值尺度的迎合：

> 莫言用西方人熟悉的技巧，来写符合西方人想象的中国经验。他写人物毫无规矩地乱闹，写他们在酒缸里头撒尿，在娶亲路上颠轿，在高粱地里睡觉，在西方人的想象中，中国文化就是这样，中国人的生活就是这样；崇高而诗意的生活，与中国人是无缘的，高尚而美好的情感，与中国人也是无缘的。正是通过一种简单化的、游戏化的叙事，莫言将中国人写成了心智残缺、情感粗糙、行为幼稚的人，写成了一群对暴力、性、乳房、污秽等充满病态畸恋的人。②

这段引义中，李建军讲到了莫言的《红高粱》和《丰乳肥臀》，而且语气中透露出非常之不屑，他说前者是"毫无规矩地乱闹，写他们在酒缸里头撒尿，在娶亲路上颠轿，在高粱地里睡觉"，后者是"心智残缺、情感粗糙、行为幼稚的人，写成了一群对暴力、性、乳房、污秽等充满病态畸恋的人"——对于具体作品，见仁见智，都是可以进行自己的阐释的。但是，如果不是因为某种偏见，恐怕不会对作为《红高粱》的中心环节，高密东北乡的农民们舍生忘死与日本侵略者决一死战视而不见，只看到他们"在高粱地里

---

① 李建军：《直议莫言与诺奖》，载《文学自由谈》，2013(1)。

② 同上。

睡觉"，没看到他们在墨水河大桥和高粱地里喋血；只看到"病态畸恋的人"，没有看到《丰乳肥臀》所展现的20世纪的百年历史，从山东农民为反抗德国人强行修建胶济铁路进行斗争遭受血腥镇压到女性作为旧式家庭传宗接代的工具遭遇的种种无法承受之重，从漫长的战争岁月到三年大饥荒和"文化大革命"，给母亲和乡亲们造成的存亡之痛吧？

三、"西方"何其广，"中心"何处寻？

需要继续追究的是李建军对莫言作品与中西文化传统的关系的评判究竟有无合理性。

> 莫言的写作经验，主要来自对西方小说的简单化模仿，而不是对中国"传统文学"和"口头文学"的创造性继承，或者，换句话说，"传统文学"和"口头文学"只是其装点性的外在表象，从西方文学定来的"魔幻现实主义"才是他叙事的经验资源。"魔幻现实主义"激活了他的想象力，但也使他丧失了对"客观性"的敬意和感知能力……①

在这里，需要讨论两个问题，第一，什么是欧美之"东方主义"对中国的想象，第二，莫言的作品究竟要表述什么，仅仅是为了迎合"西方敌对势力"的需要，展览暴力和污秽、丑陋和病态吗？当然，这两个命题，都是非常宏大的，要对其进行全面的论述，在一篇文章中，几乎是无法完成的。我只能选取一两个边缘性的角度，在挑剔李建军的破绽中，努力接近问题的中心。借用近些年习惯的一种思维方式，我们要追问的是，哪一个西方？何以证明之？进一步而言，在文化领域，果真存在一个横跨欧美的"西方阴谋论"的神圣同盟吗？

我们动辄指责西方如何以其经济强势为倚靠，而充满敌意地排斥和抹黑中国人。这样的说法，不要说别人，挚爱中国文化和文学的顾彬先生就不会接受，尽管说，在批评莫言的声音中，顾彬也是非常强烈的，尽管说，李建军站在批判莫言的同一立场上也曾经力挺顾彬。大学时代，顾彬就是因为读到由英译本转译为德文的李白诗歌"故人西辞黄鹤楼"，开始痴迷中国唐代的诗歌，从西方神学的研究方向转而专治中国文学的。我曾经邀请顾彬先生在首都师范大学文学院做过一次学术讲座，他自选的演讲题目就是谈海外汉学中的差异和压迫。顾彬愤愤不平于美国汉学的学术霸权，为欧洲汉学的被忽

---

① 李建军：《直议莫言与诺奖》，载《文学自由谈》，2013(1)。

视、被边缘化痛心疾首。让顾彬深感不平的还有，当代中国的诗歌，经由顾彬和别的翻译家之手，有大量的德文译品在德国出版，而在中国大陆，在世的德国诗人的作品，包括顾彬自己在内，却很少得到译介。我将其引申一下，能不能为此就指责中国文坛和译界的"西方主义"呢？

前面说过，李建军批评西方汉学家的西方中心主义，在《为顾彬先生辩诬》中，李建军忽然指责西方汉学家都失去了方向，变成了中国文坛的应声虫：至于那些跟着中国的文学时尚跑的西方"汉学家""翻译家""女评委"和"诺奖评委"，对中国当代文学的认识，就更加浮泛和浅薄，而他们所表达的，也不过是"一点浮面的情形"。通常，中国的媒体炒做什么，西方的译介和研究中国当代文学的汉学家，就关注什么，就会对什么感兴趣。从早期的《废都》《上海宝贝》，到前些年的《北京娃娃》和《狼图腾》，从试图超越现实主义而又"魂不守舍"的阎连科，到叙事方式极端恣纵、猥杂佻脱的莫言，都是西方汉学家、翻译家和大奖"评委"浮慕的对象。① 这就再次陷入了循环论证的陷阱——前面说是中国作家为了迎合西方的"西方中心主义"而自我污名化，自我抹黑，摇尾乞怜，这里又说是大陆文坛炒作什么，西方学者就关注什么，何者是因，何者是果呢？

在顾彬看来，西方不是一个整体，在美国文学界看来，西方也不是一个板块。顾彬指责美国垄断汉学研究的话筒，美国作家则批评诺奖评委的"欧洲中心主义"。自从1993年美国黑人女作家托尼·莫里森获得诺贝尔文学奖，之后许多年间，美国作家便再也无人获得该奖。更让念念不忘"西方中心主义"之伤害的中国学人困惑的是，在诺奖评委会和美国文化人之间，为了欧洲与北美文化之孰优孰劣，为了诺奖的"光芒"好久未能"照亮"美利坚，他们也会争得面红耳赤不可开交。2008年，在诺奖公布前夕，当时身为诺贝尔文学奖评委会常任秘书的恩达尔对美联社记者说了一番话："尽管每一个发达文明中都有强有力的文学，但不能回避的一个事实是，欧洲依然是世界文学的中心，而不是美国。美国文学太孤立太绝缘了。他们的翻译做得不够多，没有真正加入到一个大的文学对话中……这种忽视会抑制文学的发展。"这样的言辞当然触怒了美国文化圈，遭到群起而攻之。美国普利策奖得主迈克·迪雷达在《华盛顿邮报》撰文说，他承认美国人确实读英语著作远远胜于其他语种的著作，不过他又说道："我的反应是正是他在用一种孤立的态度对待这个包容多样性的国家"。一个人口只有900万，只相当于纽约市人口的国家的公民，认为美国"孤立"有点儿过分了吧。《纽约客》的编辑大卫·雷姆尼克则直接谴责诺贝尔评委会总是缺乏认识好作品的能力："你可能会认为，一个文学院的常任秘书总是假装很睿智，但实际上，在历史上，他们把普鲁斯特、乔伊斯和纳博科夫都忽略

① 李建军：《直议莫言与诺奖》，载《文学自由谈》，2013(1)。

了，而提名了一些不够格的作家，他们的标准让人迷惑不解。……而且如果他再努力一点看下他所描述的美国文学，他将看到罗斯、厄普代克、德尼罗那一代人的活力，也可以看到许多更年轻的作家，他们中的一些人是用非母语的英语写作。这些人，无论是老一代还是年青一代的，都没有被可口可乐文化所摧毁。"而《新论衡》杂志编辑罗杰·金伯尔则认为，这是诺贝尔文学奖评委会的一个公开的噱头，"近年来，这个奖项已经展示了它的昏庸和与政治的掺杂，一般是政治性的作家获奖，却又时不时被奈保尔这样的作家打断，以增加那枚奖章的可信度。"①在吉尔斯看来，美国文学"落后"的问题不在于美国，而在于瑞典文学院的"偏见"。过去，像艾略特这样的诗人不得不离开美国去欧洲以便获得更大的声誉去拿诺贝尔文学奖，而美国文学总是被认为是欧洲文学的跟屁虫，那时，时不时拍一下美国文学的额头以示鼓励是很容易的。但如今，情况完全变了。无论是文化上，还是经济上，或是政治上，是欧洲在依赖美国。然而，为了维护欧洲的骄傲，欧洲人假装看不到美国文学。"②请注意，这里明确表示的是，无论是在经济上还是在政治上，是欧洲在依赖美国（他还讲到了文化上同样如此），但欧洲人假装看不到美国文学。这是否应该命名为"美国中心主义"呢？直到23年过去，2016年诺奖再次降临，美国歌星鲍勃·迪伦折桂，颁奖理由是"在美国歌曲传统形式之上开创了以诗歌传情达意的新表现手法"，这让美国许多为了文学而长期奋斗的作家们情何以堪？"某某中心主义"在许多时候，成为文化民族主义和文化民粹主义的得力武器，这才是问题的真正所在吧。

再补充一点，李建军在《直议》一文中非常明确地谈到莫言的文化传承的问题：莫言的写作经验，主要来自对西方小说的简单化模仿，而不是对中国"传统文学"和"口头文学"的创造性继承，或者，换句话说，"传统文学"和"口头文学"只是其装点性的外在表象，从西方文学趸来的"魔幻现实主义"才是他叙事的经验资源。"魔幻现实主义"激活了他的想象力，但也使他丧失了对"客观性"的敬意和感知能力。他无节制地放纵自己的主观而任性的想象力。由于一味地根据随意的想象来展开叙事，所以，在莫言的小说里，就形成了一种违反逻辑和事理的叙事模式，即人物的情感和行为突然变来变去的"瞬间转换模式"。也就是说，作者常常不是按照人物的性格逻辑和事理逻辑来写人物，而是按照自己主观设计的套路来展开叙事。③ 在批评莫言作品时，李建军援引过美国汉学家林培瑞对莫言的抨击。恰恰是这个林培瑞，在追溯莫言的文化传承时，不是指斥其过度的"西方化"，而是强调其对本土性与蒲松龄传统的接续。林培瑞在莫言获奖之后接受

---

① 罗四鸰：《美国作家离诺贝尔文学奖有多远》，http：//cul.qq.com/a/20141228/002100.htm。
② 同上。
③ 李建军：《直议莫言与诺奖》，载《文学自由谈》，2013(1)。

《德国之声》电台采访时，是这样说的，"他的作品很多，我不敢说我读过所有的。我读了相当一部分，在学校里好几年我曾选用过他的好几个短篇。我觉得'魔幻现实主义'这个说法是套上去的，不知道是他本人还是外国人给他套上去的。我觉得（这种说法）很表面。他的文学的根子更容易让人发现他在山东的背景，农民说故事，《水浒传》也是山东的故事。他在诺贝尔奖（颁奖）演讲中也提到《聊斋志异》，《聊斋志异》从一个角度上可以说和魔幻现实主义有些类似，在现实的描写里头突然蹦出来一些不现实的东西。他演讲辞里也提到读过马尔克斯和美国的福克纳。但他自己也承认只读了几页。我觉得这种东西，开玩笑。中国作家，从 80 年代以来，常常喜欢说拜读过西方某某的作品，深受过谁谁的影响。我觉得这是一种时髦，不一定靠得住。外国人也欢迎这样说，好像什么国家的一些作家都在学我们。可是我觉得这很表面，他的文学根子在中国，不是在外国。"①这也是对李建军之莫言模仿西方文学、迎合西方喜好的一种辩驳吧。

四、中国文学、"东方学"及诺奖史重估

不仅李建军，国内学界还有为数不少的人士，都有一种强烈的指责，诺贝尔文学奖之所以颁奖给莫言，是因为他的作品符合了西方学者的东方想象，是西方价值标准的东方显现。因此，对于莫言也好，对于当下的中国文学创作也好，拒绝迎合西方人的嗜好而写作，远比莫言的获奖更为重要。李建军在《2012 年度诺奖授奖辞解读》中，其态度更为激烈，对莫言的愤怒燃烧到了诺奖评委身上，他几乎逐字逐句地引述和批判诺贝尔文学奖评委会的颁奖辞，愤怒地声讨"西方中心主义"的傲慢与偏见。李建军指出：

> "诺奖"评委更感兴趣的，就是在中国文学里发现纯粹"东方"式的生活图景——愚昧、野蛮、阴暗、龌龊、淫欲、腐败、堕落等人性背面的东西。他们要找到一个与他们想象中的残缺而丑陋的中国"同符合契"的叙事体系。他们终于找到了。这个让他们兴奋不已的叙事体系，就是莫言的字里行间弥散着土匪气和血腥味的作品，就是莫言的一打开来就立即发出粗野嚎叫和凄厉惨叫的小说。莫言在《红高粱》和《檀香刑》中对剐割酷刑的渲染，在《酒国》中对吃"婴儿"的渲染，在《丰乳肥臀》中对恋乳癖的渲染，在《蛙》中对"迫害狂"的渲染，在《生死疲劳》中对"怨怼心理"的渲染，都给人留下缺乏分寸感和美感效果的消极印象。尽管莫言关于仇恨、怨怼、酷刑、施虐和"吃人"的猎奇叙事，夸张逾矩，戏谑失度，既缺乏深沉的悲剧感，又缺

---

① 《发点境外对莫言评论的文——经典·文论·翻译》，http：//www.jintian.net/bb/thread-59779-1-1.html，2016-05-17。

乏丰富的社会内容和人性内容，但是，这种极端化的描写，却符合"诺奖"评委们的"东方学"理念，符合他们对中国文化的消极想象。①

在《2012 年度诺奖授奖辞解读》中，李建军列举了诺奖评奖历史上的若干例证，如索尔仁尼琴和川端康成，两位作家是作为积极的、受到李建军高度赞扬的例子，以反证莫言如何不堪，如何以"迎合西方中心主义对落后丑陋中国的想象"而捧得诺奖得意而归。说莫言获诺奖证明诺奖评委的"西方中心主义"，在褒奖索尔仁尼琴和川端康成时，又暗中肯定了评委们也有眼光正确的时候，是不是有点过于实用主义，像急于证明自己的蝙蝠一样，两头下注，而忘记了需要确立一个始终保持一致性的基点呢？

将索尔仁尼琴与莫言进行比较，如李建军所言，是要辨别诺奖评委会对两者的不同态度：诺奖评委会颁奖给索尔仁尼琴之所以正确，是因为他们将索尔仁尼琴置于同属于"西方"的视野中，看取其"庄严的愤怒和严肃的批判"之"正极性"，给莫言颁奖，则是因为其对历史和现实"开玩笑"的"黑色幽默"，是褒奖其"东方"的"负极性"。这就需要重复前文的追问，什么是"西方"，什么是"东方"？历史地看，俄罗斯也好，苏联也好，它的文化和文学，是一种非常独立的存在，早在 20 世纪初年，鲁迅与周作人编译《域外小说集》，就认识到俄罗斯和东欧文学与法德英美文学的迥别。而在欧美国家，从来没有什么人会把俄罗斯或者苏联认作是同道，认作是"西方"的自家人。索尔仁尼琴的获奖，也与"西方中心主义"无关，恰恰相反，他们是将索尔仁尼琴视作东方"铁幕"后面的"报信人"的。诺奖颁奖词对索尔仁尼琴的赞词是："俄罗斯的苦难使他的作品充满咄咄逼人的力量，闪耀着永不熄灭的爱火。故土的生活给他提供了题材，也是他作品的精神实质。在这些雄壮的叙事诗中，中心人物便是不可征服的俄罗斯母亲。"彰显俄罗斯的苦难与人道主义精神，这在从普希金、屠格涅夫到托尔斯泰和陀思妥耶夫斯基的作品中都有鲜明的表现，是俄罗斯文学的伟大传统，恐怕也无法将其归入"西方"吧。

与之相关的还有川端康成。川端康成的作品，被李建军理解为是"正极性"的，并且被明确地解读为是向世界表现了日本民族之美而荣获诺奖。这同样让我大惑不解。按照李建军对"西方中心主义"的界定，诺奖评委会眼中的日本，是"西方"还是"东方"，是"正极性"还是"负极性"？如何自圆其说地把"东方"和"西方"界定清楚，

从国家的地理位置看，俄罗斯就已经是西方了，如果一路向西，从俄罗斯到东欧、中欧、西欧、北欧，再到北美和南美，这是一个多么庞大的版图，怎一个"西"字了得！

与索尔仁尼琴相关的再一个话题，是莫言有没有权利批评索尔仁尼琴。李建军是断

---

① 李建军：《2012 年度诺奖授奖辞解读》（上），载《文学报》，2013-03-07。

然否定的：

> 在严峻的生活面前，他的"魔幻"作品所发出的声音显得空洞而虚怯，缺乏更加明确的"及物性"和更加充分的现实感。他对"伤痕文学"和"右派文学"都很不买账，认为它们都只在"诉苦"和"控诉"——"控诉政治、控诉坏人"，但缺乏对"自我"的反思，"没有从反面来忏悔"，"灵魂拷问依然不够"。他这样批评索尔仁尼琴："我觉得索尔仁尼琴依然缺少拷问灵魂的精神，他也一直在控诉，他写那个《古拉格群岛》，写那个《伊万·杰尼索维奇的一天》，他敢于和当时苏联巨大的反派政治抗争，但他也没有拷问他自己。"（《莫言：他人有罪，我也有罪》，《南方人物周刊》2012年第36期）莫言关于"忏悔"的见解，尤其是他对索尔仁尼琴的否定，是极不公正的，也是站不住脚的。①

莫言批评索尔仁尼琴等人，是否有道理？莫言的批评是，索尔仁尼琴只知控诉和揭露，不知自省和忏悔。而且将其和对"伤痕文学"和"右派文学"的批评联系起来，认为它们都只在"诉苦"和"控诉"——"控诉政治、控诉坏人"，但缺乏对"自我"的反思，"没有从反面来忏悔"，"灵魂拷问依然不够"。这样的批评，在我看来，有充足的理由。索尔仁尼琴的作品，在某些方面，确实如莫言所言，和中国的"伤痕文学""右派文学"有许多相近之处，它们都曾经充当了社会创伤、政治黑暗的勇敢揭露者，为一个禁锢的时代不惜自我牺牲地炸开了一个缺口，可钦可敬，但这类作品的明显缺失，一是对文学性重视不足，二是对人物的心灵世界开掘有限。有史为鉴，在今天，除了文学史家，还有多少人会去光顾"伤痕文学""右派文学"？有慧根的作家，对此也会有相当的自知之明。《古拉格群岛》的副题是"文艺性调查初探"，它的确是大规模调查的报告，却很难用文艺作品的尺度去论证它如何精彩，也难以从人物心灵剖析上去论证它如何深邃。索尔仁尼琴的这一缺失，和他急于揭露斯大林时代的残暴现实密不可分，为了构建一种历史真实，他的许多作品都带有非虚构文学的特征，是一种"见证文学"。而文学在最高的意义上，是关乎心灵世界的，是超越历史的更高层面的。何况，在索尔仁尼琴的21世纪，他逐渐转向大俄罗斯主义，回归宗教和民粹主义，也是昭然若揭的，是需要严厉批评的。这恰恰是李建军所未能领会的。

关于忏悔，在当下的中国语境中，是一个至关重要的关键词。莫言之可贵，就在于他明确地提出"把自己当罪人写"，在《蛙》等作品中将自己摆在了被审视的位置上。同

---

① 李建军：《2012年度诺奖授奖辞解读》（下），载《文学报》，2013-03-22。

时，他讲到索尔仁尼琴的写作缺乏忏悔意识，这样的判断，自有其道理。受难者是否需要在控诉的同时进行自我的灵魂拷问和忏悔，可以见仁见智，但在人类精神的法庭上，恐怕不能因为其受苦受难，就对其进行赦免。受难者无须忏悔，这从人道立场和情感取向的角度是可以成立的。但是，在理解与同情背后，还有没有更为深入的探询，答案是毫无疑义的。巴金在"文化大革命"初期就被"揪出来"，作为上海文艺界最大的"黑作家"，饱经批斗和摧残，妻子萧珊受其株连罹患重病得不到及时救治而去世，他是最有资格控诉那个血腥残暴的年代的。但是，巴金的可贵之处就在于，当"伤痕文学"和"右派文学"都在做受害者的控诉之时，他却勇敢率真地袒露自己的内心世界，做真诚的自我解剖、灵魂忏悔。无论是被鲁迅誉为"灵魂的审判者"的陀思妥耶夫斯基，还是"窃得火来，烹自己的肉"和严于自我解剖的鲁迅，他们的伟大之处，就在于对自我的冷峻清算，不回避，不遮掩。从俄罗斯文学中的重要命题"谁之罪"，到"二战"之后德国人对"罪责问题"的追问，再到《无权者的权利》，X寸受害者自身的问责，一直在进行。而且是同时在大众文化与精英文化两个层面上进行。好莱坞电影《索菲的选择》让遭受丧女之痛的母亲索菲反省自己在集中营中的怯懦与苟且，《辛德勒的名单》则让辛德勒在接受诸多犹太难民的感恩时痛悔自己如果不是为了贪图奢华享受本来还可以省下更多的钱赎买更多犹太人的性命。哲学家雅斯贝尔斯在战后的反思是："我们全都有责任，对不义行为，当时我们为什么不到大街上去大声呐喊呢？"

川端康成的美文佳作非常有魅力。但是，换一种视角，从历史反省的角度，他显然是有所遮蔽的。如果要追问，日本作为"二战"的策源地，给日本和包括中韩在内的亚洲造成空前之灾难，在川端康成的作品中有什么思考，恐怕是难以替他分辨的。

我想补充的是日本另一位诺奖获得者大江健三郎的例子。大江健三郎对于川端康成显然是非常不满的。他的获奖演说《我在暧昧的日本》中，对日本文化的警觉，溢于言表。经历过第二次世界大战的悲剧，大江健三郎的叙述，对于战争罪责的追问和自省，是刻意要和日本文化以及无条件地拥抱日本文化的川端康成，保持相当的距离的：

> 在并不遥远的过去，那种破坏性的盲信，曾践踏了国内和周边国家的人民的理智。而我，则是拥有这种历史的国家的一位国民。

> 作为生活于现在这种时代的人，作为被这样的历史打上痛苦烙印的回忆者，我无法和川端一同喊出"美丽的日本的我"。……就日本现代文学而言，那些最为自觉和诚实的"战后文学者"，即在那场大战后背负着战争创伤、同时也在渴望新生的作家群，力图填平与西欧先进国家以及非洲和拉丁美洲诸国间的深深沟壑。而在亚洲地区，他们则对日本军队的非人行为做了痛苦的赎罪，并以此为基础，从内心深处

祈求和解。我志愿站在了表现出这种姿态的作家们的行列的最末尾，直至今日。①

大江健三郎和川端康成一样，是充满悲剧感的作家。川端康成悲悼传统日本文化的湮灭，大江健三郎则陷溺于对"二战"的自责中难于自拔。我引出大江健三郎，不是以此否定川端康成。两位获诺奖的日本作家，彼此互为镜像，照出了人类精神的不同侧面。

大江健三郎就明确地要与川端康成划清界限彰显差异，他的演讲题目《我在暧昧的日本》与川端康成《我在美丽的日本》针锋相对，在其演讲正文中特意对此做了阐述，仍然意犹未尽，再次强调之："坦率地说，与 26 年前站立在这里的同胞相比，我感到 71 年前获奖的那位爱尔兰诗人威廉·勃特勒·叶芝更为可亲。……倘若可能，为了我国的文明，为了不是因为文学和哲学，而是通过电子工程学和汽车生产工艺学而为世界所知的我国的文明，我希望能够起到叶芝的作用。在并不遥远的过去，那种破坏性的盲信，曾践踏了国内和周边国家的人民的理智。而我，则是拥有这种历史的国家的一位国民。"②

李建军的问题在于，他往往只注意他愿意关注的一面，忽略了许多应该关注的信息，如此一来，看似有理有据。但是，在当下，许多命题都可以找到丰富的资料，无论你是要褒贬臧否，都可以毫不费力地为自己找到论据。譬如关于索尔仁尼琴，关于川端康成——我很难相信，李建军会不知道大江健三郎与川端康成《我在美丽的日本》针锋相对的《我在暧昧的日本》，但是为了抨击莫言"丑化"中华民族的"劣行"，他选取了弘扬日本传统文化的川端康成而忽略了对日本文化进行深刻反省的大江健三郎。

五、"神圣同盟"与"怨恨心态"

我费了这么大的力气做上述论证，当然希望能够有更为深入的思考和论断。第一，是否存在一种跨越欧美亚的文化上的"神圣同盟"，非我族类其心必异，有意识、有目的地张罗了一张"东方主义"乃至"文化阴谋"论的人网？第二，如何消除这一评价背后的"西方主义"的怨恨心态？

在大陆和海外，与李建军一样，认为莫言获奖是诺奖评委们的"东方主义"偏见所致的，不乏其人。但是，正如上文所分析的那样，李建军为自己的论断举证的各种论据，其实是可以有不同角度、不同评价的，未必就能够证明李建军的结论之必然。在他的论述中，所谓诺奖文学奖评委的"东方主义"，百余年间的诺奖评奖历史上，除了莫言，他

① 大江健三郎：《我在暧昧的日本》，http：//cul.qq.com/a/20160311/023931.htm，2016-03-11。
② 同上。

举证不出第二个例子，这样的孤证，不要说是"东方主义"，连"中国主义"也算不上，只能称作"莫言主义"。这当然是我的一种戏言。

说诺奖在文学水准的标尺上经常有欠精准，这是见仁见智的事情。还是民谚说得好，文没有第一，武没有第二。刀枪棍棒，战机导弹，谁的武艺好，赛场或者战场上一下子就比出高低；纸面文章，曲径通幽，要做出大家都认可的绝对判断，谈何容易。但是，就"政治正确"而言，下面的例子可以带来什么启迪呢？

当年，"污蔑""抹黑"和"阴谋论"，也曾在我们的邻国苏联占据意识形态的主流。苏联时期的作家因为荣获诺奖而遭受指责和惩罚的，一是索尔仁尼琴，被驱逐出境，二是帕斯捷尔纳克，因为压力太大而放弃了领奖。如果按照当时苏联的官方口径，他们都是"污蔑""抹黑"伟大的苏维埃社会主义联盟的。《日瓦戈医生》出版后，因为苏联众多舆论的反对，帕斯捷尔纳克被苏联作家协会开除会籍，甚至有人举标语游行要求将他驱逐出境，"犹大——从苏联滚出去！"最终，在舆论的逼迫和当局的威胁之下，他被迫拒绝领奖。之后，一份由组织代写的"悔过书"以帕斯捷尔纳克的名义在《真理报》上发表。在苏联作家联盟给苏维埃最高法院的请愿信里，呼吁执法机关剥夺他的公民权并将他驱逐出境。虽然帕斯捷尔纳克很快表态拒绝领奖，但警察和侦探一直不离他左右，成为他的一块心病，抑郁而终。

坚持反省日本的战争罪行的大江健三郎则在获奖之后表示："所谓文学的责任，就是对20世纪所发生过的事和所做过的事进行总清算。关于奥斯维辛集中营、南京大屠杀、原子弹爆炸等对人类的文化和文明带来的影响，应给予明确的回答，并由此引导青年走向21世纪。"因此，他受到政府和右翼人士的大肆攻击。以石原慎太郎为代表的右翼分子公开称他是一个"用粪弄脏自己巢的鸟"，让他滚出日本。虽然大江的作品被译成多种文字，读者遍布世界。但是当时，在他的家乡日本，他的作品却乏人问津。早在1970年，大江健三郎的《冲绳日记》就因为针对冲绳之战末期几十万日本军民集体自杀事件进行问责，波及日本军方，而被军方告上法庭，日本右翼势力大骂大江是"丑化日本的非国民"。①

同理，被盲目的民族主义——民粹主义遮蔽双眼，宣称莫言获奖是"中国之耻"或者"中国文坛之耻"的人们，如何回应下面的事实——莫言在荣获诺奖之前，就是中国作家在海内外获奖最多的（包括根据其作品改编的电影），从日本到韩国，从法兰西、意大利到北美，从西柏林电影节到东京电影节：

---

① 关于帕斯捷尔纳克、大江健三郎和帕慕克的有关资讯，引自张畅：《故土上的"异乡人"：他得了诺奖，却仍被疏离》，http：//culture.ifeng.corn，2015-10-10。

1987 年，《红高粱》获第四届全国中篇小说奖。根据此小说改编并参加编剧的电影《红高粱》获第 38 届柏林电影节金熊奖。

1988 年，《白狗秋千架》获台湾联合文学奖。根据此小说改编的电影《暖》获第 16 届东京电影节金麒麟奖。

1996 年，《丰乳肥臀》获首届"大家·红河"文学奖。

1996 年，莫言编剧、张瑜主演、严浩导演的电影《太阳有耳》获第 46 届柏林电影节银熊奖。

2001 年，获第二届冯牧文学奖。

2001 年，《酒国》(法文版)获法国"Laure Batailin"(儒尔·巴泰雍)外国文学奖。

2001 年，《檀香刑》获台湾联合报 2001 年十大好书奖。

2003 年，《檀香刑》获首届"鼎钧双年文学奖"。

2004 年 4 月，获"华语文学传媒大奖·2003 年度杰出成就奖"。

2004 年 3 月，获法兰西文化艺术骑士勋章。

2005 年 1 月，获第三十届意大利 NONINO 国际文学奖。

2005 年 2 月，香港公开大学授予荣誉文学博士。

2006 年 7 月 21 日，荣获福冈亚洲文化奖委员会颁发的第 17 届福冈亚洲文化奖大奖。

2007 年，《生死疲劳》被中国小说学会评选为 2006 年小说排行榜榜首，被香港《亚洲周刊》推选为 2006 年十大华语好书，并获《十月》优秀作品奖。

2008 年 7 月 24 日，《生死疲劳》荣获由香港浸会大学文学院主办的第二届"红楼梦奖"。

2011 年 9 月，《蛙》荣获中国作家协会颁发的"第八届茅盾文学奖"。

2011 年，获韩国万海文学奖。

以上列举的奖项，就国别而言，有法国、意大利、美国、日本、韩国等；就授奖主体而言，有明确是国家政府的，有民间文化团体的，也有高校和传媒机构的。就地域而言，有东方也有西方。就获奖对象而言，有奖给作家莫言的，也有奖给莫言的特定作品的。不能说，彼此之间没有任何关联性，但是，这一连串的获奖，是表明莫言和中国文学日渐受到世界的认可，逐渐形成一种普遍共识，还是果真存在一个横跨欧亚大陆和众多国度、从官方到文化界、出版界的庞大的"神圣同盟"，一定要通过奖赏莫言以实现他们的"污蔑""抹黑""诋毁"中国现实的"西方中心主义"呢？更无法想象，居然有如此众多的人们"阴谋策划"煞费苦心地经营十年、二十年，就是为了把莫言打造成为一枚"文化炸弹"，然后借助诺奖而点燃引爆之，为敌对势力在中国打开一个缺口！

在当下，中国加快了走向世界、融入经济全球化浪潮的速度，正在以一种崛起中的姿态和开放的胸怀拥抱世界，相应的，我们也应该在包括文化领域的方方面面调整心态，展现我们的包容和承受力，表现我们与人为善、真诚相对的博大境界。那种动辄指责他人心怀叵测与"亡我之心不死"的过度敏感，恐怕不是表现出我们的文化自信，而是恰恰相反。30 年前，《红高粱》电影在西柏林电影节上夺得金熊奖，就有人抨击它是展览落后暴露黑暗，迎合西方人的文化偏见，30 年后，李建军仍然用同样的语调，批评《红高粱》是"莫言用西方人熟悉的技巧，来写符合西方人想象的中国经验。他写人物毫无规矩地乱闹，写他们在酒缸里头撒尿，在娶亲路上颠轿，在高粱地里睡觉，——在西方人的想象中，中国文化就是这样，中国人的生活就是这样，崇高而诗意的生活，与中国人是无缘的，高尚而美好的情感，与中国人也是无缘的"①。其实，早在 20 世纪 80 年代，就有人回应过这样的粗暴批评：

> 不止一次听人说，《红高粱》与《老井》一样，在国际上之所以获奖，盖因迎合了某些外国人的猎奇趣味——对中国贫穷、愚昧、苦难、屈辱的津津乐道。此论乍听，确有一种可爱而可贵的民族自尊和正气，但仔细想来，未免失之偏颇、幼稚和简单……影片虽体现了愚昧落后，然而愚昧落后在影片中并非基调。基调是为摆脱愚昧、苦难而进行的奋斗抗争，在《老井》中着墨最多的是以孙旺泉为代表的新一代为打井所付出的牺牲，写他们世代相沿的那种难以忘怀的民族责任和道义感，那种在任何艰难困苦中都坚韧不拔的民族精神。同样，《红高粱》在屈辱中所高扬的进取，百折不挠，那被活剥了皮还将复仇之火苗高扬之魂；那与日本侵略者血战到底的牺牲精神，正是那种在民族灾难的重压下，不屈不挠的生命的不屈不挠的生命意识。②

由这种文化与文学上的"阴谋论"，我想到了德国学者舍勒提出的怨恨情结。舍勒认为，"怨恨是一种有明确的前因后果的心灵的自我毒害。这种自我毒害有一种持久的心态，它是因强抑某种情感波动和情绪激动，使其不得发泄而产生的情态。这种'强抑'的隐忍力通过系统训练而养成。……这种自我毒害产生出某些持久的情态，形成确定样式的价值错觉和与此错觉相应的价值判断。"③

舍勒指出，怨恨的发生有着规定条件：在等级分明的社会里是不存在怨恨的，从贵

---

① 李建军：《直议莫言与诺奖》，载《文学自由谈》，2013(1)。
② 同上。
③ 舍勒：《道德建构中的怨恨》，见《舍勒选集》上卷，罗悌伦译，401 页，上海，上海三联书店，1999。

族到农奴，有着严格的差别而且被认作是天然合理的，每个人都按照自己的等级去尽自己的本分；只有在以平等为感召的现代进程中，人们接受了平等的理念但在现实中却处处发现不平等，才会对那些伤害过，或者误以为伤害过自己的人产生怨恨心态，却又没有力量进行直接的报复，从而形成并日渐加深其"怨恨"心态。这其中包含着弱者的无力实现自己愿望的软弱和痛苦。对于弱势人群，弱势民族，皆是如此。舍勒举残疾人和犹太民族为例，并将他们身上出现的缺乏积极目标的批判中对一切现存发泄怨气称之为"怨恨批判"。犹太人自命为是上帝在大地上的选民，具有无比强烈的民族骄傲，同时又遭到一种千百年来被感受为驱逐、流亡、虐杀的命运的鄙弃排斥。因此，巨大的犹太怨恨由骄傲和命运的共同作用促成（得到了双份的养料），而且，近年来看特别由形式上与宪法相应的平等权利同事实上的贬斥的共同作用而加强。除了天赋因素和其他原因之外，犹太民族极其强烈的赢利欲望，无疑也是其自我感觉在气质上变得紊乱的一个结果，这种赢利欲是对得不到与民族自我价值感相应的社会承认的过度补偿。[①]

排除舍勒对犹太民族论述中的种族偏见，用怨恨理论来阐释当下某些国人的偏激的心态，也许是能够说明一些深度的问题的。中华民族就像犹太民族一样，勤劳而智慧，有古老的文化传承，有流传数千年的文化经典，有汉唐盛世恢宏气象，也有足以傲世的四大发明，在人类的农业文明阶段，曾经独占鳌头，傲视群雄。直到鸦片战争以来，古老的东方大国遭受了一次又一次的列强入侵，屡战屡败，割地赔款，丧权辱国，经历过大面积的战争、灾难和动乱。时至今日，这种惨痛的历史记忆并未抹去。前事不忘，后事之师，以史为鉴，可以明兴替，此之谓也。在当下的文化语境中，莫言的《丰乳肥臀》《檀香刑》，陈忠实的《白鹿原》，阿来的《尘埃落定》，刘醒龙的《圣天门口》等回望百年历史风云的文学写作，正是以此作为宏大的精神背景而精彩纷呈的。

但是，正如舍勒所说，面对这种状况，可以产生不同的精神状态：一种是奋发而起，有所作为，积极改变自己的生存状态，也改变自己生存的环境；一种是陷入一种软弱无力的怨恨心态，不可自拔，只看到经济全球化时代文明的冲突，没有看到经济全球化时代文明的沟通和融合，毫无缘由地用拒绝和排斥的心态看待世界，到处去发现"敌人"，发现"阴谋"与"敌情"。别人批评我们，那当然是充满恶意，居心不良，别人称赞我们，那也是别有用心，笑里藏刀。近些年来，因为中国经济总量的增长，在世界上地位和发言权的重要性增强，这样一种偏激的心态，本来应该是逐渐消除与改善的，但是，事实却朝着相反的方向发展。盲目的自卑，转向"合群的爱国的自大"，乃至呓语"犯我强汉虽远必诛""帝吧出征寸草不生"云云，助长了这些盲目、狭隘的民族主义和民

---

① 舍勒：《道德建构中的怨恨》，见《舍勒选集》上卷，罗悌伦译，406页，上海，上海三联书店，1999。

粹主义。乃至一有风吹草动，就鼓噪所谓不吃麦当劳，拒绝肯德基，更有甚者，在反日游行中放火焚烧同胞的车辆，群殴无辜的路人，都是这种怨恨心态的极端表现。对莫言荣获诺奖的无端指责，也是一大明证。

莫言获诺奖当然是好事，不过更应该思考的是获奖背后的文化命题。我觉得还是王蒙说得好：

> 诺奖是西方世界的主流文化强势文化的符号，从事这项评奖工作的个别专家，确实也有自我感觉良好的种种表现，对中国的文学常意在指点。中国的一些人士，则对之又爱又恨、又羡又疑，又想靠近又怕上当，既想沾光贴金扩大影响，又怕被吃掉被融化演变吃亏。有些写作人，像小蜜蜂一样地围着被视为权威的评奖人士飞舞，希望通过此奖的认可来为自身加分求证添利。它反映了第三世界、正在迅速和平崛起的我国，在文化上还缺少足够的清醒的自觉与自信，对外部事务的知晓也还有待推进。有时候此奖奖给了我们不喜欢的人，主事者们大怒，干脆将之否定。有时候则是可以接受的人选，皆大欢喜，说明我们其实喜欢此奖。我们可以通过莫言获奖这一好事，总结提高以非强势非世界主流的古老独特文化、面对强势主流文化时的各种经历与经验教训，我们应该逐步树立不卑不亢、实事求是、明朗阳光、该推则推、该就则就的敢于正视、敢于交锋、敢于合作、敢于共享的通情达理、尊严、自信、坦然的态度。①

中国故事中洋溢着浑厚、悲悯的人类情怀。在中国故事中融入世界眼光，向世界讲述中国故事，也绝不是所谓"迎合西方人的口味和眼光"所能诋毁的，而是莫言和中国作家展现出的最鲜明的中国特色、中国经验。首先，亿万中国人为了改变民族和个人的苦难命运而奋斗和抗争，为东方古国和中华文明的再度崛起而屡败屡战，愈挫愈勇，这本身就是人类极其可贵的经验的重要组成部分，是现代转型的重要一环，极大地影响了人类历史的进程。其次，就文学艺术而言，它有酷好新奇巨变、追踪世事沧桑而营造曲折神奇故事的品性，同时也有潜心于人性，潜心于灵魂探索乃至灵魂拷问的本性。同时，数千年的文学长河，前后相承，对于人性的揭示和刻画，在嬗变与恒定中，积淀了一些基本的命题，弘扬真善美，鞭笞假恶丑，也形成了自己的底线，永远需要鼓励和张扬积极的追求和精神的自我提升。莫言这样说，"故乡不是封闭的，而是不断扩展的。故乡久远的历史源头是纵向的扩展；在空间上，作家也往往有着把异乡当作故乡的能力。乡土是

---

① 王蒙：《莫言获奖与我们的文化心态》，载《读书》，2013(1)。

无边的。我有野心把高密东北乡当作中国的缩影，我还希望通过我对故乡的描述，让人们联想到人类的生存和发展"。① 这就是他写作的制高点，高密东北乡，既是中国的，又是世界的，中国特色和普遍人性，是互为羽翼的。《丰乳肥臀》中的母亲，她经历的一个世纪的苦难，当然是非常本土化的，但母爱和悲悯，却是普世性的。《生死疲劳》中，农民与共和国时代的土地关系，当然"很中国"，那神奇的六道轮回，那顽强的记忆传承，那虽千万人而吾往矣的坚守，却感动了世界。《蛙》讲述的计划生育对乡村的巨大影响，也是中国所独有的，但是，"姑姑"的心灵困惑，"我"的精神忏悔，以及淳朴乡村在时代转型中出现的工业污染、生态破坏和人心不古，却是可以跨民族跨国界得到理解的。指责莫言的作品通过展览落后、暴露丑陋、渲染血腥变态，而博得西方欢心的奖赏的言论，貌似理由充足，一个作家，写了 30 余年，几百万字，从中寻找任何论据，都不是难事，但是，如此简单化的批评，拒绝看到中国曾经有过、至今也未必绝迹的落后、丑陋、暴戾、畸曲，却没有看到莫言在铺陈血污和暴烈、揭示落后与丑陋的同时，更着意于对中国农民的生命的理想主义和生命的英雄主义的标举和倡扬，恐怕也是差之毫厘失之千里了。

（原载《中国政法大学学报》2017 年第 6 期）

---

① 钱欢青：《莫言：高密东北乡是中国缩影》，载《济南时报》，2011-08-23。

三、 莫言研究

莫言与新文学的整体观

张清华

"新文学整体观"曾是 20 世纪 80 年代中期一度炙手可热的话题，那时的几位青年学者曾对这个总体性的构想有过十分精彩的见地①。但如今二十多年过去，真正在研究与批评实践方面贯彻这一总体逻辑的却并不多见，倒是以对立性思维来进行割裂式评判的看法会更为常见，连外国人也习惯于"现代文学是五粮液，当代文学是二锅头"②的说法。类似的思维显然有一种无意识暗藏其中，即"从逻辑上说"，当代文学是低端的文学，因为很显然，现代作家大都是有留洋经历的，都懂得外语，传统文化素养也普遍是很高的；而当代作家则普遍缺乏这些条件，自然也不太可能写出好东西。然而莫言获得诺贝尔文学奖，却似乎给了这种定见以某种震撼，并促使我们重新思考当代文学究竟应该怎样认识，思考其与新文学到底是什么样的关系，如果它们是一个整体、一个有机的谱系的话，那么当代文学是不是应该被给予平等的对待？显然，本文的目的并不止于对莫言创作本身的评价和讨论，而且事关整个当代文学应该如何考量，如何建立其思想资源与精神谱系，如何构建评价的视野与坐标，如何看待其地位与作用等一系列问题的思考。自从莫言获奖以来，确实已有不少学者对其进行了更为系统深入的研究，试图将其置于整个新文学的谱系中来予以观照。有专家甚至还召开了题为"诺奖与中国：从鲁迅到莫

---

① 参见陈思和：《新文学史研究中的整体观》，载《复旦学报》（社会科学版），1985(3)；黄子平、陈平原、钱理群：《论"二十世纪中国文学"》，载《文学评论》，1985(5)。

② 2007 年 3 月 26 日，在召开于中国人民大学的"世界汉学大会"之"汉学视野下的 20 世纪中国文学"专场圆桌会上，作为主角的德国汉学家顾彬教授表达了这一看法，遂引起热议。笔者作为在场者目击了这一场景和过程。

言"的学术研讨会①，有多名学者发表了与此相关的文章②，自然，笔者自己也贡献了"从鲁迅到莫言：这是一个谱系"的观点，认为"鲁迅是莫言精神上的路标，莫言则是一个将之发扬光大的传承者。所以，莫言拿到诺贝尔奖，是整个汉语新文学的总结和收获"③。与此同时，笔者还有一篇更为详细的访谈文字《应该在鲁迅与五四以来的文学谱系中认识莫言》④，就关于谱系的说法有更为详细的讨论。几年时间过去，如今再看，觉得这一问题还有必要重新思考，展开讨论。讨论从五四作家到当代作家，从鲁迅到莫言，他们之间究竟有哪些方面发生了内在的联系，又产生了怎样的传承、变异、深化和蜕变的关系。笔者希望通过这样的阐释，不止可以回答莫言是否是一个与现代作家同样重要的作家，更可以作为"新文学如何才能作整体观"的一个范例。

一、乡村世界书写：哀歌，挽歌，或最后的整体性

新文学的诞生在很大程度上是以"乡土文学"的出现为契机的，而"乡土文学"又是以挽歌和哀歌的形式出现的，从鲁迅和文学研究会作家最早的一批作品中不难看出这一点。问题只在于，鲁迅是以一个启蒙主义者的眼光来看待乡村世界的，所以他眼中所见与古代诗人笔下的乡村是不一样的。他的乡村破败而愚昧，而田园诗人的眼中则一派自足与祥和。这样的眼光源于"他者"的出现，如同黑格尔所说"世界分新与旧，新世界这个名称之所以发生，因为美洲和澳洲都是在晚近才给我们知道的"⑤。中国近代的启蒙意识的出现，也同样是源于类似的"地理发现"，是从林则徐的《四洲志》和魏源的《海国图志》才开始有了"睁眼看世界"的视角和意识。中国人才在这古老的生存中发现了苦难、愚昧、悲剧和危机，发出了"从来如此，便对么"的疑问，也发现了世居的牧歌田园居然是"铁屋子"这样一个严酷现实。在《呐喊·自序》中，鲁迅借了与"金心异"的对话场景，

---

① 2012 年 11 月 24 日，中国人民大学文学院、《中国作家》杂志社、北京大学电影与文化研究中心联合举办了"诺奖与中国：从鲁迅到莫言"座谈会，参加者有北京大学、清华大学、北京师范大学、中国人民大学等高校的多名学者。

② 见刘勇、张弛：《20 世纪中国文学现实与魔幻的交融——从鲁迅到莫言的文学史回望》，载《北京联合大学学报》，2013(1)；高旭东等：《诺贝尔文学奖与中国：从鲁迅到莫言》，载《山东社会科学》，2013(2)；赵勇：《从鲁迅到莫言：文学写作之外的担当》，载《中国作家》，2013(4)；李东木：《从鲁迅到莫言——中国现代文学在日本》，载《东岳论丛》，2014(12)；栾梅健：《从"启蒙"到"作为老百姓写作"——莫言对鲁迅文学传统的继承与创新》，载《南京社会科学》，2015(1)。

③ 张清华：《从鲁迅到莫言：这是一个谱系》，载《新华每日电讯》，2012-11-02。

④ 张清华：《应该在鲁迅和五四以来的文学谱系中来认识莫言，载《新华月报》，2012 年第 11 号（下半月刊）。

⑤ 黑格尔：《历史哲学》，王造时译，83 页，上海，上海书店出版社，2001。

说出了这番著名的论断"假如有一间铁屋子，是绝无窗户而万难破毁的，里面有许多熟睡的人们，不久都要闷死了，然而是从昏睡入死灭，并不感到就死的悲哀。现在你大嚷起来，惊起了较为清醒的几个人，使这不幸的少数者来受无可挽救的临终的苦楚，你倒以为对得起他们么？"①这段话中鲁迅创造了他写作生涯中著名的关键词，但我以为其中还暗含了另一个，就是"哀歌"，即在"死的悲哀"中唱响的"敢有歌吟动地哀"的哀歌。

粗略统计，在《呐喊》总计十四篇小说中，书写乡村题材的约要占到一半以上，所刻画的最著名的人物如孔乙己、阿Q、七斤、华老栓等，也都属于乡村世界的三教九流。显然，是乡土文学开启了中国新文学的进程。这是很有意思的，为什么启蒙主义的思想运动与文学潮流不是从城市经验、历史题材、个性主义的知识分子生活等方面大举展开，而是肇始于原始和落后的乡村？这便是前文所述的关键词——"哀歌"的作用了，因为书写城市和个性主义都很难成为文化意义上的哀歌，很难起到整体性的文化与"文明"反思的作用，只有通过书写乡村，才能够像《故乡》的结尾那样，发出逃离者的由衷悲伤和叹息，感慨众生的愚昧和土地的沉沦。

从这样一个传统看，一部新文学的历史几乎可以说是一部乡村叙事的历史，乡土的哀歌几乎变成了新文学的一个标签、一个魔咒。因为很显然，土地本身的诗意，其破败的生存与苦难想象成为了合适的符号，非常宜于处理一个现代性的命题，即反思文化与制度的困境，分析人性与道德的堕落，留恋器物与习俗人心的不古，感叹自然的毁坏与环境的延迁……在某些情况下还会反转和演化为另一极——虽然在鲁迅和文学研究会作家的笔下，乡村是破败的，底层人民是愚昧和麻木的；但在20世纪30年代沈从文的笔下却构造了一个截然相反的神话，他所描绘的湘西世界，不再是破败的沉沦之地，而是"希腊小庙"式的理想之邦，在这里不止普通的人性是美好的，连小偷和妓女也是有信义的。他将浪漫主义的余绪，自然世界与农业生存的和谐共生，在现代性的烛照下产生出对照于工业文明的异化、自然的污损败坏以及世道人心的颓圮的哲学性的反思力量，构造了一部不同于鲁迅和文学研究会作家的悲歌与哀歌模式的美好挽歌：

> 表面上看来，事事物物自然都有了极大进步，试仔细注意注意，便见出在变化中堕落趋势。最明显的事，即农村社会所保有的那点正直朴素人情美，几乎快要消失无余。代替而来的却是近二十年实际社会培养成功的一种唯实唯利庸俗人生观。敬鬼神畏天命的迷信固然已经被常识所摧毁，然而做人时的义利取舍是非辨别也随同泯没了。"现代"二字已到了湘西……②

---

① 鲁迅：《呐喊·自序》，见《鲁迅全集》第一卷，419页，北京，人民文学出版社，1981。

② 沈从文：《长河·题记》，载重庆《大公报》，1943-04-21。

这种与五四式文化批判完全不同的启蒙的反转和审美现代性意识的浮出，已经为既往许多学者所论及，这里不拟再行展开。但他启示我们，从鲁迅到沈从文，还有"京派"的其他作家，我们刚好看到了一个"正——反"的逻辑回合。不过，无论是将乡土看作必须启蒙的悲惨世界，还是看作即将消亡的乌托邦桃花源，有一点是一致的，即他们所唱响的，都是乡土的挽歌与哀歌，他们所写下的，都是农业社会的末日与沉沦。

与前两者都不同，革命作家笔下的乡土世界似乎显得更为"客观"些——尽管不见得是出自自愿，可能更多来自外在的修正与制约。他们既没有把乡土写成深渊，也没有将之夸饰为乐园，既非俯瞰，也非仰望，而是采取"平视"的方式，写出了这个世界的喜忧参半与良莠交杂。尤其是在早期的赵树理等作家笔下，甚至还写出了乡村民间文化的鲜活样貌，写出了它原生的喜怒哀乐与爱恨情仇，直到20世纪五六十年代，乡村世界的书写才几乎成为同一种样态的书写，至此，原有的哀歌与挽歌，差不多全部发生了变异。

1985年对于当代中国文学来说，绝不只是意味着一两个新潮文学现象的浮出，更重要的是中国作家对于自身的重新认识。历经将近半个世纪的自我封闭和思想的畏缩沉寂，中国作家在再度获得世界性视野之时，所发现的自我镜像，居然还是乡村社会与土地的生存，还是作为农业文明的中国。只是，他们在发现这个自我镜像的时候，其思想与情绪不免是迷茫和混乱的，与前代作家的几种态度相比，他们无法为自己找到一种清晰和持久的姿态。看一看几位作家的寻根宣言就可以看出，他们对新一轮的土地书写和传统再造，似乎并不甚明了。是鲁迅式的决绝批判，还是沈从文式的缱绻怀恋，还是赵树理式的亲近胶着？似乎都有，但又显得犹疑和暧昧。当他们试图为当代中国的文化建设"释放现代观念的热能，来重铸和镀亮这种自我"①的时候，似乎又为文学承担了太多现实责任，且在不久之后就被证明是难以为继的。寻根文学在经历了一年的热闹之后迅即陷于沉寂，便证明了这一点。

然而，稍迟到了一点，却真正表明了寻根"实绩"的却是莫言，1986年，当寻根文学业已悄无声息地终结之时，莫言却用他充满灵异格调的书写，再度唤起了人们对于土地与传统社会的关注与热忱。如果说他之前的《透明的红萝卜》是以传奇的笔法和少年的视角书写了土地上凄美的爱情故事，少年的情感狂想与"被去势"的移情冒险，还仅仅是写得美妙和浪漫的话，那么在稍后的"红高粱系列"以及1987年结集出版的长篇小说《红高粱家族》中，则有了清晰的文化与美学自觉，他要借助酒神与非理性的力量，将中国传统社会和农业文明的生存作一次淋漓尽致的全景再现，将自然、土地、民俗、神话、传

---

① 韩少功：《文学的根》，载《作家》，1985(4)。

统、生殖、战争、死亡、种植、仪典……所有乡村世界的完整的经验系统，进行一次全景式的再现。某种程度上也可以说，他构造出了一部现代的史诗，一部比以往任何讲述都更有文化与审美自觉的农业文明的挽歌。在《红高粱家族》的结尾处，他甚至按捺不住有一番激荡人心的抒情之笔：

> 我站在杂种高粱的严密阵营中，思念着不复存在的瑰丽情景：八月深秋，天高气爽，遍野高粱红成洸洋的血海。如果秋水泛滥，高粱地成了一片汪洋，暗红色的高粱头颅擎在浑浊的黄水里，顽强地向苍天呼吁。如果太阳出来，照耀浩渺大水，天地间便充斥着异常丰富、异常壮丽的色彩。①

这是对业已消失的一切乡村神话的凭吊。他迅速地越过了寻根文学对当代文化重建的幻觉，也舍弃了原始的农业文明与现代文化重建之间的不对称的悖论，建构了属于他自己的一种以人类学为基础的，以尼采的生命哲学与酒神精神为指引的，在我看来是一种"审美历史主义"的乡村经验书写。这样的诗意想象，再度将我们带回到农业经验的整体性的谱系与情境之中，成为一种前现代的神话和生命与生存的史诗，并将这一切神化成为德里达所说的"形而上学的假想"，同时也是诺奖委员会所评价的"世界性的怀旧"②，这意味着，在几乎不可能出现神话的时代，他用自己的天赋创造了这些神话。他说："这就是我向往着的、永远会向往着的人的极境和美的极境。""……我的整个家族的亡灵，对我发出了指示迷津的启示"：

> 可怜的、孱弱的、猜忌的、偏执的、被毒酒迷幻了灵魂的孩子，你到墨水河里去浸泡三天三夜——记住，一天也不能多，一天也不能少，洗净了你的肉体和灵魂，你就回到你的世界里去。在白马山之阳，墨水河之阴，还有一株纯种的红高粱，你要不惜一切努力找到它。你高举着它去闯荡你的荆棘丛生、虎狼横行的世界，它是你的护身符，也是我们家族的光荣的图腾和我们高密东北乡传统精神的象征！③

从社会学的角度看，生于20世纪50年代的莫言在他的童年经历了未经破损的原始

---

① 莫言：《红高粱》，见《莫言文集》卷一，380页，北京，作家出版社，1995。
② 原话为"通过幻想与现实、历史视角与社会视角的混合，莫言结合威廉·福克纳与加夫列尔·加西亚·马尔克斯作品中的因素，创造了一种世界性怀旧。"
③ 莫言：《红高粱》，《莫言文集》卷一，381页，北京，作家出版社，1995。

的乡村生活，也保有了大自然未曾改变的童年记忆，这一切使得他的挽歌成了可能，使他的乡村经验的书写也成为了最后的"整体性的范例"。之后，这样的书写便不再成立，因为皮之不存，毛将焉附，随着农业社会的解体，乡村经验的整体性也不复存在，所有晚生作家的乡村经验书写都随之不可避免地碎片化了。

二、国民性批判：从单向度到多维度

鲁迅对于国民性的揭示与批判，被视为是新文学最宝贵的精神资源与思想财富，历来无论是左翼文学的传承者、革命领袖，还是晚近的 20 世纪 80 年代以来的理论家们，无不对这一精神传统保有敬意和不间断的阐释，甚至不只是"左翼"，即使是偏于"自由主义"的一方，也同样喜欢拿鲁迅来做例子。不管是何种身份、何种目的的研究者，都承认鲁迅在反封建、在国民性的批判方面典范的和标杆式的作用：

> 在中国，对以儒家封建思想为中心的封建传统思想的批判是现代中国一切批判的前提，真正揭开了这个思想批判的是"五四"反封建思想革命运动，真正在深层次上全面、深刻、彻底、准确地进行了这个批判的是"五四"新文化运动的旗手鲁迅，《呐喊》和《彷徨》就是这个伟大的思想革命运动的卓越的艺术记录。①

这样的看法尽管还打着过渡时期的学术思想烙印，但它所强调的鲁迅和五四新文学的核心精神，即其激进主义的思想对礼教传统的负面后果——"国民劣根性"的批判。当然，很快人们也认识到鲁迅思想内在的复杂性，认识到他不止涵纳了"许多无法避免的矛盾言行，各不相容的思想"，还有"对自身的矛盾有着深刻的内省与自知，但却不得不同时信奉这些互相矛盾的思想……他追求人的主体性和普遍解放，却相信现代哲学对人的生存状况的深切忧虑；他倡导科学、民主、理性，却高扬施蒂纳、尼采等对科学、民主、理性持非议态度的思想家的旗帜；……他不断地向人们昭示着希望，鼓舞人们否定旧生活、开辟新生活的勇气，同时又颓废地谈论着绝望、死亡、坟墓与孤独。"②（省略号为本文作者所加）这样的看法当然极大地拓展了人们对于鲁迅和这代作家主体人格之丰富与复杂的理解，但就国民性的批判这一点，现代作家除了激烈而尖锐的否定态度，确乎缺少折中和转圜的其他条件与余地。

---

① 王富仁：《中国反封建思想革命的一面镜子——〈呐喊〉〈彷徨〉综论》，76 页，北京，中国人民大学出版社，2010。

② 汪晖：《反抗绝望》，11～12 页，上海，上海人民出版社，1991。

在钱锺书的笔下，对知识分子自身的批判似乎前进了一步。这和鲁迅相比显得略有不同，鲁迅毕生相信自己是"精神界战士"，虽然树敌众多四面投枪，但从来没有整体性地对知识界表达绝望之意。而钱钟书则不然，他是整体性地表达了对五四新文化之后果的否定与失望。而且他不像沈从文那样是在城与乡的二元对立格局中展开自身的批判，而是将之放在一种结构性的和自足的视角中来予以批判的。即便是国难当头、民族危亡之时，他笔下的知识分子也没有呈现出什么积极和正面的精神状貌，仍是一群地地道道的混世者。他们在思想领域的认识，基本上仅限于借方鸿渐之口说出的"海通以来，西洋只有两件东西在中国长存不灭，一件是鸦片，一件是梅毒"之类，而事实上类似方鸿渐和赵辛楣这样的人格缺损者，已然是小说中堪称"纯洁"的人物了。他们作为"群像"的集体阉割和精神颓圮，对于现代中国的启蒙主义思想运动而言，具有深刻的寓言意义，即，为五四一代作家所殚精竭虑而构筑的"德先生"与"赛先生"的神话已经彻底破产。启蒙主义的主体如此，被启蒙者又何以堪？

革命中断了以国民性批判为核心的启蒙运动，早已为李泽厚所阐释过的"启蒙与救亡的双重变奏"的大逻辑，确乎有效地解释了这种终结。在赵树理等革命作家的笔下，即便还有一点道德、政治和社会学意义上的批判，与启蒙主义范畴中的国民性思考之间已全然没有什么干系。

假如沿着这一逻辑，在革命时代终结之后的 20 世纪 80 年代的思想变革与新一轮的西学东渐，究其实质仍是一次启蒙主义的运动。只是与五四新文化运动相比，这一次显然是有先天缺陷的——因为受到了更多复杂因素的限制和干扰。但不可否认的是，它在思想的内核与精神价值的指向上，都是历经半个多世纪之后的前缘再续，是对五四启蒙主义传统的一次续接与重复，虽然从《狂人日记》中的"救救孩子"到《班主任》中"救救孩子"，批判精神与启蒙意识的命题显著降解和窄化，但是随后在寻根文学中则重新获得了文化意义上的扩展，试图从最低限度的"社会启蒙"延伸至更为广阔的"文化启蒙"层面，而这一使命在莫言的小说中得到了最为集中的体现。

前文已论及，在寻根作家的作品中存在一个显著的悖论，即文化批判的意图与试图重新发现传统中有价值的部分之间，大都存在矛盾和游移的倾向。面对原始的和民俗范畴的民间风情与乡村故事，写作者的态度和分寸感往往会成为一个问题。浪漫主义式的处置显然是不够的，在李杭育、韩少功、贾平凹、乌热尔图等人的小说中，基本上是采取了与浪漫主义相似的立场，即以"复魅"——与"祛魅"相对的眼光、神秘主义的态度，来使文本获得文化的厚度与民间的情调，但究竟如何定位传统文化因素的价值与作用，他们似乎也感到茫然。或者说，大多数作家还没有找到一个处置传统文化与农业经验的基本的哲学依据与价值坐标。而莫言的《红高粱家族》则基本上解决了这些问题，至此，我们可以说莫言找到了一个可以与五四新文化运动的价值相匹配的尺度，即以超越了社会学与伦理学的尺度，以尼采的生命哲学、以现代以来的人类学视野进行观察和观照的角度，以此解决了一个对中国传统文化进行"重新阐释"的立场和价值观的困境。

由此，莫言开始了他重新解释传统和对国民性进行反思批判的旅程。这个过程在我看来应为两个阶段。第一个阶段是重释时期，即《红高粱家族》时期，受到80年代文化的青春朝气的氤氲感染，这部小说与这一时期中国知识界跃跃欲试的"帮忙"冲动相接洽，与寻根作家的口号遥相呼应，从另一个向度上重新诠释了中国传统文化的内部构造。这一主张虽然在李杭育等人之前的言谈中已有所表述①，但真正上升到哲学的清晰认识，并且以写作实践来完成这一任务的，或许只有莫言。在该作中，他召唤起中国传统与民间社会的"本土的酒神精神"，以此重构出与儒家文化和旧礼教相对峙的另一个传统，即以生命强力为本位的、反伦理的、自由和自然的精神，及其赖以寄存的藏污纳垢又生气勃勃的民间世界。而且是以"失乐园"式的，以非进步论和反进化论的观念，描述了在"爷爷奶奶"身上曾经存在的顶天立地的英雄气度，他们出入于红高粱大地、"既杀人放火，又精忠报国"的自由生活和自主人格，从而颠覆了此前由五四作家所诠释的现代之前由封建礼教一统天下的历史概念。第一次在当代文学的谱系中构造了一个"降幂排列"的家族世系：作为英雄的爷爷奶奶，他们象征着久远的祖先历史；作为寻常人格的父亲母亲，他们代表较为切近的历史；作为蜕化的"不肖子孙"的"我"，则象征着当代性的文明失落与精神衰变。这样一个谱系，与鲁迅相对照，所唤起的是对于当代、当下中国文化与人的精神人格的反思，它告诉我们，要想解决中国现实的问题，不是去追责中国古老的文化传统，而是从我们自身去找问题。

显然《红高粱家族》并不是单纯的讨巧，在文化批判的合法性问题上避重就轻，而是提出了另一个反思与批判的尺度，事实上，苛责历史不如逼问现实来得更加严峻和切实。只是他告诉我们解决的办法，不是鲁迅式的剖析国民精神中的旧的集体无意识，而是唤起祖先曾有过的生命强力与自由精神。这当然不一定能够真正解决中国所有的现实问题，如同鲁迅和五四作家的国民性批判也没有解决一样，不能用类似社会达尔文主义、用非理性的方式来构建当代中国人的文化精神，但是作为一种反思的方式、一种启示与借镜，还是非常有价值的。特别是作为文学叙事，它还是最为丰沛且恰当的，这部作品几乎一扫数十年中国文学思想的单薄与呆板，美感上的萎靡与贫乏，使当代中国文学重振了思想之魂与激扬之气。

---

① 李杭育强调了作为"中国文化之规范"之外的更多资源，他说"我常想，假如中国文学不是沿着《诗经》所体现的中原规范发展，而能以老庄的深邃，吴越的幽默，去糅合绚丽的楚文化，将歌舞剧形式的《离骚》《九歌》发扬光大，作为中国文化的主流发展到今天，将是个什么局面？恐怕是很了不得的呢！"见《理一理我们的"根"》，载《作家》，1985(9)。

但毕竟《红高粱家族》是莫言年轻时代的作品，单纯为了反叛和惊世骇俗而刻意夸张了他对于传统和道德的逆向理解。直到 20 世纪 90 年代，他才通过《酒国》《丰乳肥臀》等作品建立起了另一向度的启蒙观，在新的环境与压力下找回了与鲁迅和五四一代作家相似的文化立场，将他们的国民性批判的传统做了淋漓尽致的发扬光大，写出了更加直观精细和令人惊骇的"吃人""嗜血""围观"以及"精神胜利"的主题。尤其是在世纪之交推出的《檀香刑》中，这种国民性的思考与批判，可谓达到了前所未见的激烈程度。

关于《檀香刑》与鲁迅国民性批判主题的相似与契合，笔者早在十多年前就已经讨论过。在这部足以称得上惊世骇俗的小说中，莫言有过之而无不及地重述了曾经为鲁迅所生动刻画过的中国人的悲剧性格：

> 刑罚是怎样变成了戏剧——对一些人是灾难，对另一些人则是节日的？《檀香刑》极尽繁文缛节地书写了作为"戏剧"和"节日狂欢"的刑罚，它用反照甚至残酷的掩饰的方式，让我们目睹和欣赏了由种族的"集体遗忘"带来的欢乐，这是奇书的气魄和方法。但它却也戏剧性地强化了《狂人日记》和《药》一类作品曾经展现的主题。①

在一部可以形容为"一个女人和她的三个爹的故事"的小说中，莫言极富戏剧性地将被杀者、刽子手和监斩官叙述为有着血缘、亲缘或肉体关系的三个人，他们与主人公孙眉娘分别构成了亲爹、公爹、干爹兼情人的关系，除此还有她高密东北乡的万千乡亲，他们共同构成了一个千丝万缕的宗法社会的亲缘关系，而正是这样一群有着盘根错节的亲缘关系的人共同合谋，演出了这场屠杀与围观的檀香刑大戏。如果说鲁迅的《药》只是隐约间透出了国人喜好"以他人的血来疗自己的伤"的无意识，在他的《阿Q正传》中也隐约透见了围观与杀人的快乐的话，那么，在莫言这里，所有被鲁迅揭示过的国民弱点与根性，都有过之而无不及地得到了再现。而且，"比之鲁迅的'吃人'主题，莫言的小说中又增加了'当代性'的思考——他要试图揭示东方的民族主义是以怎样的坚忍和蒙昧，来上演这幕民族的现代悲剧的；它要见证，乡土与民间的'猫腔'同强大的钢铁的'火车'鸣笛混响在二十世纪中国的土地上，上演了怎样的滑稽的喜剧；它要揭示在民族文化和民族根性的内部，是什么力量把酷刑演变成了节日和艺术……即使在《檀香刑》强烈的喜剧叙事的氛围中，也掩饰不住这样一些庄严的命题"②。

事实上，《檀香刑》所揭示的民族心理与性格的悲剧根源还不仅限于此，他甚至对义和拳这样的重大历史事件中所包含的文化秘密也做了深刻的揭示。以孙丙为例，作为高

---

① 张清华：《叙述的极限——论莫言》，载《当代作家评论》，2003(2)。
② 同上。

密东北乡猫腔戏的名角，他本是一个英俊正派的民间艺术家，几乎没有什么缺点。在典型的乡土社会农业文明环境中，他是一个备受爱戴和追捧的人物，而一旦面对外来的强势文明，列强以洋枪洋炮侵入的时候，他不得不由手无寸铁的民间艺人挺身而成为义和拳的首领；然而怯懦而愚昧的清室却是首鼠两端，在先期的纵容利用之后，又以无情的镇压屠戮以求洋人宽宥，在这样的历史环境下，孙丙这样的角色除了摇身一变谎称岳大将军再世，口念咒语以求刀枪不入之外，又有什么制胜之策呢？所以，所谓的传统文化，其实在没有强大的异己力量围困与威胁之时，并没有什么愚昧与落后之说，只是因为外力的重压，他才显出了自身的"丑陋"。而这时，中国的统治者是以将刑罚花样翻新无所不用其极地变为"艺术"来维持其所谓"文明"的——小说借了德国总督克罗德之口说，"中国什么都落后，唯有刑罚是最先进的"，这样的历史认知与文化批判，在笔者看来，言其直追鲁迅也是毫不过分的。

很显然，如果我们的读者和批评家是不抱先入之见，不囿于个人偏见的话，便不会贬低和否认莫言笔下的国民性思考与批判，不会将之与鲁迅的文化担当作霄壤之分。从鲁迅到莫言，这是一个谱系，也是一个整体，莫言将鲁迅国民性反思与批判的伟大主题，又向前推进了一步。只有这样看待才是足够公平和客观的，只有这样看待，对中国新文学才会有整体的理解，对当代文学的价值才会有理性和准确的认识。

三、重返民间：价值的重建与美学的扩展

作为肩负启蒙大众使命的一代，鲁迅和五四一代作家大都有强烈的精英意识，对传统的激烈批评态度，使他们对底层和民间文化并没有太多正面关注。"说到'为什么'做小说罢，我仍抱着十多年前的'启蒙主义'，以为必须是'为人生'，而且要改良这人生。"[①]陈独秀也说，"'国风'多里巷猥辞，'楚辞'盛用土语方物"[②]；自诩为"20世纪最后一个浪漫派"的沈从文也声称他的"希腊小庙"里"供奉的是'人性'"[③]，乡土或民间世界在他那里也已经幻化为了东方式的伊甸园。

显然，截至20世纪40年代，赵树理等革命作家登上文坛之前，新文学的主要场域基本上属精英阶层所有。这当然不是一个"进步论"的命题，新文学在转向民间场域的过程中，必然会与革命政治和意识形态相遇。自然，在全民族抗战救亡图存这样的国家大势面前，文学的个人性与精英主义趣味确乎显得有些微不足道，回到民间也自然而然地

---

① 鲁迅：《我怎么做起小说来》，《鲁迅全集》第4卷，512页，北京，人民文学出版社，1981。

② 陈独秀：《文学革命论》，载《新青年》第2卷6号，1917年2月1日。

③ 沈从文：《习作选集代序》，载《国闻周报》第13卷1期，1936。

成了现实的需要。尽管如此，40 年代中国文学回到民间的倾向说到底又并不意味着纯粹和本源性的民间价值的出现和回归。

不过，与在革命领袖那里所论述的工农兵方向仍略有不同，赵树理的话语中仍然让我们看到了一个顽固的民间身份的自我想象：

> 我不想上文坛，不想做文坛文学家。我只想上"文摊"写些小本子夹在卖小唱本的摊子里去赶庙会，三两个铜板可以买一本，这样一步一步去夺取那些小唱本的阵地。做这样一个文摊文学家，就是我的志愿。①

有记载说，1942 年年初，在一次太北区举行的有关华北文化的大规模座谈会上，赵树理故意从老百姓家里拿来几本这样的书——《太阳经》《老母家书》，写着"洗手开看"的《玉匣记》《秦雪梅吊孝唱本》《推背图》《洞房归山》，还有《麻衣神相》《增删卜易》等，说这才是在群众中占着压倒之势的"华北文化"。与会的史纪言回忆说，赵树理在会上"大声疾呼，要求文艺通俗化"②。

显然，赵树理与革命文艺的要求之间确有一个融洽期，这就是他写出了《小二黑结婚》《李有才板话》等一批作品，且被誉为"延安文艺的方向"的一个原因。但正应了陈思和的说法，赵树理在随后的写作中，他作品中原生的那些活跃的民间文化因素逐渐遭到了压抑和规训，他的写"旧人"的才华慢慢失去了用场，而"新人"却是怎么也难于写好的，原因在哪里？就在于成熟且鲜活的民间文化因素的滋养，而当其写作慢慢被修剪得越来越规范的时候，他也慢慢由一个被肯定和赞誉的作家，变成了一个才华消磨的作家。就在"浩然创作《艳阳天》的时候，赵树理却只能用笨拙的手段写了一些老农民热爱劳动的报道文学，他晚年终于放弃了小说创作，转向传统戏曲，改编出反屈服投降的上党梆子《三关排宴》"；"成也民间，败也民间，这就是一个被誉为是《讲话》以后代表着文艺'方向'的作家所走过的道路"③。

这一看法说出了问题的关键，政治和民间这两个曾经一致的向度在交叉之后的分道扬镳，造就了一个作家的荣辱浮沉，当然也影响了他的艺术生命。但不论怎么说，赵树理现象确实证明了民间价值的作用与意义。正如陈思和所说"如果依政治意识形态为衡量标准，赵树理对生活的解释怎么看也缺乏'深刻性'……但是，我们暂且放弃一下五四

---

① 引自李普：《赵树理印象记》，见《中国现代作家作品研究资料丛书·赵树理研究资料》，19 页，太原，北岳文艺出版社，1985。

② 参见黄修己：《赵树理评传》，56 页，南京，江苏人民出版社，1981。

③ 陈思和：《民间的浮沉——对抗战到文革文学史的一个尝试性解释》，载《上海文学》，1994(1)。

以来政治与文艺逐渐结合而成的一系列评判深刻、'真实''史诗''阶级性'等新传统标准，把眼光放到民间的土壤上，就不难理解赵树理笔下的朴素魅力。"①在革命作家中几乎劫后余存的两位——赵树理和孙犁的作品中，我们不难看出，他们历经磨难而留存的"文学性"，不是来源于别处，差不多是源于其作品中活跃的两个东西：在孙犁那里是来自中国传统叙事中的"旧文人趣味"；在赵树理这里，则是来自乡土世界的活跃的原生性的民间趣味。

20世纪80年代的文学变革看似轰轰烈烈，但仔细回想一下，并非像某些人怀念的那样，是一个伊甸园式的黄金时代。直到1985年以前，有关"朦胧诗"与"现代派小说"的合法性还依然是十分严峻的问题。只是到此后，新潮文学才仿佛忽然一下子"冒"了出来。但真正敏感的作家，不会对民间文化价值重新浮现的作用视而不见，事实上，这是一个从"一体化"时代的一元文化格局向着开放时代的三足鼎立的文化格局迅速转换的微妙情境。"寻根"运动所真正寻找的，正是久已生疏的民间文化与传统文化资源，而相比之下，拥有着久远的民粹主义传统的革命政治文艺，在对待"民间文化"的态度上，仍然比对待80年代的知识分子文化来得更宽容。换言之，这个年代真正深谋远虑的作家最清楚，新潮文学获得"单独的合法性"的时机还远未到来，而宣称对外吸收来自拉美的"魔幻现实主义"——这也符合特定的国际政治的正确原则，对内则呼吁寻找传统文化与民间文化中有益于今日之"文化重建"的部分，是不言而喻的一个明智策略。

但文化上的某种权宜之计，或不得已的面具感，是十分现实和有效的。这个时期的精英思潮借助了民间文化的材料与故事，得以推动中国文学进入一个全新的、以"寻根"和"新潮"这样一对看似矛盾、实际又互为表里的现象为代表的时代。"寻根"以向旧，是建立本土合法性的藉口，"新潮"以向外，是变革以求新的借道，两者互相依存，互为合法依据，才迅速生成了20世纪80年代中期中国文学陡然繁盛的大好局面。

这也正是莫言的《红高粱家族》出现的微妙环境，莫言不止看到了民间传奇本身的"材料"意义，更是敏感地抓住了民间文化的价值立场，也同时以哲学、人类学和民俗学的高度扩展变革了当代小说的叙事格局与美学品质，为中国当代文学开辟出一条豁然开朗的新路。这才是他成功的秘诀。在这部小说中，他不但将既往政治化的抗日历史改写为一部民间英雄的传奇史，同时也以近乎变态的狂热，共时态地描写了高密东北乡的民间生活情态，包括婚丧嫁娶、生老病死、爱恨情仇、礼仪民俗，甚至江湖恩怨、行会谋夺，甚至《聊斋》式的鬼狐传奇、自然灵异……也正是因为这些元素，使得《红高粱家族》冲破了种种此前的樊篱与禁忌，终结了以进化论为主导价值的主流历史谱系，也终结了

---

① 陈思和：《民间的浮沉——对抗战到文革文学史的一个尝试性解释》，载《上海文学》，1994(1)。

以政治社会学与伦理学为构架的历史叙事。

最近有敏锐的海外学者撰文论述了中篇小说《红高粱》作为"社会主义现实主义文学的遗产"的明显的"过渡性特征",详细分析了该小说的"超越与局限"。我认为此言不谬,很客观地认识到了这一时期整个当代文学的过渡性特征:"这部小说发表时,正处于中国当代文学史上的一个过渡阶段……一个除旧布新的历史性的时刻。"①但问题在于,是什么原因使得这样一部小说打开了中国当代文学的新局面?我以为正是其民间文化视角以及民间价值的重建,是民间文化的生气勃勃的原始力量与活泼形态,给作者带来了丰沛的隐喻力与迅猛扩展的文化承载力,以及美学上的弥漫力,也给当代文学拓出了新路。从这个意义上,《红高粱家族》既是有先天局限的,同时又成功地超越了这种局限。

在将近十年后的1995年,莫言推出了他的《丰乳肥臀》,迄今为止我仍然认为这部作品是莫言全部创作中的巅峰之作,这一年他刚好四十岁。十四年前我在《叙述的极限》一文中毫不吝啬地称他以这部小说实践了"伟大小说的历史伦理",这个伦理就是"把历史的主体交还人民、把历史的价值还原于民间"②,言下之意,我认为他构造了一部新文学诞生以来真正的"民间之书",一部近乎于"伟大的汉语小说"。理由很简单,他在这部作品中,记录了"中国传统民间社会在20世纪被侵犯和被毁灭的过程"。母亲所饱经风雨沧桑历尽蹂躏磨难而养育的众多儿女所代表的人民与民间世界,在一切外来势力的侵犯下,最终陷于从肉体到精神的毁灭。这一挽歌式与哀歌式的历史书写,揭示了20世纪中国最内在的一个伦理之殇与文明之痛,即数千年来立于我们脚下的这块美丽壮阔而又多灾多难的土地上的,既田园牧歌又风雨如晦的、自足自乐又自生自灭的、不断死亡又浴火重生、藏污纳垢又干净美好的民间社会——正如上官鲁氏曾经多如羊群般人丁兴旺的家族一样——在外忧内乱中,在无数政治的走马灯式的更迭中,在现代性与科技力量的诱惑中,在一切的欲望膨胀与道德沦丧中,最终陷于崩毁和湮灭。的确,在新文学史上,还没有哪一部作品能够像《丰乳肥臀》这样全景地、总结性地书写出一个世纪的历史,写出一部可以称得上是"世界性的怀旧"的小说,同时也塑造了一个集政治学、伦理学、人类学意义于一身的作为"人民的化身""慈母""生殖女神"三种母性的集合的伟大母亲的形象,以她最终合成为这个民间世界的母体与象征。

2001年,莫言得以系统地阐述了他文学的民间主张,发表了题为《试论文学创作的民间资源》一文,只是发表后其关键词"作为老百姓写作"引发了更为广泛的反响。但两者意思是一样的:

---

① 吕彤邻著、汪宝荣译:《超越与局限——莫言中篇小说〈红高粱〉分析》,载《当代作家评论》,2016(5)。
② 张清华:《叙述的极限——论莫言》,载《当代作家评论》,2003(2)。

　　所谓的民间写作，最终还是一个作家的创作心态问题。这个问题的一个方面是为什么写作。过去提过为革命写作，为工农兵写作，后来又发展成为人民写作。为人民的写作也就是为老百姓的写作。这就引出了问题的另外一个方面。那就是，你是"为老百姓写作"还是"作为老百姓的写作"？

　　"为老百姓写作"听起来是一个很谦虚很卑微的口号……但深究起来，这其实还是一种居高临下的态度。其骨子里的东西，还是作家是"人类灵魂工程师""人民代言人""时代良心"这种狂妄自大的、自以为是的玩意儿在作怪。这就像说我们的官员是人民的勤务员一样，听起来很谦卑，很奴仆，但现实生活中的官员，根本就不是那样一回事。①

　　综合起来看，我不认为莫言的这个"作为老百姓写作"的说法是一个托词，一个玩概念的狡黠；也不是简单的自谦。他之所以坚持还原自己一个"老百姓"的身份，首先是为了避免将自己精英化，而提示自己要保有一个普通人、劳作者的本色，这样至少可以避免像历史上那些陷入各种悲剧和误会的作家一样，做无谓和徒劳的牺牲品。但另一方面，这也促使我们思考新文学的方向究竟在何方，促使我们在新文学即将百年的时候思考它的成败得失与种种教训。以莫言为例，我们可以看到民间资源给他带来的不可思议的力量，看到他对于异化的顽固抗争与智慧拒绝。可以说，在他和这一代作家身上，新文学展现出了前所未有的价值的稳定感、人文性，也展现了新奇而可靠、锐利而宽阔的美学品质。

　　这是他比现代作家和革命作家都要高明、睿智，同时也更加老实和诚实的地方，也是他的作品将更加具有长久生命的原因。

四、人格的"矮化"与文学的成长

　　早有学者注意到这样一个问题：在总体的文化人格方面，当代作家比之现代作家表现出了一种"集体性的人格衰退"。从这个角度讲，"从鲁迅到莫言"便成为一个尴尬的、暗含了逻辑衰变的问题。因为很显然，鲁迅是具有留学背景的高级知识分子，有大量足以证明其出众的文化素养的学术著述，有很好的外语水平，国际化的经历与眼光，同时鲁迅还直接介入了新文化运动，是五四一代作家中最具有精神与道义担当和人格魅力的人物之一……连德国人顾彬都说，西方的作家都懂好几门外语，"不懂外语的作家不会

---

①　莫言：《文学创作的民间资源——在苏州大学"小说家讲坛"上的演讲》，载《当代作家评论》，2002(1)。

是好作家"①。而莫言这一代作家，不要说懂外语，连教育背景都并不正规。照此逻辑，新文学所走过的，当然不是一个进步与成长的道路，而是一个"一代不如一代"的衰退的路。

因此，这样的看法便显得很正常，也似乎不容置疑，即使在莫言得奖以后，也有各种各样的评价。比如"翻译功劳说"，认为中文原作是粗糙的，被高明的翻译家翻成英语之后，西方人已经看不到原作的粗糙；还有的则是通过作家"文学写作之外的担当"，去梳理这个衰变的逻辑，认为鲁迅是"以知识分子的面目说话，担当社会的良心"，而莫言则只愿意扮演一个作家的角色，这样就会影响他的写作的批判性②。

这些说法都有着看似严密的逻辑，但笔者却不这么看。确实，单从精神人格或文化人格的构成看，莫言这代作家可能比不了鲁迅——更直接地说，他们没有鲁迅那样在国学、外文以及理论方面的综合造诣。然而"人格化"地看待他们之间的差异，同历史地考察文学的进退变异又不能等同起来。虽然在人格的意义上说，鲁迅称得上是"伟大作家"；但如果从"文本"上看，莫言则更为丰富。这是一个非常奇怪的关系，也构成了中国新文学的一个整体性景观和逻辑：不承认当代作家的精神人格力量的趋弱和萎缩是不对的，但不承认当代文学比现代文学更为复杂和成熟也不客观，这就是"从鲁迅到莫言"这个时间叙事中所包含的最核心的意义。但对这个关系的认知又不能绝对化，即便鲁迅是中国现代作家精神人格的楷模和典范，但也不是白璧无瑕；即便莫言和当代作家们在精神上有矮化的倾向，但也不是一无是处。近距离地看任何人、任何作家，都会有"做人"方面的弱点或缺陷，鲁迅也不例外。人非圣贤，孰能无过？就像梁实秋所揶揄的，"假如隔壁住着一个诗人"——任何自命正常的人，都会有不寒而栗甚或毛骨悚然的感觉。然而拉开了时间距离再看就完全不一样，"生活中的人格化"和"传奇中的人格化"，以及"文本中的人格化"会完全不同。我们如今所理解的鲁迅的人格，已然是被传奇化和文本化了，而我们对包括莫言在内的当代作家的审度，则无疑是一种"生活中的人格化"视角，由此也必然显现出更多的缺陷。实际上，福柯所说的"人死了"，某种意义上也是暗示文学之中、暗示知识分子"人格化的主体性"的丧失，即"作者死了"，文学只剩下"文本"，而不再具有"人格化意义的作者"。就鲁迅而言，他强调文学创作的意义不在文学本身，而在于"引起疗救的注意"，旨在启蒙以立人。他的文学世界虽然足够庞大，但却没有体量稍大的长篇小说，有人认为这是鲁迅离世太早的原因，然而文学史上许多长篇杰作问世之时，其作者都不及五十岁。莫言在获得诺贝尔文学奖时还不到六十岁。虽然莫言没有在"人格"上赢得鲁迅式的尊敬，但却写出了《丰乳肥臀》这样的作品，更何

---

① 顾彬：《中国当代作家害怕面对真正的问题》，http://blog.sina.com.cn/langxiwang，2006-12-14。
② 赵勇：《从鲁迅到莫言：文学写作之外的担当》，载《中国作家》，2013(4)。

况，他的《檀香刑》《酒国》也有过之而无不及地传达和书写了与鲁迅同样的主题。我们仅仅用人格的"矮化"自然会带来文学的退化这样的逻辑，又如何能够说得通？

因此，在 2008 年，我在出席上海的一个"新时期文学三十年"的研讨会上发表过大致如下的观点："如果把改革开放以后三十年的文学和'五四'以后三十年的现代文学做一下比较，我们会发现，现代文学有'伟大的作家'但几乎没有'伟大的作品'，而当代文学虽然没有'伟大的作家'，但却几乎出现了'伟大的作品'。"①

这些话当然不可能说服持上述观点的人。但是我们可以设想，即便中国当代的作家们有成为鲁迅式的"文化英雄"的雄心，也很难再变成现实。不但像鲁迅那样的在改革社会意义上的"启蒙主义的文化英雄"已经不复存在，连海子那样"纯粹哲学意义上的文化英雄"也早已成为神话。他的名篇《祖国或以梦为马》中著名的诗句是，"我不得不和烈士和小丑走在同一道路上"。假如按这样的标准，海子之后的苟活者无一不是文化意义上的"小丑"。以鲁迅为标高要求当代作家，恐怕只是一个勉为其难的幻想。从这个意义上说，莫言说自己只愿意作为一个老百姓写作，无疑也有事实上的不得已。

然而，刨除所有这些当代性的纠结，从更长的历史尺度来看文学，莫言所说的不只是自我的辩护，而是度越百代的事实：

> ……请想想《二泉映月》的旋律吧，那是非沉浸到了苦难深渊的人写不出来的。所以，真正伟大的作品必定是"作为老百姓的创作"是可遇不可求的，是凤凰羽毛麒麟角。
>
> 像蒲松龄写作的时代，曹雪芹写作的时代，没有出版社，没有稿费和版税，更没有这样那样的奖项，写作的确是一件寂寞的，甚至是被人耻笑的事情。那时候的写作者的写作动机比较单纯……像蒲松龄，一辈子醉心科举，虽然知道科举制度的一切黑暗内幕，但内心深处还是向往这个东西。如果说让他焚烧了他所有的小说就可以让他中一个进士，我想他会毫不犹豫地点起火来的。到了后来，他绝了科举的念头，怀大才而不遇，于是借小说表现自己的才华，借小说排遣内心的积怨。曹雪芹身世更加传奇，由一个真正的贵族子弟，败落成破落户飘零子弟，那种人情冷暖、世态炎凉的体验是何等的深刻。他们都是有大技巧要炫耀，有大痛苦要宣泄，在社会的下层，作为一个老百姓，进行了他们的毫无功利的创作。因此才成就了《聊斋志异》《红楼梦》这样的伟大经典。②

---

① 傅小平：《当代文学：有大作无大师》，载《文学报》，2008-04-24。
② 莫言：《文学创作的民间资源——在苏州大学"小说家讲坛"上的演讲》，载《当代作家评论》，2002(1)。

这些话当然没有鲁迅的《中国小说史略》《汉文学史纲要》的论断来得更学术化、更见素养和见地，但它也同样说出了文学的真理，道出了自来伟大的文学有可能便是"作为老百姓的写作"这样一个事实。因此，道德化的、形而上学地理解作家的精神人格，在有的时候是有道理，在有的时候则是勉强的。严羽说"诗有别才，非关理也"，有学问的人很多，但未必都能够成为好的作家，懂外文的人也很多，但可能与作家根本就不沾边。仅仅从作家身份、人格的文化状况"倒推"文学的高低，更多时候是不灵的。冯梦龙说"歌之权愈轻，歌者之心亦愈浅"，"但有假诗文，无假山歌"①。意思是说，写作者的身份越是低微，写出的东西就越真实和自然。中国文学自"书契以来，代有歌谣"，其最具活力和最为宝贵的便是民间因素，而与民间因素生长在一起的，也定然是"作为老百姓的写作者"。因此，这实际上也许不只是一个写作身份的问题，而是一个关于文学的过去和未来的基本问题。虽然当代作家的文化身份是相对庸常和粗鄙的，但他们却写出了并不庸常和粗鄙的作品，虽然他们不太具备鲁迅那样出众的自我阐释能力，但却找到了更适合自己的写作角色和位置。在他们这里，身份的降解并不只是意味着文学的某种衰变，同时还意味着另一种脱胎换骨的成长，和一种古老而欣然的回归。

（原载《文学评论》2017 年第 1 期）

---

① 冯梦龙：《叙山歌》，《冯梦龙全集》第十八册《山歌》卷首页，南京，江苏古籍出版社，1993。

感觉的象征世界

——《檀香刑》之后的莫言小说

谢有顺

　　《檀香刑》是出版于 2001 年的长篇小说。很多人都注意到了，它是莫言"艺术含量"最大的一部小说①，它之于莫言，甚至之于中国当代小说，都"标志着一个重大转向"②；莫言自己也说，《檀香刑》之后，如何继承说书人的传统"就成为明确的追求"③，并把这称为"是我的创作过程中的一次有意识地大踏步撤退"④。当然，也有人认为，这部作品是苍白的游戏之作。这部作品引发了较大的争议。说莫言是在"游戏"，显然言重了，《檀香刑》所寄托的作者的艺术抱负，应该很容易就辨识出来；但莫言所说的"大踏步撤退"之类的写作宣言，亦只是一个姿态而已，不必当真，毕竟文学写作不是呈一条直线前进的，许多时候，后退也可以是一种先锋，关键看作家是否有真正的探索和创造。

　　《檀香刑》之后，莫言又出版了《四十一炮》《生死疲劳》《蛙》三部长篇，艺术面貌各个不同，但都是争议之作，直至他获得了诺贝尔文学奖，这个争议也没有停止。但谁都不能忽略《檀香刑》的界碑意义，都知道《檀香刑》之后，莫言的写作有了很大变化，但怎么变的，这样的变化有何意义，却还缺乏深入的研究。从《丰乳肥臀》到《檀香刑》，之间隔了六年，跨了世纪，中国文学在转型，莫言也在转型，他在写作上的思索和实践，到底

①　张清华：《叙述的极限——论莫言》，载《当代作家评论》，2003(2)。
②　李敬泽：《莫言与中国精神》，载《小说评论》，2003(1)。
③　莫言：《小说与社会生活》，《用耳朵阅读》，159 页，天津，百花文艺出版社，2012。
④　莫言：《檀香刑·后记》，516 页，北京，作家出版社，2012。

呈现出了哪些新质的风格？我们又该如何评价这种新的写作风格？以莫言感觉世界的变化为入口，或许是一个有效的角度。

一

感觉绚烂，语言驳杂，想象力奇崛，这已成了莫言小说的醒目标记。从《透明的红萝卜》开始，莫言在感觉的丰富和通透上的奇异禀赋，就得到了公认，这种才华，中国当代作家几乎无人能与之相比。他不仅是在用心写作，他也是在用眼睛、耳朵、鼻子，甚至舌头在写作。读他的作品，色、香、味俱全，生动、斑斓、趣味横生。这种对感觉的彻底解放，似乎把作家身上的每一个器官都调动起来了，都参与到了写作之中；他笔下的生活，不再是事象、经验，也不再是机械的实录，而成了一个生命活体。正如福克纳小说中的寒冷是有气味的，马尔克斯笔下的人物可以闻到死亡的气味，莫言的小说里也洋溢着各种生命的气息。

"生命活体"是莫言自己的表述，确也符合他的作品实际。"作家在写小说时应该调动自己的全部感觉器官，你的味觉、你的视觉、你的听觉、你的触觉，或者是超出了上述感觉之外的其他神奇感觉。这样，你的小说也许就会具有生命的气息。它不再是一堆没有生命力的文字，而是一个有气味、有声音、有温度、有形状、有感情的生命活体。"[①]有感觉了，才有感情，有感情了，才能打动人心，这个极具价值的写作经验，始终贯穿在莫言的写作之中。莫言的任何一部作品，都不乏那些新奇的比喻，神采飞扬的摹写，它是独特的，也是有悖于我们之前的阅读经验的。比如，《透明的红萝卜》里写，"当她的情人吃了小铁匠的铁拳时，她就低声呻唤着，眼睛像一朵盛开的墨菊"，写菊子姑娘的右眼里插着一块白色的石片时，又说"好像眼里长出一朵银耳"；《红高粱》里写，高粱的叶片"像蛇一样""缠绕着我的身体"，"奶奶神魂出舍，望着他脱裸的胸膛，仿佛看到强劲剽悍的血液在他黝黑的皮肤下川流不息"；《爆炸》里写，"父亲的手臂在空中挥动时留下的轨迹像两块灼热的马蹄铁一样，凝固地悬在我与父亲之间的墙壁上"；莫言还在小说里写吃煤，吃虫子，吃蚂蚱，吃红锈的铁筋，尤其是把食欲写到了登峰造极的地步，"我有一种奇异的感觉，感觉到香味像黏稠的液体，吸到胃里也能解馋的。香味也是物质"（《罪过》）。这样的例证还有很多。

事实上，不仅在小说中，即便在演讲和访谈中，莫言的描述也生动、形象。他写自己小时候掉到茅坑里，大哥把他捞上来按到河里洗时，自己"闻到了肥皂味儿、鱼汤味

---

① 莫言：《小说的气味》，见《用耳朵阅读》，83 页，北京，作家出版社，2012。

儿、臭大粪味儿"；他说自己小时候，孤独地坐在炕头或树下，看院子里蛤蟆怎么捉苍蝇"碧绿的苍蝇，绿头的苍蝇，像玉米粒那样的、有的比玉米粒还要大，全身是碧绿，就像玉石一样，眼睛是红的"，"看到那苍蝇是不断地翘起一条腿来擦眼睛、抹翅膀，世界上没有一种动物能像苍蝇的腿那样灵巧，用腿来擦自己的眼睛。然后看到一只大蛤蟆爬过去，悄悄地爬，为了不出声，本来是一蹦一蹦地跳，慢慢地、慢慢地，一点声音不发出地爬，腿慢慢地拉长、收缩，向苍蝇靠拢，苍蝇也感觉不到"，"到离苍蝇还很远的地方，它停住了，'啪'，嘴里的舌头像梭镖一样弹出来了，它的舌头好像能伸出很远很远，而后苍蝇就没有了"①。这种事物之间的联想能力，这种动作、细节的分解能力，都昭示出莫言不同凡响的才华。他的感觉，构成了他写作的基础。他的写作，是有血，有肉，有色调，有汁液，有味道，有质感，有声音的，这不同于中国的大多数作家。

莫言从不讳言，这种对世界独特的感受方式，是来自自己的童年经验。那时，他无书可读，"每天在山里，我与牛羊讲话、与鸟儿对歌、仔细观察植物生长，可以说，以后我小说中大量天、地、植物、动物，如神的描写，都是我童年记忆的沉淀"②。躺在青草地上，看白云飘动，花朵开放，看各种小动物觅食、打架，了解事物与事物之间的差异，感受世态的冷暖，这样的经验，未必每个人都有，但对于莫言来说，却异常重要，他认为成长过程中听来、看来的经验，比后来阅读得来的经验有效得多。"一个小说家的风格，他写什么，他怎样写，他用什么样的语言写，他用什么样的态度写，基本上是由他开始写作之前的生活决定的。"③从这个角度说，莫言是一个本真的作家，他的故乡和记忆为他提供了不竭的写作源泉，同时也彻底打开了他的感官系统。他是一个有生活基本面、有生命体验的作家。

对莫言的写作感觉的研究，已经很充分。莫言的小说喧嚣、躁动，气势夺人，他一直是文学界关注的中心人物，估计和他所创造的这个盛大的感觉世界密切相关。莫言很难静默，他有太多的东西想要表达，所以，你总能在他笔下，感受到一种汹涌的表达的欲望。几乎每过一段时间，他就会冲破一次感觉的禁区，更新读者对他的印象。

而我要追问的是，《檀香刑》之后，莫言的感觉方式和感觉意旨有哪些新的变化？

粗略地说，《檀香刑》之前，莫言感觉的狂放，更多还是停留在具象化和物质化的层面；《檀香刑》之后，莫言的感觉系统更为恣意，但他并不满足于感觉在同一平面上继续滑行，而是将这种感觉巨型化和象征化。这不仅深化了感觉的意旨空间，甚至也再造了一个作家感受世界的方式。这是莫言写作风格的重要变化。当然，这种变化不是突变，

---

① 莫言：《与王尧长谈》，《碎语文学》，71页，北京，作家出版社，2012。
② 转引自隋峻：《千言万语何若莫言》，载《青岛日报》，2011-11-17。
③ 莫言：《中国小说的传统——从我的三部长篇小说谈起》，载《用耳朵阅读》，166页。

而是莫言一步步地把自己的感觉放大，使感觉景象化的同时，也把感觉推到了一个超感觉的象征世界。

在莫言之前的小说中，他的感觉很多是碎片式的、绵延的、过于指向具体的事物，所表达的也多是感觉的物质性。以莫言擅长写的孩子、身体、乳房为例，尽管样态丰富，但他终归脱不开物质层面的想象。《丰乳肥臀》已经是体量庞大的小说，但也充满着对女性的这种物质性的看法："这丫头大眼直鼻，额头宽广，长嘴方额，一脸福相，更兼那两只奶头上翘的乳房和宽阔的骨盆，一看就知道是个生孩子的健将""臀盘儿挺大，能生出大孩子""人高马大，山大柴广，生个孩子也是大个儿的"；而写到乳房，就多是这样的描写，"两个青苹果般的小奶子""窝窝头一样的乳房""两个奶头像两个枣饽饽"，等等。在莫言看来，乳房，臀部，这个《丰乳肥臀》的中心意象，依然只是肉体的，物质的，观赏性的，即便关联于生命意识，也多是充满原始冲动的。莫言也确实一直这样理解着自己笔下的女性："乳房是哺育的工具，臀部是生殖的工具。丰满的乳房能育出健壮的后代，肥硕的臀部是多生快生的物质基础。"①尽管《丰乳肥臀》被赋予了与母亲、大地相联的观念，但这种物质性想象过度强大，感觉就显得单一化、平面化，而没能将感觉观念化、象征化，也无法使感觉成为照亮生存的一种景观。

《丰乳肥臀》第四十三章有一处描写，最为典型：

> 她像偷食的狗一样，即便屁股上受到沉重的打击也要强忍着痛苦把食物吞下去，并尽量地多吞几口。何况，也许，那痛苦与吞食馒头的愉悦相比显得那么微不足道。所以任凭着张麻子发疯一样地冲撞着她的臀部，她的前身也不由地随着抖动，但她吞咽馒头的行为一直在最紧张地进行着。她的眼睛里盈着泪水，是被馒头噎出的生理性泪水，不带任何的情感色彩。②

这样的描写令人震撼：饥饿使人失去尊严。莫言不直接写"她"内心的痛苦，而是通过动作与场面的对照，表明身体的痛苦已经超越内心的痛苦——实际上，这就是精神麻木，即便有泪水，也是"被馒头噎出的生理性泪水"，这是一个灵魂已经静默的人生。你可以说莫言写了一种比单纯的精神痛苦更深的痛苦，但这个痛苦的根源，依旧是由于物质的匮乏所导致的，有着很具体的原因，也很容易找到解脱的方式。感觉如果只停留在饥饿、贫困的层面绵延，或者只是在压抑、虐待、狂欢下出现的幻想，作品的重要性就会减弱。感觉的灿烂，只是写作才华的一部分，唯有将感觉观念化和象征化，感觉才会有

---

① 莫言：《〈丰乳肥臀〉解》，载《光明日报》，1995-11-22。
② 莫言：《丰乳肥臀》，437页，北京，作家出版社，2012。

存在意义上的深度。卡夫卡没有停留在甲虫体验的物质层面，他把自己笔下的甲虫写成了卑微生存的象征；莫言所特别推崇的鲁迅小说《铸剑》中的人物，也是向绝望而黑暗的世界反抗的复仇者的象征。

二

莫言或许意识到了，自己汪洋恣肆的感觉需要进一步观念化，才能企及新的写作高度，所以，《檀香刑》之后，他的感觉方式有了全新的展开路径。

首先是将感觉景象化，通过创造巨型的感觉景观，使感觉不再是碎片的，物质的，经验式的，而成了一个精神的镜像。比如，莫言许多小说里都写到"吃"，写到了"肉"，这甚至是莫言感官世界中极为重要的意象，"我每天都跟我的肠子对话，他的声音低沉混浊，好像鼻子堵塞的人发出的声音"（《罪过》），"那是十六只眼睛。十六只黑沙滩村饥肠辘辘的孩子们的眼睛。这些眼睛有的漆黑发亮，有的黯淡无光，有的白眼球像鸭蛋青，有的黑眼球如海水蓝。他们在眼巴巴地盯着我们的餐桌，盯着桌子上的鱼肉"（《黑沙滩》）；更令人惊诧的是，《酒国》里写到了一道菜——"红烧婴儿"，其实是用月亮湖里的肥藕、火腿肠、烤乳猪、银白瓜、发菜做原料，但把菜做成了婴儿的形状"哇，我的天。舌头上的味蕾齐声欢呼，腮上的咬肌抽搐不止，喉咙里伸出一只小手，把那片东西抢走了"[①]。"吃"已经异化成了一种变态的心理满足。《酒国》还写了"全驴宴"："先是十二个冷盘上来，拼成一朵莲花：驴肚、驴肝、驴心、驴肠、驴肺、驴舌、驴唇……全是驴身上的零件"；"驴菜滚滚，涌上桌来，吃得我们肚皮如鼓，饱嗝不断，大家的脸上，都蒙了一层驴油，透过驴油，显出了疲倦之色，仿佛刚从磨道里牵出来的驴子。"[②]这种器官解剖学意义上的描写，是"肉"的物质形态的展览，也是对"吃"的欲望的生理性扭曲，不可谓不壮观；但莫言的语言狂欢，多止于现象层面的铺排、叠加、堆砌，有些，直接就是简单而夸张的物质性罗列，比如："我们的肉比牛肉嫩，比羊肉鲜，比猪肉香……比黄鼬肉少鬼气，比猞猁肉通俗。"[③]（省略号为笔者所加）这样的感觉是物质的，话语再丰富，给人留下的印象都是一种语言的饶舌，它缺乏深入人心的力量。

直到《四十一炮》，莫言笔下"肉"的意象，才开始真正脱离它的物质性，真正成了欲望的象征。从《酒国》的"红烧婴儿""全驴宴"，到《四十一炮》中的"肉食节"，这个过程，就是把感觉景象化、巨型化的过程：

---

① 莫言：《酒国》，89～90 页，北京，作家出版社，2012。

② 莫言：《酒国》，157～158 页，北京，作家出版社，2012。

③ 莫言：《酒国》，107 页，北京，作家出版社，2012。

肉食节要延续三天，在这三天里，各种肉食，琳琅满目；各种屠宰机器和肉类加工机械的生产厂家，在市中心的广场上摆开了装饰华丽的展台；各种关于牲畜饲养、肉类加工、肉类营养的讨论会，在城市的各大饭店召开；同时，各种把人类食肉的想象力发展到极限的肉食大宴，也在全城的大小饭店排开。这三天真的是肉山肉林，你放开肚皮吃吧，能吃多少就吃多少。①

从吃肉到肉食节，肉的形态景象化了。这个巨型的肉的寓言，其实就是人类欲望的象征。肉的泛滥，就是欲望的泛滥；罗小通对肉的渴望如此强烈，他无法控制自己，只能做肉的奴隶，也就是欲望的奴隶。他夺得吃肉比赛冠军之后，更是站在了欲望之巅，这个欲望，足可以把他自己完全吞没。

肉的感觉巨型化之后，肉就成了一种象征。《四十一炮》是从莫言之前的中篇小说《野骡子》的基础上扩大而成的，《野骡子》里的罗小通，不过就是一个喜欢吃肉的小孩，他对肉的全部渴望，都和饥饿、身体感受有关，肉在他眼中，就只是肉而已，是完全物质的感觉；但到了《四十一炮》，罗小通对肉的渴望、占有、想象，已经观念化、象征化了，它既可让罗小通快乐、癫狂"在我拿着肉往嘴巴里运动的短暂的过程中，肉的晶莹的眼泪迸发出来，肉的眼睛亮晶晶地盯着我，肉的眼睛里洋溢着激情。我知道，因为我爱肉，所以肉才爱我啊。世界上的爱都是有缘有故的啊"②，也可以让罗小通绝望，尤其是发现自己的妹妹吃肉而死之后"我对肉充满了厌恶，还有仇恨，大和尚，从此我就发誓：我再也不吃肉了，我宁愿到街上去吃土我也不吃肉了，我宁愿到马圈里去吃马粪我也不吃肉了，我宁愿饿死也不吃肉了……"③罗小通从喜欢吃肉，到崇拜肉，再到对肉所代表的欲望世界的反思、觉悟，这是罗小通的成长史，也是欲望从膨胀到溃败的历史。

也就是说，《野骡子》中的罗小通只看到肉的物质性的时候，他本身也就成了物质性的存在。肉的感性形式的召唤，使罗小通只意识到自己有一个肉体的自我，在这个自我里，欲望是真正的主体，精神性的自我是缺席的。他所有面对肉的反应，都是生理性反应，他在普遍饥饿的中国，大吃大喝，这不过是莫言所创造的一个关于"吃"的幻象。一边是根本性的匮乏，一边是无度的享乐，背后隐含的是作者对现实的批判。《四十一炮》中的罗小通就不同了，他不再只被肉的物质性所迷惑，他对肉的反应，也不再是单一的生理性反应，他的感觉是复杂的。他最终能洞察肉所代表的本能世界、欲望世界的罪恶，就和他的感觉超越了物质性有关。他在与肉的博弈中自我发现、自我觉醒。肉体性

① 莫言：《四十一炮》，92 页，北京，作家出版社，2012。

② 莫言：《四十一炮》，276 页，北京，作家出版社，2012。

③ 莫言：《四十一炮》，353 页，北京，作家出版社，2012。

的自我之外，一个精神性的自我觉醒了，虽然这个自我也未必能够逃离欲望的控制，未必能在欲望的苦海中解脱，但这个内在自我的觉醒，至少象征了肉体与精神的冲突不会停止。这个维度，在《野骡子》里是没有的。《野骡子》里的罗小通，只有吃肉的渴望以及吃不到肉的痛苦，他身上迸发出只是生理的本能；到《四十一炮》，罗小通成长了，觉悟了。一个关于欲望的故事，变成了一个反抗欲望、寻求解脱之路的故事。

一个是本能欲望的隐喻，一个是内心对欲望的彻悟，从《野骡子》到《四十一炮》，莫言走完了从感觉具象化到感觉象征化的过程。

三

感觉象征化的意识，也贯穿在《檀香刑》之后的几部长篇之中。莫言的小说多写农村，他笔下有很多关于农作物、农事活动、动物、鬼怪的描写。以动物视角的小说为例，他早期的《白狗秋千架》中的狗，《透明的红萝卜》中的鸟和鸭子，《金发婴儿》中的公鸡，《球状闪电》中的刺猬与奶牛，《红蝗》中的红蝗，《牛》中那头被阉割了的小公牛，都是这个世界的观察者，有些还是小说的叙事者。以动物的眼光看人，和以人的眼光看人，二者是完全不同的。在莫言笔下，动物比人更善良，也更值得信任。

真正把动物的感觉做巨型化处理的，是莫言出版于 2006 年的长篇小说《生死疲劳》。这部小说写了人与土地的复杂关系，其中最为重要的人物是西门闹，他本是乐善好施的地主，土地革命时被枪毙了，他不服，就在阴曹地府里喊冤，无论遭受什么酷刑都不认罪，他请求阎王爷放他回人间，他要当面问一下那些人，"我到底犯了什么罪？"阎王爷只好同意他转生为驴、牛、猪、狗、猴、大头婴儿蓝千岁，进入"六道轮回"，希望以此来平息他心中的仇恨和冤屈。小说通过"驴折腾""牛犟劲""猪撒欢""狗精神"等几个部分的叙事，让西门闹在死与生之间不断轮回，进而书写历史的荒诞、人世的无情、生命的悲欢离合。只是，西门闹的每一次轮回，无论怎么任劳任怨或忠心耿耿，都没有得到真正的超脱，他一次又一次地堕回到"畜生道"，做驴时死于饥民之手，做牛时被人烧死，做猪时为救人而死，做狗时为蓝脸殉难，做猴时被蓝解放开枪打死，一次比一次死得壮烈。最后终于轮回成了一个人，却是一个不健全的、永远长不大的大头婴儿。西门闹始终是一个冤魂的形象。

《生死疲劳》既像中国的神怪小说，也像西方的魔幻现实主义小说，它彻底打通了人、鬼、神的界限，尤其是让驴、牛、猪、狗、猴等动物共同登场，把人的视角与动物的视角合而为一，这是一个很大的架构，它不仅是对动物视角的高度变形和无限夸张，也是对五十多年来中国人的苦难生活的集中审视。《生死疲劳》超越了莫言过去小说中一切关于动物的想象，他创造的是一个巨型的动物形象系统，明明是历史的悲剧，却常常以喜剧的方式呈现，里面的一切生灵都充满着"欢""闹"的激情，爱恋、吃醋、争斗、仇恨、互相折磨，各种冤孽，各种悲歌，都被汇聚于这个巨型的生死轮回之中。小说的人物关系、人物形象、行为方式，都是荒诞的，不近常情的，但正是这种无处不在的巨型的荒诞感，成了历史苦难的象征。

在《蛙》中，姑姑要丈夫郝大手根据她的口述做出两千八百个泥娃娃，希望以此来赎罪，也是一个象征。莫言以前的小说，写过不少婴儿，畸形的，早产的，夭亡的，被遗弃的，被杀害的，但到了《蛙》中，以两千八百个泥娃娃为象征，是之前小说感觉的放大。可以想象，两千八百个泥娃娃排列在那里，是何等的壮观，正如姑姑数算出自己接生出来的孩子有九千八百多个，她想象这些孩子一齐哭的时候，哭声是多么的动听，又是多么的震撼人心。还有，莫言之前的小说，喜欢写人的器官和身体意象，到了《蛙》，他干脆以身体部位和人体器官为一个地方的孩子们取名，譬如陈鼻、赵眼、吴大肠、孙肩、陈眉、王肝、王胆、吕牙、肖上唇、肖下唇，等等，这也是一种感觉的放大，一群人聚在一起，就像是一个巨型的身体集会。这固然有幽默和戏谑的成分，但也一定包含着作者深切的写作用心。

感觉只是碎片和意识流的时候，那不过是作家写作才华的华彩流露，感觉一旦放大，成了巨型的景象，就一定会承载某种观念和价值。莫言奔放的想象力，一次又一次地突破常规，找寻新的形式，建构新的形象，目的也就是为了把感觉变成生存的景象，把人物变成精神的象征。《透明的红萝卜》中黑孩的沉默是象征，《红高粱》中"我爷爷"和"我奶奶"在高粱地里的激情是象征，《丰乳肥臀》中上官金童的恋乳症是象征，《四十一炮》中兰大官的疯狂性爱史是象征，《生死疲劳》中蓝脸的单干是象征，西门闹不断为自己申冤是象征，《蛙》中的泥娃娃也是象征。"莫言的想象力归根结底还是为他的观念服务的"[①]，确实如此。伟大的小说不仅洋溢着生动的感觉，更是充满象征。

而在感觉的象征化进程中，最具代表性的作品还是《檀香刑》。

《檀香刑》的核心内容是残酷的刑罚。六大行刑场面——赵甲观看刽子手处决犯人；余姥姥腰斩国库兵丁；余姥姥和赵甲用"阎王闩"处死小太监；赵甲斩首"戊戌六君子"；赵甲凌迟因刺杀袁世凯而被捕的钱雄飞；赵甲为孙丙上檀香刑——施的都是酷刑，有些刑罚场面，莫言写了二十几页，把人对刑罚的所有感觉都巨型化、景象化了——追溯起来，这个巨型的刑罚景象，依然是莫言之前作品感觉的放大。《红高粱》写过剥人皮，《筑路》写过剥狗皮，《复仇记》写过剥猫皮，《灵药》写过挖心取胆，场面都很血腥，但这些令人惊骇的感觉，在《檀香刑》里都被放大了。或者说，比起《檀香刑》中的凌迟和檀香

<hr>

① 邓晓芒：《莫言：恋乳的痴狂》，杨扬编《莫言研究资料》，261 页，天津，天津人民出版社，2005。

刑来，之前写的就只能算是小场面、小感觉了。

> 孙五操着刀，从罗汉大爷头顶上外翻着的伤口剥起，一刀刀细索索发响。他剥得非常仔细。罗汉大爷的头皮褪下。露出了青紫的眼珠。露出了一棱棱的肉……①

这是《红高粱》中著名的罗汉大爷被剥皮的惨剧。这样的描写，除了让人感受到残暴之后，还令人产生一种狂欢、怪诞之感。按照拉伯雷的要求，怪诞本质上是肉体的，是与肉体有关的过度行为，这种对肉体的摧残中，存在着以猥亵、残忍乃至野蛮为快乐的原始快感，而夸张和过度正是怪诞风格的主要特征之一②。莫言笔下的很多人物描写都给人一种怪诞感，《透明的红萝卜》中那个头大、脖子长的黑孩子，《白棉花》中脸上布满青紫的疙瘩、马牙、驴嘴、狮鼻、两只呆愣愣的大眼的国忠良，《麻风女的情人》中那个没有眉毛、没有睫毛的麻风女等。莫言所喜欢写的对肉体的刑罚，也都夹杂着残忍和怪诞《灵药》中，"爹"端详着从肝脏上剥离下来的马魁三的胆囊，"宛若一块紫色的美玉"；《筑路》中，狗皮剥下来后，"狗脊梁上的环节像一串山楂糖葫芦"；《月光斩》中，那颗挂在树上的人头"被乌鸦啄得千疮百孔"。怪诞的描写中，透着恐怖和惊悚。

莫言对肉体暴力有着近乎痴迷的热爱，但在写作《檀香刑》之前，这些书写还多是片断的，感觉也还是零碎的。《檀香刑》就完全不同了，在这部小说中，莫言不仅把刑罚景象化、巨型化了，而且，针对肉体的刑罚本身就成了小说的主角，最终，刑罚也成了象征。

> 师傅说凌迟美丽妓女那天，北京城万人空巷，菜市口刑场那儿，被踩死、挤死的看客就有二十多个。师傅说面对着这样美好的肉体，如果不全心全意地认真工作，就是造孽，就是犯罪。你如果活儿干得不好，愤怒的看客就会把你活活咬死，北京的看客那可是世界上最难伺候的看客。那天的活儿，师傅干得漂亮，那女人配合得也好。这实际上就是一场大戏，刽子手和犯人联袂演出。③

除了受刑者、观刑者的感受，这里还出现了行刑者的声音。《檀香刑》的重要，就在于莫言为一种刑罚的完成建立起了三位一体的观察角度。三种声音，一种是哭号，一种是被"邪恶的趣味激动着"，一种是嗅到了"令人心醉神迷的气味"；前两种声音，很多人都写

---

① 莫言：《红高粱家族》，32～33 页，北京，作家出版社，2012。
② 巴赫金：《拉伯雷研究》，李兆林、夏忠宪等译，351～352 页，石家庄，河北教育出版社，1998。
③ 莫言：《檀香刑》，238 页，北京，作家出版社，2012。

过，尤其是鲁迅，对酷刑教育、看客心理的分析都入木三分，他在 20 世纪 20 年代便说过，别国的硬汉之所以比中国的多，是因为我们的监狱比别人难坐。但能把第三种声音，也就是刽子手的心理，写得如此真实、细密的，莫言肯定是第一人。刽子手是对人的肉体进行虐杀，看客"拿'残酷'做娱乐，拿'他人的苦'做赏玩，做慰安"①，则是一种对人的精神的虐杀。刽子手赵甲是把犯人看作一具纯粹的肉体，"一条条的肌肉、一件件的脏器和一根根的骨头"，他视杀人为一门神圣的技艺，其终极目的是为了进入"屠刀与人，已经融为一体"的境界。

赵甲的视角非常重要。《檀香刑》因为写了他的感受，刑罚才能成为一个巨型的景象——五百刀的凌迟"杰作"是一种景象，六大行刑场面合起来又是一种景象。把刑罚景象化之后，小说中的肉体暴力就不再是一些感觉的碎片；感觉一旦巨型化后，就超越了感觉本身，而成了观念，成了象征。在这个象征世界里，照见的不仅是专制的黑暗，统治者残忍的笑，也还有各种不同的人性：有恐惧，有快意，有同情，有邪恶，也有隐秘的痛苦……

莫言在许多场合都自辩说《檀香刑》中残暴场面的描写是必要的，这是小说艺术的需要，而不是他自己的心理需要。这不无道理。假若没有这些残暴场面，没有刽子手的心理揭示，我们不会意识到自己置身一种黑暗文化的传统中，"每个人都会在不同的时刻，扮演着施刑者、受刑人或者观刑人的角色"②，而更具象征意义的是，很可能每个人的心里都潜藏着一个刽子手的灵魂。没有这个象征的维度，莫言也不敢说"我的长篇小说《檀香刑》，是一部悲悯之书"③。

四

论及莫言在《檀香刑》之后的写作变化时，多数研究者都是从莫言借鉴传统戏曲资源、叙事结构上着手的，指出他把语言改造成具有本土的风格，甚至有人以《生死疲劳》用了章回体，联想到莫言是否要退回到中国传统之中。其实这都只是表面现象。如果这个结论成立，那《蛙》用了书信体又该怎么来解释？不否认，莫言想藉由传统戏曲、章回体等资源向传统说书人致敬，但把他说的"大踏步撤退"简单地理解为回到传统，那就上了作家的当了。事实上，莫言笔下的章回体只是一个噱头，无论是标题语言的对仗，还是故事的首尾呼应，都和古代的章回体小说相去甚远；他在《生死疲劳》里的核心思想

---

① 鲁迅：《热风·暴君的臣民》，《鲁迅全集》第 1 卷，366 页，北京，人民文学出版社，1981。
② 莫言：《京都大学会馆演讲》，《用耳朵阅读》，98 页。
③ 莫言：《捍卫长篇小说的尊严》，载《当代作家评论》，2006(1)。

"六道轮回"，也和佛教教义关系不大。莫言的语言探索，不仅有脱离西方翻译腔的冲动，他也反抗五四新文学以来所建立起来的普通话传统，他想创造一种自己的杂语风格，所以，民间古语、传统话语、政治语汇、翻译语体、流行用语，都可为他所用。他小说中的语言，往往信手拈来，东拉西扯，天马行空，滔滔不绝，多种语言的混杂，才是他要追求的效果。就此而言，说莫言在《檀香刑》之后回归传统是一种误会，我恰恰认为，包括《檀香刑》在内，莫言后面这几部长篇小说，都与传统小说关系不大，他写的仍然是现代小说。

传统小说没有这种恣肆、狂放、巨型的感觉描写，更没有把感觉观念化、象征化的实践。感觉象征化是现代小说的重要标志。而从具象性的感觉走向象征性的感觉，更是莫言成为大作家所迈出的至关重要的一步。

感觉象征化后所创造的世界，才是属于莫言独有的世界，就像卡夫卡、福克纳、马尔克斯，都在自己的象征世界里写作。他们的写作，既是现实的，也是非现实的；既是写实的，也是寓言的。王安忆说："莫言有一种能力，就是非常有效地将现实生活转化为非现实生活，没有比他的小说里的现实生活更不现实的了。他明明是在说这一件事情，结果却说成那一件事情。仿佛他看世界的眼睛有一种曲光功能，景物一旦进入视野，顿时就改了面目。并不是说与原来完全不一样，甚至很一样，可就是成了另一个世界。"①这个锐见，用来形容他《檀香刑》之后的写作更为准确。尤其是对感觉的景象化、巨型化、象征化处理上，《檀香刑》之后，这已是莫言普遍采取的写作方法。从《檀香刑》始，莫言完全进入了虚拟世界，他似乎已无兴趣摹写现实世界，而志在创造属于自己的世界。《檀香刑》中的刑罚场景是他创造的，里面的猫腔虽然和莫言故乡的茂腔小戏有关，但基本唱腔、唱词也是他创造的；《四十一炮》中的肉食盛宴，以及面对肉的狂欢、崇拜乃至绝望的景象，是他创造的；《生死疲劳》中以驴、牛、猪、狗、猴为叙事视角，那个混合着人、鬼、神的魔幻世界是他创造的；《蛙》中那个数以千计的被接生和被扼杀、连同那两千八百个泥娃娃的婴儿世界是他创造的。这些小说的意旨，都不再是局部象征，而是整体象征——这个象征世界的出现，也是中国小说史上所未曾有过的。

莫言的一些小说，外衣可能是传统的，但内核却是现代思想。这个现代思想，就来自莫言将自己所擅长的感觉描写景象化、象征化。一部小说，光有自己的说话腔调是不够的（莫言经常强调，"作家应该有自己的腔调，应该发出自己独特的声音"②），他还必须进入虚拟和象征的世界，必须有自己的思想。很明显《檀香刑》之后，莫言对具象现实

① 王安忆：《喧哗与静默》，载《当代作家评论》，2011(4)。

② 莫言：《故乡·梦幻·传说·现实——2008年8月与石一龙对话》，载《莫言对话新录》，417页，北京，文化艺术出版社，2010。

的描写，都为了创造那个象征世界，为了表达一种现代精神。

而这个象征世界的创造和现代精神的表达，其核心的要义，用莫言自己的概括，那就是："把好人当坏人写，把坏人当好人写，把自己当罪人写。"①前两句，旨在强调人的复杂性，因为每个人都是善恶同体的。"凡是人的灵魂的伟大的审问者，同时也一定是伟大的犯人。审问者在堂上举劾着他的恶，犯人在阶下陈述他自己的善；审问者在灵魂中揭发污秽，犯人在所揭发的污秽中阐明那埋藏的光耀。这样，就显示出灵魂的深。"②这是鲁迅评论陀思妥耶夫斯基小说的一段话，莫言多次讲到这段话的意思，这直接启发了他如何"把好人当坏人写，把坏人当好人写"。但莫言的表述中，最有价值的是后面这句，"把自己当罪人写"，这个写作转向，可谓极大地扩展了他小说中的精神空间。

甚至可以说，对于一个作家而言，所有感觉中最为重要的感觉就是罪感，而关于罪感最重要的象征就是赎罪与忏悔。一个作家可以不信宗教，但不能没有宗教情怀。所谓罪感意识，就是看见自己的有限、亏负，叩问自己的内心，冀望一种美好和永恒。这是作为一个人面对自己灵魂的方式，而非专属于基督教的神性概念。《红楼梦》的作者并没有受基督教影响，但他在开卷第一回的作者自叙里，两次提到"罪"："半生潦倒之罪"，"我之罪固不免"。现代中国以来，鲁迅之后有自审意识的作家不多，莫言是其中一个，他很早就说"我们的封建文化背景下的文学，缺少触及灵魂的传统，我们太多复仇的文学，太多复仇的教育，却没有宽恕和忏悔的传统"③。他坚持反思自己，主张把每一个人都置于拷问席上，从黑的拷问出白的，从白的拷问出黑的，尤其需要来一场自我拷问。"所谓一个作家的反思、文学的反思，最终都是要体现在作家对自己灵魂的剖析上。如果一个作家能剖析自己灵魂的恶，那么他看待社会、看待他人的眼光都会有很大的改变。"④为此，他甚至喊出了鲁迅式的"他人有罪，我也有罪"⑤的沉痛之音。

正因为有这样一种精神自觉，莫言并不像一些论者所说，是在一味地展示残酷、恶心、肮脏，哪怕在他具有狂欢色彩的作品里，也还是有一束同情与悲悯的眼光在关注着人的命运。所以，在《丰乳肥臀》里，他让上官金童在绝望中皈依，他的耳边响起了"以马内利""哈利路亚"的声音，这暗示了他和母亲最后的精神归宿。《檀香刑》越到后面，就越是充满悲悯之情——出于悲悯，百姓们集体下跪为孙丙求情；出于悲悯，知县钱丁甘冒生命危险杀死孙丙，以使他免受酷刑折磨；出于悲悯，乞丐舍己救人；出于悲悯，

① 莫言：《我的文学经验》，《用耳朵阅读》，287 页。

② 鲁迅，《集外集·〈穷人〉小引》，《鲁迅全集》第 7 卷，95 页，北京，人民文学出版社，1981。

③ 莫言：《试论当代文学创作中的十大关系》，《用耳朵阅读》，228 页。

④ 莫言：《作家应该爱他小说里的人物——与马丁·瓦尔泽对话》，《莫言对话新录》，379 页，北京，文化艺术出版社，2010。

⑤ 莫言：《他人有罪，我也有罪》，载《南方人物周刊》，2012(36)。

孙丙曾对一个德国士兵手下留情，如今自己却成了祭物，成了一台戏。《四十一炮》里，有一种慈悲和平等的精神，看着那些在欲望的深渊里痛苦挣扎的芸芸众生，如何一点点成了欲望的奴隶，作者的批判中带着同情；罗通良心未泯，他在超生台上连坐七天，是一种赎罪的形式，罗小通经过炼狱般痛苦之后，也醒悟了。《生死疲劳》里，也有一种慈悲，在一次又一次的转世轮回里，西门闹的仇恨也在一点点消失，阎王说"把所有的仇恨发泄干净，然后，便是你重新做人的时辰"。这完全是一种中国式的宽恕。从悲悯（《檀香刑》）到慈悲（《四十一炮》），从慈悲再到宽恕（《生死疲劳》），莫言走了一条他自己理解的叩问灵魂的写作之路，但他终究无力探究灵魂的拯救、上帝在哪里这类的问题，他只是凭直觉为存在设置问题——有苦难，就应该有拯救；有罪恶，就应该有审判；有自省，就应该有忏悔；有绝望，就应该有希望。《檀香刑》里，他让那个身怀六甲的孙眉娘活了下来，这就是希望，但苦难依旧在，罪也依旧在，即便生下腹中的孩子，我想，孙眉娘的内心也不能由此获得真正的安宁。

真正把罪的感觉、忏悔者的声音景象化、象征化的，是《蛙》。《蛙》放大了莫言之前那些碎片化的罪感意识和忏悔精神，真正践行了他"把自己当罪人写"的写作观念。

《蛙》的潜在主题是说，所有人都是有罪的。执行政策的人，受迫害者，告密者，旁观者，无名的群众，都共同生活在一个罪恶的世界里，也共同制造了许多悲剧。但罪感最强烈的是姑姑。姑姑年轻的时候，接生了近万名新生儿，造福于乡野，受人敬重；中年之后的姑姑，作为计生工作人员，为维护国策，经她之手也扼杀了两千八百个胎儿。姑姑的形象，之前在《爆炸》《弃婴》等小说中出现过，但《蛙》中的姑姑更饱满、更深刻。莫言借蝌蚪的口说："我不抱怨姑姑，我觉得她没有错，尽管她老人家近年来经常忏悔，说在手上沾着鲜血。但那是历史，历史是只看结果而忽略手段的，就像人们只看到中国的万里长城、埃及的金字塔等许多伟大建筑，而看不到这些建筑下面的累累白骨。"[1]小说的最后，蝌蚪也安慰姑姑说"您不要自责，不要内疚，您是功臣，不是罪人"，但姑姑依然觉得自己是有罪的，赎罪的过程远没有完成：

> 一个有罪的人不能也没有权利去死，他必须活着，经受折磨，煎熬，像煎鱼一样翻来覆去地煎，像熬药一样咕嘟咕嘟地熬，用这样的方式来赎自己的罪，罪赎完了，才能一身轻松地去死。[2]

后来，姑姑在罪的重压下自杀，但被救了回来，她的忏悔一直没有真正完成。她和丈夫

---

① 莫言：《蛙》，151 页，北京，作家出版社，2012。
② 莫言：《蛙》，346 页，北京，作家出版社，2012。

一起做了两千八百个泥娃娃，这看似是一个盛大的忏悔仪式，但姑姑面对泥娃娃的念念有词，也不过是一个空洞的自我安慰的姿态而已。泥娃娃后来被想生孩子的女性重金收购，而蝌蚪这个忏悔者也对有悖人伦的代孕开始变得心安理得，这又从另一个角度证实了这种赎罪的虚妄。或许，无论历经多少苦难，上帝也不会出现，那个因罪而有的审判，也只会是一个疑案，因为有太多的理由可以证明你有罪，也可以证明你无辜。谁才是罪人？没有人可以做出判决，也没有人有这个权柄做出判决，因为每一个人都是罪人，而罪人是没有权力定罪别人的。我唯一知道的事实是：我是罪人。这是《蛙》所发出的最强音。

尽管在罪与忏悔的主题开掘上，莫言是不彻底的，但他至少从正面把这个问题提出来了。之前，他的罪感也许是隐约的、零星的，到了《蛙》，这种罪感已经扩大成为一种景象，一个象征。莫言在《蛙》中设置的角色蝌蚪，明显有他自己的影子，蝌蚪的罪感与忏悔意识，就是"把自己当罪人写"的一个写照。视自己为罪人，这对于一个作家而言，是灵魂的一次赤裸展示，也是省思个人内心黑暗的方式，没有解剖自己的勇气的人，是难以如此宣告的。中国传统文化历来不讲"罪"，只讲"本心"，大家宁愿用世俗的"不正派""不体面"代替罪的观念，"'罪'这个概念使任何一位高贵的知识分子有一种难堪的、有失尊严的感觉"[①]，但莫言在《檀香刑》之后，直面了"我是罪人"这个事实，并使之成为最近一部长篇小说《蛙》的中心观念。当认罪、赎罪、忏悔成了一种景象，作为追问者的莫言，就不再只是一个感觉丰富、绚烂的作家，而是一个能把感觉观念化、灵魂象征化的作家。后者极大地扩展了莫言的精神体量。我想，这个精神体量的扩展，灵魂叩问的深化，才是莫言之所以能获得 2012 年度诺贝尔文学奖的真正原因。

(原载《文学评论》2017 年第 1 期)

---

① 马克斯·韦伯：《儒教与道教》，王荣芬译，280 页，北京，商务印书馆，1997。

"歪拧"的乡村自然史

——从《木匠和狗》看中国现代主义的在地性

陈晓明

中国当代小说一直在现实主义的旗号下谨慎行事，客观冷静、忠实真实乃是最高的艺术评价，白描手法也一直是让人们赞叹不已的高妙笔法。20 世纪 80 年代初期，欧美现代主义浪潮涌进中国，开始有"意识流"小试牛刀。80 年代中期，在"实现现代化"的时代精神鼓舞下，欧美现代主义哲学思潮和文学开始发酵，对中国作家产生直接冲击，并且有了不俗的成果。所谓"85 新潮"就是中国现代主义运动的一个小高潮，而"现代派"和"寻根派"就扮演了前卫的角色。很显然，莫言的出现，突然搅乱了"现代派"和"寻根派"的局面，莫言显现出的爆发力，在当时显示出的高昂激情，怎么看都有某种错位和不协调；就像当时崔健那么激烈的新长征摇滚一样，那种热烈和狂欢分明内里是压抑在作祟。多年之后，我们来看莫言的创作，怎么看怎么觉得他的怪异之处实在是太多，且太过蹊跷：他那么土，土得掉渣；他那么现代主义，神龙见首不见尾。别人都以为他自由放纵，实则诡异莫测，变化多端，也无法被规整安置。把莫言放在什么格式下、什么主义与体系中来解读，都显得捉襟见肘，勉为其难。莫言的内涵实则太过丰富，王德威就感叹："千言万语，何若莫言"！尤其有意义的是他身上包含着相当丰富的文学史蕴涵，重要的作家，有创造性的作家，是引领了文学史的变革的。就像斯宾格勒所说，有力量的领着命运走，没有力量的被命运拖着走。有力量的作家就是领着文学史走，没有力量的只好随波逐流。二十世纪八九十年代以来，中国文学变革尤为剧烈，此一时彼一时。归结起来，其实最为内在的变革，还是对欧美现代主义的回应做出的创造性转化。需要提起的是，八九十年代以来，对欧美现代主义回应最为得力的曾经是马原、残雪、王朔、苏童、余华、格非、孙甘露等人，但 90 年代以后，潜在、自觉而持续地探索现代主义在中国落地的作家却是莫言、阎连科、刘震云、阿来这些人。马原格非们确实是有非常鲜明的观念和方法，有着更为充分而坚实的现代主义经验，故而他们都曾经以观念或形式最为激进的方式回应现代主义，但他们后来或是放弃了现代主义，或是走了一条重建个人风格的道路。莫言、阎连科和刘震云却是几个身陷乡土中国泥泞里的作家，他们何以能如此搅拌现代主义，而且弄得最为恰切，弄得花样百出，弄出中国味道？这里面包含着什么样的玄机，是否谕示了当代中国文学变革、创新、拓路的秘籍？显然，这里面层层叠叠，混沌一片，要解开并不容易。令人惊异的是，莫言有篇短篇小说《木匠和狗》，却是有可能隐含了诸多秘密的，它讲故事的方式，故事的交错、断裂与变异，呈现出的乡村中国的自然史，隐喻和象征……所有这些，不只是表明莫言本人的小说创作艺术的多样变化，同时表明中国文学(小说)在突破旧有的现实主义创作规范，回应现代主义文学观念时所作出的自主性探索。它本身以不拘一格的表现形式，体现了中国当代文学变革的延展范围，表明中国当代文学重新规划本土、传统与世界文学经验的关系，尤其是那种内化重构的深度及其越界的能量。所有这些，都必须回到文学文本去阅读和分析，文本形式的那些关节，那些有力量的反常规的技巧处理方式，其实都在文学史变革进程中铭刻下印痕，文学变革的轨迹并不只是观念性的，重要且有效的是，它由文本的艺术形式来形成最有本体性、实在性的谱系。这也是我们如此重视莫言的这篇可能是不经意写下的短篇小说的原因，因为其不经意，或许更能显现历史之无意识——它是历史自在自为地而又不得不如此抵达的一种境地。

一、叙述的变异、钻圈与穿越

《木匠和狗》发表于《收获》2003 年第 5 期。莫言在这一年发表了数篇小说，例如《拇指铐》也是一篇相当诡异的小说。我们或许会去追问，这一年莫言何以怀着这种心境来写这种小说？他在这一年遭遇到什么样的事情，需要他以这种笔法来写这样的小说？作些比附性的求证或许也会让我们有所收获，也会有一些解释效力，加深对这篇小说的理解①。但我宁可从小说的艺术形式所折射的寓言意义去理解它所具有的美学意义。

这篇小说当然秉持了莫言一贯善于讲故事的风格，但如此短的篇幅里故事转折如此之多，缠绕、折叠、插入，叙述仿佛具有了钻圈穿越的功效。在莫言所有的作品中，像这样复杂、变化多端、玄机四伏的小说实在不多见，甚至可以说几乎是莫言小说中最为

---

① 比如说这一年莫言因为刚出版不久的《丰乳肥臀》而遭遇到的明枪暗箭，因为心绪难免有所烦闷，写下一些有"狠劲"的小说表达潜在情绪也未尝不可理解。

玄奥的作品。一个写了那么多厚重的长篇小说，且作出姿态要回归传统和民间的大作家，何以又要在故事讲述方式，也就是小说的形式方面弄出如许花样？不排除它可能是浑然天成、一气呵成。

这篇小说讲述一个村庄里的故事，管大爷常去木匠家里看他们爷孙三代人锯木头，但木匠对管大爷的到来爱理不睬，管大爷却依然执拗地要与木匠祖孙三代人套近乎，抓着所谓的贤侄钻圈要说个"木匠和狗"的故事。木匠的故事还没有讲几句，就讲到他爹管小六捕鸟的故事，并且占据了大量篇幅，捕鸟的故事又引出爱吃鸟喝酒的书记的故事。管小六的故事足以引人入胜，故事却不往下讲，管大爷话锋一转："钻圈贤侄，我给你讲木匠与狗的故事。"小说甩下这一句却又是一转：

> 钻圈老了，村子里的孩子围着他，嚷嚷着："钻圈大爷，钻圈大爷，讲个故事吧。"
>
> "好吧，那就讲木匠和狗的故事吧。"钻圈说，"早年间，桥头村有一个李木匠，人称李大个子。他养了一条黑狗。浑身没有一根杂毛，仿佛是从墨池子里捞上来的一样……"

颇为蹊跷的是，小说到这里再来一个转折，"那个咽鼻涕的小孩，在三十年后写出了《木匠和狗》"这才带出木匠和狗的完整故事。

很显然，这篇小说的讲述方法，或许未必要用"现代主义"或"后现代主义"来解释，用中国传统小说中的"按下不表"和"话锋一转"就十分通行习惯。尽管这两种方式是古代话本小说，或是章回小说里常见的方式，但莫言却是把它用得巧妙。这个巧妙就是略微的歪拧，"按下不表"随着"话锋一转"实则是歪拧到另一个方向，另一个错层。这样的歪拧在小说内里包含着有力道的转折，却看不出用力，自然而不留痕迹，巧妙且洋溢着游戏精神。那个管大爷何以唠叨要把自己父亲的故事讲与他的所谓贤侄"钻圈"听呢？何况"俺爹的下场，吓破了我的胆"，管大爷几乎是一个强行的"说故事的人"。说着说着就说到别处，说到歪处，始终不得要领，几乎都是"歪理邪说"，故事却一样的我行我素，趣味无穷。正如王德威所说："莫言敢于运用最结实的文字象征，重新装饰他所催生的乡土情境，无疑又开拓了历史空间无限的奇诡可能。"他甚至可以用最写实、最土气的讲述去表现"小说家不断越界的嘲仿"①。

管大爷作为一个讲述者，不只是把握不住自己的要领，他实在是饶舌，几乎是追着

---

① 王德威：《当代小说二十家》，218～219页，北京，生活·读书·新知三联书店，2006。

"钻圈"讲(也是钻着圈讲)。这篇短篇小说竟然动用了三个讲述人,其一,是钻圈大爷,整篇小说其实是他的讲述,几乎等同于作者;他是亲耳听到管大爷讲述故事的人,他也是一个转述者,但他只是一个象征性的讲述者。其二,是管大爷,他是具体故事的讲述者,实质性的讲述人;其三,是那个"呵鼻涕的小孩",三十年后他把钻圈大爷讲的故事写成小说。这三个讲述者,既是套中套式的讲述,也是钻圈式的讲述,或许更像是歪拧而拼合起来的讲述。其实小说开篇就作了暗示和隐喻:"散发着清香的刨花,从刨子上弯曲着飞出来,落到了地上还在弯曲,变成一个又一个圈。如果碰上了树疤,刨子的运动就不会那样顺畅。"①从叙述的层面来看,钻圈是钻进管大爷的圈套了。但钻圈又重述了管大爷的故事,他从管大爷的那个圈里钻出来,又把管大爷的故事装入了他的故事圈套。作为一个讲述者,钻圈只是一个虚的作者,他的转述几乎只有一句话,只有那个小孩写下钻圈讲述的故事。这个钻圈"变成一个又一个圈"。在这里,经历了"讲述—转述—写作"的三级转换。只是钻圈并不是那么顺畅和严丝合缝,不如说是在"歪拧"的结构中颇为荒诞地凑合在一起。

"歪拧"这一概念我在数年前曾经在另一篇短文里用过,这是我重读巴金的《憩园》时注意到的一个概念。日本作家堀田善卫认为中国小说结构性方面有"平板之嫌"即针对于此,日本学者坂井洋史则试图从《憩园》中发掘出复杂的结构关联。传统作家大都并不赞成过于复杂的结构,也不欣赏作家过多主观性介入造成小说结构上的失衡状况。大江健三郎就是如此,他担心作家主观介入太多,会出现损害文本整齐性的"歪拧"②。这一"歪拧"的说法,大约来自于此,可见大江健三郎并不赞同"歪拧"。但坂井洋史却为"歪拧"辩护,他在《〈憩园〉论——"侵犯"与花园的结构》一文中,就分析了《憩园》的复杂结构。但他还只是着眼于结构层次上分析"歪拧",最终抹平了《憩园》的"歪拧",实际上并没有坚持"歪拧"的艺术表现力③。我在对《憩园》的分析中,试图发掘出巴金小说中作者介入的心理感受和人物性格方面构成的歪拧。我在文中试图阐明:"在结构上的失衡、套中套的脱节、人物的不可融入关系、叙述人的自责与不安……所有这些'歪拧'都表明作者在这次写作中不想控制文本的整全性,他想放弃作者的主权统治。"④

比之《憩园》,莫言这篇小说的"歪拧"有过之而无不及,在小说的讲述方式和结构层次连接方面,在人物的行为和语言方面,在小说表现的乡村生活内容和方式方面,以及在其中体现的人伦价值方面,小说都明显偏离了常规的、正常的、习惯的规范秩序。乡

---

① 莫言:《木匠和狗》,参见莫言《与大师约会》,377页,上海,上海文艺出版社,2009。

② 参见拙文:《现代小说的"歪拧"面向——〈憩园〉的另一种解读》,载《文艺报》,2011-11-16。

③ 该文收录进坂井洋史的《巴金论集》(中文版),131页,上海,复旦大学出版社,2013。

④ 参见拙文:《现代小说的"歪拧"面向——〈憩园〉的另一种解读》,载《文艺报》,2011-11-16。

村生活被歪拧了，人物关系被歪拧了，小说结构被歪拧了，小说叙述（叙述和写作）被歪拧了，小说结局也被歪拧了……再仔细深入分析下去，被歪拧的还不止这几项。当然，只要小说的方向被歪拧了，其后的东西都会被弄歪，关键是，要歪拧得顺畅自然，而这篇小说做到了，做到极致了。

莫言曾经十分高调地强调小说结构的重要性："结构从来就不是单纯的形式，它有时候就是内容。长篇小说的结构是长篇小说艺术的重要组成部分，是作家丰沛想象力的表现。好的结构，能够凸显故事的意义，也能够改变故事的单一意义。好的结构，可以超越故事，也可以解构故事。前几年我还说过，'结构就是政治'。如果要理解'结构就是政治'，请看我的《酒国》和《天堂蒜薹之歌》。我们之所以在那些长篇经典作家之后，还可以写作长篇，从某种意义上说，就在于我们还可以在长篇的结构方面展示才华。"看来，莫言很早就意识到并且一直就在经营小说的结构。他在叙述上的"歪拧"，必然引发结构上的歪拧。或许文本就已经隐含了结构上"歪拧"的态势，里面的人物、行为和生活都发生歪拧。

确实，这篇小说讲述的方式如此特别，与莫言过去的小说也十分不同，与中国经典现实主义的表现方法更是大相径庭。这篇小说看上去杂语混成却又错落有致，凌乱破碎却张弛有序，东拉西扯却又气韵横生，简单平易却也诡异多端……看上去简单易行的歪拧，就是偏斜了那么一点，莫言还是我行我素讲着他的高密东北乡的那些陈芝麻烂谷子的故事，但是，内里却足以包含诸多的现代主义乃至后现代的要素和方法。最土的、最朴素的、最原生态的乡村生活，被歪拧了一下，何以就变了调，变了味，这实在是耐人寻味的事情。我以为在表面随意杂乱的叙述中，至少有以下几个方面是值得探究的。

其一，复调与杂语。这篇小说最显著的特征就是叙述的多声部、多音调和多转折。一篇短篇小说有几个人在讲述，并非《罗生门》式的明辨真假，而是要"换个说法"，唠叨的管大爷，虚设的钻圈大爷，嗵鼻涕的小孩，小说呈现出几个声部，几种声调。他们的讲述声调和方法都不尽相同，尤其是管大爷并不是一个称职的讲述者，他唠叨而啰嗦，东拉西扯，闲言碎语，杂语纷呈。管大爷说着说着就岔开去，由木匠和狗的"绿油油的血"，说到死，说到棺材，管大爷把"发财"迅速联系起棺材，几乎是兴高采烈地说到做棺材：

> "我要是发了财"，管大爷目光炯炯地说，"第一件事就是去关东买两方红松板，请大弟和二叔去给我做。我一天三顿饭管着你们。早晨，每人一碗荷包蛋，香油馃子尽着吃……"

做棺材是一件大事，甚至是喜事。中国人未知生焉知死，对死怀有深深的避讳，但却对棺材(俗称寿材)有着某种近乎敬畏式的尊崇。但是，管大爷在这里对钻圈贤侄说的是要讲个木匠和狗的故事，在管大爷之上其实还有一个作者——从后面交代来看，这是钻圈后来讲述的故事，这个作者理论上来说是钻圈，实际上是作者本人。这个作者喜欢东拉西扯，扯来扯去，再转向管大爷的讲述，这就扯到棺材，管大爷立即就来了精神头。"杂语多舌"几乎是莫言叙述的显著特征，从他的《红高粱家族》开始，他就有这个本领，在《酒国》里一发不可收拾；《第四十一炮》，经常脱缰而去；《檀香刑》《天堂蒜薹之歌》，或多或少还有所节制；《丰乳肥臀》《生死疲劳》，相当放纵；到《蛙》已经很节制了，但也还是控制不住要由业余作者蝌蚪出来饶舌一番。他经常把他的叙述交付给语言，让语言任性地播撒，杂语纷呈，插科打诨，过完了饶舌的瘾，再绕回来。莫言何以如此？在于他并不相信也不愿意讲一个四平八稳的故事，他也并不认为语言可以完全及物。他经常要获得不及物的快乐，他让小说回到叙述本身，让小说变成语言本身，甚至让语言变成声音本身。让我们在听，让我们在场。莫言在反对叙述声音中心主义的同时，他在制造声音多元主义。罗朗•巴特与雅克•德里达强调的可写性文本在莫言这里并不完全有效，他要做一个说故事的人，就要让小说被说出，让小说变成说出来的故事。

其二，折叠与错位。通过转换叙述人来连接不同层级的结构，"歪拧"的叙述其实也是在对小说结构进行折叠，把一个故事单元打住，折叠进另一个故事单元。所谓钻圈，也只有折叠起来才能钻圈。在如此短的篇幅中，管大爷的故事并没有讲完，他说他爹的下场吓破他的胆，但他爹管小六的下场并没有讲到，包括他奶奶也咒他爹管小六"被鸟啄死"，小说里并未兑现。管小六的下场并没有讲完，准确地说并没有讲出来，却变成是讲李木匠的下场，是李木匠被管小六和黑狗设圈套活埋了。管小六的下场被折叠进李木匠的下场，甚至有可能更可怕。然而，为什么李木匠被活埋还没有到"吓破胆"的地步？管小六还有更可怕的下场吗？当然，也可以说是那个钻圈大爷或者"甩鼻涕的小孩"改变了故事，本来被活埋的是管小六。三十年后的讲述，就更加不可靠了。"甩鼻涕的小孩"更愿意李木匠去死、他被活埋。这很可能是故事的错位，有意地改写了结局"下场"。

其三，空白与非完整性。这篇小说留下诸多空白，是小说的疏漏还是有意为之？或者是"歪拧"的叙述和结构不可避免地留下的裂罅缝隙？例如，德里达说，文本自身在完整性这一意义上必然倾向于解构。这里无须做解构式的探究，只是有几处空白或隐瞒需要去追究。管大爷为什么要在不受待见情况下，还要蹲在那里看钻圈爷孙三代人锯木头？他要喋喋不休地讲那些故事？特别是木匠与狗的故事？李木匠为什么不续弦？管小六捕鸟的故事和木匠与狗的故事有什么关系？插入书记吃烤鸟儿的故事在文本整体上来看是一种什么关系？其实小说里讲到的有两个木匠和狗的故事，这二者有什么关联？再又，小说并没有交代管小六的下场，又是因为什么原因？或许这些追究对于一篇小说并不特别重要，好小说也并不是事事都符合逻辑，或者都可弄明白原委。何况在解构的意义上所有的文本都无法建立起自身完整的逻辑。过度阐释或许也可以勾连起蛛丝马迹，这取决于我们对于文本带有什么样的目的。如此，借多个叙述人和多文本的折叠或钻圈来展开故事，莫言并不在乎文本的完整性，这无疑与传统现实主义的小说规范严重抵牾。

其四，不可靠的讲述与不可讲述性。在莫言的小说中，一直存在讲述和写作的两种文本张力。莫言对于作为讲故事的人与作为写作者一直是捉摸不定，他经常乐于变换角色。也就是说，在他的文本中，有一种明显的在场讲述的注重声音的叙述；又有一种是有叙述的距离感的更具有书面文体感的文本，甚至他经常以写成的手稿寄给莫言（如《酒国》），或者寄给其他作家（如《蛙》寄给日本作家杉谷义人）。显然，莫言似乎对作为在场讲述的文体更偏爱，他把写成的"寄过来"的文本声称是初学写作的人，或者是不会写作的人写成的文稿。在这篇小说中最后对故事的完整表述，则是在三十年后由"咂鼻涕的小孩"来完成，一方面，刻意用"三十年后"，显然意在表明时间已经过去很久了，是否记得真切？是否尊重原来的故事？恐都有疑虑；另一方面，是一个"咂鼻涕的小孩"，显然是在祛魅，把作家的权威性和确实性尽可能降低。在莫言的作品中，经常存在讲述和写作各行其是的状况，这也是莫言的所有小说都在不同程度上存在"歪拧"的情势。他在戏弄写作本身，也是打破他的文本单一叙述的声音和写作风格，破坏严肃性的、完整性的文本建制。

莫言显然不是一个形式主义实验的热衷者，他的兴趣在于故事性，在人物和生活的状态，以及语言的快感。因为他的讲述弄"歪拧"了，他的小说在叙述和结构上生发出（当然是自然地生发出）这些形式的要素、关节、机制和功能，它们并不是独立于或抛离于故事性及文本内容，它们毋宁说是"歪拧"的直接产物。从某种意义上来说，莫言要进入一种乡村生活，要说出一种乡村故事，他几乎是说不出来，说不下去，他只好歪拧。从另一方面来说，他也只有"歪拧"，他才能说出他要说的乡村故事，他的高密东北乡独有的故事。这显然并不只是管大爷这个做儿子的人要说出他的父亲管小六的"下场"的故事，那是中国乡村"令人吓破胆的"故事。这到底是什么样的一个故事？何以要歪拧地说出这个故事？

二、乡村的自然史与废墟的寓言

莫言这篇小说究竟要说什么，实在是令人费解，与其去困难地猜测其主题意义，不如简要把握一下这篇小说要讲的故事并作最简明概括。说起来，小说题名"木匠与狗"，固然可以说这篇小说讲的就是这个事，但这只是一个题目，众所周知，小说题目与实际所讲未必能完全相符。实际上，这篇小说的讲述者有一句关键性的表白，也就是他给要说出的这个故事作的定性表述，即他要讲一个他爹的下场的故事。他爹的下场让他"吓破胆"，他何以要讲出来？他要追着钻圈讲？在小说的形式上，却是钻着圈地讲，钻进圈去讲。他爹管小六的下场却被隐瞒了，或被替换了，我们读到的则是李木匠的下场。显然，这个下场是某种报应，但却是错位的报应，血淋淋的，惨烈无比。

这是一个悲恸的、恶的、创伤性的乡村故事。莫言擅长讲这样的故事，对于莫言来说，他并不只是讲述一次这样的乡村的故事。尽管如此，我们还是要说，莫言讲述的乡村故事，与中国现代以来的典型的乡村故事，甚是不同，比如：现代时期，沈从文的浪漫化的、怀乡病式的湘西记忆；中国社会主义革命时期的乡村斗争，如柳青的被革命理念规划过的乡村想象；或者如陈忠实的《白鹿原》，沉积了传统和民间文化底蕴的乡村；再比如贾平凹笔下的西北乡村，即使在破败中也还有人伦风情弥漫开来……莫言自己讲述的诸多的乡村的故事，那些生长着"透明的红萝卜"，或是"白狗秋千架下"的乡村，有时还是有某种生命的主动气息透示出来，或者"自我"以某种方式介入故事中。但在这篇小说中，莫言已经完全让位于人物去讲述，他更加追求客观化的小说世界，管大爷、钻圈和当年"咂鼻涕的小孩"，这些人都不是理想的讲故事的人，甚至都不是称职的讲述者。或者东拉西扯，或者不愿讲，或者写下来。（可靠吗？写作的快感与故事的真实性没有矛盾吗？）但是他们构成了一种乡村的自然生活，他们在讲乡村的自然史。这就是要义所在。

乡村已经无法讲述自己的历史，管大爷或是钻圈大爷都未必讲得出来，讲得下去，讲得圆满，他们一再兜圈子，或是推脱不讲。乡村自己任性地过着自己的生活。那是冷淡的、恶的、有着向死本能的生活。只有面对死亡才是一件大事，才是需要去做的事情。管大爷成天忧心且盘算的是什么呢，不就是一口棺材吗？他看钻圈他爷孙三代人在锯木头，不被待见还如此不厌其烦，支持他坚持下去的是对一口棺材的期盼和想象吗？只有这样的渴求会让他激动不已，或许真的是因为他爹看到李木匠被活埋没有棺材，管大爷最大的愿望就是自己到时会有一口棺材。这就是乡村生活，关丁生与死，关于婚丧葬娶、耕作收获的故事。但在这篇小说中，显然没有乡村的积极的、蓬勃生长的、充满生机的生活（例如，耕作和收获），那是人的生活，人伦的生活，是人的繁衍生活。而莫言这里所写的，则是乡村自在自然的生活，一切向着客观化生成，客观性地存在，并不被理想性烛照，并不按照人的愿望生成。钻圈爷爷对管大爷的冷淡表明邻里关系的淡漠，甚至里面可能隐藏着两家人的过节，只是管大爷觍着脸要去看锯木头，当他没来时，钻圈爷爷才又有点怜惜。等他再次来时，也就是踢过一个草墩子，就算是表示了友善。但管大爷接着讲的故事却是惨兮兮的木匠和他的狗与狼生死搏斗的事，"绿油油的血……诸多的印象留在钻圈的脑海里，一辈子没有消逝"。

管大爷接着再讲的他爹管小六捕鸟的故事，那是造孽的事。杀死成千上万只鸟，最后发展成用网子网，拿到集市上烧烤了卖。就连他妈都咒他："小六啊，小六，你就作吧，总有一天让这些鸟把你啄死。"一个母亲这样咒儿子也少见，看来管小六杀生在乡村是多么恶的品性，母亲都认为他会遭报应。在这篇小说里，乡村的人伦关系并未表现出友善美好的特征，乡村的品性随意涌现出的大都是恶行。邻居那个黑大汉子，谁要跟他老婆说句话，就要遭他的怀疑嫉恨。拖着老婆两只脚"在街上虎虎地走"，"老婆哭天嚎地，汉子洋洋得意"。小说笔法高妙，竟然不给人伦的美妙留下痕迹。木匠架不住女人苦苦哀求，要救小牛犊，他"又想起那只牛犊，缎子般的皮毛，粉嫩的嘴巴，青玉般的小蹄子，在胡同里撅着尾撒欢，真是可爱"。这段描写，显然暗含着隐喻，这段描写完全可以套用在女人身上（其实就是形容女人的形貌身姿）。黑大汉子不许别人与他老婆说句话，有两种可能：一是他老婆颇有姿色，二是他老婆多有风情。李木匠想的岂止是牛犊？他对女人也是想入非非，况且他一直未续弦。莫言显得有些绝情，他不给乡村的人伦留下任何美妙的情景，宁可转笔到动物身上。他要从客观化的视角看到人的自然存在，人与动物存在的同一级层。这篇小说的本质就是写乡村里的人和动物——这就是乡村的自然史。

当然，自然史是一个相对的说法①，如何去书写自然史同样是一个相对的说法。自然史并不是指自然界的历史，在这里，显然带有转喻的意义，其意指：乡村生活具有像自然的客观性存在的那种形态和历史。乡村生活本身是人类的、社会性的生活形态，称其为自然史，是指它有着自身生长衰败的历史进程，它能消弭人类施加的历史时间。自然史的表现固然有多种书写方式，莫言采用的视角是尽可能客观化的寓言性的表现方式。它让自然史以具有原生质感的形态去存在，去自我生成，它唯一的方向就是向死的方向，只有向死是明确的，其他的我们都无法知晓。这里使用"自然史"这一说法，是试图和本雅明构成一种对话，也由此来打开莫言小说的独特意义。本雅明把寓言性看成自然史的表达，反之，也可以说寓言表现了自然史的那些破碎的、衰败的和死亡的时刻，因为自然史的无始无终，只有死亡的时刻是其自然要发生的终结（或节点？），寓言在自然史的那些令人震惊的时刻显现出其意义。

本雅明区别象征与寓言处理自然史的不同方式，这点正好可以加深我们分别理解寓言和自然史的基本含义。他指出：

在象征中，自然被改变了的面貌在救赎之光闪现的瞬间得以揭示出来，而在寓

---

① "自然史"的概念是法兰克福学派特别关注的一个概念，本雅明、阿多诺、马尔库塞都有相关论述，以本雅明的论述为源头，形成关于"自然史"的颇为复杂也各不相同的阐释谱系。

言中，观察者所面对的是历史弥留之际的面容，是僵死的原始的大地景象。关于历史的一切，从一开始就是不合时宜的、悲哀的、不成功的一切，都在那面容上——或在骷髅头上表现出来。而尽管这种事情缺乏全部"象征性的"表达自由、全部古典的匀称，和全部的人性——然而，正是这种形式才最明显地表明了人对自然的屈服，而重要的是，它不仅提出了人类生存的本质这个谜一样的问题，而且还指出了个人的生物历史性。这是寓言式地看待事物方法的核心，是把历史解作耶稣在现世的受难的巴洛克式凡俗解释的核心，其重要性仅仅在于其没落的不同阶段。意义越是重要，就越是屈从于死亡，因为死亡划出了最深邃的物质自然与意义之间参差不齐的分界线。但是，如果自然始终屈从于死亡的力量，那么，同样真实的是，它始终是寓言式的。①

在这里，可以读出本雅明的基本意思：自然史并非自然界的历史，人类社会历史同样可以视为自然史；而且本雅明关注的正是人类社会历史具有的自然史特征，这就是人对自然的屈服，人的生物本性决定其自然的归属性。说到底，人的历史与自然平等、平行，它归于自然史，本来就是归于其中。只是我们寄予人的历史诸多的观念和理想性，使其独立和超越自然史。本雅明之所以让人费解，在于他把人的历史放回到自然史中去，由自然的时间性决定其存在的方式。所以，本雅明把寓言看成自然史的巴洛克形式，正是由于自然与历史奇怪的结合，寓言的表达方式才得以诞生。

在这篇关于乡村生活的小说中，其实是写了人和动物的世界，更具体地说，是两个人和动物的故事：其一，管小六捕鸟（杀鸟），其二，李木匠和狗（相互残杀）。其实质则是把人和动物划归到同一层级，即自然这一层级上。在这里，人与动物的区别并不明显，动物也会开口说话，鸟、黑狗，都可说话，都具有人的某些品性。而人性并不见得比动物性更优越。管小六杀鸟，李木匠砍树，树也会流血。这是人和动植物共同的自然史，不幸的是，它们在这里都摆脱不了向死的命运。毋庸讳言，小说在这里显现出来的，都是自然之恶，自然趋向颓败和死亡。这两个故事并不相干，但管小六穿越到李木匠和狗的故事，这两个故事仅有的相同点就是死亡，管小六设圈套活埋李木匠。因为死亡的事件，他们才纠结在一起，这两个故事才被连接和重合在一起。但是，管小六要弄死李木匠的原因并不清晰，尽管小说最后李木匠喘息着说："小六，小六，也好，也好，我现在想起来了，知道你为什么恨我了。"当然，这里只活埋了一半，是否最后就这样活埋了李木匠并不知晓，但估计是把李木匠弄死了，否则李木匠活过来，管小六也难逃一

---

① 瓦尔特·本雅明：《德国悲剧的起源》，陈永国译，136～137 页，146 页，北京，文化艺术出版社，2001。

劫。显然，这个结尾使我们对这个故事的理解变得更为扑朔迷离。

很显然，小说未做终极的统一性的解释，更没有完整的和确定性的解释。它是破碎的和充满歧义的故事，这只是呈现出生活的废墟特征。在这一意义上，莫言的这篇小说可以视为本雅明意义上的寓言性写作。他在书写乡村的自然史，在把乡村生活当作自然史来书写，使之具有了寓言的意义。如本雅明所说"历史呈现的与其说是永久生命进程的形式，毋宁说是不可抗拒的衰落的形式。寓言据此宣称它自身超越了美。寓言在思想领域里就如同物质领域里的废墟"①。很显然，在这篇小说中我们或许找不到美，在人伦的社会意义上，与其说故事里的人和动物都处在生命的困境中，不如说它们必然地趋向于绝境，都为死的必然性决定罢了，都要走向废墟。管小六设圈套挖好的墓穴，难道不是本雅明意义上的生活进程中的（历史的）废墟吗？

三、恶的伦理或万物为刍狗

尽管我们会说莫言对乡村中国的生活的表现有些灰暗消极，这与乡村在文学作品中总是呈现出的那么多温馨美好的形象实在相去甚远。中国多少作家把乡村写得诗情画意，写得温情脉脉，那上面实则投射了作家太多的想象和乡愁情绪。关于故乡，那样一个回不去的，甚至再也不会回去的地方，几乎绝大多数作家都乐于把它写得美好，以寄予自己的怀念和情怀，对故乡就像纪念一个死去的亲人一样地怀恋。显然，关于故乡，关于中国乡村生活，它已经被一些中国作家定格在一种格式中，而莫言、贾平凹、阎连科以及刘震云这些道地来自乡村的作家，却总是去写出乡村的另一面，他们更少理想化的想象，更少美化和主观化。我们虽然不能说他们写的乡村和故乡更加真实，但是，他们确实是写出一种更加具有原生态的乡村生活，更多关切乡村的苦难和病痛。当然，这与他们的个人经验相关，与他们如何对待自己的生活经验相关。莫言曾经说过，他出生的房子"又矮又破，四处漏风，上边漏雨，墙壁和房笆被多年的炊烟熏得漆黑"。出生在一个大家庭里没有人管他，他几乎是悄悄地长大。他"小时候能在一窝蚂蚁旁边蹲整整一天，看那些小东西出出进进"。他说："作为一个地地道道的农民在高密东北乡贫瘠的土地上辛勤劳作时，我对那块土地充满了仇恨。它耗干了祖先们的血汗，也正在消耗着我的生命。我们面朝黄土背朝天，付出的是那么多，得到的是那么少。我们夏天在酷热中挣扎，冬天在严寒中战栗。一切都看厌了：那些低矮、破旧的茅屋，那些干涸的河流，那些狡黠的村干部……"莫言说，他当年想，假如有一天离开这块土地，他不会再

---

① 瓦尔特·本雅明：《德国悲剧的起源》，陈永国译，136～137 页、146 页，北京，文化艺术出版社，2001。

回来。当然，莫言后来表示，当他当兵几年回到家乡，看到老母亲和其他亲人时，他也止不住热泪盈眶①。

不管如何，我们可以认为莫言记忆的家乡或中国乡村至少有他自己的亲历的直接经验，他看到更质朴更直接更少被想象加工过的乡村生活，他更乐意于去写乡村生活的粗粝贫瘠，去看乡村生活的艰辛、生命的卑微和无助，尤其是在这里爱的缺乏与恨的肆意生长。无论如何，我们试图把握住莫言这篇小说里所描述的乡村生活的"自然史"的特征，它比之本雅明所说的"自然史"并不能完全等同，但是，它们无疑有着某种形态、气质和性状的相似性，比如，在客观性与超历史的时间性上，在向死的本能和废墟般的结局意义上，本雅明确实赋予了"自然史"形而上的意味。这也使我们在理解莫言表现的乡村具有那样一种生活的状态时，能看到其中的反常的和超常的本质。他曾经说过，他"把一般的生活上升到神话世界，让人的生活、人的命运在神话氛围里展开"②。这里的"神话"世界，也可能理解为超现实的世界，它不是在真实性的及物关联中来建构表征体系，它是不及物的、不现实的，这使它具有疏离的客观性，它是自成一格的世界。"神话性"与"自然性"或许是可以相通，它们共同作为一种隐喻性的说法，可以具有同一层级的客观效果。

莫言的作品经常在人伦情感或价值指向方面招致批评，如果从自然史的角度来看，则不难理解莫言的态度。在理想性的乡村叙事中，爱的伦理与美好的情感是其基本方面；而在莫言、贾平凹、阎连科、刘震云这几位作家这里，他们对乡村的伦理经常地或主要地表现为不信任的态度。我们虽然不能以反向的逻辑就此确认他们所写就是所谓的"自然史"，我们也无法确证"自然史"的起源性逻辑，但是，我们可以以此作为一种理解的视域，去接近他们的那些作品、那样的文学世界。实际上，也确实只有在"自然史"的语境中（借用这个概念，依然是"概念"！），他们的伦理态度才能得到比较周全和充分的阐释。对于自然史来说，它只有自然存在的意义，它不得不是"超善恶的"③。善与美确实是人类的理想性存在，而恶与丑似乎可以在自然史中获得客观性的存在，甚至更为客观化地体现了自然的自由表达。恶在是其所是这一点上，它是自然的。在自然的存在这一意义上，自然可以表现出恶。因此，在莫言这篇小说里，在自然史的表现方面，恶的伦理随处可见，甚至还占据了表现的核心。邻里的冷淡，内里藏着的过节，狗与狼以及

---

① 参见莫言：《我的故乡与我的小说》，载《当代作家评论》，1993(2)。引文参见孔范今主编：《中国新时期文学研究资料·莫言研究资料》，23～25页，济南，山东文艺出版社，2006。

② 参见莫言、陈薇、温金海：《与莫言一席谈》，原载《文艺报》，1987-01-17，引文参见孔范今主编：《中国新时期文学研究资料·莫言研究资料》，21页。

③ 这里借用尼采的一本书的书名《超善恶——哲学序曲》。中文版可参见张念东、凌素心译本，北京，中央编译出版社，2005。

与人的恶斗，伐树、捕鸟，母咒子、子坑爹，家庭暴力，偷情，人狗反目血拼，邻里活埋……所有这些，都看不到友善的乡村伦理，相反，恶则随处可见。虽然并未渲染大恶，但偷盗（偷吃了那盘肉），通奸（汉子动不动打老婆），杀生（捕鸟及活埋李木匠），对于一篇短篇小说来说，也足以表明其伦理内容和情感基调。

显然，莫言关注"恶"多少受到他所欣赏的卡夫卡的影响。指出卡夫卡对"恶"的偏爱并非什么新见，他乐于把所谓感官世界的东西看成是精神世界中的恶。对于卡夫卡来说"恶"或许是生活世界难以避免的东西。在1918年某天的日记里，卡夫卡写道："对于我们来说世界上有两种不同类型的真理。我们可以把它们描绘成认识之树和生活之树，也可以说成行动真理和休息真理。在第一种真理中善和恶是分开的，而第二种真理并不是别的什么东西，它就是善本身，它对善和恶都是一无所知。对于第一种真理我们确实很熟悉，而对于第二种真理我们却只能去猜想，这是令人悲伤的景象。令人感到高兴的景象是：第一种真理属于瞬间，而第二种真理则属于永恒，因此，第一种真理也就在第二种真理的光芒里逐渐消失了。"①按照卡夫卡的设想，在生活世界中，善与恶并存在一起，它们都是生活本身的内容，而生活本身并不能区别善与恶，它必须全部接纳它们，使之存在并发生作用。这一点也像自然史的观念一样，它们属于自然史本身的内容，并且始终以此方式存在。而被标志为善的那种东西，则是需要我们人类赋予观念和价值，它只有和我们的评判相关时，其善的价值才会显现出来。这一点，就表明卡夫卡是深受克尔凯郭尔的信仰理念的影响。德国理论家彼得—安德雷·阿尔特认为："由于人固守在感官世界里，因此他就必然生活在恶那里。而恶不允许他清楚地感知到自己的境遇，只允许他感知到认识的表面现象。卡夫卡的许多文学作品都述及这种对于善和恶的区分破坏。"②这一说法可能有片面之嫌，但也不乏片面之深刻，道出了恶与人的生活的内在联系。当然，阿尔特是在具体的文学语境中来讨论这一问题。阿尔特分析说，卡夫卡在作品中谈论的恶是其文学虚构的一个组成部分，对于更准确地界定"恶"这个概念，小说本身并没有提供一个明确的依据。当然，那些在我们的价值观和伦理观中可能被定义为"恶"的品性，对于莫言来说，它们可能就是生活中的一些破坏性的力量。莫言并非出于什么观念来表现它们，对于他来说，实际上就是表达的快感属性，它们更具有感官体验的能量而已。

莫言早年读卡夫卡的小说，如《乡村医生》之类，主要被那种荒诞感所震惊，这对于他的小说叙事是一次极大的解放③。多年后，莫言已经回到高密东北乡，在更加本色自

---

① 引述可参见彼得——安德雷·阿尔特：《恶的美学历程》，420页，北京，中央编译出版社，2014。

② 同上。

③ 莫言：《影响我的10部短篇小说》，北京，新世界出版社，1999。

在的乡土生活里找到更大的自由。他曾经表述过促使他回到高密东北乡的契机是川端康成的那只"舔着热水的秋田狗"，回到故土的莫言还有一点温情和感伤，1987 年，他发表《白狗秋千架》，那是一只"白狗"，多少还有点"暖意"，虽然那里面多有痛楚和遗憾。16 年后，他再写家乡，那是一只"黑狗"在作祟。为了强调黑狗，他写到两只黑狗，一只与狼搏斗死去，另一只与人反目遭到杀戮。从"白狗"到"黑狗"，这是怎样的创作心理的变化？又是怎样的美学的急变？"白狗"还是关于家乡的记忆，还是在他主观性经验介入的情境下的表现；而"黑狗"只关乎自然，甚至超自然（民间有黑狗辟邪说），只有黑狗与"恶"的客观史相联。如果说"白狗"是人的记忆的话，"黑狗"才是自然的绝对精神。黑狗是关于自然史的神话里的魔鬼。这几乎也可以看出福克纳的那种美国南方哥特小说的趣味及风格。

在这一意义上，我们也好理解莫言的其他作品，他总是有一种"自然的"与"神话的"相混合的意味。莫言形成这种看待人和自然的观念，无疑来自多方面：既有来自现代文学的直接影响，也有他自己幼年时就生长于山野田地之间的经验，当然还有来自中国传统思想和民间文化的熏陶。说莫言受到老子思想的影响并非无稽之谈，至少他们在自然万物的平等性这一点上是相通的。如老子所言："天地不仁，以万物为刍狗。"古往今来，对这句话的解释始终语焉不详，多有争议，相互矛盾。其实道理很简单，其基本意义无非是：天地无所谓仁道，对万物平等对待，视之如草芥；对于天地来说，万物都会枯荣衰败。这一思想就是宇宙万物平等论，正如恶的事物它也要表现出来，它也要实现其破坏性，它必然要实现破坏性。当然，所有的事物终究都要消亡。我们去责怪作家热衷于表现恶的破坏性是没有必要的，或许这类作家更冷静客观地提醒人们恶的事物的自然属性，它们必然要存在，并且必然要表现破坏性。人们唯有警醒，好自为之。

这也可以理解，为什么莫言在众多的作品里表现人性和动物性的相通和互换，在他看来，它们同处自然之中，莫言总是用"自然史"的眼光来看它们的活动。所有人类社会的恩爱情仇，在莫言笔下，其实质都不过是自然的事物的相互关联，自然之恶固然存在，但是，人类又何从评价呢？《生死疲劳》的结尾，蓝解放将春苗的骨灰埋葬在他父亲那块著名的土地上。莫言描写说："春苗的坟墓紧挨着合作的坟墓，他们的坟墓前都没有竖立墓碑。起初，这两个坟墓还有所区别，但当春苗的墓上也长满野草后，就与合作的坟墓一模一样了。"①后来还有老英雄庞虎，蓝解放的老岳母王乐云，他们的骨灰都埋葬在父亲蓝脸的坟墓旁边。这里面包含着他们在世时多少的男女之爱，阶级之别，然而，归于泥土后，他们的墓地连成一体，一切都被在地的泥土和野草抹平了。莫言也忍

---

① 莫言：《生死疲劳》，519 页，北京，作家出版社，2006。

不住重复那句古老的格言，"一切来自土地的都将回归土地"。这是莫言的世界观，是他的自然史观念决定了他的小说会以这种态度来处理人与人、人与动物的关系及命运。

四、中国现代主义的在地性属性

把莫言这篇小说和现代主义联系起来，应该不再会让人觉得有勉强之嫌。表面上的随意散乱与唠叨杂陈，内里却藏着诸多的机关与力道；它看上去既无节制，也不深思熟虑，却折叠转换，钻圈脱身，无比巧妙。它的技巧与其说是、倒不如说是说不下去的那些无计可施，仿佛是精心布局；因为不留痕迹，反倒显出自然浑成的高妙。它确实令人匪夷所思，如此诡异多端，又仿佛只是返璞归真，随性所致。证明其是否是现代主义或后现代主义并无多少意义，实际上，现代主义及后现代主义，作为一项主义的命名，主要是具有文化思潮的意义，这种思潮已经不再具有变革的动力，这类命名已经没有必要性，也没有意义。只是在现代主义和后现代主义的理论体系里，形成一整套说辞，它对于文学作品构成了一种阐释背景，它可以在一个较大的谱系里来讨论，具体的作品可以获得已经形成的普遍性的基础含义。正如我们在本文前面所论述的，这篇小说当然可以在传统小说的名目下来阅读分析，也可以读出它的独特价值。同样，也可以着力于探讨那些叙述和结构方面的歪拧、折叠、钻圈、转折，等等，它可以在现代/后现代的语境里来阐释，可以释放更为丰富复杂的意义。怎么读解，只取决于个人趣味罢了，既没有学理的优先权，也没有作品本质化的唯一性。一篇小说在叙述上以如此方式处理故事发生的连接方式，随意嵌入以及交替和补充的方式，不妨理解为是现代主义以来的小说才有的方法。它对可靠性和绝对性的放弃，寻找重新讲述的形式，甚至不断重复，这与某些现代/后现代哲学（美学）思想不谋而合。

很显然，在莫言这篇自然与技巧如此奇异地折叠在一起的小说中，我们不只是感受乡村生活的自然属性，同时可以读出相当丰富的现代思想。在自然史的意义上所作的任性杂乱的发挥，最终以一种跨越时间的重复讲述完成故事——如此做法，就小说具有的形而上冲动来说，实在是一种奇怪的回归和重复的运动。这种运动曾经被德勒兹解释为尼采永久回归的思想。他认为永久回归将不是引起一般的同一性回归的永久回归，"而是进行选择，既驱逐又创造，既破坏又生产的一种永久回归"①。这不管是在莫言关于乡村自然生活的描写方面，还是这篇小说的文本构成方面，确实有此品性。德勒兹更深入地论述：

---

① 德勒兹：《重复与差异》，参见《游牧思想——吉尔·德勒兹费利克斯·瓜塔里读本》，陈永国编译，49页、52页，长春，吉林人民出版社，2011。

> 真正的对立并不是最大限度的差异，而是最小限度的重复——被简约为二的一个重复，向自身发出回声、回归到自身的一个重复；已经找到了定义自身的手段的一个重复。
>
> 如果我们认为带有不确定性内涵的概念是自然的概念，那就能更好地理解这种情况。这样的概念总是在别的事物之中；它们不在自然之中，而在思考自然或观察自然、并为自然再现自身的精神之中。①

之所以要在尼采和德勒兹的思想中来理解莫言这篇小说，只是想采取一种简要的方式确认其沟通现代思想及现代主义美学的可能性。无须作更具体的分析，莫言的这篇小说不只是在表面的形式技巧层面可以与现代主义相连，就是在最为极端的现代哲学思想方面亦可通融。尽管我们尤其强调莫言是有着极其深厚的传统和民间背景的作家，他的泥土和大地的品性如此实在；但我们同时说莫言的思想与现代主义或现代哲学相通，这也不会是夸大其词。早在1987年，莫言在他那篇后来影响甚广的《两座灼热的高炉——加西亚·马尔克斯和福克纳》中谈到马尔克斯对他产生影响的方面：

> 《百年孤独》提供给我的值得借鉴的、给我的视野以拓展的，是加西亚·马尔克斯的哲学思想，是他独特的认识世界、认识人类的方式。他之所以能如此潇洒地叙述，与他哲学上的深思密不可分。我认为他在用一颗悲怆的心灵，去寻找拉美迷失的温暖的精神家园。他认为世界是一个轮回，在广阔无垠的宇宙中，人的位置十分渺小。他无疑受了相对论的影响，他站在一个非常高的高峰，充满同情地鸟瞰着纷纷攘攘的人类世界。②

相比较于艺术技法，莫言更看重的是马尔克斯的作品中所展现出的那种现代哲学思想，这才引起莫言看待世界和人类方式的深刻改变，也就是说，莫言因其非凡的悟性，把自己的哲学思想调整到新的高度。他在谈论福克纳的影响时也说到，最初让他注意的也是艺术上的特色"这些委实是雕虫小技。后来，我才醒悟，应该通过作品去理解福克纳这颗病态的心灵，在这颗落寞而又骚动的灵魂里，始终回响着一个忧愁的、无可奈何而又充满希望的主调：过去的历史与现在的世界密切相连。历史的血在当代人的血脉中

---

① 德勒兹：《重复与差异》，参见《游牧思想——吉尔·德勒兹费利克斯·瓜塔里读本》，陈永国编译，49、52页，长春，吉林人民出版社，2011。

② 参见莫言：《两座灼热的高炉——加西亚·马尔克斯和福克纳》，载《世界文学》，1986(3)。

重复流淌……"可以说莫言的思想、世界观不只是有传统底蕴和民间养料，他也经受了欧美，特别是拉美现代主义文学表达出来的现代哲学的激烈冲击。他能把传统、民间与现代主义的本性相混合再重构出自己的世界观。

确实，莫言能把自己的在地性存在与现代主义的精神气质融合在一起，也就是说，他能把中国的乡村生活，能把传统、民间的内容形式和现代主义如此自然妥帖地糅合在一起，而且不留痕迹，这有助于我们去思考被不了了之的中国当代的现代主义的问题。

20世纪80年代风生水起的中国现代主义文学运动，短暂而粗浅，过硬的成果并不多，其困境在于：其一，当时的现代主义运动与现代化的意识形态相连，现代主义当然代表着最先进甚至激进的文学观念及其艺术形式，占主导地位的传统现实主义找不到与现代主义连接的关节，除非以激烈的思潮和变革行动来完成跨越。其二，现代主义代表着更为复杂的也更高层级的文学形式，它所表现的人物及生活都是"现代的"，而这样的人物和生活在中国当时的现实中却又并不普遍，这使绝大多数作家茫然无措。其三，乡土叙事、乡村生活及老派的现实主义叙事几乎与现代主义格格不入，二者几乎是隔绝于不同的文学空间的。我们一直没有办法解决乡土叙事的现代主义难题，写乡土总是白描朴素，大多数情况下是老套简陋。莫言、阎连科、刘震云、阿来、贾平凹等人的乡土叙事(尽管贾平凹的情况比较特殊，但效果却是异曲同工)，同样也是朴素自然，这些人却是更接近泥土，几乎是与泥土混合一体，所谓"出水才看两腿泥"，他们踩在泥地里很深。因而他们在乡村的土地上，也是如鱼得水、随心所欲。他们首先是与乡村的泥土奋战，去写出乡村的历史与血脉。而后几乎是意外地、也是自然地与欧美以及拉美现代主义小说经验接通了命脉，中国小说因此获得无限生机。其内里猛然间爆发出巨大的艺术能量，迅速打通并混淆了乡村叙事与现代主义这两个隔绝的场域。当然还有其他作家的作品，只是他们几个人更为普遍和典型而已。

然而，现代主义在中国以如此自然的形式接通传统、民间与自然朴素的乡村生活，这确实是始料未及的，这或许表明现代主义在中国具有在地性，亦即它有如此多的中国本土的原发性和原生态的内容，它的发生和完成的根基还是在其本土上。在20世纪80年代乃至90年代，人们会把乡土叙事和现代主义作鲜明区别乃至对立。当年那么渴望"现代派"时，铆足劲也弄不出"合格"的现代派(例如，被指责为"伪现代派")，90年代初是传统回归的年代，先锋派、现代派都迅速式微，甚至销声匿迹。如今回过头来看看莫言的作品，其实早在90年代，莫言和阎连科以及刘震云写下的作品，就已经越过了二者的界线，填平了二者的鸿沟(莫言在80年代的某些作品亦可作如是观)。在21世纪初，莫言这篇简短的小说，它几乎是在人们完全遗忘了现代主义的历史境遇中消化了现代主义，从而完成了现代主义。现代主义是以其不存在的方式，以其幽灵化的方式，在文本中被招魂并显灵。罗兰·巴尔特曾经指出："每种写作都是一种回答这种有关'现代形式'的俄尔菲式问题的尝试：即无文学的作家。百年以来，福楼拜、马拉美、兰波、龚古尔兄弟、超现实主义者、凯诺、萨特、布朗绍或加缪，都设想过（或仍在设想着）促使文学语言完整化、分裂化，或自然化的一些途径。但是代价并不是形式的冒险，并不是修辞学工作的结果或词汇的大胆运用。每当作家在探索一套复杂字词时，所质疑的正是文学存在本身。现代主义显示于它的多种多样的写作之中，这也正是其本身历史日暮途穷之时。"①罗兰·巴尔特列出的这个名单显然应该加上中国的莫言，而且莫言以及他的中国同道正是以意想不到的多种多样的写作，在中国的土地上完成了现代主义并且使之走向终结。

对于21世纪初的文坛来说，现代不现代已经完全不重要，甚至对小说观念和方法都已经遗忘，或者麻木不仁。今天已经无法辨析现实主义、现代主义、后现代主义，不是因为理论贫乏，而是因为没有理论的冲动，没有理论回旋的场所。如今，现代主义确实已经过时，后现代主义也同样如此，不是因为别的，只是因为"主义"本身的终结。人们当然可以在"现代主义/后现代主义"的理论系统里来谈论问题，但它已经不具有理论/学理的优先性。也是在这一意义上，莫言的《木匠和狗》完全没有必要在现代主义的层面上来讨论问题，之所以我们还要在现代主义这一层面上提出并讨论，恰恰是为了来看，中国的现代主义在当代小说中是如何完成和消逝的。它完成得如此自然和有效，消逝得如此不留痕迹，它几乎完全消逝在中国的传统中，消逝在民间中，消逝在自然史中。

现代主义在中国作为一种思潮和观念已经终结，作为一种方法却若隐若现。莫言在这一年写的这样一篇小说，在他的作品中并非是俯拾皆是，对于他或许随性所致，却也未必轻而易举。这一年他还有一篇小说《拇指铐》，这篇小说无疑是向鲁迅致敬的作品，但也没有人会怀疑它是现代主义表现手法极其充足的小说。这一年莫言何以要以重新捡起的小说的艺术形式，重温已经冷却的现代主义"高炉"②，这也并非难解之谜，至少我们可以说，莫言在这一年发表的这两篇小说都是在艺术形式上最用力的小说，它也表明莫言对于中国小说与现代主义及世界文学经验重新进行对话的努力。莫言此举至少在提醒我们，中国的现代主义不了了之并不表明我们完成了现代主义，也不表明我们可以完全放弃现代主义。中国当代文学如何与世界文学经验对话，如何在传统、乡土和现代主义之间，中国文学还有许多可为之事，甚至"歪拧"一下就可开掘出一条秘密路径。那个叫作"莫言"的人，一直在默默地做着一些事情，他并不想告诉我们秘密，他的作品唠叨，同时又是缄默和关闭，就像这篇叫作"木匠和狗"的小说做的一样，那个木匠在被活埋时才意识到什么。意识到什么呢？他真的意识到什么吗？许多年前布朗肖说："一部

---

① 罗兰·巴尔特：《写作的零度》，李幼蒸译，32页，北京，中国人民大学出版社，2008。
② 莫言曾经把马尔克斯和福克纳称为他要躲避的二座高炉。

文学作品，对于懂得深入其中的人来说，是一段沉默而丰盈的停驻、一种坚固的防御和一堵会说话的无边界的高墙；它走向我们，并让我们离开自己。如果在原始的西藏，圣迹不再被揭示，整个文学便停止讲述，是缄默带来了缺失，也许正是缄默的缺失显现出了文学言语的消亡。"①朗西埃对这段话颇有兴致，甚至把它作为在今天重新辨析文学的绝对性的范本来分析。对于我们来说，这段话只是提醒我们，那些缄默和关闭的文本，可能是包含了某些深远的启示思想。在我们渴求提升中国小说的艺术水准、要与世界小说经验（包括现代主义和后现代主义在内）接轨时，我们可能就在创造世界小说的新的经验；在我们执着于要回到传统、民间、本土时，我们可能正在重构这些东西，把它们纳入了世界的体系之中。在今天，所有在地的，也就是在世的；所有在世的，必然要在地。这需要我们重新回到文学本身，回到中国文学走过的路径。

（原载《文学评论》2017 年第 1 期）

---

① 莫里斯·布朗肖（Maurice Blanchot）：Le Livre à venir, Groupe Gallimard, 1959，p. 267. 转引自雅克·朗西埃：《沉默的言语》，臧小佳译，6 页，上海，华东师范大学出版社，2016。

网络文艺批评的困境与对策
——从网评莫言的"准的无依"说开去

陈定家

网络时代，人们的日常生活和文化环境都在经受着大河改道式的巨变。尤为令人大开眼界的是，雄霸哲学王座两千余年的"因果关系"，在大数据时代居然被迫禅位给了"相关关系"！在举头"云端"抬手"终端"的数据化生存语境下，有人惊呼"事实已不再是事实！"以事实为基础的知识大厦在虚拟世界非线性"相关"条件下已轰然倒下。知识爆炸、信息冗余，资讯超载，现代人已变成了深不可测的知识海洋中不知何去何从的小鱼。众声喧哗却又不知所云的网络批评，在这种背景下，更是遭遇了前所未有的"标准"危机。

一、大数据语境下，评判标准变得飘忽不定

众所周知，"事实胜于雄辩"是传统文学批评的一条重要原则。讲事实、摆道理是文学批评最常用的方法。但是，在数据化生存语境中，这个基本原则发生了根本性动摇。因为，在"什么都是数据说了算"的数据化海洋里，所谓"网络事实"，已不再是印刷时代那种"被视为社会基石的事实"，"我们正在见证牛顿第二定律的事实版本在网络上，每个事实都有一个大小相等、方向相反的反作用力。这些反作用的事实可能错得彻头彻尾。"①事实决定数据的原则在"数据化生存"过程中出现了逆转，因为我们新的信息技术

---

① 戴维·温伯格：《知识的边界》，胡泳、高美译，62 页，太原，山西人民出版社，2014。

设施恰好是一个超链接的出版系统，它将我们"眼见的事实"链接到一个不受控制的网络之中。

任何事实都不再"确切地"拥有人们"各是其是"的"真相"，人们遭遇的大量信息都是已经被数据化处理过的碎微化的"网络事实"。至于我们所关注的作家、作品以及与此相关的文论与批评，也都毫无例外地启动了相应的脱胎换骨的"数据化"程序。在这个"相关关系"替代"因果关系"的大数据语境中，那些以文学史实/事实为根基的传统文学观念，也都相应地发生了不同程度的变化，在一系列的变化中，"用事实说话"的文学批评可谓首当其冲。

从表面上看，网络批评似乎并不违背以事实为准绳的原则，但在"事实已不再是事实"的情况下，批评的标准则往往会被"沉默的螺旋"所左右。当评判标准变得飘忽不定时，批评的可靠性就必然要大打折扣。尤其是对文学艺术这样复杂的精神现象做出评判时，标准至关重要。如果评判者"随其嗜欲""准的无依"，其结果必然是美丑不分、褒贬失据。大数据语境下微批评失据的混乱状况尤为突出，微博微信中的"莫言批评"就是一个典型例证。

二、在网评莫言的喧嚣声中，偏离实情越远，收获点赞反而越多

不言而喻，莫言获得诺贝尔文学奖是中国当代文坛的一件大事，由诺奖引发的"莫言热"对当代文学批评产生了巨大影响。百度"莫言吧"、新浪读书频道、天涯社区，以及各种移动终端上形形色色的相关评论，形成了一道"网评莫言"的大数据文化风景线。

我们注意到，博客、微博，尤其是微信，五光十色的"网评莫言"一再被夸大，经过反反复复的剪切、复制、粘贴和无休止的戏拟和模仿，"顺理成章"地构成了一系列"自相矛盾"且"分崩离析"的"网络事实"。从当时井喷式的"网评莫言"的众多说法看，莫言被演绎成一个如同"诺奖神话"一样的传奇人物。"挺莫派"微友说，莫言获诺奖是"名至实归"，"早该如此"。"倒莫派"则认为，莫言获奖是又一件"皇帝的新装"，甚至还出现过"莫言获奖是诺贝尔奖的耻辱""莫言是中国文学的耻辱"这类"雷人热帖"。有微友因莫言的"汪洋恣肆"拍案叫绝，也有网评为其"泥沙俱下"而吐槽拍砖。在作家李洱看来，莫言写得比曹雪芹还要好；但王安忆则认为，莫言往往写得非常糟糕……这一类评论通常出自"标题党"和"口号派"的炒作，看上去熠熠生辉，实则严重缺乏其应有的含金量。争议原本是批评的应有之义，但令人疑惑的是，在网评莫言的喧嚣声中，往往是偏离实情越远，收获点赞反而越多！这种情形显然有违批评常识了。如何理解这股非理性的"网评"浪潮，如何对其有效施加价值导向方面的引导，传统理论思维，显然难以奏效。笔者认为，应以大数据思维探索"网络事实"的内在规律，因势利导，倡导新理性批评，与

时俱进地重建批评新标准。若能如此，或许有望使"微批评"逐渐从"准的无依"的混乱状态中摆脱出来。

我们注意到，屏屏相叠的"微评莫言"，除标语口号满天飞的景象之外，很少见到真正深入探究作品本身的言论，以作家作品为核心的言论可谓"万不及一"。与泡沫横溢的标语体形成鲜明对照的是，某些真正具有思想深度和学术意义的批评，往往倒是一些探讨细节问题的文章。譬如 hallucinatory 一词的翻译问题。按照诺奖评委的说法，莫言获奖，是因为他"将魔幻现实主义与民间故事、历史与当代社会融合在一起"。"魔幻现实主义"是新华社电讯稿对 hallucinatory realism 一词的中译。有网评指出，2010 年，莫言获茅盾文学奖时，众人大谈现实主义的胜利，连"魔幻"的影子都没有提及，更不用说往世界文学艺术风格创新的高度考虑了。当新闻人员急将急就地翻译出"魔幻现实主义"之后，一些理论与批评家当即攀龙附凤，甚至搬出了莫言的同乡蒲松龄以证莫言魔幻之不虚。

微友"但以理"的微博短论认为，莫言小说构造出了独特的主观感觉世界，他那天马行空的叙述，魔法式的陌生化想象，神秘超验的对象化呈现，凡此种种，无不带有明显的"幻觉/魔幻"色彩。诺奖评委们以"幻觉/魔幻"相标，确乎有画龙点睛之妙。更为有趣的是，鱼龙混杂的网络媒体在轰炸莫言的过程中，制造了大量令人晕眩、令人产生"幻觉"的文本狂潮，这也从另一个方面让我们见识了"幻觉/魔幻现实主义"的厉害，见识了莫言的厉害，也见识了网评的厉害。

三、回到常识，重建大数据时代"微批评"的价值观

值得一提的是，十多年前，莫言曾一语惊人："人一上网就变得厚颜无耻，马上就变得胆大包天，我之所以答应在网上开专栏，就是要借助网络厚颜无耻地吹捧自己，胆大包天地批评别人。"有趣的是，莫言"厚颜无耻"地"落网"不久，其"网态"出现了 180 度的逆转：莫言不仅自嘲《人一上网就变得厚颜无耻》是"歪船野马，偏激文章"，而且热情著文盛赞"网络文学是个好现象"！[①] 更为出人意外的是，他甚至欣然出任"中国网络大学"首任校长。莫言在谈论创作经验时说，他曾经努力尝试"把坏人当好人写"或"把好人当坏人写"。例如《丰乳肥臀》，就是既要拷问出罪恶背后的善良，也要拷问出善良背后隐藏的罪恶。对此，有人认为这是莫言小说叙事之"人性美学"的精彩表述，是文学大师的"写作秘诀"。但也有人认为，这是"历史虚无主义"的自我暴露，是"调扭颠丑"的"反

---

① 莫言：《网络文学是个好现象》，载《人民日报》，2008-12-1。

面教材"。所谓"调扭颠丑"，即"调侃崇高，扭曲经典，颠覆历史，丑化人民群众和英雄人物"的缩略语。网评针锋相对，究竟谁是谁非，不能一言以蔽之。但莫言只有一个，网评千差万别，我们究竟应该相信谁呢？观点可以不同，但标准却不应多样。

　　和网评莫言一样，莫言的网络言论，在网评语境中具有极大的争议性，但值得注意的是，即便是他那些调侃与反讽之语，也没有打破常识底线，与"语不惊人死不休"的"雷人雷语"相比，莫言的随笔与批评文字，尤其是他获奖后的一些言论，明显具有一种回归常识的趋向。或许，我们应该向莫言学习，回到常识，重建大数据时代"微批评"的价值观。

（原载《人民论坛》2017 年第 2 期）

茂腔和说书

——莫言家世考证之九

程光炜

一

　　莫言 2003 年 1 月初版本的《檀香刑·后记》，首次提到"猫腔"这个高密流传数百年的地方戏对自己创作的影响："在本书创作的过程中，每当朋友问起我在这本书里写了些什么时，我总是吞吞吐吐，感到很难回答。直到把修改后的稿子交到编辑部，如释重负地休息了两天之后，才突然明白，我在这部小说里写的启示是声音。小说的凤头部和豹尾部每章的标题，都是叙事主人公说话的方式，如'赵甲狂言''钱丁恨声''孙丙说戏'，等等。猪肚部看似用客观的全知视角写成，但其实也是记录了在民间口头传诵的方式或者用歌咏的方式诉说着的一段传奇历史——归根结底还是声音。而构思、创作这部小说的最早起因，也是因为声音。"①他说二十年前走上创作道路时，就有两种声音在潜意识中像狐狸精一样纠缠着他，令他经常地激动不安。第一种声音就是在家乡旁胶济路上奔驰的火车的声音。从有记忆开始，每当天气阴沉的时候，火车长长的鸣笛就紧贴地面，传到村子里，并与自己饥饿孤独的童年联系在一起。另一种声音就是猫腔（莫言故意隐去高密地方戏茂腔的真名，改成了"猫腔"）：

---

　　①　参见莫言：《檀香刑·后记》，北京，作家出版社，2001。

就是流传在高密一带的地方小戏猫腔。这个小戏唱腔悲凉，尤其是旦角的唱腔，简直就是受压迫妇女的泣血哭诉。高密东北乡无论是大人还是孩子，都能够哼唱猫腔，那婉转凄切的旋律，几乎可以说是通过遗传而不是通过学习让一辈辈的高密东北乡人掌握的。传说一个跟随着儿子闯了关东的高密东北乡老奶奶，在她生命垂危的时候，一个从老家来的乡亲，带来了一盘猫腔的磁带，她的儿子就用录音机放给她听，当那曲曲折折的旋律起来时，命若游丝的老奶奶忽地坐起来，脸上容光焕发，目光炯炯有神，一直听完了磁带，才躺倒死去。①

他回忆说：

1986年春节，我回家探亲，当我从火车站的检票口出来，突然听到从车站广场边上的一家小饭馆里，传出了猫腔的凄婉动人的唱腔。正是红日初升的时刻，广场上空无一人，猫腔的悲凉旋律与离站的火车拉响的尖锐汽笛声交织在一起，使我的心中百感交集，我感觉到，火车和猫腔，这两种与我的青少年时期交织在一起的声音，就像两颗种子，在我的心田里，总有一天会发育成大树，成为我的一部作品。②

莫言认为自己青少年时期就很喜爱，成为作家后仍当作最熟悉真切乡音的这部地方小戏，对《檀香刑》的写作产生了至关重要的影响：

1996年秋天，我开始写《檀香刑》。围绕着有关火车和铁路的神奇传说，写了大概有五万字，放了一段时间回头看，明显地带着魔幻现实主义的味道，于是推倒重来，许多精彩的细节，因为很容易有魔幻气，也就舍弃不用。最后决定把铁路和火车的声音减弱，突出了猫腔的声音，尽管这样会使作品的丰富性减弱，但为了保持比较多的民间气息，为了比较纯粹的中国风格，我毫不犹豫地做出了牺牲。③

因为要考虑为小说营造一种叙述的旋律和语调，"我有意地大量使用了韵文，有意地使用了戏剧化的叙事手段，制造出了流畅、浅显、夸张、华丽的叙事效果"。④他意识到："在西方文学的借鉴压倒了对民间文学的继承的今天，《檀香刑》大概是一本不合时尚的书……我的创作过程中一次有意识地大踏步撤退"。⑤

---

①②③④⑤　参见莫言：《檀香刑·后记》，北京，作家出版社，2001。

《檀香刑·后记》不光涉及"茂腔",还约略提到当地的"说书"(例如,回忆小说猪尾部的叙述技巧对"民间口头传诵的方式"的吸收)。对莫言这种"地域性小说家"来说,与"茂腔"和"说书"发生联系的小说,恐怕不会是《檀香刑》这一部,以后还将会有考订工作涉及其他中短篇小说。这里仅对作家与两种民间文艺关系的材料做一点梳理,以及一点说明。

二

1999年,莫言写的《茂腔与戏迷》,大概是第一篇谈论这个地方戏的文章①。他说:"茂腔是一个不登大雅之堂的小剧种,流传的范围局限在我的故乡高密一带。它唱腔简单,无论是男腔女腔,听起来都是哭悲悲的调子。公道地说,茂腔实在是不好听。但就是这样一个不好听的剧种,曾经让我们高密人废寝忘食,魂绕梦牵,个中的道理,比较难以说清。"②莫言在文章中回忆说,家乡平安庄的男女老少都爱听戏,有人家还到了入迷程度。有一则笑话说,孙驴头全家都是戏迷,刚娶来的儿媳是个超级戏迷。有天傍晚,孙驴头在灶前烧火,儿媳妇站在锅前和面,准备做贴饼子。这时,忽然从旷野里传来一阵胡琴拉的茂腔的过门。媳妇说:"爹,您听。"公公答:"今晚谭家村有戏。"媳妇又说:"爹,加把大火,吃完饭好去听戏。"公公这时眼醉心迷,捏起媳妇穿着红绣鞋的小脚就往灶里填。儿媳妇怒道:"老不正经的,您想干嘛?"公公于是和着调门自嘲地唱道:"叫声儿媳莫错怪,误把金莲当火碳儿——"锅热后,儿媳挖起一团面,吧唧一下就贴到公公额头上。公公惊得大叫:"媳妇,你干什么?"儿媳妇也和着胡琴的调门接唱道:"叫一声公爹莫错怪,误把额头当锅沿儿——"。③ 这当然是乡村荤段子,读者借此知道茂腔在民间社会广受欢迎的程度。

以上文字比较笼统,再夹杂民间笑话,不能完全当真。倒是同篇文章关于高密县茂腔剧团70年代下放到平安庄劳动的记述,才将莫言与茂腔关系的史料做实。"'文革'后期,我们村来了一支工作队,队员二十多人,全是县茂腔剧团的演员。我们村情况比较复杂,在县里挂了号,工作队下来,是要帮我们揭开阶级斗争的盖子。"④这些

---

① 参见莫言:《茂腔与戏迷》,《会唱歌的墙》,北京,作家出版社,2012。文章对小武生和王美"奸情"的描写,后面多少带点戏谑的成分,这当然是小说家笔法:"第二年夏天,村子里的女人们在一个月内生了十几个孩子。一麻子最能干,一胎生了两个。这些孩子长大后,有的像薛,有的像高,其中有八个都像小武生。他们目光炯炯,走起路来脚步轻捷,脚下仿佛踩着弹簧,天然地会翻空心筋头。"

② 参见莫言:《茂腔与戏迷》,《会唱歌的墙》,北京,作家出版社,2012。

③ 同上。

④ 同上。

队员几乎囊括了县剧团的全部名角，如青衣宋丽花、花旦邓桂秀、老旦焦闺英、老生高人滋、小生薛尔名、武生张金龙，等等，都是如雷贯耳的人物。村里人见那么多茂腔名角来，激动得把"揭阶级斗争盖子"这个事儿都给忘了。全村老小欢天喜地，像过年一样，争着把名角抢到自己家里来。"工作队自己不开伙，吃派饭，一般是三人一个小组，挨家挨户地吃。那时生活十分困难，每人每年只分二百多斤粮食，麦子只有二十来斤，也就是够过年包饺子的。但为了让工作的同志们吃好，家家户户都把过年的麦子拿出来磨了。这是完全彻底地自发自愿，甚至带有比赛的色彩，家家都想做出新花样来，让工作队的同志们吃得高兴。原以为这支工作队与过去那些工作队一样，顶多住十天半月就会撤走，但没想到他们住了一个月还不走。家家那点白面已经消耗得差不多了，想给同志们换成糖饭，一是面子上过不去，二是心里舍不得，因为那些做饭的女人们不管是不是戏迷，都喜欢这些演员。"①由于这次剧团来村里的任务是帮村里揭"阶级斗争盖子"，所以没有演员们演戏场面的描写。不过，后面一段插叙，倒把茂腔"戏里戏外"的戏文拉到这座北方古老的村子，场面刹是好看，"小武生短小精焊，目光炯炯有神，走起路来脚下像踩着弹簧。他不但能翻空心筋头，嗓子也不错，村子里的女人都喜欢他。尽管他感叹王美的出身不好，但他还是跟王美好了，就在打谷场边的草垛里，被人当场捉了双。小武生立场不稳，中了糖衣炮弹，犯了路线错误，被提前打发回去。有人提议将王美判刑，报到县里，县里说交给村子里批斗。挨批斗时，王美始终面带笑容，看那样子丝毫没有悔意。"②这段故事记述生动，情景人物都历历在目，营造出高密县各村庄百姓喜爱茂腔的浓厚氛围，由此看出地方戏曲对青年莫言的耳濡目染和潜在影响。

莫言还有一篇文章《谈过年》，比较详细地谈到自己在家乡演戏的情景。这可看作他业余演唱茂腔的具体例证。他说按平安庄及其周边的乡村习俗，一般是除夕到初二吃年饭和饺子。初三、初四开始走亲戚。初五再走一些不紧要的亲戚。初六、初七就得干农活了。临近正月十五又是一次乡下人过年的小高潮，不过吹拉弹唱等就是乡村娱乐中最亮丽的形式：

> 有时候在正月十五以前要演戏，各个村轮换着演。我们村是三县交界的地方，外县的剧团到我们村来演，我们也到外县的村子里去演，演吕剧、猫腔、柳腔。因为是相互娱乐，也是一种炫技，不存在报酬的问题，演完后，分派到各家去吃饭。那些嗓子好、扮相美的姑娘、小伙子，总是受到特别的欢迎，被

---

① 参见莫言：《茂腔与戏迷》，《会唱歌的墙》，北京，作家出版社，2012。
② 同上。

人家抢了去，隆重招待。我们这些跑龙套的鼻涕孩子，饭量又大，没人愿意要，最后随便塞到一户人家，一顿粗茶淡饭就给打发了。"文革"前还有一些新编的现代戏，"文革"期间演的都是样板戏，把样板戏比如《红灯记》、《智取威虎山》移植成猫腔或者吕剧。用地方小戏的调子唱样板戏，古怪而滑稽，我想江青要是看到了肯定会气个半死。春节期间演戏，也是青年男女谈恋爱找对象的大好时机，一方面，是到外县去演戏能认识一些外面的人，扩大寻找的范围，另一方面，本村的男女在演戏的过程中也可能产生感情。农村找对象是有季节性的，农忙时间，都是顶着星星出去披着月亮回来，没时间谈恋爱。到了春节前后，吃得也好，时间上有一点空余，各个村又能串着看戏演戏，大部分年轻人都是在这个时候找到配偶的。①

在幅员辽阔、民俗世情差异很大的南北方农村，民众利用过年的喘息机会放松自己，过几天颠三倒四的节庆生活，是一种相当普遍的生活景象。二十岁前做一个小农蛰居农村，那时的莫言可能没想到这种习焉不察的卑微快乐的乡间生活，若干年后会被搬上他作为作家的案头，变成最重要的创作资源之一。这份材料虽属追忆，其中史实也未必全部真确，依然颇有价值。因为莫言后来小说中的狂欢气氛如何理解？如何找寻到他天马行空文字风格的出处和来由？茂腔粗糙有力且自由放任的戏曲形式是否可以作为一个观察的视点，至少作为一个可以讨论和探讨的方面？还有不小的空间。

三

前面花费一点笔墨，交代高密地方剧种茂腔对莫言小说创作的影响，以及他回忆当年乡居生活期间，当地村民借过年机会免费演出茂腔及到周边县市相互交流技艺的点滴。这一部分是略微介绍茂腔剧种的缘起、艺术表演形式、演员配置及在高密一带流行传播的情况。

关于茂腔，不知道高密地方志办公室资料室是否藏有某些看不到的原始材料，它的上级单位潍坊市有关部门是否存有一定的档案，或有过这方面的研究。因没有亲自走访，笔者对这一块材料现在还无法掌握。为尽量把材料做实，本文所借用材料仍然是高密当地创办的《莫言研究》这份杂志。2007年第2期有一篇署名高密文化局王金孝、魏修

---

① 莫言：《谈过年》，见《会唱歌的墙》，320页，北京，作家出版社，2012。

良，题为《戏苑奇葩——高密茂腔》的文章。[①] 据两位先生介绍，茂腔的起源应该归属于山东地方戏曲的"肘股子"系列，在这种民间俗称"姑娘腔"的基础上，"吸收花鼓秧歌的剧目及表演程式，逐步形成为声腔系统"[②]；又援引《辞海》艺术分册的定义，证明它并非凭空出现，"茂腔约在清咸丰、同治年间，在民间小唱'周姑子'的基础上，吸收了柳琴戏的音乐曲调和伴奏乐器而形成"[③]。两作者又说茂腔的表演程式也带有齐女化的地域特点，"清代李声振在《百戏竹枝词》中更有了具体描述：'齐剧也，亦名姑娘腔，以唢呐节之，曲终必绕场宛转，以尽其致。'"[④]"'肘股子'还称作'扭股子'，指演员表演中扭动腰腿的形态，这与秧歌中'三弯九动十八态'的舞蹈动作相吻合。"[⑤]传说这表演程式，是由清初一位还俗的姓周的尼姑最早发明的，她"聪明伶俐，能文善唱，经常以民间小调演唱人间不平，并将小调与流行于高密、诸城、安丘、临沂等地的秧歌、花鼓融合一起，形成一种声腔广为流传，引起了农民群众特别是妇女的共鸣，就这样一传十、十传百、久而久之便形成了脍炙人口的'周姑子'调。"[⑥]根据本地语言习俗、审美情趣演化而成的剧种，又叫"本肘鼓"，或"哦哈""老拐调"等。

出于对本地文化骄傲的心理，王金孝和魏修良文章对茂腔也许有美化成分。不过他们也承认，这种名气不大、仅在周围几个县流传的小剧种，起初确实充满乡野气息，从唱腔到表演都不怎么讲究。真实情景，确如前面少年时的莫言所见。中华人民共和国成立前，"茂腔演唱只流行于农村，艺人世家多以农业为主，在农闲时才搭班巡回演出"。人们逐渐不喜欢每番肘鼓句末"打冒"的唱法，认为声音比较刺耳，后来减少八度翻高次数。新中国成立初因政府扶持，邻县部分艺人流入高密，县里成立了专业的茂腔剧团，焦桂英、高润滋、李观行（编导）、张其荣、牟家明（编导）、范兆启、范云洁、高述青、

---

① 王金孝、魏修良：《戏苑奇葩——高密浅腔》，载《莫言研究》，2007(2)。本文详细叙述了新中国成立后茂腔艺术的发展情况。"最初的茂腔唱腔曲调低沉，旋律简单，唱腔并不发达。后来随着时代的发展和观众对唱腔美的要求，茂腔工作者们在创作和演唱实践中，广泛吸收了京剧、梆子等音乐素养，将其恰到好处地糅进了茂腔演唱当中，并将京胡、京二弦、月琴'京剧'三大件等乐器搬进了茂腔音乐的伴奏中。还独创了一种新的京胡演奏技巧，'勾、抹、抿'（因茂腔女腔伴奏每个音符都需滑音而又无法记谱，故演奏者独创拉法俗称'勾、抹、抿'）。'勾'即内弦上滑音，'抹'是外弦上滑音，'抿'是幅度很大的一种滑音。"另外，"茂腔音乐在改革创新的实践过程中，首先感到的问题是板式不够用，当表现人物的不同情绪或对不同事物作出的不同反应时，其内在节奏，往往与原板、二板原来的节奏格格不入。在这种情况下，我们就向其他剧种学习其板式结构形式，来丰富自己，根据板式派生规律，首先以原板为主体，做不同节奏和速度处理，先后创造了原板类的各种板式，如慢原板、原板、快原板、快板、散板等，同时又在二板的基础上，创造了慢二板、二板、快二板、导板、回龙、紧拉慢唱等不同板式。经过长期的实践，使各类板式在节奏、速度、字位、旋律的简繁等方面趋于规范"。这个事实也说明，茂腔起初只是一个流传于高密及附近几县的民间艺术，经过新中国成立后政府投入资金和花费大量人力，在向其他传统大剧种模仿学习的过程中，才成为一个地方小戏。我们知道它，也因为莫言提到它的缘故。

②③④⑤⑥ 王金孝、魏修良：《戏苑奇葩——高密浅腔》，载《莫言研究》，2007(2)。

宋爱华、徐德成、宋群等茂腔名家在高密及周围几县家喻户晓。戏迷们说，青衣焦桂英那句"老花腔'罢、罢、罢呀我的大相公'，一个高冒翻上去接着再低声细音滑下来，颤颜悠悠弯弯钩钩，酸溜溜的那个味真是麻杀人，恣死了！"①也有人评价焦桂英喘出的气都带有茂腔味。抄录高密杂志《莫言研究》上这么多茂腔的枯燥乏味史料，是想说他小说中确实存在着这样一个"小传统"。出身乡下的乡土题材作家未必都看地方戏曲，但一旦看而且痴迷上了，那情形就非同寻常。最著名的例子是赵树理从小就跟父亲在山西家乡的上党掷子剧团里混，梁斌在写《红旗谱》之前也写过戏曲剧本，贾平凹也与西安秦腔及其他地方剧团关系不一般，看戏、评戏的文章，在他文集中很容易找到。上一节莫言回忆自己少年时对茂腔耳濡目染，上台串演过角色，回乡经常在县城车站饭馆里听茂腔，感到是真正回到家乡了。这些追述，都证明乡土题材作家虽然未必都爱戏捧戏，不过一旦喜欢上了，小说的格调、气味和韵律就有了当地文化的独特性。过去的当代作家研究，一般不太注意他们家乡地方戏曲对其创作的影响，这次借考证机会做个提醒，当然也是仁者见仁，智者见智。

再顺带说一下莫言从小跟母亲去农村市场，听人说书的事迹。在我看来，农村说书只是不配音乐的说唱艺术，不像茂腔要说唱念打，还要舞美，说书免去这些复杂形式，只在街头一站，消失上百年上千年的古代故事，也都一一复活，价值也不低于地方戏曲。莫言在《卖白菜》中回忆说，集市在邻村，距离家三里远，母亲是他帮忙送白菜，菜卖掉后，可以换点买油盐和其他日用东西的钱。莫言怕耽误上课不想去，又怕母亲不乐，只能勉强送菜。当然如果周末无课，他也喜欢逛集市，因为那里有卖草鞋的，日用百货的，小吃摊，乡下人的说笑逗乐，三教九流，有小孩子所喜欢的热闹和繁杂。他最喜欢听那里的说书，痴迷到"心无旁顾"、情感全面"投入"的程度。②2006年5月14日，他在一次文学演讲中对听众说：

> 那时候，我们家乡的集市上，有两个比较著名的说书人。一个名叫"大破锣"，他的嗓音嘶哑，跛一足，渺一目，有两只小蒲扇般的招风耳朵。有随机发挥的天才，曾用比喻，经常含沙射影地对周围村子里与他不睦者进行攻击。他善于表演，动作夸张，由于能够临场发挥，多能吸引听众，并能引发一阵阵的爆笑。另一个说书人，名叫王登科，是个教过私塾的老头子，他的说书，基本上是照本宣科，语调少变化，身上没动作，与听众没交流。他的说书，更像是自娱自乐。起初，我是喜欢"大破锣"的。大多数人喜欢"大破锣"。"大破锣"的场子总是被围得密不透风，而

---

① 王金孝、魏修良：《戏苑奇葩——高密浅腔》，载《莫言研究》，2007(2)。
② 参见莫言：《卖白菜》，《会唱歌的墙》，北京，作家出版社，2012。

王登科的场子，只是稀不愣登的十几个人，大多是固定的听众。但后来，我厌倦了
"大破锣"，因为他的讲述旁生枝丫太多，热闹是热闹，但正书则推得太慢，他的那
些调侃，插科打诨重复率太高，使我感到了不满足。而王登科这边，尽管他是照本
宣科，但他依据的话本，都是经过文人加工整理过的，其中包含了无数代说书人的
智慧，已经有了很高的艺术性。所以，听王登科念书，我可以闭着眼，静静地听，
全部的身心是跟着故事走，跟着人物的命运走，这样的听书，已经近于阅读，是一
种用耳朵的阅读。当然，这样的书，是在说书人口头讲述的基础上加工整理的，起
初也是为说书人准备的，因此留有说话的痕迹，起承转合，得胜头回，先声夺人，
花开两朵，先表一枝，欲知结局如何，且听下回分解，等等。①

在这篇演讲中，莫言自称是"一个听书入迷者"。他说此前在家乡读过一些话本小
说，感觉与《红楼梦》《儒林外史》相比，这些说书只追求情节的曲折，人物性格却不突
出，觉得有什么问题，但又说不出道理来。他当时不是小说家，感官却敏锐特殊，只朦
胧觉得"说书"是一个固定场子，需要在那里营造氛围，一离开就不同了。

我曾经多次把在集市上听到的书，转述给我的母亲和姐姐听。我发现，当我试
图转述"大破锣"的讲述时，困难重重，因为他的那些随机发挥的话，如果不身临其
场，是没有意思的。譬如他看到一个听书许久的人，在即将卖关子收钱前悄悄溜走
时，他会抛下正书，发声高喊：哎，那个戴毡帽的慢点溜，当心撞到大白鹅的梆子
上。大白鹅是我们高密东北乡有名的浪荡女人，梆子是女性生殖器的隐语。这句话
极具侮辱性，当那人知羞止步时，他又会随机应变地说：撞到一块白菜帮子上——
全场大笑。这样的情景，如果没有现场，靠口头转述，产生不了什么幽默感。但王
登科的就不一样了。转述王登科，其实就是背书。王登科照本宣科，我把他讲述的
背下来。这时，我扮演的也是一个说书人的角色，尽管我没有表演，但话本本身的
精彩，已经使我的母亲和姐姐入迷，她们经常忘记了手里的针线活儿。尽管我母亲
最后总要教训我一句：行了！睡吧！靠要贫嘴是挣不出饭来吃的！但下一个集市晚
上，她又要我把白天听到的，转述给她听。②

根据莫言演讲中的解释，小时候听到的民间艺人说书，虽然是存在于心底深处的

① 莫言：《中国小说传统——从我的三部长篇小说谈起》（鲁迅博物馆 2006 年 5 月 14 日演讲），选自莫
言：《用耳朵阅读》，150～152 页，北京，作家出版社，2012。
② 同上。

"书目"，后来在走上文学创作道路时早给忘掉了。当学习外国文学从事创作发觉出问题之后，这才意识到还有藏在家乡记忆中的那套书目没利用。

把看茂腔跟听说书放在一起说，是要用考证的手段来建立莫言小说与家乡民间艺术的联系。有这些直接和间接的史料做铺垫，会结结实实地感觉到莫言是一个"本地人"，是从这里走出去的作家，考证的材料使过去一直是人云亦云的传闻，变得真实可信起来了。

四

对莫言这代作家来说，他对故乡高密的认识可能来自"十七年"革命历史题材文学的解释系统，当时中小学课本上全是这些东西。当他来到北京，又是铺天盖地刚刚涌进中国的 19 世纪文学、黑色幽默、崎掉派、魔幻现实主义、新小说、中国的朦胧诗、先锋戏剧、星星画展、现代派风潮，等等。连中国现代文学都成了土得掉渣的东西，更别说那个远在千百里之外的山野故乡了。

更何况自鲁迅以来的中国现代乡土小说创作中，作家的"本地人"身份一直被怀疑、排斥和挤压，因为它不利于实践这种小说乡村义城市、传统现代的二元辩驳功能。他们这些人，包括鲁迅内心里都愿意被打造成批判乡村封建性的"新人"，只有执拗的沈从文和赵树理是例外，最近就是莫言和贾平凹。作家"本地人"身份的恢复，是在洗刷他们道德世界里的乡土羞耻感，这可能是这种题材小说创立以来的一次最重要的轮回。

莫言 2003 年 1 月初版本的《檀香刑·后记》，一开头就声明自己是"本地人"，是一个从小看茂腔、听说书长大的本地人的孩子，他熟悉高密乡下的一切。小时候，莫言不觉得跟人听山村野调般的当地戏茂腔有什么不妥，会感到丢人。"我小时经常跟随着村里的大孩子追逐着闪闪烁烁的鬼火去邻村听戏，萤火虫满天飞舞，与地上的鬼火交相辉映。远处的草地上不时传来狐狸的鸣叫和火车的吼叫。经常能遇到身穿红衣或白衣的漂亮女人坐在路边哭泣，哭声千回百转，与猫腔唱腔无异。我们知道她们是狐狸变的，不敢招惹她们，敬而远之地绕过去。听戏多了，许多戏文都能背诵，背不过的地方就随口填词加句。年龄稍大之后，就在村子里的业余剧团里跑龙套，扮演一些反派小角，那时演的是革命戏，我的角色不是特务甲就是匪兵乙。'文革'后期，形势有些宽松，在那几个样板戏之外，允许自己编演新戏。"[1]从史料文献整理的角度看，莫言这种"朝花夕拾"式的回忆文章自然会破坏史料的原始性。但从他写《檀香刑》时的身份看，对从小看茂腔

---

① 参见莫言：《檀香刑·后记》，北京，作家出版社，2001。

和演出情况的叙述有点夸张和浪漫化，也在情理当中。不过，我看重莫言与茂腔相关的材料，是因为后者强调了作家的"本地人"身份，证明只有生于斯长于斯的人，才会这么了解这个地方小戏的戏文、戏腔，而且带着情不自禁地的感情的成分。

治小说史的石昌渝说："话本小说的本源是'说话'，'说话'源于说故事，说故事可谓源远流长。"[1]唐代以后，中国小说的分体就有传奇小说、笔记小说、章回小说和话本小说四种。而话本小说宋代以后才真正兴起。"'说话'技艺在宋代是职业化的。宋代城市经济繁荣，城市里聚居着各阶层的人们，其中商人、小业主、手工业者、工匠、军士、吏员、小伙计仆役等构成了一个市民阶层，市民阶层日益增长的精神文化需要刺激着演艺业的迅速发展，各种戏曲杂技的游艺场所应运而生，据孟元老《东京梦华录》记载，北宋都城汴京东南角就有桑家瓦子和中瓦、里瓦，'瓦子'又叫'瓦舍''瓦肆'，是一种规模较大的综合商场，商场里设有供艺人演出的'勾栏'，汴京东南角的瓦子里有大小勾栏五十余座。"[2]按照这位学者的说法，话本小说的中心在宋代都城汴京。由此而传播扩散至整个华北平原地区，包括莫言家乡潍坊下的高密，甚至更远的地方。城市乡村的市场上到处是谋生的说书人，这也包括一千年后站在莫言家乡集市上说书的"大破锣"和王登科两位说书先生。于是，我们的考证有了历史的延伸。莫言给我们提供的材料，既证实了话本小说这个古老的"说话"形式在古代与今天的穿越，更证实20世纪六七十年代作家家乡高密县一带仍然盛产这种品种。这个古老品种，终于深刻影响了一个从这里走出去的当代小说家。

我从一些材料里得知，八九十年代莫言回乡时，还参与过家乡茂腔剧团的发展和宣传的事。[3] 他是否又回到家乡三里远的那个集市去听过说书？或者说书这种民间艺术是否在八九十年代还存在？我已无从了解。

（原载《现代中文学刊》2016 年第 4 期）

---

① 石昌渝：《中国小说源流论》，224～227 页，北京，生活·读书·新知三联书店，1995。

② 同上。

③ 参照高密当地以非公开出版物出版的《莫言研究》，上面多有莫言参与高密县茂腔剧团工作的一些事迹，虽然扮演的只是专家和帮忙的角色。

莫言在1985："高密东北乡"诞生考

周　蕾

　　诚如许多研究者①所谈到的，1985年，是当代文学最富有意味的年份之一。这一年被认为是思想爆发的一年，更是艺术革命的一年。从文学场外部来看，这一年主流意识形态结束了"反对和清除资产阶级精神污染"的批评运动。在年初的全国作协会议上，王蒙代表主席团致辞并热切表示：我们生活在创新的时代，作家应该用自己的作品来传达时代的新意，一个"社会主义文学的黄金时代到来了"。② 从文学场内部来看，这一年以"出新""求变"为契机，更是展现出一派前所未有的崭新局面：这边是现代派的代表人物刘索拉和徐星不约而同地登场，带着西学东渐的"黑色幽默"风格小说，让文坛耳目一新；那边是寻根文学的倡导者韩少功、李杭育旗帜鲜明地亮相，宣称要"理一理我们的'根'"，一时名声大噪。同一时期，马原发表了《冈底斯的诱惑》，残雪写下了《山上的小屋》，扎西达娃推出了《西藏，隐秘的岁月》，换句话说，当刘心武、张辛欣他们尝试从口述、纪实③等角度深化"现实"书写时，先锋文学追求形式化、寓言化的实验探索已经

---

　　① 　如尹昌龙在《1985——延伸与转折》一书中，提出"1985年是思想爆发的一年，更是艺术革命的一年，从文学到美术、音乐、电影等，几乎所有的艺术类型都呈现出新奇而又灿烂的面容"。参见尹昌龙：《1985——延伸与转折》，24页，济南，山东教育出版社，1998；张清华在《介入、见证、一路同行——莫言与中国当代小说的变革》一文中也曾谈到，"1985年是当代小说最具有标志性的年份之一"，参见张清华：《狂欢与悲戚》，190页，北京，新星出版社，2014。

　　② 　王蒙：《社会主义文学的黄金时代到来了》，转引自张健主编、蒋原伦执行主编：《中国当代编年史1985.1—1989.12》，4～5页，济南，山东文艺出版社，2012。

　　③ 　如张辛欣和桑晔的口述实录体小说《北京人》发表于《上海文学》1985(1)；刘心武的纪实小说《5.19长镜头》发表于《人民文学》1985(7)。

起步。也是在这一年，刘再复提出"性格组合论"；鲁枢元主张《用心理学的眼光看文学》；黄子平、陈平原、钱理群借助三人谈形式，倡导"二十世纪中国文学"的"宏观视野"与"整体格局"；曾小逸则通过众名家参与的"中国现代作家与外国文学"关系研究，重申本土文学"走向世界"的诉求与方向。

正是在文学场风云变幻的 1985 年，莫言以一篇《透明的红萝卜》成名文坛，并在同期的一系列小说中开疆拓土，创建了当代文学史上赫赫有名的地方世界——"高密东北乡"。这里是莫言创作的真正起点，也是理解莫言小说的根基所在。因此，本文拟将 1985 年确立为莫言小说的一个观察点，回到这一年前后的文学现场，详细考证"高密东北乡"的诞生史，比照梳理"高密东北乡"的发展演变史，希望可以重新解析莫言"地方书写"的相关问题。

就像文学史上的 1985 年离不开八十年代前期的积累和铺垫一样，1985 年的莫言也并非一蹴而就、横空出世。本着"历史化"的研究态度，本文的考察从"高密东北乡"诞生前的寻找开始。

一、寻找"回乡"之路：世界视野与本土影响

莫言在 1985 年之前的创作，无论是迎合"潮流"的书写，还是"模仿"他人的尝试，[①]都属于新手练笔。尽管作家已经有了一些创作反思和文学自觉，[②] 但尚未找到自己的独立品格，用他的话说就是还没有写出"比较完全意义上的文学作品"[③]。早在 1983 年前

---

① 关于迎合"潮流"与"模仿"他人的写作，莫言在《与王尧长谈》等文章中曾说起：早在 1973 年，他就构思过一篇反映"阶级斗争"的长篇小说《胶莱河畔》。1978 年，在部队提干遭遇挫折之后，作家也尝试写过反映"文革"伤痕的小说《妈妈的故事》和话剧《离婚》。到了 1982 年，在写了一些"明显的模仿"主潮却不断遭遇退稿的作品之后，莫言总结自己屡屡失败的练笔教训，他说"其主要原因是在题材的陈旧或者是对旧题材没有新突破，至于语言文字当然也不足，但都是次要的"。或许是出于这种自觉地创作反省，莫言在 1983 年的创作中放弃了迎合文学主潮的尝试，转而向优秀的中外文学前辈学习如何处理题材。作家自陈，这一年发表的《售棉大路》与阿根廷作家胡里奥·科尔塔萨尔的《南方高速公路》"有着亲密的血缘关系"，而《民间音乐》则模拟了美国女作家卡森·麦卡勒斯的《伤心咖啡馆之歌》。详细情况参见莫言、王尧：《与王尧长谈》；莫言、杨庆祥：《先锋·民间·底层——与人民大学博士生杨庆祥对谈》等文章，相关文章已收入莫言文集《碎语文学》，北京，作家出版社，2012。

② 在 1982 年与大哥的一次通信中，莫言说起自己屡屡失败的投稿教训，曾这样反省"浓厚的小资情调，明显的模仿都是非常露骨的毛病……其主要原因是在题材的陈旧或者是对旧题材没有新突破，至于语言文字当然也不足，但都是次要的。"（参见莫言、管谟贤：《莫言家书·1982 年 11 月 12 日写给哥嫂的信》，收入莫言研究会编《莫言与高密》，283 页，北京，中国青年出版社，2011）由此可见，练笔时期的莫言对小说"写什么"和"怎么写"已经有了初步地自觉。

③ 莫言：《自述》，载《小说评论》，2002(6)。

后，莫言就意识到，寻找"独特的腔调"，对一个写作者来说至关重要。① 不过到哪里寻找、如何建构个人的"独特性"，或者说独属于他的"文学经验"究竟是什么？这些困扰着众多写作者的基本问题，同样让莫言一筹莫展。

1984 年秋天进入解放军艺术学院文学系学习，对莫言而言，是"一个巨大的转折"。② 他曾在多篇文章③中一再提到，军艺的学习之于他具有举足轻重的意义。从一些回忆性的文献材料④来看，84 级创作班是军艺文学系招的第一届学生，又是创作专修班，学校根据他们的特点制定了较为灵活和开放的教学方式。既有名校名师系列授课，也有各界名流自由讲座。时隔多年以后，莫言仍能如数家珍地回忆起当时听过的那些课：像洪子诚、曹文轩老师的当代文学；赵德明、林一安、赵振江老师的拉美文学；唐月梅老师的日本文学；刘再复老师的"性格组合论"；王富仁老师的鲁迅研究；汪曾祺、林斤澜、李陀先生的创作谈等，以及中央工艺美术学院孙景波老师的美术讲座，中央乐团著名指挥家李德伦的音乐欣赏课，⑤ 此外还邀请了"当时一些很活跃的哲学家、音乐家，甚至练气功的"来座谈或演讲。莫言把这种教学称之为"八面来风""狂轰滥炸"，虽然不系统，但信息量大，对迅速改变他们头脑里固有的文学观念发挥了很好的作用。⑥除了"八面来风"式的课堂学习，如饥似渴的课外阅读也大大开阔了莫言的创作视野。按作家本人的说法，在军艺期间，他不仅看了许多中国古典文学、现代文学作品，而且当时"大量的西方现代派小说被翻译成中文，法国的新小说，拉美的魔幻现实主义小说，日本的新感觉派小说，还有卡夫卡的、乔伊斯的、福克纳的、海明威的。这么多的作品，这么多的流派"，都使他"眼界大开，生出相见恨晚之慨"。⑦ 由此可以说，军艺的学习和阅读，激活了莫言的文学天分，解放了他的创作束缚，唤醒了他"天马行空"的想象与感觉，也推动他找到了独属于自己的文学世界——"高密东北乡"。

倘若从具体的历史细节，来辨析莫言创建"高密东北乡"的写作动因，大致可以发

---

① 莫言：《独特的腔调》，载《读书》，1999(7)。

② 莫言、王尧：《与王尧长谈》，收入莫言文集《碎语文学》，115 页，北京，作家出版社，2012。

③ 详情参见《与王尧长谈》《我的大学》《漫长的文学梦》《回忆"黄金时代"》等文章，前两篇已收入莫言文集《碎语文学》，后两篇收入莫言文集《会唱歌的墙》，均为作家出版社 2012 年版。

④ 相关文章主要有莫言的《回忆"黄金时代"》《我的大学》《与王尧长谈》，分别收入莫言文集《会唱歌的墙》《碎语文学》，北京，作家出版社，2012；以及朱向前的《"黄金时代"的文学记忆——我与首届军艺作家班》，载《解放军艺术学院学报》，2010(4)。

⑤ 莫言：《回忆"黄金时代"》，收入莫言文集《会唱歌的墙》，343 页，北京，作家出版社，2012。

⑥ 莫言、杨庆祥：《先锋·民间·底层——与人民大学博士生杨庆祥对谈》，收入莫言文集《碎语文学》，305 页，北京，作家出版社，2012。

⑦ 莫言：《中国小说传统——从我的三部长篇小说谈起》(鲁迅博物馆，2006 年 5 月 14 日)，收入莫言文集《用耳朵阅读》，152 页，北京，作家出版社，2012。

现，世界文学的启蒙与"寻根"等本土文学思潮的影响是其中的关键。莫言深受世界文学，尤其是拉美文学的影响，这一点作家并不讳言。[①] 关于莫言与外国文学的关系研究，也一直是莫言研究的热点。本文打算在前人研究的基础上，换个角度重新敞开和清理这一问题。一直以来，80 年代被认为是现代中国的第二次思想解放，与五四时期的新文化运动遥相呼应，其共同点即是西学东渐——世界文化与文学资源被大量引介、翻译、出版、传播，不仅在国内引发了诸多相关的热潮，也深刻地参与了这一时期本土文化与文学场域的重构。由此可推断，广泛阅读来自世界不同国家、不同时期的作家作品，亦受到或大或小的影响，这是置身新时期文学场的当代作家所共有的创作经历。不只是莫言，还有马原、残雪、余华、苏童，包括贾平凹、王安忆、刘震云这些外来渊源不太明显的作家，其创作同样与开放的世界视野息息相关。即使韩少功等寻根派作家旗帜鲜明地倡导要寻找本土文化与文学的"根"，他们也坚持强调"这丝毫不意味着闭关锁国，相反，只有找到异己的参照系，吸收和消化异己的因素，才能认清和充实自己"。[②]

那么问题来了：既然新时期以来的作家都是从西方现代主义、拉美魔幻现实主义、意识流、新小说等世界文学流派和文学大师东渐的热潮中走来，为什么他们却形成了如此形态各异，甚或截然不同的创作风格？在笔者看来，师承渊源的不同，是一个重要原因。关于一个作家对另一个作家的影响，莫言曾打过一个形象的比喻。他说"一个作家读另一个作家的书，实际上是一次对话，甚至是一次恋爱，如果谈得成功，很可能成为终身伴侣，如果话不投机，大家就各奔前程。"[③]的确，文学上的相遇相知，就像谈一场精神的恋爱，很大程度上是极其个人的，既无法互相分享也很难被别人摆布，即使追随那些看起来热闹非凡的潮流，倘若"话不投机"，最终也可能是无可奈何的分手。其实莫言也有过类似的创作经历。

众所周知，从 80 年代前期即引发广泛争议的西方现代派思潮，尤其是以"黑色幽默"为代表的塞林格、约瑟夫·海勒等人，对刘索拉、徐星等作家的创作影响非常大，连稍后成名的苏童也多次坦陈塞林格是他重要的文学启蒙者[④]。乍看起来，这类描写城市知识青年精神颓废的思潮，好像与一出场就同扎根"高密东北乡"的莫言没什么太大关

---

① 早在 1986 年载于《世界文学》的一篇文章《两座灼热的高炉——加西亚·马尔克斯和福克纳》中，莫言就曾公开表示自己"在 1985 年，写了五部中篇和十几个短篇小说。它们在思想上和艺术手法上无疑都受到了外国文学的极大的影响。其中对我影响最大的两部著作是加西亚·马尔克斯的《百年孤独》和福克纳的《喧哗和骚动》"，详情参见莫言的《两座灼热的高炉——加西亚·马尔克斯和福克纳》，载《世界文学》，1986(3)。

② 韩少功：《文学的根》，载《作家》，1985(4)。

③ 莫言：《福克纳大叔，你好吗？》(加州大学伯克莱校区，2000 年 3 月)，收入莫言文集《用耳朵阅读》，23 页，北京，作家出版社，2012。

④ 苏童、林舟：《永远的寻找——苏童访谈录》，原说法为"大师的影响重要的是心灵的契合，塞林格唤醒了我"。孔范今、施战军主编、陈晨编选《苏童研究资料》，25 页，济南，山东文艺出版社，2006。

系。但如果仔细梳理其小说的细节，会发现，其实练笔阶段的莫言与"它"也有过短暂的交往。这一点从作家早期的小说《岛上的风》《雨中的河》片段以及小说中略带玩世不恭、戏谑调侃的人物刘甲台、李丹、"03 号小艇长"等身上可以看出来。在 1982 年与大哥的一次通信中，莫言总结自己屡屡失败的练笔教训，也曾说过"今年我偷空写了十几个东西，但都不能发表"，"浓厚的小资情调，明显的模仿都是非常露骨的毛病……"①显然，那是一次不太投机的相遇，所以在浅尝之后，他便结束了类似的书写，转而去寻找更适合的对象了。

用莫言自己的说法是"许多作家都很优秀，但我跟他们之间共同的语言不多，他们的书对我用处不大，读他们的书就像我跟一个人客人彬彬有礼地客套，这种情况直到我读到福克纳为止。"②只有当遇到福克纳等作家时，作家才从阅读体验上备感"亲切"，仿佛找到了心仪已久的朋友："我觉得福克纳像我的故乡那些老农一样，在用不耐烦的口吻教我如何给马驹子套上笼头。接下来我就开始读他的书，许多人都认为他的书晦涩难懂，但我却读得十分轻松。我觉得他的书就像我的故乡那些脾气古怪的老农的絮絮叨叨一样亲切"。③ 读了那些"相谈甚欢"的书，莫言"如梦初醒"：原来小说可以写这些东西，原来小说可以这样写。显然，福克纳和他的"约克纳帕塔法县"，为莫言重返"高密东北乡"起到了启蒙和引路的作用。

此外，川端康成在莫言文学"回乡"的路上也扮演着重要的角色。作家曾在多篇文章谈到自己与川端康成的相遇：

那是十五年前(1984 年——笔者注)冬天里的一个深夜，当我从川端康成的《雪国》里读到"一只黑色的秋田狗蹲在那里的一块踏石上，久久地舔着热水"这样一个句子时，一幅生动的画面栩栩如生地出现在我的眼前，我感到像被心仪已久的姑娘抚摸了一下似的，激动无比。我明白了什么是小说，我知道了我应该写什么，也知道了应该怎样写。在此之前，我一直在为写什么和怎样写发愁，既找不到适合自己的故事，更发不出自己的声音。川端康成小说中的这样一句话，如同暗夜中的灯塔，照亮了我前进的道路。

当时我已经顾不上把《雪国》读完，放下他的书，我就抓起了自己的笔，写出了这样的句子："高密东北乡原产白色温驯的大狗，绵延数代之后，很难再见一匹纯

---

① 参见莫言、管谟贤：《莫言家书·1982 年 11 月 12 日写给哥嫂的信》，收入莫言研究会编《莫言与高密》，283 页，北京，中国青年出版社，2011。

② 莫言：《福克纳大叔，你好吗?》，收入莫言文集《用耳朵阅读》，23 页，北京，作家出版社，2012。

③ 同上。

种。"这是我的小说中第一次出现"高密东北乡"这个字眼，也是在我的小说中第一次出现关于"纯种"的概念。……从此之后，我高高地举起了"高密东北乡"这面大旗，就像一个草莽英雄一样，开始了招兵买马、创建王国的工作。①

一个有趣的对比是，余华在《温暖和百感交集的旅程》中也曾详细地讲述过自己阅读川端康成且深受其影响的经历：

> 我难以忘记 1980 年冬天最初读到《伊豆的歌女》时的情景，当时我二十岁，我是在浙江宁波靠近甬江的一间昏暗的公寓里与川端康成相遇。……
>
> 我曾经迷恋于川端康成的描述，那样用纤维连接起来的细部，我说的就是他描述细部的方式。他叙述的目光无微不至，几乎抵达了事物的每一条纹路，同时又像是没有抵达，我曾经认为这种若即若离的描述是属于感受的方式。川端康成喜欢用目光和内心的波动区抚摸事物，他很少用手去抚摸，因此当他不断地展示细部的时候，他也在不断地隐藏着什么。被隐藏的总是更加令人着迷，它会使阅读走向不可接近的状态，因为后面有着一个神奇的空间，而且是一个没有疆界的空间，可以无限扩大，也可以随时缩小。为什么我们在阅读之后会掩卷沉思？这是因为我们需要走进那个神奇的空间，并且继续前行。②

尽管两位作家的描述都带有一些文学性的夸张，但读者依旧能够很容易地分辨出——那是两次完全不同的相遇。余华对川端康成"细部"描写的推崇，与莫言面对《雪国》"秋田狗"的激动，显然各有千秋、大相径庭。这样的例子还有很多，并不限于余华和莫言之间。这样的例子提醒我们，即使不同作家接受的是同一位文学前辈的影响，因为接受主体自身对影响源的个人理解或体认不同，他们各自所受到的启发也并不相同。所以，当我们对莫言的师承渊源进行影响、比较或关系研究时，不仅要找出他读过哪些作家作品，受到了谁的影响，还应该更细致地辨析和梳理出他从别人的作品中读出了什么，他受到了怎样的启发和影响，与同期别的作家相比有哪些差异，这些差异又是如何左右和形塑着作家个人的独特创作风格的。只有将关系研究、影响研究做到细处，我们才可能更好地理解一个人在中外文学谱系里广泛的借鉴吸收、又最终成为他"自己"的具体过程。

---

① 莫言：《在京都大学的演讲(1999 年 10 月 23 日下午)》，收入莫言文集《用耳朵阅读》，7 页，2012。

② 余华：《温暖和百感交集的旅程》，余华随笔《温暖和百感交集的旅程》，8～9 页，北京，作家出版社，2014。

当然，这是一个浩繁又复杂的研究课题，基于本文的研究目的，在此不再做进一步探讨，仅就笔者的直观阅读体验和比较，做一个简要总结。总体来说，从莫言自己认同的部分作家来推断，大约可以辨析出其神交的文学前辈有这样几个共同点：①立足地方性历史和文化经验；②擅长写本土的、民间的日常生活；③关注个体在大历史的命运。写"约克纳帕塔法"的福克纳、写"马孔多"的马尔克斯、写《雪国》的川端康成、写沉重的"顿河"的肖洛霍夫、写"四国山村"的大江健三郎等，均是如此。换言之，若要探究莫言从开放的世界文学那里所接受的影响，可以说，如何认识本土，以及如何书写本土地方性的历史与现实，是他更看重也是收获最大的方面。

其实早在 80 年代中期，莫言就提出了"地区主义"的设想，他说"一个作家如果想在作品中包罗万象，势必肤浅。……加西亚·马尔克斯和福克纳都是地区主义，因此都生动地体现了人类灵魂家园的草创和毁弃的历史，都显示了人类社会发展的螺旋状轨道。……我想，我如果不能去创造一个、开辟一个属于我自己的地区，我就永远不能具有自己的特色。我如果无法深入进我的只能供我生长的土壤，我的根就无法发达、蓬松。"当然，强调书写本土的"地区主义"并不是自我隔离。相反，莫言认为"立足一点，深入核心，然后获得通向世界的证件"才是其"高密东北乡"书写的根本诉求。因此，他在一篇《自述》中说"高密东北乡是一个文学的概念而不是一个地理的概念，高密东北乡是一个开放的概念而不是封闭的概念，高密东北乡是在我童年经验的基础上想象出来的一个文学的幻境，我努力地要使它成为中国的缩影，我努力地想使那里的痛苦与欢乐，与全人类的痛苦与欢乐保持一致，我努力地想使我的高密东北乡故事能够打动各个国家的读者，这将是我终生的奋斗目标。"①

这一"从地方走向世界"的设想，听起来似乎与 80 年代中期兴起的"寻根"思潮不谋而合。故而有许多研究者力证，莫言"高密东北乡"的诞生与本土"寻根文学"有着密不可分的关系。本文也认同"寻根"思潮对莫言有一定的影响。这一点可以从莫言的个人经历中找到一些证据。比如被追认为"寻根文学"先驱的几位作家汪曾祺、林斤澜、邓友梅，以及 1984 年年底参加"杭州会议"②的几位评论家李陀、季红真以及作家郑万隆，都曾经

---

① 莫言：《自述》，载《小说评论》，2002(6)。
② 在当代文学史叙述中，1984 年 12 月由《上海文学》杂志社、浙江文艺杂志社和《西湖》杂志社联合组织的"杭州会议"，通常被认为是"寻根"思潮的起点，参加那次会议的部分小说家和评论家，在当时即提到了新时期文学写作面临的一些困境及深入研究文化以求"突围"的想法。参见蔡翔：《有关"杭州会议"的前后》，载《当代作家评论》，2000(6)。

在 1984—1985 年给军艺作家班上过课。① 这些作家和评论家的创作理念，无疑会潜移默化地影响到正在探索自己小说道路的文学新人莫言。

在写于 1986 年的一篇文章中，莫言也谈到了"寻根"的话题，他说"我赞成寻'根'。每个人都有自己的根，每个人都有自己的寻法，每个人都有自己对根的理解。我是在寻根过程中扎根。我的'红高粱'是扎根文学。我的根只能扎在高密东北乡的黑土里"。② 倘若对比一下韩少功等"寻根派"倡导者的说法，莫言与他们的差异就很明显了：

> 他们都在寻"根"，都找到了"根"。这大概不是出于一种廉价的恋旧情绪和地方观念，不是对歇后语之类浅薄地爱好，而是一种对民族的重新认识，一种审美意识中潜在历史因素的苏醒，一种追求和把握人世无限感和永恒感的对象化表现。
>
> ——韩少功《文学的"根"》③
>
> 一个好的作家，仅仅能够把握时代潮流而"同步前进"是很不够的。仅仅一个时代在他是很不满足的。大作家不只属于一个时代，他眼前过往着现实景象，耳边常有"时代的号唤"，而冥冥之中，他又必定感受到另一个更深沉、更浑厚因而也更迷人的呼唤——他的民族文化的呼唤。
>
> ——李杭育《理一理我们的"根"》④

多年以后，阿城在谈起他们当年的思考和倡导时，借用了一个说法叫"宏大叙述"。而阿城认为，莫言的《透明的红萝卜》《白狗秋千架》等作品，恰恰与他们不同，显示了非常"个人"的一面。阿城说他们思考的是"众人"或"大家"的问题，而莫言"提出来的是个人的问题"。⑤ 的确，"宏大"的民族文化诉求与"个人"的生活记忆叙事，这正是韩少功等作家的"寻根"与莫言"寻根"的不同之处。也只有从这个角度切入，我们才可以揭开"高密东北乡"的神秘面纱。

二、"高密东北乡"的起源：《白狗秋千架》与《秋水》

莫言究竟在哪篇小说里率先提出了"高密东北乡"这个独特的文学世界，现在已成为

---

① 详情参见莫言的《我的大学》《回忆"黄金时代"》（收入莫言作品集《会唱歌的墙》，北京，作家出版社，2012）；以及朱向前的《"黄金时代"的文学记忆——我与首届军艺作家班》（《解放军艺术学院学报》2010 年第 4 期等文章。）

② 莫言：《十年一觉高粱梦》，载《中篇小说选刊》，1986(3)。

③ 韩少功：《文学的根》，载《作家》，1985(4)。

④ 李杭育：《理一理我们的"根"》，载《作家》，1985(9)。

⑤ 查建英：《八十年代访谈录·阿城》，31～33 页，北京，生活·读书·新知三联书店，2007。

莫言研究的一桩悬案。目前的说法，主要有两种。一种是“高密东北乡”最早出现在《白狗秋千架》中，莫言曾在一些文章里提到受川端康成的《雪国》“秋田狗”的启示，他提笔写下了“高密东北乡原产白色温驯的大狗，绵延数代之后，很难再见一匹纯种”。作家说“这是我的小说中第一次出现‘高密东北乡’这个字眼”。① 据此很多研究者将《白狗秋千架》视为“高密东北乡”的发端。不过，做莫言文献资料研究的管谟贤先生提出了不同看法。在《从〈秋水〉谈莫言的“高密东北乡”文学王国的文化内涵》②一文中，管先生提出“高密东北乡”最早应该是出现在《秋水》中。因为虽然两部小说都是在 1985 年 8 月发表③，但据作者考证，《秋》是在“连投三家刊物”后才被《奔流》刊发的，由此推断《秋》的写作时间应早于《白》。笔者查阅作家出版社 2012 年版的莫言文集短篇卷《白狗秋千架》，发现从目录排序上《秋》是第 15 篇，《白》是第 16 篇，但两部小说篇末注明的写作时间均为“一九八五年四月”。此外，值得玩味的是，早年在文章中提出《白》为“高密东北乡”之始的作家本人，在 2012 年瑞典文学院的演讲《讲故事的人》中也改称“在《秋水》这篇小说里，第一次出现了‘高密东北乡’这个字眼，从此，就如同一个四处流浪的农民有了一片土地，我这样一个文学流浪汉，终于有了一个可以安身立命的场所。”④

由以上颇为缠绕的描述可以看出，哪篇小说是“高密东北乡”的开端，已不仅仅是一桩有争议的悬案，这争议和说法的分歧所在，以及各说法背后的言说意图显然更值得深究下去。因此，笔者不打算陷入这场争论去分辨孰先孰后，拟搁置争议，退一步思考另外一组问题：两篇小说所塑造的“高密东北乡”各自是什么样的，两者有何差异，这些差异体现了莫言哪些不同的创作取向，又在莫言以后的小说中分别有着怎样的延续或转变。简言之，借助细节辨析这两个说法背后的两种地方叙事，希望可以更完整深入地理解“高密东北乡”这个让莫言走向世界的“地方”。

先从《白狗秋千架》说起。《白》讲述的是一个知识分子“回乡”的故事。故事时间有两段，一段是现实时间，大约可推测是在 70 年代末或 80 年代初；另一段是回忆时间，“十几年前”，大约是 60 年代末。故事主要内容为：小说的主人公“我”遵父命回离开已久的家乡去看看。在路上偶遇少年时的初恋——“暖”，遂回忆起十年前两人当兵不成、“暖”又被“我”误伤致残（瞎了一只眼睛）的一段往事。已是多年不见，这次回来“我”去

---

① 莫言：《在京都大学的演讲(1999 年 10 月 23 日下午)》，收录于莫言文集《用耳朵阅读》，7 页，2012。

② 管谟贤：《从〈秋水〉谈莫言的“高密东北乡”文学王国的文化内涵》，文章收入北京师范大学国际写作中心编《讲述中国与对话世界：莫言与中国当代文学国际学术研讨会论文集》，2014 年 10 月编，会议内部刊物，未公开出版。特此说明。

③ 《秋水》发表于《奔流》月刊 1985(8)；《白狗秋千架》发表于《中国作家》双月刊 1985(4)，发表时名为《秋千架》。为避免行文啰嗦，论证中两篇小说简称《秋》与《白》，特此说明。

④ 莫言：《讲故事的人》，载《中国文化报》，2012-12-11。

"暖"家拜访，目睹了她贫瘠而令人绝望的生活现实（嫁了一个粗蛮的哑巴，生了三个哑巴儿子，在燠热的高粱地里辛苦劳作，在无爱的婚姻里过着一天天焦枯的日子）。或许是因为觉得苦闷的生活实在没有盼头，"暖"提出让"我"帮她生一个会说话的孩子，故事就在这里戛然而止。

从地方书写的角度看，有这样几个细节值得特别留意：

农历七月末，低洼的高密东北乡燠热难挨。我从县城通往乡镇的公共汽车里钻出来，汗水已浸透衣服，脖子和脸上落满了黄黄的尘土……正想着正想着，就看到白狗小跑步开路，从路边的高粱地里，领出一个背着大捆高粱叶子的人来。

我在农村滚了近二十年，自然晓得这高粱叶子是牛马的上等饲料，也知道褪掉晒米时高粱的老叶子，不大影响高粱的产量。远远地看着一大捆高粱叶子蹒跚地移过来，心里为之沉重。我很清楚暑天里钻进密不透风的高粱地里打叶子的滋味，汗水遍身胸口发闷是不必说了，最苦的还是叶子上的细毛与你汗淋淋的皮肤接触。我为自己轻松地叹了一口气。①

这是小说的开场，返乡的"我"在村头颓败的石桥上，遇见了刚从地里干活出来的"暖"。对着眼前"密不透风"又燠热难耐的高粱地，看着辛苦劳作、汗水浸透全身的故人，记忆中美丽的乡村少女早已变成了粗蛮邋遢的农妇。决绝逃离故乡的"我"，试图诉说因时间和距离酝酿美化的思乡之情，却在直面惨淡真实的一切时，蓦然觉得虚伪、苍白、又无力。就像莫言借"暖"之口所反问的"有什么好想的，这破地方。想这破桥？高粱地里像他妈×的蒸笼一样，快把人蒸熟了。"是啊，这样的家乡有什么好想的！那些煽情的思乡者，有哪一个不是远离了家乡的人呢？

曾有研究者用"真实程度令人战栗"②来形容《白狗秋千架》写实的功力。的确，这篇小说用极其真切细致的笔触，如实还原了一个20世纪70年代中国北方的农村以及农村里闭塞、贫困、看不到希望的生活。在《我的故乡与我的小说》一文中，莫言也曾讲过自己的在乡体验，他说"当我作为一个地地道道的农民在高密东北乡贫瘠的土地上辛勤劳作时，我对那块土地充满了仇恨。它耗干了祖先们的血汗，也正在消耗着我的生命。我们面朝黑土背朝天，付出的是那么多，得到的是那么少。我们夏天在酷热中挣扎，冬天在严寒中战栗。一切都看厌：那些低矮、破旧的茅屋，那些干涸的河流，那些狡黠的村

① 莫言：《白狗秋千架》，收入莫言文集《白狗秋千架》，219～220页，北京，作家出版社，2012。
② 程光炜：《小说的读法——莫言的〈白狗秋千架〉》，载《文艺争鸣》，2012(8)。

干部……当时我曾幻想：假如有一天我能离开这块土地，我绝不会再回来。"①莫言生于1955年，直到1976年参军离开，他在山东高密县河崖乡平安庄生活了21年，那是中国的乡村先后经历土改、合作化、人民公社、大跃进、"文革"等一系列动荡的21年。结合作家前面的自述，可以推断，小说中写到的许多"令人战栗"的细节，以及贫困、饥饿、被边缘化、深渊般徒然挣扎却无能为力的农村生活，很可能正是作家刻骨铭心、即使逃离也难以抹去的真实记忆。

如果说《白狗秋千架》塑造了一个更为接近作家切身生活体验的"高密东北乡"，那么《秋水》显然接通的是作家的另一类乡土记忆。这是一个植入了"创世"母题的家族传说型故事。小说采用倒叙的手法，从"爷爷"的奇死说起，一路追溯到"爷爷奶奶"当年杀人放火、轰轰烈烈私奔的传奇往事。"爷爷奶奶"的私奔史也是"高密东北乡"的创世史，他们在一片蛮荒的涝洼地住下来，开荒种高粱，结网捕大鱼，过起了男耕女织、勤劳快意的自在日子，也拉开了"高密东北乡"移民扎根、屯田拓土的历史序幕。在一个高粱红了的秋天，怀胎已满十月的父亲即将出世，连续下了十几天大雨，"高密东北乡"成为一片汪洋泽国。"爷爷"和"奶奶"在山顶的茅草棚里忧虑地等待着大水退去、婴儿降生。水未退，茅草棚却先后来了紫衣女人、黑衣人和白衣盲女两拨不速之客。紫衣女人以奇绝的方式帮奶奶顺利产下了孩子，继而开枪杀死了仇敌黑衣人，黑衣人认出紫衣女人原是故人之女，遂坦然受死，留下孤单的白衣盲女弹着弦子唱歌。多年以后，"爷爷"教给小时候的"我"一首儿歌："绿蚂蚱。紫蟋蟀。红蜻蜓。……"小说就此结束。

这部作品中也有一些片段，集中描述了"高密东北乡"：

据说，爷爷年轻时，杀死三个人，放起一把火，拐着一个姑娘，从河北保定府逃到这里，成了高密东北乡最早的开拓者。那时候，高密东北乡还是蛮荒之地，方圆数十里，一片大涝洼，荒草没膝，水汪子相连，棕兔子红狐狸，斑鸭子白鹭鸶，还有诸多不识名的动物弃斥洼地，寻常难有人来。我爷爷带着那姑娘来了。

那个姑娘很自然地就成了我的奶奶。他们是春天跑到这里来的，在草窝子里滚过几天后，我奶奶从头上拔下金钗，腕上褪下玉镯，让爷爷拿到老远的地方卖了，换来农具和日用家具，到洼子中央一座莫名其妙的小土山上搭了一个窝棚。从此后就爷爷开荒，奶奶捕鱼，把一个大涝洼子的平静搅碎了。消息慢慢传出去，神话般谈论着大涝洼里有一对年轻夫妻，男的黑，魁梧，女的白，标致，还有一

---

① 莫言：《我的故乡与我的小说》，载《当代作家评论》，1993(2)。

个不白不黑的小子……陆续便有匪种寇族迁来，设庄立屯，自成一方世界——这是后话。①

如叙述者所自陈，《秋水》的故事，原是"听爷爷辈的老人讲起这里的过去"，没有明确的时间标识，也没有显豁的历史场景，不知何年何月，难辨是真是假。追究源头，大约可以推测，这些"横生出鬼雨神风，星星点点如磷火闪烁"的"过去"，接通的应该是作家童年"用耳朵阅读"积累下来的文化记忆。那是一些久远的、神秘的、带有传奇色彩的民间记忆，有妖狐鬼怪的故事、有英雄儿女的传说、有街头巷尾的野史逸闻，有津津乐道的奇人奇遇，这些记忆靠一代一代口口相传延续下来，它们虽然与莫言切身的生活感受无关，却成为他苍白的童年、少年时期最为重要的文化启蒙。莫言曾说"我虽然没有文化，但通过聆听，这种用耳朵的阅读，为日后的写作做好了准备。……我之所以能成为一个这样的作家，用这样的方式进行写作，写出这样的作品，是与我的二十年用耳朵的阅读密切相关的。我之所以能持续不断地写作，并且始终充满着不知道天高地厚的自信，也是依赖着用耳朵阅读得来的丰富资源。"②

几乎同时写作、同时发表的两篇小说，却塑造了如此不同的两个"高密东北乡"世界。一个世界用"令人战栗"的写实笔法，将读者带回到残酷而真切的70年代中国乡村历史现场；一个世界则用天马行空的想象，将读者带进一个仿佛久远的、颇有原型寓意又充满传奇色彩的民间文化空间。这两个迥然有别的世界，也成为莫言小说的两个源头，开启了不同的写作路向。

三、"高密东北乡"与莫言的地方书写路径

仅从莫言1985年所发表的作品情况来看，就可以清晰地分辨出写实与传奇两个不同的"地方书写"的路向。偏写实的作品主要有《大风》《石磨》《五个饽饽》《枯河》《白狗秋千架》，偏传奇的作品是《秋水》《老枪》。而成名作《透明的红萝卜》则在写实的基础上透出了一些朦胧神秘的"非写实"意味。评论家李陀当时即指出，尽管莫言有扎实的农村生活经验，极强的"写物图貌"的写实能力，但他的小说《透明的红萝卜》却带给读者十分陌生而新鲜的阅读体验，这一切要归因于作家对"非现实因素"强调，那种不确定的"迷离

---

① 莫言：《秋水》，收入莫言文集《白狗秋千架》，205页，北京，作家出版社，2012。小说原文是"听爷爷辈的老人讲起这里的过去，从地理环境到奇闻逸事，总感到横生出鬼雨神风，星星点点如磷火闪烁，不知真耶？假耶？"

② 莫言：《用耳朵阅读》，收入莫言文集《用耳朵阅读》，58页，北京，作家出版社，2012。

恍惚"氛围的营造，使得小说之妙恰在"似与不似之间"，有一种可意会却又说不出的美感和意蕴。① 很难判断，两个"高密东北乡"孰优孰劣，也很难确定哪一个之于莫言更为重要。至少对 1985 年刚刚成名文坛的莫言而言，这些问题还是未知的、尚待进一步的尝试和探索。

总体来看，倘若从创作时间上切分，可以看出：80 年代莫言写的小说，还处于分头探索的阶段，两种"地方书写"大致可以细分开来，像《红高粱家族》《食草家族》(写于 80 年代，出版于 90 年代初——笔者注)是对过去的"高密东北乡"传奇的自由想象；而《天堂蒜薹之歌》《十三步》则是对现实的"高密东北乡"处境的逼真呈现。写于 80 年代末 90 年代初的《酒国》，则将"传奇""写实"等各类叙述并置在一起，用不同空间拼贴的方式丰富了其对"高密东北乡"世界的建构。之后，90 年代中期的《丰乳肥臀》，21 世纪的一系列长篇《檀香刑》《四十一炮》《生死疲劳》《蛙》则越来越明显地表现出传奇与写实彼此融合渗透、两个"高密东北乡"缠绕杂糅的趋势。

换个角度，倘若以故事发生的时间来区分，则可以发现，通常在写到 20 世纪中国的历史与现实、尤其是 50 至 70 年代那段作家有着切身经历和体验的故事时，莫言的笔接通的往往是自己真实的"高密东北乡"生活记忆，在这一类叙事作品中，莫言直面历史创伤，发现并体认经历者的苦难，质询创伤和苦难的症结，抱慰大灾难背后小人物畸零的命运，以极为切实写实的细节还原了当代中国乡村一段隐秘而残酷的历史记忆。而莫言的另一类作品，则大多故事时间较为久远，或有意模糊时间标识，营造出一种无始无终不辨年月的神秘传说氛围。比如那些含有创世原型或地方神话母题的故事，那些莫名而来莫名而去的鬼怪灵异故事，还有那些讲述家族史源或祖先传奇的故事等，都属于这一类。这类作品使得莫言小说在贴地的书写之外，得以保有一种越界的自由和超脱的灵性，也为他的整个作品风格平添了一份难以说清的迷人魅力。

此外，因为莫言多是以"家族"为地方书写根基，所以倘若按家族代际来切分，也大致可以分出不同的"高密东北乡"叙事。通常写到"爷爷""奶奶"，以及比他们更久远的祖先辈人物，故事多是快意恩仇、野性自在，主人公凭借洋溢着原始生命气息的"纯种"力量，将自己活成了让后人敬佩膜拜、从而口口相传的传奇。比如"精忠报国"又"杀人越货"的"我爷爷"余占鳌、英勇抗德挖铁路又被施以檀香酷刑的孙丙。相比较而言，莫言对于自己目睹和经历过的父辈、同辈乃至下一辈生活的叙事，就失去了那种因隔代时间而产生的"美丽错觉"。父辈的故事在莫言小说中以大量的"父亲"形象呈现出来，他们属于"20 或 30 后一代"，童年经历过现代革命后期的大动荡，进入"新中国"时，已大多人

---

① 李陀：《"妙在似与不似之间"——评中篇小说〈透明的红萝卜〉》，载《文艺报》，1985-07-06。

到中年、为人父母。多年贱如蝼蚁、命如草芥的残酷生存体验造就了他们既残暴又卑怯的双重性格：一方面匍匐在乡村基层权力的威严之下，无力反抗也无意反抗，显得卑微、懦弱；另一方面却在更孱弱的孩子、女人面前表现得专断蛮横、自私残暴，看起来毫无怜悯之人性，也谈不上天伦血缘亲情。写于 1985 年的《枯河》就是这样一篇作品，里面的"父亲"、"哥哥"在"小虎"误伤了"村书记"家的孩子之后，所表现出来的卑怯、冷漠和残暴，的确写实到几乎令人不寒而栗。

同辈的形象在莫言小说中比较复杂，这取决于同辈出现在什么样的"高密东北乡"故事中。倘若讲述的是祖辈"爷爷"、"奶奶"的故事，那么，在强悍自在的祖辈面前，在他们"诡谲超拔"又"绚丽多彩"的传奇面前，孙辈的"我"往往是"可怜的、孱弱的、猜忌的、偏执的、被毒酒迷幻了灵魂的孩子"①甚或"家兔子"形象，如《红高粱家族》中的"我"，《丰乳肥臀》中一生没有长大的"上官金童"都属于这一类。还有一类同辈形象，他们一般作为故事主人公出现在写实的"高密东北乡"空间，这类人物年龄偏小、多为不到 10 岁的儿童。如《透明的红萝卜》里的"黑孩"，《枯河》中的"小虎"，《罪过》中的大福等。按作家的说法，这些小说中的事件、场景，大都取材于他自己生活的真实经历。② 因此这类叙事，很大程度上接通的是莫言自己童年的生活体验。那些瘦弱、寡言、饥肠辘辘被成人世界欺凌、遗弃的孩子，是 50 年代至 70 年代历史创伤和灾难最弱势、最直接的承受者，也可以说，他们和他们的故事成为历史残酷记忆的"显影"装置。

此外，还有一个现象尚没有引起莫言研究者的关注，但对于理解莫言地方书写的探索也不容忽视，那就是在更年轻的子辈故事中，作家笔下出现了一个新的"高密东北乡"。从故事时间来看，这是一个 80 年代以后及至 21 世纪以来的更接近当下现实的乡村"地方世界"。就历史大背景而言，这是一个走出了"文革"，进入"改革"乃至"改革第二天"的乡土空间。祖辈传奇的"高密东北乡"和父辈沉重的"高密东北乡"在"以市场经济为中心"的"改革"时代解体、溃败，在"改革第二天"突飞猛进的乡村"城镇化"进程中，一个充斥着金钱和性的欲望的"新空间"正以崭新的面目赫然矗立于"高密东北乡"旧址之上。在《丰乳肥臀》《生死疲劳》《蛙》等作品中，作家都写到了类似"大栏市"这样一个让子辈疯狂追逐、沉沦其中的新"故乡"。看起来，乡村的溃败或者说"终结"已是势不可当，但面对着喧嚣浮躁、欲望横流的"故乡"现状，也让作家对它前景莫测的未来生出隐隐的担忧。

---

① 莫言：《红高粱家族》，351 页，北京，作家出版社，2012。

② 莫言：《与王尧长谈》，收入莫言文集《碎语文学》，118 页，北京，作家出版社，2012。

对莫言而言，"高密东北乡"这个传奇而沉重、在地又越界①的"文学空间"，其现实中的"理想"形象究竟应该是怎样，或者说现实中像"高密东北乡"一样的中国乡村到底该如何发展、何去何从，他并没有答案。也可以说，文学包括莫言的小说并不能给历史和时代提供解决问题的有效方案。但文学可以书写历史的创伤、记录时代的喧哗，并为这些创伤、喧哗以及发展的代价、进步背后的苦难，保留下一份沉甸甸地文字记忆。我想这也是莫言的"高密东北乡"叙事值得肯定的重要价值之一。

1985 年冬，莫言完成了中篇小说《红高粱》的写作，这篇将在 1986 年发表、1987 年被改编成电影、1988 年"走向世界"的作品中，其实留下了许多莫言小说实验的痕迹。或许也正是因为其探索的诸多可能性，这部作品后来被众多研究者归类到许多名目相同、理念各异的流派或思潮中。寻根？先锋？新历史？各持己见，众说纷纭。当然，再细谈那就是"莫言在 1986"的故事了，且留待下回分说吧。

（原载《小说评论》2017 年第 2 期）

---

① 借用评论家陈晓明的说法，参见陈晓明《在地性与越界——莫言小说创作的特质和意义》，载《当代作家评论》，2013(1)。

嗅景与个人记忆的重建：以《生死疲劳》为例

林翠云　张箭飞

> 我认为有气味的小说是好的小说。有自己独特气味的小说是最好的小说。能让自己的书充满气味的作家是好的作家，能让自己的书充满独特气味的作家是最好的作家。
>
> ——莫言《小说的气味》

> 这香气的说服力比起语言、亲眼目睹感觉和愿望要强有力得多。这香气的说服力是无法抗拒的，它像呼吸的空气一直进到我们的肺里，它往我们体内倾注，把我们装得满满的，没有办法抵御。
>
> ——帕·聚斯金德《香水》

在 2008 年获得红楼梦奖之后，莫言明确表示，《生死疲劳》是其创作的长篇小说中最为满意的作品；在 2012 年获得诺贝尔文学奖之后，他在斯德哥尔摩大学演讲中，也选择朗诵《生死疲劳》的片段，足见他对这部长篇的看重。按照莫言在《小说的气味》中所言，《生死疲劳》就可谓是其最有独特气味的小说。这部用四十三年时间积累，四十三天时间一气呵成的野心之作，开篇点题："佛说，'生死疲劳由贪欲起，少欲无为，身心自在'"[1]，莫言借助佛教教义中的"六道轮回"概念结构全书，展开跨越半个世纪的魔幻叙事。通过叙事主人公之一，西门闹的"兽眼"和"赤子之眼"，见证中国乡村社会的动荡和蜕变。西门闹曾是高密东北乡的大户当家，在土改中被冤杀。按照西门闹的话来说，就是"我是靠劳动致富，用智慧发家。我自信生平没有干过亏心事"[2]。所以，西门闹在阴

---

① 莫言：《生死疲劳》，题记，北京，作家出版社，2012。
② 莫言：《生死疲劳》，4 页，北京，作家出版社，2012。

曹地府不断鸣冤叫屈，阎王只好送他重返人间，由此进入六道轮回：驴、牛、猪、狗、猴、大头婴蓝千岁。而每次轮回使西门闹重新开启一段记忆和遗忘的过程，尽管他在离开地府之前发誓："不，我要把一切痛苦烦恼和仇恨牢记在心，否则我重返人间就失去了任何意义①"，但一次次重返动物界，人性逐渐被动物性取代，他关于前世为人的记忆一方面在慢慢损耗流失，一方面与为驴、牛、猪、狗、猴时的体验冲兑和叠加。值得注意的是，每一次轮回开始，阎王或威逼或利诱他忘掉过去：

> "我没有权力让你作为西门闹重生，你已轮回两遭，应该清楚，西门闹的时代早已结束，西门闹的子女都已长大成人，西门闹的尸骨已经腐烂成泥，西门闹的案卷，早已焚化成灰，陈年旧账，早已一笔勾销。你为什么不能忘记这些不愉快的往事，去享受幸福的生活呢？"

> "大王殿下"，我跪在阎罗大殿冰冷的大理石地面上，痛苦地说，"殿下，我也想忘记过去，但我忘不了。那些沉痛的记忆像附骨之疽，如顽固病毒，死死地缠绕着我，使我当了驴，犹念西门闹之仇；做了牛，难忘西门闹之冤。这些陈年的记忆，折磨得我好苦啊，殿下。"②

就这样，在一次次的轮回中，西门闹不断挣扎在遗忘与记忆之中。他既无法做到像福克纳笔下的威尔·伯恩那样，用肉身的存在抵抗遗忘，放弃生的自由，也放弃死亡的选择，主动承担撕心裂肺的痛苦记忆；同时，他也无法达到昆德拉谓之的"改变过去，抹去痕迹"，从而在遗忘造成的空白中重塑个人的主体身份。

那么，面对遗忘的强权，或者强权的遗忘要求，西门闹如何召回他的前世记忆？如何维系每一种"非人"生活与历史的联系？

因此，本文试图追寻作者深埋于六道轮回中的气味踪迹，发现气味与记忆的交织关系，通过厘清小说中的气味类型，探索何为记忆，记忆如何"气化"为"山羊味"、"苦杏仁味"、"锈腐"和"人工香脂味"等，弥漫或渗入村庄、家族和个人，触发了怎样的思想、情感与欲望，从而联结不同时空并重建了作为叙事者主人公之西门闹的个人记忆。

一、气味与记忆

人类通常被归类为嗅觉微弱者，在生活中，嗅觉似乎一直扮演着次要角色，长久以

---

① 莫言：《生死疲劳》，6 页，北京，作家出版社，2012。
② 莫言：《生死疲劳》，189 页，北京，作家出版社，2012。

来，视觉总被认为是所有感觉中最完美的，视觉经验也是人类所有感官经验中最为具体的，在意识可感受到的传入讯息中，超过百分之九十是来自视觉，而剩余的大部分都来自听觉和触觉。嗅觉长期以来被忽视和遭遇冷待，其原因可追溯至西方文明史，柏拉图和亚里士多德都认为嗅觉缺乏用语的描述，其所获得的快感也没有视觉和听觉那么纯净，康德也认为嗅觉是不愉快的根源；而在科学领域，在 18、19 世纪，对疾病了解的局限性让医生们认为臭气是疾病的主要来源。由此可见，赋予精神、理性以特权的各种思想都对嗅觉这一感官给予贬义评价，把嗅觉置于感觉分类体系的最下层，认为"如同性欲、欲望、冲动的感觉，嗅觉带有动物性的戳记"[①]。气味的难以留存以及对嗅觉的用语缺乏，使得气味很难用科学概念或哲学观念来把握，它借助的更多的是作家和诗人笔下文字的回想。这也是为什么诗人和作家们远比学者嗅觉灵敏，能够给予不同气味的再现。

在作家和诗人们的笔下，常常使用气味的能力唤起久远或早已消逝的记忆。波德莱尔认为："香味能产生思想和相应的记忆"，从乳房的气味，出现了"充满帆船和桅的港口"，从头发的气味，出现了"一个很遥远的、失踪的、几乎消逝的世界"。气味在记忆再现这方面，优于其他感觉，或许在于气味能更好地防止理性分析对其的分解。嗅觉与气味能够使得曾经的事物如同奇迹般清晰再现，能够重新找回人们以为不会再次拥有的记忆。由嗅觉所赋予的记忆是极为特殊的，嗅觉器官借由空气流动而运作，因此嗅觉是不设防的，气味分子无孔不入，不管是愉悦还是厌恶的气味，都是在毫无防备时直接闯入嗅觉器官。这种即刻呈现的嗅觉经验无法为我们描绘一张具体的气味地图，但可以给我们以线索，告诉我们曾经发生的事件，以及与此相关的人、事、物。作为感官世界最伟大的剧作家和探险家之一的黛安·艾克曼（Diane Ackerman）在其《气味、记忆与爱欲——艾克曼的大脑诗篇》中认为："气味是包装好的记忆……我们的大脑把这些最初的气味和遥远的情感联合在一起，就像广告商知道的秘密一样，气味可以唤起深层的记忆，向潜意识说话。……很少有事物如气味这般值得记忆，它可以掀起浓重的怀旧思绪，因为早在我们来得及编辑修改之前，它就勾起了强有力的印象和情感了。"[②]也就是说，嗅觉受不同气味的引诱，触发不同的回忆，虽然没有颜色没有温度，但却与记忆深处的情感紧密相连，而这般情感经验，自然触发文学创作。

作为八十年代以来最具先锋性的作家之一，莫言自然是敏感地嗅到了气味对小说创

---

① 派特·瓦润、安东·范岸姆洛金、汉斯·迪佛里斯：《嗅觉符码——记忆和欲望的语言》，洪慧娟译，12、16 页，汕头，汕头大学出版社，2003。

② 黛安·艾克曼：《气味、记忆与爱欲——艾克曼的大脑诗篇》，庄安琪译，159、160 页，台北，时报文化出版社，2004。

作的重要影响。他在 2001 年于巴黎法国国家图书馆的讲演中，就以《小说的气味》为题，强调感官经验对于延续小说不朽生命力的重要作用，气味依赖想象，而作家又是因为借助着想象，才能延续着小说所不可替代的地位。在 2004 年出版的散文集中，他不仅把《小说的气味》这篇收入，更是以《小说的气味》作为其散文集的书名。而在 2006 年第十七届亚洲文化大奖福冈市民论坛所发表的讲演《我的文学历程》中，莫言又一次强调了由感官经验所回忆起来的那些画面，是他开始文学生涯的始因，更是他小说最为标志性的创作特色：

> 生活留给我最初的记忆是母亲坐在一棵白花盛开的梨树下，用一根洗衣用的紫红色的棒槌，在一块白色的石头上，捶打野菜的情景。绿色的汁液流到地上，溅到母亲的胸前，空气中弥漫着野菜汁液苦涩的气味。那棒槌敲打也才发出的声音，沉闷而潮湿，让我的心感到一阵阵的紧缩。——这是一个有声音、有颜色、有气味的画面，是我人生记忆的起点，也是我文学道路的起点。我用耳朵、鼻子、眼睛、身体来把握生活，来感受事物。储存在我脑海中的记忆，都是这样的有声音、有颜色、有气味、有形状的立体记忆，活生生的综合性形象。这种感受生活和记忆事物的方式，在某种程度上决定了我小说的面貌和特质。①

这与莫言在《小说的气味》中的看法，一脉相承，即"作家在写小说时应该调动起自己的全部感觉器官，你的味觉、你的视觉、你的听觉、你的触觉，或者是超出了上述感觉之外的其他神奇感觉。这样，你的小说也许就会具有生命的气息。它不再是一堆没有生命力的文字，而是一个有气味、有声音、有温度、有形状、有感情的生命活体。"②而《生死疲劳》作为作家本人最为满意的作品，更是自觉地实践了莫言所强调的"小说气味观"，尤其突出了嗅觉的书写，以气味的"红线"游走于不同轮回之中，徘徊于现在与过去的记忆纠葛，留恋于片段、破碎与迂回的气味联结，建构出一张真实与虚构并存的记忆之网。

二、气味与轮回

《生死疲劳》借用"轮回"这一源于佛教的概念，因而西门闹屡死屡活，因而可能由死亡带走的记忆得以部分"再生"。这也是他在《生死疲劳》中设置蓝解放这一全知叙事人物的重要原因。蓝解放越过人—畜分界，仿佛洞悉西门闹的前世今生：

---

① 莫言：《莫言讲演新篇》，65 页，北京，文化艺术出版社，2009。
② 莫言：《小说的气味》，3 页，北京，当代世界出版社，2004。

西门牛啊，我不忍心对你描述他施加到你身上的暴行，你已经在牛世之后又轮回了四次，阴阳界里穿梭往来，许多细节也许都已经忘记，但那日的情景我牢记不忘，假如那日的整个过程是一株枝繁叶茂的大树，我不但记得住这株树的主要枝杈，连每一根细枝，连每一片树叶都没有忘记。西门牛，你听我说，我必须说，因为这是发生过的事情，发生过的事情就是历史，复述历史给遗忘了细节的当事者听，是我的责任。①

如何书写历史与记忆的问题，如何面对时间的流逝与事物的消逝，历史与记忆的书写以什么为依托才不会落入大历史书写的陷阱之中，可以说，莫言在设置六道轮回这一结构概念时，便已在其中暗藏气味踪迹，用气味再现所建构的"嗅景"书写，探索了气味是如何在生死轮回、爱情欲望以及时代变迁之间不断穿梭，召唤、拆解以及重组了这些由气味所唤醒的时空与记忆。

1. 山羊味（hircine）的童年嗅景

气味，能够唤起人的早期记忆。我们总是通过某种气味，回忆起那些本已遗失的久远的场景画面、情绪或情感动机。这就是普鲁斯特式的触发效应，一块玛德莱娜蛋糕如魔术般触发了叙事者的童年记忆：

即使物毁人亡，即使往日的岁月了无痕迹，气息和味道（唯有它们）却在，它们更柔弱，却更有生气，更形而上，更恒久，更忠诚，它们就像那些灵魂，有待我们在残存的废墟上去想念，去等候，去盼望，以它们那不可触知的氤氲，不折不挠地支撑起记忆的巨厦。②

童年经验，在精神分析学中被认为是"遗失的天堂"，"当你开始考虑童年结束的时候，天堂其实就已经遗失。你人生剩下的过程就是为了重拾这个天堂，我们当中的有些人成功了，其他人则不。"③我们记忆中那个童年"天堂"，是否就是真正被遗失掉的那个

---

① 莫言：《生死疲劳》，182页，北京，作家出版社，2012。

② 马塞尔·普鲁斯特：《追寻逝去的时光·第1卷·去斯万家那边》，周克希译，46页，上海，华东师范大学出版社，2012。

③ Matthias Kappler. "Remembering a Childhood in Cyprus: Taner Baybars' 'Smellscape' and Multiculturalism in His Autobiography 'Plucked in a Far-Off Land'", in *Turkish Literature and Cultural Memory*: "*Multiculturalism*" *as a Literary Theme after* 1980. eds. Catharina Dufft, Wiesbaden: Harrassowitz Verlag, 2009, p. 208.

天堂？弗洛伊德认为，当考虑到童年与记忆的问题，"童年以后的诸种强烈力量往往改塑了我们婴儿期经验的记忆容量……所以，所谓童年期的回忆，实际上已经不是真正的记忆的痕迹；在那上面早已打上往后种种经验的烙印或得到了很大程度的改变。"换句话说，就是记忆被重新排列和书写，记忆其实是过去和未来的综合，而嗅觉器官，道格拉斯·波特欧(J. Douglas Porteous)在其文章《嗅景》(Smellscape)一文中认为，是重塑一个人童年记忆的触发感官。①

嗅觉之所以难以进入主流研究领域，其重要原因之一在于气味难以用具体的名词进行记录，可以用来描述气味的词汇是相当有限的，我们常常借用别的来源的词汇来对气味进行描述，如"咖啡的气味""八月暴风雨过后的气味"等，这也造成了对气味分类的困难。但无论是林奈的七分法，还是查得·马克更进一步的细分，将气味区分为九大类，在这两种分法里，山羊味都是单独一大类。所谓山羊味(hircine)，指的是以乳味和汗味为主体的气味，而这两种代表性气味恰恰是《生死疲劳》西门闹由人到驴的转世初始时的气味记忆。

首先，以熟悉且亲切的气味为坐标，由气味串联起看似不同范围内的人、事、物，复制、碎裂与重构已被遗忘的记忆。作为家族当家的西门闹，被冤杀于三十岁，可谓死于盛年，在故事伊始，莫言仅仅用"想我西门闹，在人世间三十年，热爱劳动，勤俭持家，修桥补路，乐善好施。高密东北乡的每座庙里，都有我捐钱重塑的神像；高密东北乡的每个穷人，都吃过我施舍的善粮"②短短一句话概括了西门闹一世的全部记忆。但极具戏剧效果的是，西门闹在人、鬼、畜界的六世轮回，却始终没有童年记忆的西门闹，是通过何种载体延续、复制以及重构其记忆，所依靠的都是私密、个人且深具穿透性的嗅觉经验，在过去的时间与空间经验中，以气味为坐标塑造个体身份，建立个体与周遭环境的关联。在阴曹地府里经历两年多的酷刑挣扎之后，得到转世投胎机会的西门闹，在他以为返回人间的途中，尽管视觉所见的高密东北乡的一草一木、一山一水都带来无尽的熟悉感，但却是马文斗所赶着的"马身上的汗味让我备感亲切"，这种熟悉而亲密的嗅景，让西门闹相信故乡的人们一定能认出他来，不管时间已经流逝了多久。自家马身上这熟悉的体味，与亲密、愉快以及归属感这样的象征意义上的情绪紧密联结。

其次，由气味唤醒的记忆中很重要的一部分，就是对母亲及相关女性形象的回忆。西门闹的六世轮回从驴开始，西门驴一世的嗅觉图景是由对他曾经为人时的二姨太迎春的回忆中开始的。西门闹尚未冤死堕入鬼界之前，对迎春的印象仅仅停留在"我的二姨

---

① J. Douglas Porteous. "Smellscape", *in The Smell Culture Reader*, eds. Jim Drobnick, Oxford: Berg, 2006, p. 91.

② 莫言：《生死疲劳》，4 页，北京，作家出版社，2012。

太迎春，她原是我太太白氏陪嫁过来的丫头，原姓不详，随主姓白。民国三十五年春天被我收了房。这丫头大眼直鼻，额头宽广，长嘴方颌，一脸福相，更兼那两只奶头上翘的乳房和那宽阔的骨盆，一看就知道是个生孩子的健将"①。迎春对他来说，不过是在正妻无法生育情况下的补位者，西门闹不曾对她有过情感上的关注和依赖。在刚转世为驴时，尚未消逝的理性记忆力量使得西门闹在看到迎春竟然与自己曾经的长工蓝脸有了孩子时恼怒不止，但随着为驴的嗅觉体验逐渐占据上风，迎春对他来说，就不仅是曾经为人一世的二姨太，更是对幼小的西门驴有着养育之恩的"母亲"形象：

> 我是喝着高粱面稀粥长大成驴，稀粥是迎春亲手熬，她对我有养育之恩。她用一柄木勺子舀着稀粥喂我，当我长大成驴时那木勺子已经被我咬得不成模样。喂我稀粥时我看到她乳房鼓胀，那里边蓄积着浅蓝色的乳汁。我知道她的乳汁的味道，我吃过她的乳汁。②

乳汁的气味不仅复制了西门闹曾经与迎春过往的画面，更是消解了西门闹对迎春未能为自己守贞的愤怒。派特·瓦润认为，儿童的第一个感觉是嗅觉，生命起始时，并非先看见白天的阳光，而是先闻到扩散于子宫液体的"生命气味"。"很多例子可证明：已知老鼠在子宫内可以感觉到母亲的气味，这将成为其出生后辨识母亲并发展完整吮吸行为的先决条件……刚出生的小老鼠借吮吸母亲的乳头吸收其体味，若清洗母鼠，幼鼠将找不到乳头……在动物界，母亲和子女之间的联系绝大部分由气味形成。"③乳汁的气味对于成人西门闹来说，不过触发的是掺杂着好奇与闺房之乐的趣味情感，但对于幼年西门驴来说，不仅仅是食物的纯洁与芳香，更是与人界建立联系的唯一途径。

2. 苦杏仁味的爱欲嗅景

嗅觉之所以常常被视为原始、本能的器官知觉，起因于嗅觉的主要功能都是偏向于动物性的：寻找食物、避开危险、寻求伴侣等。弗洛伊德受进化论的影响，在其《文明及其不满》中认为人类进入文明时期之后，嗅觉的重要性便减低了，因为在人类尚未学会站立之前，性刺激主要借由女性经期来临的气味传达给男性而产生的，在人类学会站立之后，站立的姿势暴露了以往被隐藏的性器官，从此性刺激转变为视觉刺激为主，从依赖原始嗅觉转变为依靠视觉文明。正是因为嗅觉的这种特殊性和莫言在《生死疲劳》中

① 莫言：《生死疲劳》，12页，北京，作家出版社，2012。
② 莫言：《生死疲劳》，16页，北京，作家出版社，2012。
③ 派特·瓦润、安东·范岸姆洛金、汉斯·迪佛里斯：《嗅觉符码——记忆和欲望的语言》，洪慧娟译，28页，汕头，汕头大学出版社，2003。

所设立的独特动物视角，才使得嗅觉经验在人性爱情与动物性欲望之间的摆荡显得尤为突出。

西门闹转世为驴的第一次轮回，由它与灰驴花花的相遇开启了情欲的嗅景书写：

> 人有人的语言，我们驴也有自己的信息。我们的信息是由气味和体态以及原始的直觉构成……它是一头灰驴，身体还算苗条，眉目相当清秀，牙齿非常整洁，它把嘴巴凑上来与我亲近时，我嗅到了它唇齿间豆饼与麸皮的香气。我嗅到了它动情的气味……动情气息更加浓烈，我嗅了一下，感到如有烈酒入喉，不由自主地抬头仰脸，龇出牙齿，鼻孔闭锁，不让臊味外溢，这姿态非常美丽……尽管我心有旁骛，脑海里晃动着那头母驴秀丽的眉眼，娇嫩的粉唇，鼻畔氤氲着它那泡多情尿的气味，使我时时想发疯……①

嗅觉在此时发挥的是其最基本最为原始的作用——动物间的欲望诱发，这种不受理性控制的情欲爆发，皆是由最为典型的动物性气味诱发，如母驴尿的臊味，这与人类世界中所认为的如花香、果香截然不同的气味诱惑，却在西门闹转世为驴的世界中格外浓郁如蜜。这一强烈的情欲气味，如同在空气中盘旋着的一根红线，本能地牵动着西门驴，但也正是这纷至沓来、暗潮涌动的气味之网，唤醒了西门闹前世为人的那些回忆，"冲淡了西门驴对母驴的眷念"。他眼睁睁看着西门白氏——他的发妻，因为替自己守墓，保护财产，阻止公社干部们去挖埋葬的财物而深受震动，此时为驴的西门闹深感后悔生前对结发妻子白氏太过忽略，娶了迎春和秋香后就再也没上过她的炕，作为无法用语言交流的牲畜，它试图去救她，想亲她，却不得不面对人和驴以不同的生命形式而导致的永远的分开，在不知不觉中，对正妻白氏的情感也有了变化，而这一情感变化又是通过具有代表性的嗅觉意象得到更进一步的升华：

> 那是5月里的一个月光皎洁之夜，一阵阵暖风，从田野吹来，风里全是好气味：成熟小麦的气味，水边芦苇的气味，沙梁上红柳的气味，被砍倒的大树的气味……吸引我的、让我不顾一切地咬断缰绳逃脱的气味，是从母驴的身上散发出来的……我在大街上，追随着那令我神魂颠倒的气味狂奔……就这样，我追寻着气味的红线走了许久……那煽情的气味浓郁如酒，如蜜，如刚从炒锅里端出来的麸皮，那假想中的红线，变成了粗大的红绳……我带着满腹的疑惑，慢慢地往妇人身前靠

---

① 莫言：《生死疲劳》，32～34 页，北京，作家出版社，2012。

拢，离她越近，与西门闹相关的记忆便越活跃，仿佛几点火星，燃成了连片的大火，驴的意识变得灰暗，人的情感占据上风。即便不看她的脸，我已经知道了她是谁，除了西门白氏，还没有一个女人，身上能散发出一股苦杏仁的气味。我的妻啊，你这不幸的女人！①

在西门驴的这个梦里，最开始是被它所理所应当认为的母驴身上发情气味所吸引，这气味已经超越了春末夏初高密东北乡这块土地上飘散着的所有的好气味，而当西门驴追随着这若隐若现的气味红线，奔波半夜寻找它的爱情，最终却发现它以为的爱情对象母驴竟然是身为西门闹时的正妻白氏，而白氏身上散发着苦杏仁的气味。"不可避免，苦杏仁的气味总是让他想起爱情受阻的命运。"加西亚·马尔克斯在《霍乱时期的爱情》开篇如是说道。身为西门闹时，一直冷落正妻西门白氏，而当"我"终于发现自己对白氏的感情时，人和驴不同生命形式的事实已永远将"我"和白杏儿分开，驴和人的情感变化在这一篇章的嗅景书写中展现得极为巧妙，从动物本能的情欲吸引逐步升华到一曲求之不得的爱情哀歌。

3. 锈腐与人工香脂味下的时代变迁

《生死疲劳》的故事从1950年的1月1日始，至2000年12月31日终，精准而完整地横跨五十年，从驴到牛到猪到狗最后至大头婴儿蓝千岁的轮回里，每道轮回皆是十年，对应着中国大地上的每一次重大改革，大跃进、人民公社、"文革"、改革开放，莫言用动物视角的轮回来见证高密东北乡这样一个地域典型。跟人相比，对驴、牛、猪、狗这些动物而言，如何判断时代的变迁与社会的变革，除了视觉经验之外，最重要的就是对嗅觉经验的依赖。而在驴、牛、猪、狗这些动物之中，对气味依赖程度最高的又非狗莫属。西门狗所经历的十年是改革开放的头十年，下海、开公司、婚外情这些随着时代变迁而进入人们视野中的事件，甚至是视觉经验无法触及的场域，一一都无法逃脱狗的嗅觉的追捕，尽收鼻底。

我在两个狗哥哥的带领下，在屯子里转了一圈，尽管我少小离家，除了西门家大院之外，对屯子并无多少印象，但这里毕竟是生我养我的地方，就像莫言那小子在一篇文章里写的那样"故乡是血地"，因此，在走街观屯的过程中，我还是心怀感动。我看到了一些似曾相识的脸，嗅到了许多当年没有的气味，也遗失了许多当年的气味。当年，屯子里最浓郁的牛的气味、骡马的气味消失始尽，而许多人家院里

---

① 莫言：《生死疲劳》，69～72页，北京，作家出版社，2012。

都散发出浓重的生锈钢铁的气味……①

当西门狗在时隔多年重回西门屯时，曾经生活与存在于那的人、事、物皆非，但丝丝缕缕的气味尚存，如同康士坦茨·克拉森(Constance Classen)在其编著的 *Aroma：The Cultural History of Smell* 中所言："气味是深具力量的。"(Smell is powerful.)②正是这深具力量的气味以几乎无从辨认的蛛丝马迹，影响着社会生活的方方面面，并对社会关系的建立和联结起着至关重要的作用。因此，即使西门狗幼年时在西门屯生活的时间非常短暂，并且年岁久远，但这些埋藏在记忆深处的气味却仍然让西门狗能够分辨出曾经存在的气味与新增的气味，为读者描绘出一幅气味地图，而在这锈腐气取代了原始农耕时代牲畜气味的嗅景地图之后，是一部时代与社会的变迁史。

除了西门狗鼻底下故乡的气味发生着改变，生活在其中的人们也难以逆时代而行：

我目送着轿车飞快驰去。庞抗美的气味在我鼻边缭绕。类似于新锯开的槐木板材的气味曾经是她的气味的基调，但现在这气味与新出厂的人民币的气味、法国香水的气味、高级时装的气味、名贵首饰的气味混杂在了一起。③

在改革开放头十年的西门屯，机器的气味已经取代了自然的气味，而同样的，每个人身上由于其职业背景、生活方式所带来的独特气味，也逐渐和统一的人工香脂味相混合，甚至被其所取代。处在群体嗅觉经验中的人们，难以用嗅景所触发的记忆之网构成个人历史最独特的部分，尽管西门狗通过敏锐的嗅觉嗅到了个人与集体气味的混合，但对于生活在人世的无数个"庞抗美"而言，有些气味与时代变迁下的环境产生联结，成为记忆的一部分，但有些气味就已被压抑和忽略，这些片段、迂回且破碎的记忆，等待着时间的召唤。

三、莫言小说的特殊"气场"

莫言自从 2012 年获得诺贝尔文学奖之后，便一直处于学术讨论中心。对于《生死疲劳》，张旭东赞誉有加："我们看如今那些残存的(或者说幸存的)'先锋作家'的作品，他

---

① 莫言：《生死疲劳》，439 页，北京，作家出版社，2012。

② Constance Classen, David Howes and Anthony Synnott, *Aroma：The Cultural history of Smell*, London：Routledge, 1994, p1.

③ 莫言：《生死疲劳》，420 页，北京，作家出版社，2012。

们可以写得很复杂，但其实并没有达到《生死疲劳》的构思和考虑的高度。无论多么精致、复杂，无论有多么好看的故事，这些先锋作品还是无法让人看到作者对于这个时代有什么实质性的看法。"①纵观莫言三十余年的文学创作，他虽然未像别的先锋作家，如苏童、余华、格非等尝试着决绝的转型写作，莫言所关注的始终是发生在他的故乡——高密东北乡上的历史与现实书写。但从《生死疲劳》中他对气味与记忆之间紧密联结的近乎直觉化的敏感关注，通过气味推动了小说结构和叙事角度最为关键的"轮回"发展，从而达到"记忆巨厦"重建之效果。

众所周知，拉美魔幻现实主义的代表作家如马尔克斯、略萨等，他们的作品都对莫言的小说创作有着非常明显的影响，这一点也是目前国内莫言研究中最为集中的一部分。而莫言在这部《生死疲劳》中也颇有隐喻意味地借用了马尔克斯《霍乱时期的爱情》的开头："不可避免，苦杏仁的气味总是让他想起爱情受阻的命运。"他用西门闹正妻身上始终散发的苦杏仁的气味暗示：尽管在六世轮回中，西门闹对这个一直跟随着他的发妻白氏的感情发生了变化与升华，但如同马尔克斯所强调的那样，苦杏仁的气味暗示了这场爱情的悲剧。除了拉美魔幻现实主义作家们这一影响源之外，莫言在作品创作中所表现出的对色彩、声音、气味的极度敏感，对听觉、视觉、嗅觉、味觉等感官的关注，都从侧面反映出善于嗅觉书写的欧美作家如聚斯金德、普鲁斯特对其的影响，这一点在他屡次提到的讲演《小说的气味》中也可得到证实。

文学作品中特别强调嗅觉的书写并不多，最为著名的就是法国作家普鲁斯特的《追忆似水年华》，一块小小的玛德莱娜蛋糕触发了叙事者曾经在贡布雷的童年记忆。而另一部就是莫言在《小说的气味》中特别提到过的作品——德国作家聚斯金德的《香水》。若是说普鲁斯特用一部《追忆似水年华》详细描绘了气味与记忆之间的那些紧密相扣的关系，那么聚斯金德的《香水》便处理了关于嗅觉与自我的问题，借由一个生来便没有气味，但却拥有最发达嗅觉器官的角色——格雷诺耶讨论嗅觉与个人想象认同的关系。由此可见，莫言早已注意并已经在其小说创作中实践了气味这一重要的感知载体所能拥有的巨大力量。但与莫言所提到的法国作家普鲁斯特相比，莫言所构建的这个气味狂欢的世界则颇为粗糙，甚至略为刻意。澳洲华人作家黄惟群先生，曾对莫言小说的"感觉"有过这样的评价：

那个给人洪钟大吕之感的山东作家莫言，将感觉这一心理文学带进创作给人新鲜饱满感时，人们是否也会对他这一手法的频繁出现有所厌倦，是否经常感到他这

---

① 张旭东：《作为历史遗忘之载体的生命和土地——解读莫言的〈生死疲劳〉》，载《现代中文学刊》，2012(6)。

一手法刻意、勉强、多余、润色取美，朱绿染缯的运用？莫言先生是个细腻美、粗狂美、朴素美并存的作家。然而，人们感受到他身上散发的朴素泥土气息时，是否也感受到了他表演性的做作、夸张、言过其实？感受他的粗狂美时，是否也感受了他的粗糙？感受他笔下细节发出的力度震颤时，是否也感到他所作铺垫与细节配合上的有欠圆润与默契？退一步，人们在欣赏莫言先生那对风情独具的外婆级小眼睛中闪烁着的智慧之光时，是否也瞥见了这对眼睛中闪烁着的狡猾？瞥见其中智取捷径哗众取宠所需的精明透出的亮点？这个洪钟大吕的作家也是个粗枝大叶的作家，制造惊天动地的强烈感觉时，总让人看到四周众多的败絮。①

这段评价的褒贬是比较客观的，尽管在《生死疲劳》中，每一世的轮回中都可看到莫言试图让气味这根红线贯穿其中，但由于在创作这部小说时是一气呵成，对无论是确实存在的人物气味、动物气味、植物气味，还是作者发挥其想象力所创造的一些抽象性气味，如寒冷的气味、死亡的气味等，都略显粗糙，难以达到作家自己在演讲中所强调的气味的重要性那样的高度，难以像给予他重要启蒙经验的拉美魔幻现实主义的代表作如马尔克斯《百年孤独》、略萨《酒吧长谈》等作品一样，同时兼顾雄大的野心，气势磅礴的叙述以及细节的讲究。但还处在创作期的莫言，已经如此地关注和重视嗅觉的存在对小说创作的影响，也许就正如他自己所说："那就让我们胆大包天地把我们的感觉调动起来，来制造一篇篇有呼吸、有气味、有温度、有声音，当然也有神奇的思想的小说吧。"②

（原载《中国现代文学研究丛刊》2017 年第 4 期）

---

① 黄惟群：《中国当代文学鼎盛期再望》，载《南方文坛》，2008(5)。
② 莫言：《小说的气味》，4 页，北京，当代世界出版社，2004。

心灵胎记与文学超越

——莫言散文的"故乡意象"与艺术传达

张洪波　韩传喜

与动辄长篇巨制、言丰意厚的小说创作相比，莫言的散文创作更近于简截短取、直言平述的随性写作。创作感言、旅游感受、生活感触……在其散文写作中皆有表现，然其中意蕴最为丰厚且富表现力的内容，还是其对于"故乡"的回忆与追述。故乡的山川风物、草木鱼虫、父母亲朋、师长同学……随着岁月的雕琢，刻写在莫言厚重的故乡记忆中，形成了其散文乃至贯通于整个文学创作中的"故乡意象"。而这些所谓"故乡意象"，已成为其文学王国的核心与灵魂，并因其独特的审美特质，成为观照与研究莫言文学创作的最佳视角之一。从其文风独特的散文作品出发，我们可以溯流探源，一探莫言本源性的"故乡经验"与其创作的密切关联，更好地认知与把握作家文学创作的独特性与普遍规律。

一、心灵胎记"饥饿"与"匮乏"

莫言散文所涉题材范围，较之小说，似乎宽泛了许多，而其中最富生活质感与表现张力的，当属关于童年记忆和故乡生活的叙写。生长于二十世纪五六十年代北方乡村的莫言，经历了"中国近代历史上一个古怪而狂热的时期"，"一方面是物质极度贫乏，人民吃不饱穿不暖，几乎可以说是在死亡线上挣扎；但另一方面却是人民有高度的政治热情，饥饿的人民勒紧腰带跟着共产党进行共产主义实验"。[①] 在这样一个特殊年代中艰难

---

① 莫言：《饥饿和孤独是我创作的财富——在斯坦福大学的演讲》，载《法制资讯》，2012(11)。

存活与磨炼成长的莫言，人生最初与最强烈、最深刻的记忆，几乎都与人类生存的本能相关：作为生命个体对食物的本能需求及求之不得的极度折磨，与作为社会个体对情感的本能渴求及被冷漠置之的内在痛苦，浓缩为其散文乃至小说中"饥饿"与"匮乏"两种核心体验，共同合成为莫言早年生存困境的典型图景，并为其人生与创作打上了终生难褪的心灵胎记。

"饥饿"曾是那个特定年代一个民族的集体生理体验与共同心理记忆。对莫言而言，"从我有记忆力起，就一直饥肠辘辘"①。而食物的极度缺乏和难以下咽带来的，除了生理上的痛苦之外，还有生命上的严重威胁。"那时死人特别多，每年春天都有几十个人被饿死。"②童年的莫言，便时时目睹并经历着这种似已成为日常的悲剧事件，因而，当饥饿与死亡联袂而至时，原本应该单纯快乐的童年，对于莫言而言，"是黑暗的，恐怖、饥饿伴随我成长"③。此种伴随终生的"饥饿"记忆，在莫言的散文中化为一篇篇表面沉静随性、内里伤痛弥漫的文字记录，以其不夸饰、不矫情的叙述语言，为当今读者描画着曾经的社会历史实相。

在《草木鱼虫》《吃事三篇》《过去的年》《酒后絮语》《也许是因为当过"财神爷"》等关于故乡的篇章中，"饥饿"记忆时时显现于行文之间，成为贯穿始终的核心体验。在与生俱来的饥饿中挣扎长大的孩子，于莫言笔下永远是同一形象，"挺着一个水罐般的大肚子，肚皮都是透明的，青色的肠子在里面蠢蠢欲动"④，而且"小腿细如柴棒，脑袋大得出奇"⑤。在饥饿折磨与生命本能的驱使下，这些孩子都成了"觅食的精灵"，"像传说中的神农一样，尝遍了百草百虫"⑥。"百草"包括草根、草籽、野菜、茅草饼、地瓜蔓、干结的青苔、秸秆上的菌瘤、水中的浮萍、房檐上的草、各种树的皮……"百虫"更是名副其实，当地能见到的各种蚂蚱、豆虫、蝈蝈、蟋蟀、蝉乃至金龟子等，都成了孩子们费力搜捕的"美味佳肴"；至于河沟里的鱼、螃蟹、土泥鳅更是特定季节里的必捉食物，癞蛤蟆肉也被传为是鲜过羊肉的至上美味。以故乡生活为叙写对象的作家，在中国现当代文学史上可谓难计其数，但如莫言般将故乡生活的细节以如此本真面貌反复呈现于笔端的，似乎为数甚少。不同于多数作家隔着"八十里路云和月"对于故乡的回顾，无论心理影像抑或笔端描画，都会产生时空岁月过滤后的记忆偏差与情感偏向，也没有一般作家对故乡的理想化观照、俯察式批判或主观化偏爱，莫言始终深深植根于北方乡村贫瘠的

① 莫言：《莫言散文新编》，65 页，北京，文化艺术出版社，2010。
② 莫言：《莫言散文新编》，10 页，北京，文化艺术出版社，2010。
③ 莫言：《莫言散文新编》，10 页，北京，文化艺术出版社，2010。
④ 莫言：《莫言散文新编》，61 页，北京，文化艺术出版社，2010。
⑤ 莫言：《莫言散文新编》，45 页，北京，文化艺术出版社，2010。
⑥ 莫言：《莫言散文新编》，66 页，北京，文化艺术出版社，2010。

土地，特别是在散文写作中，他甚至是有意而固执地将自己重新深置于故土，以持守、平齐、对等的视角，以在场的姿态和方式，一遍遍客观冷静地细察着这方熟悉的地域及其上的人事，并以直露质朴的叙述语言将其和盘托出。

"饥饿"对于生命个体最重的戕害，是对人性尊严的彻底摧残与剥夺。对于一个整日饥肠辘辘的孩子而言，攫取食物成为其最发达的本能。在散文中，莫言毫不隐讳地写了自己年少时为了饱腹而四处偷取食物的"事迹"：抓店家案子上卖的熟猪肉，差点被刀砍掉手指；偷扒刚种下的花生种，因拌了剧毒差点丧命；偷吃生产队的马料，脑袋被按到沤料缸里差点呛死……可是"只要一见了食物，就把一切的一切都忘得干干净净。没有道德，没有良心，没有廉耻，真是连条狗都不如"①。凡此种种独特真实的情节与直露剖白的心迹，是作家关于故乡最深藏的记忆，却于散文中毫无讳饰地直笔写来，裹挟着一种特别的情感蛮力。关于散文的真实性问题，莫言曾有过多维度的认知与表述。在其散文集《会唱歌的墙》自序中，作家曾坦言："一个人写小说总是要装模作样或装神弄鬼，读者不大容易从小说看到作者的真面目，但这种或者叫散文或者叫随笔的鸡零狗碎的小文章，作者写时往往忘记掩饰，所以更容易暴露了作者的真面目。"②此言可视为莫言散文创作的由衷感言与切实体会，至少在他的故乡题材散文中，我们看到的是鲜活生动的生活细节、真实可感的乡村场景，这些原生态的童年记忆，以激切到有些粗率村野的语言呈现出来，其实是莫言生命深处的浓烈体验与沉郁情绪长期酝酿之后的一种自然宣泄。

莫言在散文中写过饥饿至极的乡亲们挖"白色的土"来吃，这在那个饥荒年代也许不算什么稀奇事；写过乡邻曾传说，有人将饿死的亲人的肉切下来吃，大概也不完全是主观臆想；但其所记述的"吃煤"事件，却无论如何均显得有些奇异：学生们拿学校取暖的煤来吃，且觉越嚼越香，上课时，老师被学生咯咯嘣嘣的咀嚼声吸引，竟然也惊叹其好吃。"这事儿有点魔幻，我现在也觉得不像真事，但毫无疑问是真事"，莫言在《吃事三篇》中写道，"王大爷说，这事千真万确的，怎么能假呢？你们的屎拍打拍打就是煤饼，放在炉子里呼呼地着呢"③。莫言关于故乡生活的回忆，在粗粝的质感之上呈示着生活的本真模样，而这些所谓赤裸的现实，有时比"魔幻"显得更为奇异、虚幻、变形、夸张——吃豆饼喝水把胃涨破而死，五六岁的孩子一次能喝下去八大粗瓷碗野菜粥，扑抢麻风病人剩下的半碗面条……凡此种种超乎常人的想象之事，却无比真实地存在于并不久远的历史之中。而母亲常常提起的一个梦境，给少年的莫言留下了极为深刻的印象：

① 莫言：《莫言散文新编》，70页，北京，文化艺术出版社，2010。
② 莫言：《写给父亲的信》，123页，沈阳，春风文艺出版社，2003。
③ 莫言：《莫言散文新编》，61页，北京，文化艺术出版社，2010。

在梦中，死去的外祖父在坟墓里亦吃东西，"吃棉衣和棉被里的棉絮。吃进去，拉出来；洗一洗，再吃进去；拉出来，再洗一洗……"①令读者更为惊心的，是"母亲狐疑地问我们：也许棉絮真的能吃？"②操劳一家衣食的母亲，在贫穷至极、饥饿难耐的日子里，能多发现一种食物的渴望强烈至如此程度！在此种历史情境中，原本听来极其荒诞无稽的梦境，却彰示着真切的本质况味与浓重的象征意味，莫言只需打开心门，直笔写出，便天然具有所谓"魔幻现实主义"的艺术效果。这也就难怪莫言一接触马尔克斯的小说便产生了强烈的亲和感，并将故乡故事如此自得地以"魔幻"笔法进行恣意描写。

如果说"饥饿"体验代表的是物质的匮乏与感官的痛苦，那么对于年少的莫言而言，亲情的疏离与淡漠、人世争斗造成的隔膜与伤害、少年辍学离群放羊的孤单与寂寞……带来的是深层心理慰藉与情感满足的严重缺失。关爱的匮乏、温情的丧失、心灵的孤独、尊严的戕害，是莫言"故乡意象"的另一深层内核，也是持续贯通于其散文中的情感倾向。在《超越故乡》中，莫言详细描述了自己因饥饿去地里偷萝卜，被抓住扭送到工地后，领导集合起二百多人，让他跪在毛主席像前请罪，检讨自己"罪该万死"，而在他忐忑不安地回家后，又被父亲用蘸着盐水的绳子暴打了一顿。类似的经历还有很多。而在《漫谈当代文学》篇章中，则记述了自己"因言获罪"的故事：因为说了几句学校和老师的"坏话"，而被同学告密，"老师大怒，在班里组织了一个严肃的批判大会，让每个同学发言批判我"，一个平日里喜欢的女同学因发不出言，"竟上前扇了我一耳光"③，后又被老师用腰带拴在教室后面的床脚上，用弹弓当活靶打……此种人为的伤害与屈辱，来自年少时的乡亲、亲人、同学和老师，对于敏感自尊的少年的残酷性与深层影响是不言而喻的。至于洪水中一个人生病在家的恐惧与孤独，被迫辍学独自放羊的无奈与寂寞，更是极大地影响并改变了一个少年人的性格。"不幸福的童年最直接的结果就是一颗被扭曲的心灵、畸形的感觉、病态的个性，导致无数千奇百怪的梦境和对自然、社会、人生的惊世骇俗的看法。"④读懂了这些，也就能更好地理解莫言"故乡意象"的内蕴特质及其整个文学创作中社会认知与历史批判的内在视点和情感根源，甚至其艺术传达的方式。

二、艺术传达：苦难底色中的历史记忆与文化想象

综观莫言的散文创作，极度匮乏的"饮食"作为贫困、粗糙与严酷的生活的代表意

---

① 莫言：《莫言散文新编》，69页，北京，文化艺术出版社，2010。
② 同上。
③ 莫言：《莫言散文新编》，212页，北京，文化艺术出版社，2010。
④ 莫言：《莫言散文新编》，8页，北京，文化艺术出版社，2010。

象，是一种生存状况与生命体验的高度浓缩与典型象征。因为"食"者，既关乎生命的本能、官感，亦关乎人生的状态、情感，更关乎人性的内在深层体验。莫言散文中，在吃的方面各种令人羞愧的表现在其回忆中比比皆是："回想三十多年来吃的经历，感到自己跟一头猪、一条狗没有什么区别，一直哼哼着，转着圈子，找点可吃的东西，填这个无底洞。为了吃我浪费了太多的智慧。"①因为对于普通人而言，"所谓自尊、面子，都是吃饱了之后的事情"②。这种为满足生命本能需求所做出的种种有辱尊严的行为，也许是一些作家刻意回避、淡化甚或美化的，但莫言却于不动声色之中将生命的痛苦挣扎、生存的残酷真相、生活的无奈承受都以其固有的原生态呈示给读者。这种独特的生命体验与身心感知所积淀下来的人生经验，奠定了其看待社会世态的目光与视角，铸就了其特有的人生观与世界观。关于童年记忆与故乡印象对于写作者创作的深刻影响，向来论者颇多，而对于莫言而言，双重匮乏的童年记忆成为伴其成长的无法褪去的心理胎记与精神负载，并因为现实生活的深长折磨而累加着无数伤痛，逐渐蔓延为其文学作品的苦难底色。在美国斯坦福大学的一次演讲中，莫言甚至将"饥饿与孤独"概括为自己创作的财富，视其为创作的原动力与写作的基本内容。因而莫言的创作，无论是散文还是小说，无论是短篇还是长篇，均是对现实冲突与历史苦难的省察与表现。从早期的《透明的红萝卜》《红高粱》，到后来的《丰乳肥臀》《檀香刑》《蛙》《生死疲劳》等，自然的灾荒、人世的灾难，具化为饥馑频仍、饿殍遍野、战争动乱、厮杀争斗、人性残酷……历史与现实的重重苦难构成其创作的一贯题材，而对于苦难毫不讳饰甚至有意强化的倾泻式的反复渲染，铺垫为其文学创作的基本情感基调。

《超越故乡》是理解莫言人生经历与文学创作至为重要与关键的一篇散文，作家系统而具体地谈到了故乡经历，包括故乡的人物、故乡的风景、故乡的传说对于自己创作的深远影响。以其为切入点，可以更为全面而深刻地理解莫言文学创作的源泉与根基。自始至终，"故乡意象"从不同角度、以不同形式、呈不同姿态，反复被纳入其写作视野、取材范围与表现范畴，化为其文学表现的内容，在各部作品中被反复倾诉，甚至固化成其文学世界的深重内核，构成了其绝大多数作品的"故乡"特质。其最直接的表现，便是对于"故乡意象"的迁移、化用以及在此基础上的复合、重构与升发。

此处所谓"迁移"，是指作者将自己的亲身经历与情感体验较为直接地移植于文学创作中。莫言自言："我的小说中，直接利用了故乡经历的，是短篇小说《枯河》和中篇小说《透明的红萝卜》。"③正是在多篇散文中写到的童年因饥饿偷食物被打受辱的经历，在

---

① 莫言：《莫言散文新编》，63～64 页，北京，文化艺术出版社，2010。
② 莫言：《莫言散文新编》，59 页，北京，文化艺术出版社，2010。
③ 莫言：《莫言散文新编》，11～12 页，北京，文化艺术出版社，2010。

作家的内心积存发酵，化为真切鲜活的文学创作素材。《透明的红萝卜》中，金色透明状的萝卜、匍匐怪兽般的火车、燃烧火苗样的头巾……写得鲜活灵动，令人赞叹，而这些为人称道的所谓的"童年视角""神奇意象""奇妙通感"……实际源于一个曾经饥饿孤独的孩子的内在痛苦及其造成的"真实"幻觉。正如作者所说，"并非只有挨过毒打才能写出小说，但如果没有这段故乡经历，我绝写不出《枯河》。同样，也写不出我的成名之作《透明的红萝卜》"①。"任何一个作家——真正的作家——都必然要利用自己的亲身经历来编织故事，而情感的经历比身体的经历更为重要。"②生活的冷酷真相、情感的冷寂状态，因其是作家的亲身经历与体验，因而诉诸艺术表现时，无论是日常细节还是场景氛围，都呈现着切实可感的本真情态，加之作家独特表达手法与语言的运用，更赋予了作品可触可感、鲜活生动的细腻肌理，因而莫言的"故乡意象"洋溢着现实的"原滋味"，呈示着固有的"原生态"，这也是其文学创作的独特价值所在。正如荣格所言，"原型是领悟（apprehension）的典型模式。每当我们面对普遍一致和反复发生的领悟模式，我们就是在与原型打交道③。作家正是在"原型"的展示中引领读者认知历史真相与内质。

对于生活素材的各种加工，是所有作家巧妙化用经验积累的通用方法。将莫言的散文与小说对照来读，便会发现一个有趣的事实：作家几十年创作的丰厚文学作品中，典型性的"故乡意象"一直在被反复化用着。《丰乳肥臀》这本以母亲一生事迹贯穿中国现当代历史的长篇巨著，对于母亲平生苦难遭际的描写，无论是天灾还是人祸，都始终伴随着食物匮乏造成的痛苦、无奈、挣扎、妥协，甚至生命威胁。"母亲和姐姐们走出村子，在苏醒的田野里挖掘那种白色的草根，洗净捣烂，煮成汤喝。聪明的三姐挖掘田鼠的巢穴，除了能捕到肉味鲜美的田鼠，还能挖出它们储存的粮食。姐姐们还用麻绳编织了渔网，从水塘里捞上苦熬了一冬变得又黑又瘦的鱼虾。"④大量诸如此类纤毫毕现而又真切传神的描写，基于莫言已经内化的生活经验，在其散文研读中我们已屡见不鲜。但在长期写作过程中形成的自觉意识又促使作家对熟悉的"故乡经验"不断进行开掘，因而这些早年"刻在骨头上"⑤的记忆，又会以各种不同的"形象"化入。其写作过程，极大地丰富了"故乡意象"。仅以自成"序列"的人物形象为例，除了《透明的红萝卜》中的"黑孩儿"，"即使仅从饥饿的角度来看，这些'变身'也可以列举《铁孩》中吃铁的'铁孩'和'我'；《丰乳肥臀》中疯狂恋乳、无法长大的上官金童；《牛》中贪吃好说的罗汉；《四十一炮》中吃成肉神的罗小通……经过多年的累积，莫言笔下的黑孩们已经形成一种特有的形象序

① 莫言：《莫言散文新编》，13页，北京，文化艺术出版社，2010。
② 莫言：《莫言散文新编》，11页，北京，文化艺术出版社，2010。
③ 荣格：《心理学与文学》，冯川、苏克译，5页，北京，生活·读书·新知三联书店，1987。
④ 莫言：《丰乳肥臀》，112页，上海，上海文艺出版社，2012。
⑤ 莫言：《莫言散文新编》，8页，北京，文化艺术出版社，2010。

列：他们是一群拥有共同精神内核的孩童，同时又是具有同类主题指向的人物，他们每一次出场都体现了莫言在创作上的'变与不变'"①。其根本之"变化"，在于作品传达的不再是个体经验，而是衣食贫乏造成的痛苦表象下深层的生命困顿与普遍性的时代悲剧。

从实际经验到文学创作，是作者不断调动、整合、重构过往经验的一种复杂的能动过程，因而相同或相似的人生经历与情感经验在不同作家的作品中常常表现得千差万别。即使在同一作家的不同作品中也会呈现出巨大差异，因为"随着一个作家的经验的不断丰富和变化，他就可能不断地'修改'他的童年经验，从而变异出新的内容，发现它的新的意义"②。因而，莫言将其不断拓展的生活阅历、合理丰富的艺术想象，纳入"故乡意象"之中，从而在复合与重构中凸显"故乡"所蕴含的独特内质及其丰厚意旨。《也许是因为当过"财神爷"》是莫言故乡散文中难得的温情叙事之作。回乡探亲的莫言偶遇昔日的小伙伴，想起二十年前的大年夜，两人在冰天雪地中跑到邻村，扮成"财神爷"讨要饺子的往事。而莫言将其作为生活原型写入小说《白狗秋千架》时，对其形象进行了诸多"重塑"。作家将女性人生中的天灾人祸加诸其身：美丽容貌被毁，丈夫残疾暴戾，孩子先天聋哑，生活劳累贫苦……从美丽热情的少女演变成粗俗可怜的农妇，从"个别形象"叠合成农村女性的共同影像，从而完成了对于一个时代女性集体命运的表达，赋予了人物特出的典型意义。莫言以故乡为出发点与根据地，在文学世界不断开掘，故乡经验及其生成的"意象"在作者持续的历练、增长的见识、丰富的想象、理性的思考的共同作用下，日益累加丰厚，从而超越了一般意义上的"地理性故乡"。

但优秀作家的超拔之处更在于其对生活细节和具体物象的艺术升发，他们甚至可以看到并表达出：吃食形象同肉体形象、生产力形象（肥沃的土地、生长、发育）有着密不可分的联系。③ 莫言在其创作中自觉地在感性经验的基础上进行着连类旁触的文化想象：《红高粱》中原始蛮力与"种"的退化的喻示，《酒国》中酒之文化与世象透视的连接，《丰乳肥臀》中"恋乳症"与"侏儒"型人格的象征，《檀香刑》中"酷刑"历史与残忍"看客"心理的揭示，《生死疲劳》中世道轮回与历史悲剧的重演，《蛙》中传统伦理观念与生育"政策"乃至"政治"的胶着……从个体体验推及为群体经验，从童年经历跨越到历史演进，从"地域性"故乡拓展为"普世性"乡土，从"喧嚣式"的外部视察深入"情感化"的内在体察与"理性化"的深层省察——此种文化想象是对历史记忆与现实经验的升发与创造性的复合，不仅为其作品带来了丰厚的艺术表现内容，亦影响着其文学创作的艺术观念乃至传达形式，辐射出巨大的感染力与冲击力。

---

① 张立群：《论莫言小说中的饮食现象》，载《创作与评论》，2014年3月号（下半月刊）。
② 童庆炳：《作家的童年经验及其对创作的影响》，载《文学评论》，1993(4)。
③ 巴赫金：《拉伯雷研究》，李兆林、夏忠宪等译，327页，石家庄，河北教育出版社，1998。

三、文学创作：反思中的"超越"与"限制"

所谓的"故乡意象"，对莫言而言，"更多的是一个回忆往昔的梦境……作家正像无数的传说者一样，为了吸引读者，不断地为他梦中的故乡添枝加叶——这种将故乡梦幻化、将故乡情感化的企图里，便萌动了超越故乡的希望和超越故乡的可能性"①。此言道出了莫言超越故乡的创作愿望与实践路径。

莫言创作的独特之处在于他对于"故乡经验"的处理，首先是从心理情感的深处与之进行着根深蒂固的联结，因为"饥饿"与"匮乏"所刻下的永难磨蚀的痛苦经验，规制着他艺术传达的内在视点与情感基调，因而其笔下的"故乡意象"，永远呈现着本真的"赤裸"样貌，即使丑陋、残酷、不堪至不忍卒睹，也绝不回避讳饰，更遑论温情美化，他总是固执地呈现着其外在至本质的全方位真实影像，甚至逼近到触其温湿、探其肌理的距离，不留任何回旋的余地。而其无限放大的"故乡意象"中充盈着的是浓重而恣肆的情感洪流，甚至常呈现出情溢于物、意重于象的表达倾向与审美特征。如果说"从整体上看，当代中国故乡意象的文学建构至少包含两个向度的内容：实体性的故乡与情感性的故乡"②，那么于莫言而言，其"故乡意象"的传达更偏重于后者。

莫言的散文与其说是对于自己人生经历的回忆与记录，莫如说是对于自己情感体验与心灵历程的倾诉，这一特征也直接显现于其小说创作中。《卖白菜》当属其最具艺术感染力的散文之一。这篇平直朴实至几乎摒弃了所有结构技巧的短文，讲述了一次母子俩卖白菜的过程，读来却回味深长。作者将与母亲相处的全部体验与深切情感凝聚贯注在看似平铺直叙的行文间，但因其情感底色是"莫言式"的，素朴真率间夹杂着冷峻粗粝的母爱，反而赋予这位平凡普通的母亲形象撼动人心的独特魅力。"十六岁出嫁，从此就开始了漫漫的苦难历程"③的母亲，一生可谓饱受折磨，单是各种病痛，在《从照相说起》这篇短文中便写得触目惊心：春天"心口痛"，夏天"头痛，脸赤红，翻肠绞胃地吐"，秋天好不容易熬过"心口痛"，冬天又开始遭受哮喘的折磨，脱肛、腰上碗口大的毒疮、带状疱疹……④可不管如何疼痛煎熬，也必须硬挺着操劳不息。卖白菜的过程中，面对莫言不舍的泪水，她会掀起衣襟给他擦，衣襟上是"揉烂了的白菜叶子的气味"。"用粗糙的大手抚摸着我的头"，面对莫言的哭闹，她也会"猛地把我从她胸前推开，声音昂扬起

---

① 莫言：《莫言散文新编》，18 页，北京，文化艺术出版社，2010。
② 彭维锋：《当代中国故乡意象的文学建构——以新时期乡村小说为中心》，载《河北学刊》，2015(5)。
③ 莫言：《莫言散文新编》，77 页，北京，文化艺术出版社，2010。
④ 莫言：《莫言散文新编》，77~78 页，北京，文化艺术出版社，2010。

来，眼睛里闪烁着恼怒的光芒"，会"声音凛冽"地训斥可怜的儿子……一向坚强的母亲，却因为莫言多算了别人一毛钱而觉得丢了脸，流下眼泪①——这样一位普通而又独特的母亲，被艰难生活磨去了温柔细腻，夺走了健康快乐，却坚守着人世最珍贵的道德与品格——这是典型的"莫言式的母亲"：她是莫言贫穷、孤寂生活中唯一的依靠与温暖，但她也会常常半怨叹半忧心地数落儿子；她将被生活剥蚀之后仅余下的温情与怜惜，全部给了莫言，"有时咽到嘴里也得吐出来给我吃"②，但也会时常露出苦难赋予的粗糙、严厉、冷冽……因而此类"匮乏"温柔和煦"母性"的"母亲"形象，常以不同的相貌、身份、境遇，反复出现在莫言的诸多作品中，升华成莫言文学世界女性形象的内核与魂灵。扉页上写着"献给母亲的在天之灵"的《丰乳肥臀》，被视为莫言的长篇代表作之一，其中的母亲形象正是莫言在"故乡"经验基础上，综合了很多相类的"母亲"的故事而进行的合乎情理的塑造。在莫言的文学王国中，塑造最为成功的，当属一个又一个鲜活丰满、姿态纷呈的女性形象，但无论怎样变化，综观莫言笔下的女性形象，都有"母亲"的形影隐现于其言行品性间。从《红高粱》中的"我奶奶九儿"，到《檀香刑》中的"眉娘"，从《红树林》里的林岚、陈珍珠，到《生死疲劳》中的庞春苗……她们缺乏传统文化形态中女人贯有的温良贤淑、娇柔文秀，而充盈着散文中所描述的"母亲"的独特性情——泼辣大方、勇于担当、爱憎分明、坚韧顽强……面对生活的磨难与剥蚀，愈发显现出其活泼的生命力与特立独行的姿态，洋溢着一种野性的美。因其倾注了作者对于"母亲"的最深沉的情感，以及对于历史文化中女性意识的深层体悟与反拨式思考，而成为当代文学中的独特"类型性"形象。

而且随着创作的不断进行，走出故乡的莫言反观故乡时，亦在不断地对"故乡意象"及其蕴含进行审视与反思。人生苦难的根源与本质、现代历史的更迭变迁、历史风云中的个体命运、社会问题的追询考问……都被纳入了莫言的创作视野，极大地拓展了其作品的表现范畴。因而，当个人的痛苦体验推及为对于人类苦难的解读、对于生命本体存在意义的深入思考时，当个人的现实经验延展为对于文明历史的探寻、对于社会政治文化的广泛考量时，作家的创作视域与作品的深广维度便得到了极大的拓展。而为了适应如此繁复的内容表达，莫言在创作手法上也在不断进行着探索、借鉴西方现代文学表现手法，回归传统古典文学写作技巧，到多种表现形式综合运用与创造，莫言的文学超越一直没有停止。

《会唱歌的墙》可视为呈现"故乡意象"的一篇美文，故乡的独特风物在莫言沉静而深情的笔下与诗意、哲思乃至奇幻想象和谐交融。而其中心意象"会唱歌的墙"，则是九十

---

① 莫言：《莫言散文新编》，253 页，北京，文化艺术出版社，2010。
② 莫言：《莫言散文新编》，79 页，北京，文化艺术出版社，2010。

九岁的门老头特意修建的，它是"由几十万只酒瓶子砌成的，瓶口一律向着北。只要是刮起北风，几十万只酒瓶子就会发出声音各异的呼啸，这些声音汇合在一起，便成了亘古未有的音乐"①。此种描写让人联想起庄子所铺排描绘的天籁之声，但那是风穿过天然孔穴所发出的鸣响，是纯粹自然的乐音与吟咏，而这堵突兀立起的墙，却是用现代社会的大量废品堆砌而成——虽然莫言用特有的繁复倾泻式的语句赞叹其发出的"变幻莫测、五彩缤纷、五味杂陈的声音"②，但朴实封闭的小村庄中这堵喧嚣的墙与传统的"故乡意象"似乎格格不入，散发着现代化进程带给乡村的冲突感与诡异感，从而呈现出一种极具象征意义的"故乡意象"——这是走出故乡却又不断回望、离开故乡却又永远汲取的作家心中所创造的永恒而又变幻的故乡意象，并因作家"在思想和形式密切融汇中按下自己的个性和精神独特性的印记"③，而凸显出鲜明而独特的莫言式艺术风格。

然而对莫言散文与小说文本序列进行综合性考察，亦可见出，莫言的文学创作在趋向成熟稳定的写作技巧与风格之外，日渐显露出的局促与限度，"故乡意象"在被反复书写中亦日渐表现出对创作的束缚与制约，有时相同的题材会在不同的作品中呈同质化般反复出现。且因为对于故乡之种种过于熟稔，所以作者的观察视角及认知判断容易固化，对于相关人与事的表现有时呈模式化倾向。此外，表层叙事的喧嚣与繁复，有时反而稀释冲淡了内容的表达，难以真正触及历史的真相、社会的本质与人性的微妙。因为"作家当然可以借助调查、采访、阅读等技术手段来弥补个人经历之不足，但这些工作无法改变一个作家被乡土传统、乡土人情制约着的道德价值标准和审美趣味"④。"任何一位在民族文学发展过程中能够代表一个时代的作家都应具备这两种特性——突出地表现出来的地方色彩和作品的自在的普遍意义。"⑤英国著名作家托·斯·艾略特此言道出了作家创作应追求的文学审美境，而"自在的普遍意义"的追寻，也是莫言与当代作家应该不断突破限制、实现超越的努力方向。

（原载《求是学刊》2017 年第 3 期）

---

① 莫言：《莫言散文新编》，176 页，北京，文化艺术出版社，2010。

② 莫言：《莫言散文新编》，176 页，北京，文化艺术出版社，2010。

③ 唐正序、冯宪光：《文艺学基础理论》，226 页，成都，四川大学出版社，2003。

④ 莫言：《莫言散文新编》，238 页，北京，文化艺术出版社，2010。

⑤ 托·斯·艾略特：《批评批评家——艾略特文集·论文》，李赋宁、杨自伍等译，上海，上海译文出版社，2012。

思维的精微或鲁迅传统的一翼

李　洱

今天，莫言与韩少功两位刚好都坐在这里，他们形成了一种奇妙的对话关系，他们以不同的方式延续了中国新文学以来的两个传统，又代表了中国新时期文学以来的两个传统。莫言的小说，体现了中国小说在个人历史想象力方面所达到的高度，而韩少功的小说，则体现了中国小说在个人历史经验方面的复杂性。

受张清华教授之邀，我在编一个文学选本，所以昨天我又重新阅读了莫言的短篇小说《拇指铐》，这是莫言短篇小说的极品。人们通常认为，莫言的想象力在他的长篇小说中得到了极大的发挥，堪称挥洒自如。其实莫言的短篇小说，在个人历史想象力方面，与他的长篇小说是一致的。我指的是个人对历史的想象方式、思维方式是一致的。回到八九十年代的历史语境，莫言的小说，有力地激活了人们的感官。提到新文学传统，这里就必须提到鲁迅。为了说明问题，我不妨把莫言小说与鲁迅小说做一个简单比较。在鲁迅的小说中，除了狂人，人们几乎都是麻木的，肉体沉睡，感官闭合，灵魂出窍。在鲁迅小说中，只有叙事人是清醒的。这里用得上韩少功的楚人老乡屈原的那句话：举世混浊，唯我独清；众人皆醉，唯我独醒。鲁迅的叙述人高于主人公。鲁迅的叙述人永远是个启蒙者。启蒙者目光所及，皆是庸众。而莫言的主人公，每个人的感官都极为发达，每个人的痛苦不仅触及皮肉，而且要在灵魂深处爆发革命。所以，当有人说，莫言的小说是在给中国人抹黑的时候，那简直是胡说八道。莫言的小说把中国人从麻木不仁、行尸走肉的形象中解脱了出来，他淋漓尽致地写出了我们在现实和历史中的丰富的感觉。中国新文学的一个传统是精英传统，在这个传统中，莫言是一个特例。莫言对小说，对中国新文学传统是一个有力的矫正，是对我们极大的肯定。鲁迅的小说，最终塑造了鲁迅的个人肖像，在遍被华林的悲凉之雾中，鲁迅茕然孑立，但莫言的小说中，叙事人与主人公同甘共苦。莫言以个人的方式，塑造了丰富的感性世界中的民族肖像。

我之所以说莫言与韩少功构成了一个奇妙的对话关系，是因为韩少功从另一个角度丰富了新文学的传统。这里我还需要提到鲁迅。你在韩少功的众多中短篇和长篇小说中，时时刻刻都能听到鲁迅的回声。韩少功笔下的人物，在相当大的程度上与鲁迅小说中的人物保持着性格、形象的连续性，当然最典型的就是丙崽了。在马桥，这样的人物也是不择地而出，成群结队。韩少功无疑是持精英立场的人，他也有足够的资格持精英立场。重要的是，韩少功笔下的人物又保持着活跃的思维能力，他们观看、体认、分析，然后做出选择。当然，在韩少功的笔下，他们总是始终不渝地做出错误选择。韩少功的人物，与现实和历史构成形形色色的紧张关系，构成各种各样的悖论。而最重要的是，韩少功的小说，呈现出了中国人在思维方面的精微。韩少功的语言如此精微，韩少功用精微的语言表达各种复杂的悖论性的关系，直达精妙。我个人认为，这是韩少功对汉语叙事文学的贡献，一个不得了的贡献。韩少功是左翼中的右翼，右翼中的左翼。在传统与现代之间，在根深蒂固与所谓的枝繁叶茂之间，在解构与建构之间，在万仞高峰与万丈悬崖之间，韩少功一直在走钢丝，走得还很稳，还走出了花儿来，就像在踩高跷，这真的太不容易了。

很多朋友都提到韩少功对小说文体的突破，这当然也是韩少功的巨大贡献。但我试图说明一点，那就是韩少功其实仍然恪守了小说文体的基本界线。韩少功之所以能够自如地表达各种悖论性的经验，表达出那种经验的复杂性，就与他恪守小说文体的基本界线有关。一方面，经验的空前复杂性胀破了小说的固有格式，而另一方面，表达这种经验的复杂性又依赖于对小说文体的基本界线的保留。在胀破和保留之间，形成了韩少功文体。韩少功的小说，从来没有放弃虚构，这还只是表面的现象。重要的是，在小说内部，在各个叙事环节上，在以短篇小说、随笔、微型小说的形式镶嵌到长篇小说内部的各个片断当中，韩少功似乎更深地回到了小说的本源，回到了故事，回到了寓言，从讲述故事回到了故事讲述。也就是说，韩少功文体也是一种空前复杂的文体，这种文体既是对复杂经验的有力呼应、丰富呈现，同时又进一步加剧了经验的复杂性，对喜欢看热闹的读者其实是一种全方位的挑战。

所以我觉得，今天的研讨会具有象征意义。莫言与韩少功，作为鲁迅的当代传人，他们和他们所代表的写作潮流，构成了汉语叙事的两个传统，是汉语叙事的双翼。

（原载《小说评论》2017 年第 3 期）

地狱焰火中的幽微良知
——莫言的三个中篇兼及《檀香刑》

黄德海

现下人们熟知的莫言小说，多是用放大镜观看世界，生活在他的大部分作品中是被摄取的，照亮的只是文学放大镜中圆圆的一块。放大镜前凸出的这块生活是真实的，但也因为放大镜的存在，周围的生活被隔离开了，原生态的生活被遮蔽了许多，人物的活动也只是在这小小的圈子中，总不免显得有些略微变形。但他《司令的女人》《野骡子》和《三十年前的一次长跑比赛》，有一种狄更斯式对"人生那种亲切的忧郁，那种朦胧的、被雾遮蔽着的愉快"的表达，笔下的"生活既富于喜剧性又富于悲剧性，正因为生活有双重性，所以又是愉快的"①，人物生活在人群中，放大镜的边框去掉了，放大镜也就不复存在，生活和人物以他本来的样子展现处理。

一、潜滋暗长的愉快

莫言此前的小说，如余华所说，是用"苦难沉重的声音歌唱苦难深重的母亲"。② 但在这三个中篇里，这种置于前景的苦难被大大弱化了。弱化并不等于消失，而是从放大镜的凸出中出离，回归于本原状态的生活中。在多数小说中，莫言小说的叙事视角总不免是外在的，即以一个出离了乡村的人的视角来反观乡村，自身不自觉的优越感产生了

---

① 安·莫洛亚著，王人力译：《狄更斯评传》，34 页，上海译文出版社，1986。
② 余华：《没有一条道路是重复的》，137 页，北京，作家出版社，2014。

一种类似负罪的感觉，因此，莫言也就不免把乡村的苦难加以夸大，以求引起人们的关注和同情。但不管是《司令的女人》《野骡子》还是《三十年前的一次长跑比赛》，叙事主人公都是乡村里土生土长的孩子（《司令的女人》稍有例外，叙事主人公是随时间的发展逐步长大的），这些乡村培育出的孩子既没有外来者对乡村前定的理解，也免除了乡村成人因为利益或别的东西驱使而故意漏掉的生活部分，以往的出离变成了现在的融入。打一个不甚恰当的比方，此前莫言小说中的视角还是固定的，人物的活动晃晃脑袋就可以总观全景，而现在的视角却是行走的，我们只有跟随着叙事者东奔西走，才可以看到生活中丰饶的混沌。行走视角下的乡村人已习惯于他们的生存方式，因此也就有他们自己消解苦难的方式和表达自己的方法。甚至可以说，苦难已经成为生命的日常行为的一部分，在这种日常行为中，他们感到的就不只是难以承受的负担，还有潜滋暗长的生活的"愉快"。

这种潜滋暗长的"愉快"，首先表现在莫言笔下的乡村人对变动的生活的理解上。"右派"和"知青"下放，无疑是中国政治生活中的一件大事，但小说中的乡村人，并不因为其突然到来而手足无措，他们迅速把这种新现象纳入自己固有的理解方式中。对"右派"，他们没有像意识形态设想的那样对他们监督改造，而是："从很早到现在，'右派'都是大能人的同义词。我们认为，天下的难事，只要找到右派，就能得到圆满的解决。""我爹说，你以为怎么的，没有点本事能被划右派？"[1]对"知青"也一样，他们并没有因为是到"最广阔的天地"中锻炼而真正成为乡村人自觉的被锻炼对象，而是以他们的多才多艺和异于乡村的一些特点让乡村人羡慕。《司令的女人》中，"知青"的能演能唱始终是我们艳羡的，而漂亮的唐丽娟更是乡村人心中天使样的人物，"我们"一帮年轻人几乎被唐丽娟迷倒。甚至，乡村人还从"知青"那里学了很多新名词，比如作品中"我爹"说："你应该找个镜子照照自己的尊容！""我姐姐"说："整个宇宙没有比你更浪的男孩子"[2]……诸如"尊容"和"宇宙"这样的字眼，就是受"知青"们的影响（这点莫言自己在小说中有说明）。乡村人没有把"右派"和"知青"的到来作为他们的异态生活，而是作为他们常态生活的·部分接受了。他们对"右派"和"知青"的态度，也因为这种清醒的常态认识而显得不卑不亢。他们并不因为这些人的暂时落难而对他们鄙视或者别有所图，乡村人保持着他们的现实智慧。在《三十年前的一次长跑比赛》中，带些痞气的王干巴说："你们跟我们贫下中农假装打成一片，其实隔着一条万里长城！"而在常态中对"知青"的有所企图，也被乡村的现实智慧所打击。《司令的女人》中，作品的叙述者"我"，因为迷恋唐丽娟，没有限制自我欲望，闹得村里鸡飞狗跳，被家人嘲笑，并被父亲暴打了一顿。这种家人

---

① 莫言：《三十年前的一次长跑比赛》，载《收获》，1998(6)。以下此篇引文均出于此处，不另注。
② 莫言：《司令的女人》，载《收获》，2000(1)，以下此篇引文均出于此处，不另注。

自发地对不切实际的行为的干涉，是乡村现实智慧的体现。他们知道自己与下放的"城里人"的差距，强硬的干涉实际上也是顽强的自我保护。

二、传奇化倾向

这三个中篇，也饱含着对乡村自我审美和理想表述的准确表达。乡村人的审美在外在视角看来可能是低级的，但这就是他们对事物的理解方式。评价一个人的写字吧，他们说"那粉笔字写的，横是横，竖是竖，撇是撇，捺是捺"。对标枪运动员的要求也不是他能投多远，而是"标枪比赛，光投得远还不行，还应该讲个准头"（《三十年前的一次长跑比赛》）。对乡村人来说，标枪的准头是可以用来射杀兔子的，可以满足他们对食物的需求。在这三个中篇里，最让人感兴趣的是他对乡村人倾向把日常生活传奇化的描绘。在人们的日常生活中，不怎么样的一件小事也几乎会被乡村人自觉地传奇化。《三十年前的一次长跑比赛》中，对一个下放的"右派"会计："我叔说，人家老富打算盘时，半闭着眼，一会儿挖鼻孔，一会儿抠耳朵，半天拨动一个珠，等我们噼里啪啦打完时，人家早就把数报出了。"或许老富真有一手打算盘的绝活，但老富的动作特征是经过夸大的，抠耳朵挖鼻孔只是乡村人夸张地表示一个人的神定气闲罢了。在同一篇小说中，主人公朱总人与县乒乓球冠军比赛时，拿起的是"胶皮像猪耳朵一样乱扇乎的破拍子"。使用的工具越差，人物的传奇色彩就愈加浓厚，凭借很差的拍子和怪里怪气的发球，朱总人赢下了县里来的冠军。在《野骡子》中，父亲的智力和估牛的准确度也被传奇化了，他估牛的出肉率误差不会超过一公斤。而父亲的智力也绝对是一流的，"他没有学过物理但他知道阴电阳电，他没学过生理但他知道精子卵子，他没学过化学但他知道福尔马林液能杀菌防腐固定蛋白……"[①]事情虽然都有些事实的影子，但一望而知是经过传奇化的。这里的行走的视角特别值得注意，固然，因为是跟随"父亲"的儿子，所以有对"父亲"能力的夸张，但更明显的是行走的视角始终跟随着乡村的热闹，乡村人把日常生活传奇化的倾向影响到行走的视角，因此行走者的叙述中就带进了传奇化的倾向。这种把稍有点面目的事情夸张得如同传奇的方法，是乡村人对抗平板乏味生活的方式之一，传奇增加的趣味给尘灰满面的生活增添了丝丝亮色。

因为必须在人群中生活，乡村人就不会无端地去排斥对他们的生活有影响力的人物。《三十年前的一次长跑比赛》中，小学的运动会开得有声有色，上面的大员也破例莅临了他们的"鄙处"。这时，乡村人"一大早就麇集在操场的边上，各人都举着一面自己

---

① 莫言：《野骡子》，载《收获》，1999(4)。以下此篇引文均出于此处，不另注。

糊的小红旗，等候着秦主任的专车"。赵红花的妹妹赵绿叶还因为兴奋而晕倒过去。但他们对这些有影响力的人物也不是一味欢迎或遵从，一旦这些人的不讲道理触到底线，乡村人自发的反抗就开始了。还是《三十年前的一次长跑比赛》，当钱满囤老师说动"我们"的傻偶校长让"我们"捡鸡屎，而"我们"千方百计也没有能力捡够时，在方学军同学的带领下，"我们"胜利逃亡了。"我"姐姐被"大王"强指为右派之后，她先是用砖头砸，然后就用黄色词句攻击大王。强势者的力量乡村人是清楚的，小羊栏村之所以拥有难得的召开大规模运动会的荣耀，是拜上面的大员秦主任所赐。而在相反的方向上，一旦强势者把不可能的任务交给他们，把没有的罪名强加给他们，反抗就是他们最好的自我保护。

乡村人也有他们独特的表达理想的方式，他们的理想建立在人群的生存情景中。对《三十年前的一次长跑比赛》中三角眼作家的羡慕，就代表了他们的理想："他一天吃三顿饺子，如果不吃饺子，就一定吃包子，反正他决不吃没馅的东西。包子饺子，都用大肥肉做馅，咬一口，滋，喷出一股荤油。"而在《野骡子》中，"我"因为母亲禁欲式的生活方式，有时馋肉竟到了忘乎所以的地步："卖肉人的手有粗有细、有长有短，但都是有福的手指！但是我变不成有福的手指。"整日的单调饮食让他们盼望包子饺子，而饥饿的感觉带来了对油水的渴望，生活富裕者不愿顾视的肥肉因而成了乡村人心中的奢侈品。同样，缺少金钱的生活也让他们把一个人的价值通过与金钱的关系来衡量，"我们村的麻子大爷侯七说，解放前，蒋桂英(《司令的女人》中人物)隔着玻璃跟一个资本家亲了一个嘴，就挣了十根金条……"这样说一个人，虽然好像带有蔑视色彩，但更明显的是对轻松挣到十根金条的羡慕，以及骨子里对蒋桂英的赞美。大家对钱的渴慕是共同的，也是真实的。这不是俗气，而是对生活真实的领悟。

三、乡村阿凡提

借助对"人群中的人"的理解，我们也许就会明白莫言这三个中篇中人物的真实和价值。人是不能不生活在人群中的，但不同的人又有不同的对世界的理解方式。巴赫金在《陀思妥耶夫斯基诗学问题》中说："陀思妥耶夫斯基对主人公的兴趣，在于他是对世界和对自己的一种特殊看法，在于他是对自己和周围的现实的一种思想和评价的立场。"[1]"不仅主人公本人的现实，还有他周围的外部世界和日常生活，都被吸收到自我意识的

---

① 巴赫金著，白春仁、顾亚玲译：《陀思妥耶夫斯基诗学问题——复调小说理论》，82 页，北京，生活·读书·新知三联书店，1988。

过程之中。"①莫言这三个小说中的人物，就这样带着他们的世界走来。

前面已经说过，莫言出色地描绘了乡村人把日常生活传奇化的倾向，而在这种倾向中，他们必然会发现和塑造类乎此的人物形象，我们暂时把这种人物命名为"乡村阿凡提"吧！三个小说中，最典型的这类人物，是《长跑》中的朱总人。朱总人是富农右派，大罗锅，长相奇特："梳着光溜溜的大背头，突出着一个葫芦般的大脑门；戴着一副深度近视眼镜，眼镜腿上缠着胶布；脑门上没有横的皱纹，两腮上却有许多竖的皱纹；好像没有胡须，如果有，也是很稀少的几根；双耳位置比常人往上，不是贴着脑袋而是横着展开。"这副长相仿佛是天然的传奇根据，乡村早已经开始流传他的故事。关于罗锅形成的说法就有两种：一种是朱总人在大兴安岭时被一个河南人做的，一种是偷女人跳墙跌折了脊梁。更何况，朱总人做学生的时候就是一个喜欢恶作剧的孩子。他当时针对的是他们的强势者——对待学生很恶劣的范二先生。他往老师的烟荷包里掺兔子屎，在老师的夜壶里放青蛙。这些小孩子的恶作剧虽然没有达到阿凡提的标准，但已经具备了阿凡提的基本特征——对大家敬或畏的人表现出反抗倾向，坏点子出得娴熟机巧。接下来的朱总人已经是很没有架子的老师了，却仍然以他的聪明才智和不断的坏点子丰富着我们的生活。首先是出人意表的体育表现。朱老师在大羊栏小学举行的五一运动会上报名跳高，而跳高者中不乏高手。就在大家以为朱老师会难堪而归时，他竟然以一个当时世界上还没有流行的先进跳法——背越式——越过了人们以为对他来说是不可逾越的高度。这种奇招是"乡村阿凡提"扬名立万的好机会。下面的乒乓球比赛就更加精彩了。县里来的冠军到我们小学打表演赛，因为看不上小地方的落后，对小学的环境表现出没有修养的不耐烦，因此"我们"撺掇怪球手朱老师与冠军来一场。在一连串传奇般的过程之后，县里的冠军铩羽而归。

朱老师此时的行为已经从维护小我利益和为自己扬名中出离，成了为一方乡村挽回颜面的英雄，阿凡提色彩已然十足。随后就是最精彩的了——惩罚乡村恶人。恶少式的人物不是莫言的独创，但小羊栏村的恶少桑林被莫言写得活灵活现。他是一方小头目，偷西瓜、找麻烦、摘未熟的杏子……乡村人对他深恶痛绝，他也终于在摘学校未熟的杏子时惹上了侠义人物朱老师。朱老师乘其不备，一头把他顶到了露天厕所里。桑林不服，与朱老师约定晚上再斗一回合，但应约的朱老师这次却不是用力，而是用智降伏了嚣张的桑林。他使用了《射雕英雄传》里黄蓉吓唬欧阳叔侄的计策，用头把一根拴马桩撞断了。桑林自然不敢再来挑衅，也算是保了一方平安吧。当然，朱老师的行为决不仅此，他为学生们设计的捡鸡粪工具，他参加长跑的勇气，以及他治好寡妇老太婆的病，

---

① 巴赫金著，白春仁、顾亚玲译：《陀思妥耶夫斯基诗学问题——复调小说理论》，85 页，北京，生活·读书·新知三联书店，1988。

种大烟等，处处透着乡村阿凡提的古怪精灵。

与乡村阿凡提类似而决然不同的人物，在这三个中篇里也经常出现，《野骡子》中的"我"父亲就是其中之一。前面说过父亲的估牛技巧，而父亲在充当买卖双方的中间人时，不收受双方任何好处的行为，更是让人佩服。凭借这个，父亲本来是可以忝列到乡村阿凡提行列的，可惜父亲有一样很大的缺点——好吃懒做。而最让我们感兴趣的是，行走的视角保留了父亲习性形成的现实根据："他说如果我的爷爷勤俭持家，土地改革时肯定会成为村子里最大的地主，因为我的老爷爷死时留给我爷爷和我爷爷的哥哥一百二十多亩良田，还有两匹健骡四头黄牛，我爷爷用了不到十年的时间就把分到手的土地和牲口吃个干净，土改时一贫如洗，成了村子里头号贫农；而我爷爷的哥哥，却把他的家产在十年中扩大了两倍，成了村子里最大的地主。斗争地主挖浮财时他的态度极其恶劣，为了捍卫得来不易的家产，他提着菜刀与贫农团的人拼命，理所当然地成了恶霸地主，被贫农团砸了'狗头'。历史的教训和我爷爷的言传身教使我父亲"兜里有一块钱决不花九毛九，他只要口袋里有钱就夜不安眠。"一个人带出了一个世界和一个时代，同样，一个世界和一个时代也孕育了自己特有的人物。"父亲"的及时行乐是世界的一角，写出了这个人物，世界的一角就被照亮了，人群中的人也就获致了自己的意义，成为独特的"这一个"。

同篇中与父亲对照的母亲，也是携带着世界走来的"这一个"。她"是个老中农的女儿，从小受的是勤俭持家、量入为出、攒下钱盖房子置地的教育"。所以当父亲与野骡子私奔后，母亲就按自己的意思安排了自己的生活方式，"我"上面描述的对肉的渴望，就是母亲那种过于苦苦的生活方式造成的。叙事者"我"并不理解母亲做法的深意，因此从自己的享受角度出发，对母亲苦苦的生活态度无比痛恨，而母亲也就在"我"的痛恨中清晰起来了。莫言小说中多携带着自己世界走来的人物，如《檀香刑》[①]中的李武等，是那种乡村中借助他人抬高自己身份的人，他们没有可以自持的荣耀，只好借助他人抬高自己。《三十年前的一次长跑比赛》中，县里来的乒乓球冠军乡村人很瞧不起，他总是对简陋的乡村生活横挑鼻子竖挑眼。他不知道，自己是人群中的人，不知道尊重人群的习惯，所以被人群耻笑和排拒。

四、地狱焰火中的幽微良知

在人群中生存的人虽然"愉快"地行走着，但这并不表明他们永远欢天喜地，人群既然存在，就有萨特所说的"他人即地狱"的情况的存在。行走的视角既看到人群养成的习

---

① 莫言：《檀香刑》，上海，上海文艺出版社，2008。

惯让人群中的人在天堂中行走，也让人群中的人在地狱里煎熬。《檀香刑》中的孙丙和最后的茂腔班主，就是游走在乡村生活边缘的人物。孙丙不服气他人对县太爷的夸耀，因此，当上文中提到的李武恬不知耻地夸耀县太爷时，孙丙就不能容忍李武的"狗仗人势"了，当李武说他在县府吃腻了猪肉的时候，孙丙就给了他一个下马威——自己把一盘猪肉全吃了。李武不识趣，仍然炫耀着县太爷的威仪，并把县太爷的长髯吹嘘了一番，孙丙勃然大怒，狠狠回击了李武，这才就引起了后来的孙丙与县太爷斗须。斗须是孙丙一生的转折点，斗须的失败和随后的被拔掉胡须让孙丙颜面大扫，并失去了继续从事戏剧业的资格。此后的事件也是因为孙丙不能容忍强势者对自己生活的强暴开始的。他的妻子受到德国人的侮辱，因此他对德国人大打出手，打死了一个德国人。就这样，孙丙的悲剧和他随后的入义和团都成了生活的必然。入了对抗洋人的义和团，他的被捕和受刑也就顺理成章。

当孙丙在高台上受刑时，《檀香刑》中最后一位茂腔班主的豪气被激发了，在面临三重强势（县里、袁大人、洋人）的压力时，仍毅然决然地走上了高台，演戏给他们茂腔的祖师爷孙丙看。强势者的枪支是不理会有情的乡村方式的，他被当成扰乱治安的分子处死也是不可避免的命运。他们可以算是在地狱中的人了，但地狱的烈火并没有烧掉他们的"愉快"。与狄更斯写小耐尔的悲剧时没有让悲怆的结尾伤害了他特有的自然的幽默一样，莫言在写地狱中的人物时，也没有戕害他的愉快。《檀香刑》中明确说孙丙是为了完成一场大戏，正是这种完成一场戏的想法让孙丙挺到了最后。而我们是不是也可以小心翼翼地猜测，最后的茂腔班主在他的"天鹅之歌"中也把压抑了良久的表演欲望释放了呢？或许是因为这种地狱中的困苦吧，乡村人对困苦人的同情也就表现了不凡的力量。《司令的女人》中，"司令"（主人公的绰号）遭"茶壶盖子"唐丽娟抛弃，但当调查组要带走"茶壶盖子"，打算强制流产时，侠义心肠和原先对"茶壶盖子"的爱慕占据了上风，司令把"茶壶盖子"身上不是自己的孩子说成了自己的，被公安带走了。在人群中生活的乡村人，并没有因为他人的存在而像萨特说的那样使"他人"成为"地狱"，而是在地狱的焰火中悄然拨动着自己幽微的良知。

在莫言的小说中看到的"人群中的人"，世界和人的关系不像西方强烈表达的追问，也不是乡愿似的一味屈从，他们就像水落入水中那样在世界上生活着，消融着加入的新质，衍生着另一代的"愉快"的生活方式。记得在一本书上看到过这样一段话：

我自小成长在这样的乡间，可从没听见过村里的乡邻中有谁抱怨过种田的枯燥。怨怨天时，骂骂农忙时的辛苦，那倒是常有的，但要说枯燥，却从来没有听说过。①

---

① 李振声：《幻视中的完美》，90页，北京，中央编译出版社，1997。

原先就对这句话很感兴趣，但一直没有细心体察其中的况味，当阅读完莫言这几篇小说的时候，这句话的意思忽然变得显豁了，在人群当中生活的人怎么可能觉得人群的枯燥呢？现实的一切或许已经变得不合人的口味了，但强烈的拒斥和一味的顺从都是因为我们把自己从人群中隔离出来了。把自己放入人群中，或许我们会更好地体味上面的话和莫言的小说吧。

（原载《创作与评论》2017 年第 14 期）

时代及社会的敌人

——论《丰乳肥臀》的批判性

廖四平

一

在莫言所有作品中,《丰乳肥臀》是遭到最为尖锐批评甚至是严厉批判的一部——何国瑞曾直言《丰乳肥臀》是一部"近乎反动的作品",[①]《中流》连篇累牍地发表了批判文章;也是给作者带来最为直接的负面影响的一部——因为这部作品,莫言被告状,有的人"下手很狠,用心极毒,竟然把告状信寄到部队保卫部门和地方公安部",[②] 莫言的"人生自由也受到了很多限制……要去海南岛开个会,他们也不批,出国更不行",[③] 最后,莫言被迫"脱去军装,转业到《检察日报》",[④] 从此结束了自己曾梦寐以求并投身了 21 年的军旅生涯。之所以如此,最为根本的原因是该作品的批判性——它可以说是莫言所有作品中乃至整个现当代文学作品中最具批判性的一部;具体地说,其批判性主要表现在以下几个方面:

---

① 何国瑞:《歌颂革命暴力、爱国主义和国际主义的文艺——社会主义文艺本质论之二》,载《武汉大学学报》(人文科学版),1999(6)。

② 莫言:《与王尧长谈》,《莫言文集·碎语文学》,178 页,昆明,云南人民出版社,2012。

③ 同上。

④ 张志忠:《莫言研究的回顾与展望(1984~2013)》,载《海南师范大学学报》(社会科学版),2014(6)。

（一）批判了 20 世纪的"罪恶"

小说从上官鲁氏出生的 1900 年写起，一直写到上官鲁氏去世的 1995 年——几乎涵盖了整个 20 世纪；同时，差不多描写了中国在 20 世纪发生的所有重大事件——德寇入侵、日寇入侵、中华民族的全民抗战、国共内战、新中国成立、土改、抗美援朝、镇压反革命、反右、大跃进、人民公社、"文化大革命"、改革开放；而上官家人几乎涉身于所有这些事件之中——上官鲁氏本人身历了除抗美援朝、反右之外的所有事件，父亲参加了抗德斗争并壮烈牺牲、母亲自杀于同一抗德斗争之中，大女儿上官来弟及其丈夫沙月亮、二女儿上官招弟及其丈夫司马库、五女儿上官盼弟及其丈夫鲁立人、三女儿上官领弟的丈夫孙不言等均直接参加了抗日战争，二女儿上官招弟及其丈夫司马库、五女儿上官盼弟及其丈夫鲁立人分别置身于国共内战的一方，三女婿兼大女婿孙不言参加了土改和抗美援朝，五女儿上官盼弟及其丈夫鲁立人身历了土改、大跃进、人民公社，七女儿上官求弟身历了反右、大跃进，儿子上官金童除经历了抗日战争、解放战争、大跃进、人民公社、"文革"等之外，还与外甥沙枣花、司马粮、鲁胜利、鹦鹉韩等均置身于改革开放的浪潮之中。所有的人、事所体现的都是"恶"：

德寇、日寇都是像小孩子玩游戏一样烧杀抢掠、屠村。无论是蒋立人所率领的铁路爆炸大队，还是司马库所率领的家丁或抗日别动大队以及沙月亮所率领的土匪，都带有明显的匪气；面对强敌日寇，都是各自为政、自以为是，而没有想到要从民族大义的角度共同对敌，更没有实质性的共同对敌行为。国共内战带给人民的只是苦难——民众流离失所、朝不保夕，像大哑和小哑那样的孩童更是被炸得血肉横飞。土改、抗美援朝、镇压反革命、"反右"、大跃进、人民公社、"文化大革命"等无一给民众带来过真正的幸福，如司马库的一双女儿死于土改；孙不言残废于抗美援朝；司马库、门圣武老道士在镇压反革命的运动中被镇压；鲁立人在土改、镇压反革命、大跃进、人民公社等一系列政治事件中人性异化，最后心力交瘁而死；乔其莎等一批知识分子被划为右派，身心受到摧残；上官玉女在大跃进、人民公社时期不忍因饥饿拖累母亲而投河自尽；上官盼弟在"文化大革命"中自杀；司马亭在"文化大革命"中被批斗而死；上官金童在"文化大革命"中无辜地被判罪；鲁胜利、耿莲莲与鹦鹉韩在改革时代因经不起诱惑而犯罪……总之，从小说的描写来看，20世纪实际上是一部"恶"的连续剧；对于中国人而言，整个 20 世纪简直就是一个噩梦。

（二）揭露了封建主义对女性的戕害及男权社会对女性的压迫

作者曾在谈及《丰乳肥臀》时明言："我想通过这个母亲为了生儿育女和男人进行的性关系来揭示中国封建制度对女性的残酷迫害。"[①]小说基本上实现了作者的这一目

---

① 莫言：《大江健三郎与莫言在中国》，《莫言文集·碎语文学》，56 页，昆明，云南人民出版社，2012。

标——揭露了封建主义对女性的戕害，如封建观念戕害了上官鲁氏的灵魂："在家从父""父母之命，媒妁之言"等封建观念迫使上官鲁氏嫁给自己毫无了解、其貌不扬、性情乖僻、窝囊的"小男人"上官寿喜。"出嫁从夫""夫为妻纲"等封建观念迫使上官鲁氏俯首帖耳地接受丈夫的踩躏。"母凭子贵""父父子子"等封建观念迫使上官鲁氏任凭婆婆折磨。"不孝有三，无后为大""重男轻女"等封建观念迫使上官鲁氏屈从婆婆和丈夫的压力，被动或主动地、且多次地"和自己毫不相识、更不爱的男人去睡觉"，① 直至生下儿子为止，从而成为地地道道的生儿育女、传宗接代的工具"这是对封建主义最沉痛的控诉"；② 同时，又迫使上官鲁氏不得不忍受伦理道德的折磨：她四处借种，这显然违背了伦理道德，她不能不备受折磨，且不得不忍受；她在遭四个败兵轮奸后，"面对着清凉的河水，她心里闪过了投水自尽的念头"。③ 封建观念也戕害了上官吕氏的灵魂：她非常重男轻女，甚至把无男孩子等同于无后；盼上官鲁氏生男孩子盼得丧心病狂——上官鲁氏刚刚生下上官想弟"双腿间还淋漓着鲜血，就听见婆婆用火钳敲响了窗户"，上官吕氏便赤裸裸地对上官鲁氏说："你要能生出个带把儿的，我双手捧着金盆为你洗脚。"④在封建制度下，女人的生命比一头驴的生命还贱——上官家的驴生产，一家人忙得团团转，请兽医接生；上官鲁氏生产，上官家先是不请人接生，让她"轻车熟路，自己慢慢生"，⑤ 然后是在上官鲁氏难产迟迟生不下孩子时让刚刚给难产的驴接生过的兽医顺便给她接生，直到在上官鲁氏奄奄一息才请接生婆接生。

同时，小说也揭露了男权社会对女性的压迫——在小说中，总的来说是男人主宰着女人的命运，女人总是"被动挨打"：上官鲁氏两次被轮奸，上官来弟遭孙不言虐待，乔其莎、霍丽娜实质上是被张麻子强奸了……这些都揭露了男人只是把女人当作发泄兽欲的对象，完全没有把女人当作真正的人。女人只不过是男权制度维系的一种工具而已：上官鲁氏很无私奉献，看起来也很了不起，但实际上，她只是在用她的无私奉献确保男权制度的延伸，她自己也成为男权体制下"为母之道"的牺牲品。女人的命运总是随男人命运的改变而改变：上官家的大女儿、二女儿、五女儿，当丈夫得势时，她们扬眉吐气，当丈夫失势时，她们则垂头丧气，有的甚至还丢掉性命；三女儿有男人便有魂，没男人便没魂；七女儿为了免受饥饿之苦而甘愿受男人的踩躏……上官金童拒绝断奶，实际上也可以看作是"对中国传统男权文化思想的解构"、⑥ 揭露和批判。

---

① 莫言：《与王尧长谈》，《莫言文集·碎语文学》，169 页，昆明，云南人民出版社，2012。

② 同上。

③ 莫言：《莫言文集·丰乳肥臀》，602、593、3 页，昆明，云南人民出版社，2012。

④ 同上。

⑤ 同上。

⑥ 陈一水：《文学的失落——兼评莫言的长篇小说〈丰乳肥臀〉》，载《名作欣赏》，1996(4)。

（三）谴责了战争

在小说中，无论是抗德战争，还是抗日战争、国共内战等，带给民众的都是灾难——德寇入侵、日寇入侵、国共内战，都一样地让高密东北乡的民众陷于水火，让民众命如韭菜，被随意地"割"；抗美援朝致使孙不言身残，又假因身残而变态的孙不言之手伤害上官来弟。战争中任何一方都是非正义的——无论是德寇、日寇等外来侵略者，还是沙月亮等土匪、司马库所率领的地方武装或政府武装等，带给民众的都是灾难：都让民众没法安身、朝不保夕……

（四）鞭挞了现实的丑恶

小说"借心理变态者的嬉笑自虐疯言颠语把社会尘埃洒布到读者面前去品味人生。凭借艳丽轻佻的色彩诅咒社会的腐败，它与《废都》有着曲异同工之处。真情地鞭笞了人生的不平，社会的弊端"[1]——小说侧重对现实生活中丑恶现象进行批判：所叙写的婆媳之争、夫妇之争、邻里之争、战争、政权及党派之争、世风日下等，都属丑陋之事。所叙写的人多为丑陋的人：女性多放荡，男性多乖僻；上官吕氏粗俗、刁钻、凶暴；上官家的女儿们"个个春情烈火，野性娇艳，在情欲上过分张扬，怎么想就怎么说，怎么说就怎么做，激情勃起便直奔性的主体，性格上的共同特征是炽烈、轻浮、放纵、早熟、坦率，你很难分清来弟与领弟、招弟与念弟谁是谁"，[2] 上官金童为一个精神侏儒、患恋乳厌食症者；沙月亮在本质上是一个地痞流氓；司马库放荡；"大人物"、鲁立人、孙不言等均为残忍、滥杀无辜之徒；司马亭及其随从均为"偷鸡摸狗，打架斗殴，撬寡妇门，掘绝户坟"、干"伤天害理之事"之徒；金独乳"独乳"、变态、淫荡……"红卫兵"小头目名郭平恩为残暴之徒——他踢坏老师的肾脏，把上官鲁氏踢倒在地后又揪着她的耳朵命令她站起来，可当她刚刚站起来，他却又把她一脚踢倒；鹦鹉韩夫妇俩为骗取银行巨款、挥霍浪费、穷奢极欲之徒；成为南韩巨商司马粮为恃财而为所欲为之徒——他不仅自己荒淫，而且为了让上官金童过足"奶头瘾"，用美元剥掉七个美貌女郎的衣服，让上官金童像职业妇产科专家，随意抚摸、撩拨，阅尽人间春色；鲁胜利为贪污腐化分子——她所贪之物仅放在抽屉里的就有"金项链一百八十五条。金手链九十八条。金耳环八十七对。金戒指镶钻的、嵌宝石的、啥也不镶不嵌的共有一百二十七个。铂金戒指十九个。金胸花十七个。纯金纪念币二十四枚。劳力士金表七只。其他各式女表一堆"，连她自己都自叹："腐败，太腐败了。"[3]即使是作者试图歌赞的上官鲁氏和纪琼枝也不乏

---

① 陈一水：《文学的失落——兼评莫言的长篇小说〈丰乳肥臀〉》，载《名作欣赏》，1996（4）。

② 王金城：《文本重复：莫言小说的内伤与内因》，李斌、程桂婷：《莫言批判》，357 页，北京，北京理工大学出版社，2013。

③ 莫言：《莫言文集·丰乳肥臀》，5 页，昆明，云南人民出版社，2012。

丑陋之处，如上官鲁氏甚至为偷情的女儿上官来弟放哨、为儿子上官金童拉皮条。纪琼枝在土改时强迫寡妇改嫁，在做教师时拳打脚踢学生，甚至把学生打趴在地上；其形容也丑陋，如做市长后，她"穿着一件男式旧军装，连风纪扣的领子也扣得紧紧的……她叼着一个斯大林式的大烟斗，抽着臭烘烘的莫合烟，用一个像小桶那么大的、搪瓷脱落的、上面残留着蛟龙河农场字样的大缸子咕咕咚咚地灌着茶水，她坐在一张破藤椅上，穿着尼龙袜子的臭脚高高地搁在办公桌上"。① 对于这些丑陋的事或人，小说都是以一种嘲讽、批判的笔调叙写的，而且，给丑陋之人所安排的结局多数不妙，如上官吕氏、司马亭、孙不言等都是遭暴打而死，沙月亮兵败自杀，鲁立人因心肌梗死发作而暴死，鹦鹉韩被判刑，鲁胜利因贪污受贿而被判死刑。

（五）批判了民族或国民劣根性、封建主义及传统文化

"国民内在的灵魂、特别是男人内在的灵魂里，往往都有一个上官金童，一个永远长不大的婴儿，在渴望着母亲的拥抱和安抚，在向往着不负责任的'自由'和解脱"，② 上官金童的恋乳成癖"恰恰反映着深藏在其内心深处的，具有普遍代表性的中国男性的理想与梦想：他们不仅仅渴望母亲的爱，而且希望被包括母亲在内的所有女人溺爱，希望获得最多数的女人最真诚的奉献之心，他们甘愿、渴望成为上官金童这样永远停留在孩童心理的窝囊废。如果能够达成这样的理想，他们就会感到无比幸福，比仅仅拥有母亲的爱，比仅仅占有女人的性更幸福。"③"上官金童的恋乳症实际上是一种象征，每个人的灵魂深处都有污点，每个人都有一些终生难以释怀的东西……总有一些东西的价值被你放大了……放大了某事物的价值，然后产生一种病态的冲动去疯狂地追求，其实完全不需要这样。"④而小说将上官金童描写成"一个一辈子吊在女人奶头上永远长不大的男人"，写"上官吕氏经常叹息：种子不好，地再肥也没用"，上官鲁氏只有向马洛亚牧师借种才能生男孩子，则也隐喻着对迷恋封建文化及封建主义的批判"封建主义那套东西，在今日的中国社会中，其实还在发挥重大的影响。许多人对封建主义的迷恋，不亚于上官金童对母乳的迷恋"。⑤

二

总的来看《丰乳肥臀》的批判性主要具有如下特点：

---

① 莫言：《莫言文集·丰乳肥臀》，623页，昆明，云南人民出版社，2012。

② 邓晓芒：《灵魂之旅》，武汉，湖北人民出版社，1996；转引自莫言：《"高密东北乡"的"圣经"（代后记）》，《莫言文集·丰乳肥臀》，650页，昆明，云南人民出版社，2012。

③ 张光芒：《莫言的欲望叙事及其他》，载《文学报》，2007-10-25。

④ 莫言：《与王尧长谈》，《莫言文集·碎语文学》，179页，昆明，云南人民出版社，2012。

⑤ 莫言：《莫言文集·用耳朵阅读》，36页，昆明，云南人民出版社，2012。

（一）"幅度"大。《丰乳肥臀》所批判的对象涵盖古今、包罗中外——既有在中国流传了几千年的封建主义，又有具有"当下性"、让民众直接深受其苦的兵燹、饥荒、政权之争、反人性的政治运动；既有德寇、日寇等外来恶势力，又有小狮子、徐瞎子徐仙儿、大人物等各自体现的中国本土恶势力；如德寇、日寇的烧杀抢掠、屠村，国共内战，新政权的极左政治及其后果，又有以个体形式出现的"恶"，如小狮子滥杀无辜、杀人凑数，徐瞎子徐仙儿胡搅蛮缠、心底阴暗邪恶，大人物冷酷无情、丧尽天良，鲁立人阴险、昧着良心干坏事，王麻子淫邪、卑劣，上官盼弟六亲不认。

（二）深度大。《丰乳肥臀》的批判深入文化、心理的层面，如封建主义实际上是作为一种文化传统影响中国人的——"在家从父，出嫁从夫""不孝有三，无后为大""男尊女卑"等观念所产生的是一种恒久性的、弥漫性的影响：不是一朝一代、一家一户，而是历朝历代、家家户户都受其影响；不仅作为受害者的上官鲁氏深受影响，而且上官吕氏、上官寿喜等施害者也深受影响。上官鲁氏所受的伤害不仅伤及其肉体，而且也伤及心灵——她居然为了生一个男孩而甘愿"像只母狗一样翘着尾巴到处借种"。① 极左政治不仅导致了饿殍遍野，而且导致了人的人格、尊严被摧毁，像乔其莎、霍丽娜等在当时来说是凤毛麟角、珍视人格的"女高知"，可居然为了维系生命的馒头而甘愿接受形容丑陋的厨子王麻子的奸污……

（三）强度大。《丰乳肥臀》不仅批判了德寇、日寇、国民党、土匪等恶势力，而且批判了执政党和新政权的阴暗面——有些"'公家人'几乎都是'像猎狗'，'像一头暴怒大猩猩'，'宛如一只大蛤蟆'，'眼睛像墓地里的磷火'，'头发像猪鬃一样'，'残忍得像狐狸'"；② 大人物居然残忍到默许枪杀无辜的孩童司马凤、司马凰；县长鲁立人居然下令枪毙既是自己的姨侄女又是无辜的孩童的司马凤、司马凰；支前连队独臂指导员随意打民工、抢掠难民的财物；杨公安"刑讯逼供"、以妇孺为人质迫使司马库投案自首；八路军爆炸大队的得力干将、班长孙不言不仅是一个残疾人，而且形容丑陋、举止粗野、性格变态，竟然强奸民女、当众与民女发生性关系，从抗美援朝战场归来后又残酷地性虐待妻子；养鸡场场长、战斗英雄龙青萍变态到想玩弄男性，甚至因没达满足性欲的目的而自杀；公社党委书记在"窥阴"心理被揭破后将揭破者打成了重度脑震荡……总的来看，《丰乳肥臀》不仅批判了执政党和新政权的阴暗面，而且比此前任何文学作品都要批判得更为全面、激烈。

同时，在批判丑恶的人和事时，小说采用了"极尽丑化"的写法和龌龊的字眼，如小

---

① 莫言：《莫言文集·丰乳肥臀》，499、631、405、383页，昆明，云南人民出版社，2012。

② 何国瑞：《评论〈丰乳肥臀〉的立场、观点、方法之争——答易竹贤、陈国恩教授》，载《武汉大学学报》，2002(2)。

说将公社干部羊委员、孙不言等描写得极端可恶或丑陋——或凶残、暴戾，或身体、心理均"残废"了；羊委员"宛若一根充足了血液的驴鸡巴"；①残废后的孙不言"双手按地，像一只巨大的青蛙"，②"脱掉衣服的孙不言，像一只漆黑的大蜘蛛"③……这使得小说的批判性得到了强化。

《丰乳肥臀》之所以能具有如此的批判性，个中原因不少，但以下几个方面的原因可能最为直接。

一是现实生活方面的原因。就中国人而言，20世纪的确是一个充满灾难的世纪；同时，现实生活本身的确很丑恶——有些甚至远比小说所描写的丑恶，比如日寇在中国所做的有远比高密东北乡屠村残酷的南京大屠杀。而任何文学作品从根本上来说是生活的反映，因此《丰乳肥臀》的批判性只不过是它在反映所描写的那些现实生活时进行了集中和某些夸张罢了。

二是作者自身方面的原因。莫言出生于上中农成分之家，这样的家庭在当时连领救济粮的资格都没有。莫言小时因调皮捣蛋而备受冤枉和责骂，坏事全被安在他的头上，如他本来是去叫父亲回家吃饭，却被父亲的同事认为是父亲的探子；邻居家的小鸡死了，他便被认为是凶手；他堂弟爬树把腿摔坏了，婶婶便听信堂弟之言，认为是他把堂弟推下树的，甚至当着他母亲的面骂他；他邻居家的肉被猫叼走了，邻居便认为他让猫把肉叼给他了；村里的一头牛被一帮大孩子弄死了，可他姐姐却以为那牛是被他弄死的；他指着电影《女奴》里的人物说老师是"奴隶主"，结果，被同学报告给老师，并受到警告处分；小学毕业后便被剥夺了继续上学的权利，回家干放牛割草之类的活计。④在18岁时走后门到县棉油厂干临时工。18岁、19岁、20岁连续三次报名参军，虽然每次都体检合格，但政审总不合格。21岁那年是当兵年龄期限的最后一年——那年，即1976年"村里的支部书记、民兵连长都到遥远的水利工地去劳动了"，而他则在县棉油厂干临时工，便"利用这个机会钻空子，找了朋友走后门，当兵走了……"⑤莫言参加解放军后到渤海边上，站岗之余喂猪、种菜……可想而知，在成名以前，莫言实际上是"洒向人间都是怨""眼角眉梢都是恨"！而现实生活又不允许他随意地发泄怨恨，于是，他便在《丰乳肥臀》中借对现实生活中丑恶现象的叙写发泄了出来——小说中关于上官鲁氏暴打上官吕氏并将其打死的细腻描写就非常充分、非常突出地表现了这一点。

三是文学环境方面的原因。《丰乳肥臀》构思于1994年秋天、写成于1995年9

① 莫言：《莫言文集·丰乳肥臀》，631页，昆明，云南人民出版社，2012。
② 莫言：《莫言文集·丰乳肥臀》，405页，昆明，云南人民出版社，2012。
③ 莫言：《莫言文集·丰乳肥臀》，383页，昆明，云南人民出版社，2012。
④ 莫言：《与王尧长谈》，《莫言文集·碎语文学》，94～107页，昆明，云南人民出版社，2012。
⑤ 莫言：《大江健三郎与莫言在中国》，《莫言文集·碎语文学》，44页，昆明，云南人民出版社，2012。

月——这个时期的作家虽然还有很多限制，但早已不再像 20 世纪 50 年代至"文革"结束期间的作家那样动辄因文罹祸，甚至身陷牢狱，因此，莫言能够放胆地按照自己的构思来写作——虽然《丰乳肥臀》在后来遭到了批判，但那毕竟是"后话"，而对《丰乳肥臀》最初的写作和出版并无影响。

莫言认为："古今中外，那些积极干预社会、勇敢地介入政治的作品，以其强烈的批判精神和人性关怀更能成为一个时代的鲜明的文学坐标"①，他的《丰乳肥臀》正是一部践行这一观点的作品——它的"强烈的批判精神"既使它在中国现当代文学史上"鹤立鸡群"，格外耀眼，更使它成了 20 世纪 90 年代"鲜明的文学坐标"。

（原载《当代作家评论》2017 年第 5 期）

---

① 莫言：《大江健三郎先生给我们的启示》，《莫言文集·用耳朵阅读》，204 页，昆明，云南人民出版社，2012。

亦史亦野亦锦绣

马 兵

从《霸王别姬》到《我们的荆轲》，从《檀香刑》里的茂腔悲风到《蛙》结尾处九幕话剧的一咏三叹，莫言一步步地实现着自己"作为戏剧家的野心"。因此，他以戏剧《锦衣》回归，在自我的写作谱系中固然不无谋求"变法"的意味，本质上还是一种水到渠成的结果。不过就大处而言，莫言素来致力于在小说与戏剧之间重建互援关系的实践，尤其近些年对戏剧创作有加无已的偏好，显现了他面对汉语文学相对沉滞的文体秩序的一种破壁之志——自晚清"小说界革命"以来，一个多世纪里，小说一直占据文体中心的位置是不争的事实，而戏剧则相对最为边缘，这一点在既有的各种现当代文学史中有着鲜明的体现，尤其是中华人民共和国成立后的文学史，戏剧所占篇幅越来越少，在有的文学史里甚至阙如。

莫言的戏剧热情在这一背景下似乎不合时宜，但未必不具有前瞻意识。我们注意到，在关于戏剧的访谈和演讲中，他多次提到过新文学肇始阶段陈独秀等启蒙先驱对戏剧的鼓吹，并认为陈独秀的判断在当下"依然很正确"。今天来看，"五四"一辈知识分子对戏剧的推崇并不是一种单纯的文体选择，而毋宁说是一种历史进化论的选择，他们看重的是易卜生、托尔斯泰等的社会问题剧所代表的启蒙现代性，换言之，是戏剧这一文体"形式的道德"决定了他们对其倚重的态度。而且"五四"一辈知识分子所推崇的是近现代欧美的新式话剧，对于渊源有自的传统戏曲基本是持批判立场的，无论是古典的唱腔曲式，还是写意的形体表演都遭到新剧阵营严厉的抨击。

明乎此，便不难发现，莫言与"五四"先驱对待戏剧其实是和而不同的：一方面，莫言认为戏剧人人心之深的感染力是所有叙事类文体中最强的，普通中国民众，尤其是老一辈人，他们基本的价值观几乎就是被各种戏剧类作品所塑造的，那么要贯彻其"作为老百姓写作"的信条，戏剧自然因其"形式的道德性"而被他推重；另一方面，莫言对戏剧新旧之争的历史教训心知肚明，而他素来的文学立场也让他更青睐于在民间发掘戏剧质朴的力量，并尝试对旧戏和民间戏曲的审美创造性转化，使之成为当下戏剧创作的源头活水。

《锦衣》的意义或即在此。此前在创作《我们的荆轲》时，莫言在"故事新编"的同时，格外强调了借剧写心、直面自我的动机，同时观众和读者也注意到了话剧内蕴的强烈解构色彩。与之相比，《锦衣》更像是一步大幅度的后撤。这部戏写的还是高密东北乡的故事，背景是晚清，它大量运用民间戏曲元素，突出的是外在的传奇色彩，即莫言所谓将"革命党举义攻打县城的历史传奇与公鸡变人的鬼怪故事融合在一起，成为亦真亦幻的警世文本"，这里无论是对"故事"的强调，还是对"警世"的标榜，都与传统戏曲的题旨相似。在戏剧的结构和人物塑造上，《锦衣》也是全面向传统戏曲复归，如单线的叙述，起承转合的情节走向，性格固定单一的功能化的人物设置、写意的动作和装置、大团圆的结局，等等。

当然，《锦衣》绝非只是一意拟旧那么简单，细读便不难体会，莫言在这出戏里，下足了执简驭繁、就拙为巧的功夫。他凭借戏剧这种"有意味的形式"获得比小说还要畅快的叙事节奏，而令他神往的元曲的"一韵到底"也有了尽情施展的机会。剧中无论是季星官和春莲的伉俪情深，还是王婆、王豹姑侄的巧舌如簧，抑或庄知县父子的昏庸纨绔，种种唱段看似不暇修饰，实则别有匠心，社会各阶层的声口跃然纸上，正义者和邪恶者莫不音韵铿锵。顾随先生论汉诗之形、音、义，曾谓："以上三者，莫要于义，莫易于形，而莫艰于声。"借用这个说法，戏剧其实亦有义声之辩，声口的活泛同样艰难。而读《锦衣》里诸人发声，有时一句简单的道白或一声冷笑戏谑也给人神完气足之感，让人时有读《茶馆》的感受，这种"声音的诗学"确实体现出作家不凡的艺术功底。更重要者在于，莫言是以退为进，当小剧场的先锋戏剧和后先锋戏剧成为新的媚俗和规制时，焉知京胡、二胡伴奏的唱段不能为进入死胡同的戏剧注入新的文化活力？

同他的小说类似，《锦衣》其实也隐含着莫言在正史与野史之间的自觉选择，他每每有宏观的历史视野，但落笔却在丰饶鄙野的民间。戏剧里青年志士的革命大业与以鸡代婿的乡土风俗奇妙地绾接，季星官凭借一身锦衣出入青莲身边，这件"锦衣"成了他的隐身衣，也未尝不是莫言施展的"障眼法"——通过这件戏剧的"锦衣"，他自由地出入于历史与传说之间，就像剧里季星官的父亲在盐铺里挖了四通八达的地道一样，莫言也在文本里挖下条条通往传统的暗道，随时可能在一个隘口着一件古衣现身，他借此逃逸了现代汉语的文体清规，让戏剧也具有小说一样的包容力，甚至更完善地成为对历史的荣耀和迷魅进行想象和表达的形式。

（原载《齐鲁周刊》2017 年第 38 期）

四、 莫言访谈

不忘初心， 期许可待

——三十年后重回军艺文学系座谈实录

徐怀中　莫　言　朱向前

徐怀中：各位院领导，各位老师和同学们，应彭丽媛院长之约，我和莫言、朱向前三个人在今天回到文学系，开讲新春第一课。到这儿一看全院这么热情地欢迎，我觉得课简直没有办法讲了，就权当是今天来接受大家检查我们授课好了。

进到教室，我还没有来得及细看，我印象中这个教室原来是一个台阶，一台阶的洋灰地，后面就是一堵墙。我今天看就好像来到了联合国教科文组织，大大地不同了。但又一想，好像教室也就应该是这样辉煌，就应该是这样大模大样的。

所以，在这里首先我要感谢学院的各位领导。确定把这个南阶梯教室作为一个带有标志性、带有某种纪念意义的教室保留下来，我觉得这一举措是出自思想的丰厚和细腻，出自眼光的远大和开阔。为部队保留这么一个文学系的荣誉教室，看起来是一桩很小的事情，可是它的历史意义和现实意义是不言而喻的，对我这个曾经在文学系工作过的老军人以及对今天还在教课的老师们，以及今天上课的同学们，都是一个极大的鼓舞，是一个很大的激励。

"牧童遥指魏公村"，请看魏公村18号院的花木丛中忽然筑起了那么大的一个蜂巢，这不是一个普通的巢，是一个酿造军事文学的很大的巢，这算不算是一个新的景点呢？

大家知道，大学中文系是培养学者、培养教授、培养专家的，并不是专门培养作家的。解放军艺术学院有所不同，带有某种专业培训性质的，这样两相比较，不能说我们文学系创造了多么辉煌的教学成果，但是，在这个教室里边排着队走出一批批的优秀军队作家，这不能不说是一个值得研究、值得关注的事情。时代在飞速前进，但是留下来的仍然有它存在的意义，不完全都是一些陈谷子烂芝麻。

今天，我们大家汇聚一堂，意在回眸创办文学系之初，所走过的那一段曲折而又充满收获喜悦的里程，是为了寻访那些数不清的甘苦，重拾那些尚未实现的追求与梦想。习近平总书记在中国文联十大、中国作协九大开幕式上的讲话中，就文化自信做了深刻阐述，他讲的是民族大义、国家至要，却和我们今天的课程有着紧密的内在联系。在习主席一系列重要讲话精神的辉映之下，今天的座谈更平添了奔赴前线的一种急切感和兴奋感。这是我的感受。

院领导还特邀了第一期的学员莫言、朱向前两位同学到课，徐怀中、莫言、朱向前到课，他们可以随时打断我的讲话，就我发言的错误及疏漏之处给予修正补充。

一、创办缘起

二十世纪八十年代中期，随着思想解放的大潮汹涌，全国文学创作的势头可以说已成燎原之势，时任总政文化部部长的刘白羽等老一辈清醒地认识到，要想深刻、持久地反映我们部队的现实斗争生活，从我们的教育、作家队伍以及体制机构等诸方面来说都不适应改革开放的新要求。刘白羽同志他们下决心要创办文学系，创办军队自己的大型文学刊物《昆》，并且立即分批组织作家到前线去深入生活。总之组织了一系列重大的文化战役，来促进我们军队的文艺繁荣。并且当时就明确地提出，要广招全军的英才，把那些风华正茂，身处第一线，有着深厚生活积累和创作经历的，但由于"文革"的耽误而缺乏读书修养，缺乏文化底蕴的青年作者集中起来，在有限的时间内来为他们加油、充电，让他们百尺竿头更进一步，为军事文学的可持续发展建设一个培养人才的基地，完善一套培养机构，聚集一支又一支的文学生力军。总政文化部的文件报上去之后，我回忆军委大概是在一九八三年十二月批复下来，要求一九八四年上半年正式开课。正是在这种十万火急的情况下，时任解放军艺术学院院长的胡可同志及其他几位院领导来找我，希望我来主持文学系工作。大家也知道，我没有受过高等教育，才疏学浅，怎么能够接受这个文学系主任的职务呢？他们几位一次又一次地到寒舍，我觉得不好推辞，也就答应下来了。我接受了这个任务，同时也就下了决心，要把我自己的创作彻底地放下来，一个字都不写。否则，如果文学系办不好，那就是因为我自顾自留地，没有办好文学系。如果我努力了还是办不好，他们也只好另请高明。我就是在这种情况下，答应来试一试的。

客观地说，当时的条件是很不完备的，所幸的是院领导以及学院各部门对文学系的创办有求必应，这也给我很大的鼓舞，我说那就干起来吧。没有师资，没有教材，满打满算只有三名干事和一名参谋，以后才陆续调进来两位教师和一位学员队长，这就是当时文学系全部的班底。我应该感谢当时文学系的几个青年人，他们一直帮助我，给我出主意，帮我想办法，苦苦地支撑，总算把文学系第一期办下来了。

二、招生工作

下边我想谈一谈招生工作。当时是三总部和陆、海、空三军十个大军区，我们定的招收学名额是每个大单位有一两个人，实际上不可能平均。比如济南军区创作室的人多，就多了几个人，有李荃、苗长水；像福州军区就只有朱向前一个人，总参就是莫言。除了照顾各大军区、各大单位入学的学员之外，还考虑到要把一些突出的人物招进来，比如我们招收了雷锋连的副指导员刘英学，招收了在前线荣立二等功而且负伤的排长何继青。他们两位现在也都还在文学战线上工作着。这三十五名学员里招收了七名女学员，占百分之二十。

招生中间出了一段小插曲，后来为大家所谈论的，就是莫言同学当时来晚了，已经过了招生期限，按照规定没有办法收他，结果他还是入学了，这中间经历了一些曲折。莫言你谈谈吧。

莫言：当时我是在原总参三部五局宣传科工作，那一年的下半年，我给战士们讲科学社会主义，在长辛店进行培训。在培训期间我发现本系统的一位同志，每天都拿着《汉语知识》《写作与修辞》认真地读。我说你学这些干吗？他说军艺要招生了，文学系成立了。我说我是不是也可以报名？他说不行，有职务规定，只有营以上的干部才可以报名。我当时是排职干部，没有资格报考，很郁闷。大概过了有一个月，他突然告诉我说，那时候我还不叫莫言，叫管谟业，他说小管，我给你打听了，你也可以报考，只要是干部就可以报考。我听后很高兴，先请假跑回单位征得领导同意，然后跑到总参干部部门，他们给我打电话联系了军艺文学系，我报考时拿着发表的两篇小说《民间音乐》和《售棉大路》，还特意把孙犁先生评价我的一篇小说的文章给剪下来，贴到我的那个小说的空白处。是刘毅然接待了我，当时正值暑假，天气非常热，我穿着军装一本正经的，刘毅然穿着短袖衬衫，令我印象很深。我把作品给他，心里希望能见见主任。刘毅然说你把作品放下吧，主任正在忙，你就不要进去了。主任正在办公室里伏案工作，我看了一眼，心里边暗暗祈祷，老天保佑，让我成为文学系的学生，成为徐怀中的学生。

然后，刘毅然说你赶紧回去认真复习文化课，我们还要进行文化考试，要考政治、历史、地理、语文，你的时间不多了。回去后我就非常认真地复习。后来我听刘毅然说，主任当时跟文学系的几个同志讲过，这个莫言来晚了，文化考试没有系统复习，肯定会受影响。即便他的文化考试成绩不理想，我们也要收他。这个情况不知道是真是假。后来我的文化考试成绩还挺好的，是我们系的第二名。我的作文考了九十分，哲学、政经、历史、地理也都不错，因为我当时是政治教员、宣传干事，有点积累，有基础。考地理的时候我很幸运，就在我们局里的会议室里考，旁边挂了一个很大的世界地图。其中有一道题是十分，要写出我国周边各个国家的名字，地图上全都有，那我就抄上了，所以也有运气在里边。（掌声，笑声）

后来刘毅然给我打电话说你已经被录取了，但是你要走读。我一听就很害怕，我当时刚来北京不久，很陌生，公共汽车都不会坐，拨号电话不知道什么叫忙音。刘毅然说让我走读，我就跟他说，能不能不让我走读，哪怕在走廊里给我支一张床也行啊。过了一段时间，刘毅然又给我打电话，说没有问题了，全部都住校，不要走读了。

到了九月份开学我们就来了，一进大门在右侧大树底下登记，然后有人领着到很大的一个宿舍。就是我们这个楼的一层，一进右侧第一间。很长的一个宿舍里面摆了四张床，而且我印象特别深的是我们每人有一张豪华的写字台，那之前我从来没有用过，也没用见过那么好的写字台，然后就正式开始了我在军艺的学习生活。

徐怀中：那一期的文化课我要说一下，我们文化课的总分数要超过北京市中专考试平均线的分数，这样我就非常高兴。都说我们部队的学员没有文化，你看看我们的文化还是相当好的。特别是莫言，我看了他的作品之后说这个学员一定要收他，他分数不够也要收他，想想办法。结果他考第二名，第一名是钱钢，钱钢现在也是有名的记者，大作家。

新生入学的时候，朱向前就跟莫言住在一起，他回想起认识莫言的经历很有意思的，向前你来聊一聊。

朱向前：今天首先非常感谢院领导给我这样的机会，其实我毕业三十年，也是第一次和恩师、师兄一起回到家里和大家聊天，不能叫讲课。我觉得我今天的主要角色是来见证两个奇迹，一个奇迹就是前面主任说的，我们军艺文学系在徐怀中主任手里，开创了一种培养作家的最快速、最高效的模式。如果能够以单位产量而论的话，其不仅仅是在军队，也不仅仅在新时期，甚至在新中国，恐怕也是文学史上难得的一个范例。第二个奇迹就是见证莫言，用我们老主任的说法，就是莫言从一个山东农村的孩子怎么走向世界的。同时，莫言又是第一个奇迹最大的证明，我有幸见证了他最初迈出的第一步。

话说是一九八四年的秋天，刚开学两天，本来我当时在福州军区小有名气，所以很荣幸被推荐来考，结果是矮子里面拔将军，福州军区就我一个。其实我那个时候刚刚电大毕业，获得学士学位，再来读大专前还有点犹豫，不知道文学系为何物。来了报名一看，钱钢、宋学武都是获得过全国大奖的，所以非常兴奋，大感意外，同时变得有点自卑。在福州军区咱姑且也算号人物，到这一看，啥也不是，一时情绪不免低落。

每天去饭堂的路上，同学们要么是前呼后拥，呼朋引伴，要么是三三两两，称兄道弟。我去的时候谁也不认识，然后很快就发现一个人，就是莫言，孑然一身。然后再仔细看这个头像好像不太熟。因为当时发表作品多会附张照片，所以对有成就的作家头像会比较熟悉，我一看这个头像不太熟，起码也不在二线，更不在一线了。再仔细看的话，颜值也不是特别高。然后我有点信心了，主动上前跟他搭讪，我说贵同学叫什么名字？莫言说叫管谟业（山东话），我心说这个比较陌生呵。我说什么单位？总参。我说写过什么没有？说什么也没写过。我心想这就奇怪了，他马上补充，他说总参没人，他是来顶替的。我马上下意识地说，哎哟，不错不错。不错，这是客套话，其实也是泄露我内心的一种感受，不错，真不错，总算找着一个比我更差的，这其实是我当时的心里话。（掌声，笑声）

然后那两天我跟莫言有一点同病相怜，不知道莫言还有没有印象，那两天我跟他接触比较多，但是我同病相怜的错觉很快就打破了。大概是第三天、第四天，全系第一次开会，我们老主任做了一个郑重的讲话，包括介绍文学系为什么要创办，它的指导思想，它的战略意图等，从宏观讲到微观，就讲到生源的问题，就是刚才主任讲的一部分。然后举了一个例子，说有一篇小说叫《民间音乐》写得如何如何好，也引用了孙犁的两个评价，我记得很清楚。说人物写得空灵飘缈，这是一个评价。第二个评价是有点艺术至上的味道。这个可以说给我有冲击，因为当时主流的价值取向或者评价标准完全不是这样的，当时主任强调这两条。然后就说当年全国评奖我是没有遇到这部小说，如果遇见的话，我肯定要为它投一票。这句话一说，全场大惊，然后主任再说，这个小说的作者署名叫莫言，他的真名叫管谟业。这个时候同学们都对不上号，因为当时不是特别熟悉，大家当时对管谟业普遍是感到比较陌生的。但是在我印象中，我觉得莫言挖个坑让我掉进去了，我还跟他同病相怜，其实他没病我有病。（掌声，笑声）

这就是最初的莫言亮相，但是我觉得，非同小可。大家想想，徐怀中主任在当时的情况下，以他这样一种稳健、严谨、审慎的性格，在那样的公开场合可以说是语出惊人。等于说《民间音乐》足以达到全国获奖水平。大家想想，莫言不仅是报名逾期被破格录取，而且一下子被推到这个高峰。这肯定出乎所有人的意料，而且以主任的地位和影响，绝对是一言九鼎，但又是一诺千金！就是我不仅仅为文学系，为军艺，为军队发现了人才，更为中国文坛发现了人才！事实上，不到半年，莫言就以《透明的红萝卜》为徐主任践诺。可以想象，当时徐主任的几句话对于激发莫言的艺术雄心发挥了多么巨大的作用。这是一种激赏，一份信任，更是一份厚望，它铿锵有力，掷地有声。我敢说，在徐主任一辈子的文学生涯中，这样"冒叫"一声——所谓"冒叫"，是我借用毛主席一句话，就是一个湖南方言，带有冒然、冒失、冒险的意思。像这样"冒叫"一声的经历，在徐怀中主任的文学生涯中不多见。但是就在那一瞬，中国文学史上一对伟大的伯乐与千里马诞生了。此处有掌声！（热烈鼓掌）

三、课程设置

徐怀中：关于课程设置，考虑到学员自身的特点，参照中央文学讲习所的惯例。现在的学员们比较年轻，可能都不知道，鲁迅文学院的前身是文学讲习所，这个在延安就有了。也是请一些名家来讲课。新中国成立初期五六十年代蜚声文坛的许多作家都是在这个文学讲习所学习过的，比如说河北省的徐光耀等很多人。根据他们的课程以及中文系的课程为基础构架，我们就把课程设为中国文学史、文艺理论、创作论几个板块，涉及军事、历史、哲学等，人文学科无所不包。基础课是提纲挈领式的，点到为止，有一定的时间让大家去读书。所以安排的只是上午上课，下午自学，个人创作或者观摩话剧、芭蕾舞、美术展览，等等。

这里要提到的是，出于为学员增长知识、广开思路、提高艺术境界的考虑，设了一些短线课程，没有一定的规划，但是却有着比较明确的目标，就是要各个方面都能请到拔尖的人给我们讲课，比如我们请了中国社科院宗教所的主任任继愈先生，来给我们讲授《中国宗教概要》。任继愈先生后来是国家图书馆的馆长，这是我们国家的大学者，是我去请的他。任继愈先生郑重其事到我们课堂上来，讲了一课宗教。这个所谓短线课，莫言是每一课都来听，他非常重视。有的同学认为这种课程是可来可不来的，也有不到课的，他们着急地要写出东西来。实际上这种课程是非常重要的。你想宗教研究所的所长集一生研究成果，他知道只有一堂课给他，他要集中给我们部队学员讲些什么，这些老人都是备了课来的。

我们请了中央戏剧学院徐晓钟院长专题讲授《东西方戏剧比较》。我跟徐晓钟很熟，他是在苏联留学过的，是一个很有名的导演，年轻人可能没有看过他导演的戏。他不光是教，在戏剧方面的建树很多。他给我们讲《东西方戏剧比较》，这课我也听了，讲得非常好，让你有一个概念，中国戏剧有什么特点，西方戏剧是怎么回事，这两者各自的锋芒在哪里。看上去相距甚远，实际上彼此又心有灵犀一点通。

请了中国交响乐团的指挥家李德伦先生来讲交响乐，讲什么叫作交响乐。还请了中央美院的教授孙景波先生讲《美术史简论》等。

实际上这些课程在大学中文系里也都没有，你也听不到这些课。这些短线课程只能是蜻蜓点水式的。从长远来看，这些教学效果就显现出来了。跟同学们讲一个很突出的例证，莫言在《美术史简论》的课上，他看到了一个被夸张了胸部与臀部的女子陶俑，这最古老的陶俑给他留下了深刻印象。当然，我的意思不是讲莫言看了一个陶俑，就写出了他几十万字的长篇《丰乳肥臀》。但是我可以肯定地说，正是这一堂美术课触发了他要写这一部巨作的灵感，灵感如电光石火稍纵即逝，如果作者没有这个灵感，没有捕捉到它，或者捕捉到了这个灵感又没有触发到他，后来的事情就不好说了。后来莫言这个长篇在云南的刊物《大家》上面获得了年度奖。我也参加了这个评奖，有几位评委当时提出，我们可不可以以评委会的名义建议作家改一改书名，他们说这个名字有点哗众取宠，好像是为了吸引读者。我当时据理力辩，说莫言这个书名你可以不欣赏它，但是如果你不接受它，把它改掉了，那可就跟作者原意完全相反了。因为作者从这个陶俑获得灵感于是自然产生这个书名。或许你可以理解为他是想塑造一个伟大的母性的形象，他在作品里就写了这么一个丰乳肥臀的女性，叫上官鲁氏。或许你可以理解为，他是喻示着大地母亲，以她肥沃的土壤以及山川河流养育了人们，喻示了人一代一代地繁衍生长，骨血以亲，相濡以沫。如果你改了这个书名，就把作者悬吊在半空中了，没有着落了。他没有什么哗众取宠之意，只不过是为了想要宣扬一种意境，宣扬人的精神境界，就顾不全那么多了。我想莫言取这个书名，他不会不知道可能引起一些人的反感。但是，他不顾忌这个，还是取了这个书名。我们为什么不能放他一马呢？

关于这个书名，我当时给人家的解释也不一定符合莫言的本意，莫言你可以"拨乱反正"。

莫言：谢谢主任！前几年中国作协有一个老领导跟我说，我知道你是军艺文学系毕业的，我跟怀中也很熟，说怀中这个人哪里都好，就是有一点护犊子。主任到现在还是护犊子，我们也都是"老犊子"了。当然，主任对我们的"护"，并不是护我们之短，而是爱护、保护我们的才华，鼓励我们创新。

关于《丰乳肥臀》这本书，确实引起了一些争议，我也认真地思考了来自各个方面的意见，我认为有些意见还是有道理的。假如再写一遍的话，我会处理得更好。

刚才主任讲到的这些闲课对我们的创作所发挥的作用，我觉得我是得益匪浅。孙景波教授是中央美术学院的，他给我们讲美术史，用幻灯放很多美术史上有名的画作图片，其中就有老祖母的形象，这个对我的启发确实很大，那应该是人类生殖崇拜时期的一个作品。实际上孙教授那一堂课对我后来其他作品的影响也很大，他也给我们讲到当年欧洲的印象派和后期印象派，像梵·高、莫奈、高更这些画家的作品，我们听了这个课以后也没有到此为止，而是跑到图书馆去把那些画册都借出来。

有一段时间，那些画册就被我一个人霸占着看。我读梵·高的油画感觉像读文字一样，那种画面的扭曲、色彩的强烈、笔触的大胆，可以让我们感受到画家在创作这个作品时的精神状态，以及通过这样一种艺术手段表现出他内心深处强烈、澎湃，甚至是扭曲的感情。我想，这样一种画面是不是可以转化成文字呢？我想不管画家也好，音乐家也好，作家也好，实际上都是用各自的方式来表现人类的情感。

画家用色彩和笔触、线条，作家只有用文字。所以我反复地看他们的画，深受启发，《红高粱》这部作品，有大量关于色彩的描写，有一些色彩浓得好像化不开一样，这个毫无疑问就是从梵·高油画里受到的影响。由此我也感受到，艺术都是触类旁通的。在音乐、美术、文学、舞蹈等各种艺术之间，都有互相通达的密码，是可以转换的，也就是说画面是可以转换成文字的。

主任刚才提到了李德伦先生的课，李德伦先生是留苏的大指挥家，指挥过很多的乐队，他给我们讲课讲得很长，一边讲一边给我们放录音，从开天辟地开始讲起，讲劳动和音乐的关系，人为什么要唱歌、为什么要作曲？我觉得太普及了，这些知识我们都具备，他太低估我们了，所以心中有一点点小情绪。而且明显地超过了吃饭的时间，当时我们军艺只有一个食堂，去晚了没有菜，饭也凉了。所以每到下课大家都拿着饭碗拼命往前跑，要排大队才能够买到一点点质量好的菜。李先生给我们讲到十二点，丝毫没有停下来的意思。后来终于讲完都快一点了，然后说"大家有什么问题？"我就说我提一个问题，我说李先生，您给我们讲了一上午了，放了很多音乐，您能不能对着录音机给我们指挥一下让我们看一看？李先生很不高兴，一下子把脸拉下来说，我指挥过很多个乐队，但从来没有指挥过录音机，你这个要求我满足不了。我也为此感觉到很惭愧，后来我们班里边很多懂音乐的，像李荃就骂我说：你真是个傻瓜，居然提这么愚蠢的问题。我说那怎么办，我现在就道歉去吧。他说道什么歉，就这样吧，道歉反而让人家更记住了。

李德伦先生的课，尽管当时因为太长而令我心生情绪，后来细想对我也颇有启发，他那天放了一段音乐叫作《牧神午后》，一段懒洋洋的音乐，充满了欲念、欲望的音乐。感觉到西方传说的牧神，在一个森林里边，在中午强烈的阳光下，带着色情欲望的情绪，这样一种情绪实际上在写作的时候也可以转换成文字的。就是说我们用语言所营造的意境，也可以从音乐中受到启发的。

当然我想还有很多的课对我有启发，由于时间的关系，就不一一讲了。

徐怀中：我觉得莫言讲的这个情况特别重要，他刚才讲美术课老师给他讲莫奈、色彩，接着就讲到了人类共同的感情，等等。我们部队许多青年作家，缺乏的就是这一种开阔的眼界。这一种艺术的火花。我们经常听到人讲，我参加了什么战役，言外之意就是我有资格，我肯定能把它写好。那不一定，多少人参加了那个战役。淮海战役我参加了，敌、我双方参战人数超过百万，有几个人真正写出了淮海战役？我们强调生活的重要，生活是根基，没有生活，什么都不要谈，没有任何阅历，没有经过什么就要写，当然是不可能的。但是，如果你有了这一点点生活，你以为掌握一切了，认为你把这个拿出去是别人没有的，那就错了，你拿出来那个东西谁都有。你这样一种思路，就说明你没有饭吃的。像莫言刚才讲的，他这种开阔，你的那一点点生活本来不足为奇，但是会被他点燃了，点燃起来才能够放出火花，才能够绽放烈焰。

四、师资问题

徐怀中： 下面我谈一谈师资问题。开学以后，我们才陆续调来了古典文学老师吕永泽，后来又调来了艺术理论老师冉淮舟。来了两位老师，其他的课程完全要靠外聘，每一个讲座都是由我带着一名干事去外请教授。这当然是事出无奈，没有办法，因为我们一下来不及集中我们的师资，这倒反而形成了一种优势，就是可以借重于首都的一流院校、国家社会科学院的专家以及全国知名作家这三大教学主力，有选择地邀请最有学养的名师来担任客座教授。

下面我拉一张名单出来，大家一听就知道我们的文学系教师阵容是何其强大，声势是何其豪壮。

曾经来我们系讲过课的著名作家有：丁玲、刘白羽、魏巍、汪曾祺、林斤澜、王蒙、李国文、刘心武、张洁、李陀、张承志等；专家学者有李泽厚。李泽厚是一位哲学家，我请他，一开始他怎么都不答应，我到中国社会科学院的大楼里找他几次，就是不答应，我跟他硬磨，我说你非要来不可，说了好多话，最后他还是来了。刘再复、张炯、吴元迈，不少都是苏联留学回来的。还有刘梦溪、刘锡庆、陈骏涛、雷达、曾镇南、何西来、刘纳、赵园、汪晖、季红真等；著名教授有：吴组缃、王瑶、吴小如、袁行霈、严家炎、谢冕、叶朗、乐黛云、徐晓钟、王富仁、童庆炳、孙绍振、洪子诚、钱理群、丁涛、赵德明、曹文轩、叶廷芳、王逢振、唐月娥等。

前面提到的教授们到我们这里来讲课，都根据我们学院学员的特点认真备了课，让我很受感动。比如丁玲、王瑶、吴组缃等，这些老作家、老专家年事已高，已经多年不讲课了，他们把毕生最后一次"绝唱"留给了军艺文学系，就留给了这个教室。每念及此，总是令我感慨万千。当时就像向前讲的：京西魏公村一时间风云际会，名动海内。各路神仙手挥五弦，目送飞鸿，耕云播雨，点石成金。学员们如坐春风，如梦方醒，如醍醐灌顶，如浴火重生、凤凰涅槃一般进行自我扬弃与更新。我把这种教学方式称为"大信息量的强化输入"，称为"密集型的知识轰炸"，又称之为"就高不就低的强化式教学模式"。这样冲击学员们旧有的文学观念，让他们迎着八面来风的洗礼，山高水低随形发展，保持个性，挖掘优势，最大限度地开发自己。

莫言、向前他们是从第一期走过来的，不妨让他们谈一谈自己的一点感受。

莫言： 刚才我们老主任列举了这么多名字，听到这些名字的时候，他们讲课的形象生动地在我脑海里浮现出来。我觉得我可以列出很多个名字，他们的讲课直接对我的创作产生了影响。

比如说孙绍振，来自福建师范大学，我记不清他给我们讲了四课还是五课，其中有一课里面讲到五官通感的问题。他讲诗歌，比如说我们写诗，湖上飘来一缕清风，清风里有缕缕花香，仿佛高楼上飘来的歌声。清香是闻到的，歌声是听到的，但是他把荷花的清香比喻成从高楼飘来的歌声。还讲一个人曼妙的歌声余音绕梁三日不绝。绕梁是能够看的一个现象，也就是把视觉和听觉打通了。讲一个人的歌声甜美，甜实际上是味觉，美是视觉，他用味觉词来形容声音。他给我们讲诗歌创作中的通感现象，这样一种非常高级的修辞手法，我在写作《透明的红萝卜》这一篇小说的时候用上了，这个小说里的主人公是小黑孩，他就具有这样一种超常的能力，他可以看到声音在远处飘荡，他可以听到别人听不到的声音，甚至可以听到气味，这样一种超出了常规、打破了常规的写法是受到了孙先生这一课的启发。这样的通感现象现在来讲是有科学依据的，我前不久看《挑战不可能》，撒贝宁主持的节目，看到一个视力有障碍的女孩儿，可以听到物体的形状，她对着目标物拍手就可以听出来哪个是真人，哪个是假人，哪个人身上穿的服装质地比较厚，哪个人身上穿的服装质地比较柔软。她的听力已经部分替代了视觉，这样一种现象生活当中是存在的，在文学当中应该大胆地使用。

比如说吴小如教授，北京大学中文系的古典文学专家，也是京剧的名票友。他给我们讲古典文学，讲杜甫、李白，后来讲了庄子的《马蹄》《秋水》。我曾经写过一篇题目叫《马蹄》的散文，获得过解放军文艺奖。我还写过一篇题目叫《秋水》的短篇小说，这篇小说对我的创作也是非常重要的，因为在这篇小说里边第一次出现了高密东北乡这一文学地理名称。当然，庄子这两篇文章不是写人物的，也不是讲故事的，是讲道理的，是表现庄子那样一种哲学的人生理想境界，但是我觉得对我的影响蛮大的。我的小说里面经常会出现秋水泛滥、洪水滔天。一望无际的高粱淹没在很深的水里这样一种景象，这样一种景象实际上是来自《秋水》这篇古典文学。

而且我还记得，因为我们当时手里都没有《秋水》和《马蹄》这两篇文章，吴先生说，你们系里找一个人刻印一下复印给大家。他的教材留下，让我来刻钢板，刻的时候我还恶作剧，其中有两句讲马被套上辔头，被塞到车辕里边，叫作"加之以衡扼，齐之以月题"。"月题"就是马辔头上一个月牙形状的，遮挡在马的额头的一个装饰物。我开了一个玩笑，什么叫"月题"，我就解释是"马的眼镜"。没想到下一课吴先生来讲课的时候，最后说，有一件事跟大家说一下，上一次不知道哪个同学刻的钢板，竟然把"月题"解释成"马的眼镜"，真是天才啊。那不是马的眼镜，是马的额头上一块月牙状的皮革，是装饰物。当时我也很不好意思，但是大家也都不知道是谁刻的。

我在《马蹄》这篇散文里，也表达了庄子的要求自由、不受羁绊这样一种原始的思想。

再比如说叶朗先生给我们讲的中国小说美学，他在中国小说美学里面研究了古典文学当中的评点，他认为张竹坡、毛宗岗、金圣叹等都是大批评家，而且他特别强调了中国小说的美学特征，特别重要的修辞手段——白描。他赋予中国小说白描技巧以美学的意义、哲学的意义，由此也使我们认识到：中国的古典文学或者说中国的文学，是有着自己独具的美学特征的。西方意识流心理描写可以洋洋万言，一个人胡思乱想，想到哪里就写到哪里。但是看完了以后人物形象很模糊，这个人是什么性格的人，我们不清楚，但是中国的古典小说里面寥寥数语就可以把一个人物活灵活现地呈现在读者面前，这是白描手段非常高明的地方。我想这在我的写作过程中也发挥了非常重要的作用，使我时刻知道，有一些话作家不要说，我不必说这是一个开朗的人，这是一个活泼的人，这是一个狡猾的人，完全没有必要，你就写他的语言，写他说了什么，写他干了什么，写他的表情，写他面部的小动作，就可以把人物内心的奥秘表露无遗。我想这也是听了叶朗先生中国小说美学课引发的我的联想和收获。其他的类似课程还有很多，不能一一历数。总而言之，我们文学系请来的确实是各个领域里的高手或者是领军人物，他们确实像主任讲的，都是把多年的研究心得和研究成果以最集中的方式传授给我们，我们认真听讲就受益匪浅，不认真听讲就一晃而过。所以现在我也经常想，如果我当时听讲得再认真一点，那该有多好。（掌声）

徐怀中：莫言刚才讲到吴小如先生，他是一个大专家。他是"三教九流"，学识太丰富了。莫言直接得到了他的教引。有一次吴小如来讲课，学员到得太少，有很多同学认为这种课少听一两次问题不大。因为人少，吴先生往台上一坐说："同学们，我不是没有饭吃才来给你们讲课。"这个话我一听，觉得简直无地自容。同学们，你们要听课，不要着急，写东西有你的时间。我们第一期的教学安排里边，第四个学期就都是创作实习。但是大家很着急，想要尽快写出东西来，有一些人总想少耽误时间、少听课，可是你少听课受的损失之大，不定将来哪一天你会有所觉悟。莫言刚才说，当时要再认真一点听多好。其实莫言他什么课都认真地听，而且据吕永泽老师说，考试的时候，他的卷面也是最干净的，一次答下来。他因为听课耽误写作了吗？《红高粱》等好几个名篇就是在校期间写出来的。

朱向前：刚才主任这一番话确实语重心长，而且我也可以见证，当时文学系就开了后来流行全国的讲座式教学方式的先河，集一个作家、一个教授半辈子甚至一辈子的研究精华为一课，含金量是多么的高哇！莫言已经结合他当时的创作实践，回忆阐述听课的重要性。我还可以证明一点，就是当时文学系的创作，可以说是创作比赛，天天晚上熬夜，确实因此有些人耽误上课，就是刚才主任说的，像吴小如遇到的那种情况非常尴尬。但是我的印象，莫言是从来没有旷过课，其实他是写得最勤奋的，也可能是写得最苦的，当时就是在南阶梯教室里写。因为当时我们一个宿舍四个人用布帘子互相隔开，变成一个相对封闭的小空间，但是唯有他的宿舍是没有拉帘子的，互相可以看得见。这样似乎有点影响创作，所以他晚上就在阶梯教室里写，但是从来不旷课。他最明智地处理了学与写的关系。听课的重要性，由此可见一斑。

我要补充的是什么呢？刚才莫言提到的孙绍振先生，就可以见出我们老主任也是不拘一格用人才。前面他念到的名单绝大部分都是当时的大家，都是全国的领军人物。但是孙绍振是一个例外，孙绍振先生是当年福建师大的一个讲师，刚刚报了副教授还没有批下来。孙先生此前跟我是十几年亦师亦友的至交，当时我向老主任力荐孙绍振先生，我说他六十万字的《文学创作论》刚刚出版，为国内第一本文学创作论，也最贴近创作实践。这是当时唯一的一个名气、资历各方面都最不起眼的专家，而且，是京外人士，其他的都是北京的，只有孙绍振先生是来自福建的。

我的体会再简单说几句，我跟莫言不一样，他是听了课以后学会写，迅速成为小说大家。我没有学会写，但是我学会了怎么讲。因为我是毕业留校当了老师。前面主任说了，当时来的是三路大家，一路是作家队伍，一路是大学教授，一路是学者、专家。三路风格不一样。哪一路对我启发最大，教育最深，这个也不好说。

以我的经验来看是这样的，作家一路富于情和经验，而弱于理性和概括；生动风趣，最具可听性，但不便记录，难以复述。学院一路，一二三四甲乙丙丁，逻辑严密，条分缕析，新见卓然，但容易流于刻板和枯燥，时间一长，学生们难免恹恹，以致昏昏。比较之下，教授一路，综合二者之长，既有逻辑的架构，又有知识的重点，既有理陛的归纳，又有感性的表达，课堂效果普遍偏好。尤其对我这个初登讲台的青年老师而言，较具可模仿性。譬如吴组缃先生的幽默谈吐；袁行霈先生的声情并茂，抑扬顿挫；孙绍振先生的快人快语，一剑封喉；钱理群先生的激情与尖锐；王富仁先生的深刻与灵动；丁涛先生华丽的措辞与炫技；曹文轩先生夹带乡音的朗诵，以及王扶汉先生用漂亮的板书大段大段地默写先秦散文，都从侧面给我很大的影响，使我在较短时间内潜心揣摩授课艺术，包括练习书法，以提高板书水平。所以留校第三年，我便获得了全军优秀教员称号。（掌声）

五、互教互学

徐怀中：可能我们这批部队学员集中在一起，我觉得大家都有一定阅历，都有一定写作经历，并且许多人已小有名气初露锋芒。这些同学在一起彼此以文会友，互教互学，这也是我们文学系的一种切实有益的教学形式。同学一场，应该情谊长存，应该以积极的态度彼此交流、切磋、研讨、碰撞、如琢如磨、坦诚相见，彼此鼓励，你追我赶，不甘落后。我觉得这样一种气氛是很好的。

因为在别的一般大学中文系里，不像我们这样，学生是各个部队来的，各自有不同的生活经历，所以互相补充，互相交流，互相碰撞很重要。开学的第三天，系里边组织了一个"小说创作座谈"，因为大家彼此都不熟悉，你看我，我看你，不知道水有多深。想让大家尽快互相熟悉起来、互动起来。但是这个座谈事先准备不够，发言不够踊跃，只有朱向前单人独骑就冲上来了，他以《小说写意初探》为题，侃侃而谈，洋洋洒洒，占了四十多分钟。但是我听得很有收获，我让他把这个讲稿稍加整理，推荐给当时中国社科院的刊物《文学评论》发表了，以后一发不可收拾，朱向前从此就踏上了文学评论的万里长征。开学伊始的这一次不成功的创作座谈会，换得了一位才华横溢的军事文学评论家，你说划算不划算。向前，你应该还记得，讲一讲。

朱向前：不好意思，这是一段糗事儿，但是主任对这个事情确是记忆深刻，有过两次书面表述，一次是毕业前夕有一个留言簿，也是主任发明的，让大家互相留言。我记得当时莫言给我写了一句话"人生得一知己足矣"，这是在一九八五年圣诞节的当天晚上。主任给我写的一句话是"我一想起你，就记起你在文学系第一次讨论会上的发言"，这么一句话，我印象特别深刻。然后，主任给我的第一本书作序，其中有一个小标题就是《朱向前跳出来了》，说的就是这个讨论会。其实主任的本意是让大家通过这个讨论发言，互相认识，互相了解，准备是很充分的，事先召集我们的时候，班长、副班长，一共八个人开了一个预备会。当时我是一班的副班长，宋学武是二班的班长，钱钢是三班的班长，一共是八个人。当时主任要求，如果座谈会冷场的话，班长、副班长要带头发言，其实已经交代过了，主任对这些作家的个性可能也是非常了解的，担心冷场。结果果不其然，就在二楼，当时是舞蹈系练功厅，四面全是镜子，镜子里大家的目光很难逃避，就互相不知道往哪看了。主任非常和蔼，他主持研讨会，眼光一路巡视扫过来，一扫过来大家就纷纷低头，不敢正视主任的目光。本来部队的习惯也是论资排辈，当年宋学武比我年长七岁，以资历，以年龄，以创作成就论，宋学武的短篇小说《敬礼，妈妈！》获得了全国奖，按理学武应该先说，但他只顾低头抽烟，谁也不看，也不发言。兄长不发言，大家面面相觑，说这个怎么弄？不知道谁来发言了。其实后来我入了道以后，在文学界开了很多会，发现确实有讲究的，谁先讲谁后讲都是有次序的，不会突然冒出一个无名小卒来，确实是这样的。但是，当主任的目光第二次扫到我的时候，我终于跳出来了。这个就叫无知者无畏，叫洗脸盆里扎猛子，不知道深浅。而且，跳出去说就收不住了，没有现在的时间掌控的概念，一讲我都不知道讲了多长时间，主任说讲了四十多分钟，等于是我包圆了，相当于是讲了一堂课。后来很多同学写关于我的回忆文章，都是从这个座谈会开始讲。包括莫言曾经也写过我的文章，他是很客观地说，说有一部分同学对朱向前的表现欲望有反感，但是我还是对朱向前的口才表示折服。

前提是我前面说的，由于这样的背景，所以我出来讲一通。但是我觉得，当时有没有个别同学真心觉得我讲得不错呢，用今天时髦的话来说，就是"厉害了，我的哥"。可能有的，比如说宋学武，当天晚上我们就围绕着这个楼边抽烟边聊天，转了一个通宵。

他可能听了以后，觉得朱向前这小子还有点道儿，可能是对他有点触动，但这样确实是比较个别的。

我觉得最重要的是徐主任宽容了我的出风头，不仅没有打断我、批评我，反而鼓励我在发言的基础上写了第一篇论文，一万五千字，就是《小说写意初探》，而且直接上了《文学评论》。所以潜在地影响了此后我搞评论、做研究，一直到留校当老师的发展道路，他改变了我的人生，让我永世难忘，心存感激。（掌声）

六、在读创作

徐怀中：下面我简单讲一下第六个标题：在读创作。虽然我们一再强调，只有短短两年，应当集中精力来读书听课，况且第四学期还有我们专门安排的创作实习，大家有的是时间。可是同学们还是控制不住白热化的写作激情，一个个挑灯夜战，像莫言都是饿了吃一包方便面，长期吃方便面都吃出了胃病，接着还是挥汗如雨地在写。文学系的学员们在校期间，大家写出了多少作品？没有统计，总之这个数量应该是相当可观的，而且不乏上乘之作，也曾经引起了不小的轰动。

我注意到他们在校期间写出来的作品以及随后一段时间发表的作品，一眼看上去就有显著的不同。这种不同不是文字上的不同，而是在发生着质的变化。应当庆幸的是，文学系开办的时候，正赶上了改革开放春风化雨的大好时机，才有可能让大家走出概念化、标语口号式写作的阴影，眼前豁然展开一片新的创作天地。他们拿出手的新作，分明都显示出文学观念上的一种觉醒和明悟，显示出他们勇于开拓、力求进取的创新个性锋芒。文学系的同学和全军的作者一起，集结成为一支军事文学生力军，一次又一次地发起了集团冲锋。

莫言有一篇中篇小说《透明的红萝卜》，是他在校拿出的第一份试卷。他写完以后，同学们已经在窃窃私语，奔走相告。我匆匆地读了一遍，当时那种兴奋之情难以言表，给我的感觉，山东高密东北乡的这个农村孩子，装作一副很不起眼的样子，三步两步就登上了中国文坛，披满了一身的锋芒，有谁能拦得住他？

这个小说写完，《中国作家》编辑部消息很灵通，迅速派来了一位责任编辑，前来催稿。当天晚上一定要开一个研讨会，让同学们把看了莫言这篇小说的感受、意见集中起来，这个座谈会就在我的办公室里开，我临时到各个宿舍抓了几个人，因为当时又有晚会，还有什么事情，匆匆忙忙。但是大家发言很认真。当天晚上座谈就由《中国作家》的编辑作记录，他整理了座谈纪要给我签字，就和莫言的这一篇小说在《中国作家》同期发表，当时享受这种待遇的人不多。

这里我要附带说一下这部小说的篇名，这部小说原名叫《金色的红萝卜》，就要交给编辑了，我一看觉得这个标题好像哪里有点别扭，你如果要金色的，不妨取名为《金色的胡萝卜》，不要又是金色的又是红色的，我当时也很粗暴，大笔一挥就给他改成了《透明的红萝卜》。莫言当然不好发作，也就只有忍气吞声了。现在回头来看，这个"萝卜"，说是金色的不会少半斤，说是透明的也不会多八两，主要是小说写得很精彩。

说到这儿，我还要附带讲一下，有记者问我，你认为莫言的作品哪一部最好？我当时随口就回答《透明的红萝卜》。为什么？虽然当时莫言出版了几部长篇，还不是很多，后来莫言的长篇给我的感觉，就像是杂技演员在台上表演弹扑克，一个一个扑克冲着我就飞过来了，我也来不及都看。人家这么多的长篇，你又没有看全，如果你坚持说莫言的作品最好的还是《透明的红萝卜》，那就太不公平了。所以我这句话应该收回。

莫言出道的这一部小说的篇名还很有意思，让莫言谈一谈。

莫言：《透明的红萝卜》原稿在中国现代文学馆，我想要来给我们军艺，人家不给，说要很多领导签字才能出库，所以给我做了一个高保真的仿本，今天我带来了。这里边有主任把《金色的红萝卜》改成《透明的红萝卜》的字迹。这个座谈纪要是我整理的，主任给加了个题目："有追求才有特色"。座谈会上主任讲的一段话，大意如下：《透明的红萝卜》反映了荒谬年代的农村生活，莫言看似随意把笔撒开，但文字还是很节约的。淡淡一勾，给人留下很多回味的东西。总之，从我看了莫言的《民间音乐》再加上这篇《透明的红萝卜》，我想，他已经初步形成了他自己的一种色调和追求。

同学们如果有兴趣的话，可以从这份原稿上找原话看一看。（现场展示相关文件等）还有一个，我把当时听课的记录用毛笔写下来，不是书法，是用毛笔写下来的字，跟大家共勉。"军事文学要写英雄豪情，也要写人之常情，还要写在特殊环境下人性的特殊表现。"这是当年的文学笔记，与军艺文学系的同学共勉。（热烈鼓掌）

结束语

徐怀中：莫言很细心，今天把这些东西找来，给我们一个意外的惊喜。当下中国军事文学在世界军事文学格局中的，回想当年创办文学系之初，由干事刘毅然陪同我，坐着一辆跑了将近一万公里的军用吉普车，一位一位地登门恭请客座老师。直到结业，我没有来得及给文学系讲过一堂课，没有尽到师生之情，十分遗憾。今天，很高兴和莫言、向前一同来参加军艺文学系的新春第一课，和各位老师、同学聊了这么长的时间，也算是弥补了我的一个遗憾。

课时就要到了，最后我讲几句话与各位老师和同学们共勉。党的十八大以来，习近平总书记关于文艺工作发表了一系列高瞻远瞩、饱含深情的重要讲话。作为一名年近九十的老文艺工作者，我听后颇受感染，颇受振奋。人民军队创建九十年来，创造了彪炳史册的光辉业绩。作为这个光荣集体中的一员，我愿和在座的同仁们一道，为壮绘人民军队的铿锵步履而尽自己的绵薄之力。老骥伏枥，后生可畏。特别是军艺文学系的师生们，你们是军事文艺的生力军，大家要努力完成习主席提出的远大目标，首先必须是忠诚并热爱我们这一支威武之师、文明之师，全身心将自己融入这一强大的绿色建制，成为这个光荣行列中合格的一员。

看到我们文学系新学员一张张朝气蓬勃的笑脸，如此的年轻有为，虎虎生气，我很欣慰。与第一期学员相比，你们赶上了愈加波澜壮阔的改革转型大时代。你们要胸怀大局，把握大势，敢于担当，激流勇进，要做历史潮头的弄潮儿。到航母战斗群去，到神舟外太空去，到歼－20、歼－31上去，到最前沿、最尖端、最鲜活的文化强军第一线去，用你们的才情与智慧，去书写富有华彩、激荡人心的中国军情报告！

谢谢大家！（热烈鼓掌）

（以下为提问阶段）

提问 1：三位老师好，我是文学系 2016 级研究生学员，我想请问徐怀中前辈一个问题，当下中国军事文学在世界文学格局中的地位、特点和未来的发展趋势是怎么样的？

徐怀中：回答你的这个问题，向前比我解答得要更好。

朱向前：这个问题确实比较大，也是有点难度。这个当代军事文学主要受苏联战争文学的影响较大，跟世界战争文学有一定的借鉴、学习，但是也还有一些局限性。比如说在战争人性的挖掘或者考量方面，类似这样的一些问题，恐怕还有待继续开发。

但是今天中国的当代军事文学有一个很现实的问题，刚才主任也谈到，比较而言，当代军事文学历史题材写得更好。特别是近几年，我们的强军建设进度确实太快了，我们的文艺队伍、作家队伍有点跟不上。比如说我们经常在一些职业性的阅读中，比较难以在当下军事文学作品中看到我们最尖端、最新颖的，不管是歼－20 还是航母这样一些军改中的重大变化、重大创新，不要说小说的反应、诗歌的反应，连报告文学基本上都是付之阙如。我觉得这是比较遗憾的，因为今天的国人、世界都非常关注中国的崛起，也非常担心中国的崛起能否受到强有力的武装力量的保驾护航。但这一块创作领域确实是一个较大的空白，也是一个较大的遗憾。

提问 2：我想请问老主任一个问题，刚才莫言师兄提到了军旅文学要写人之常情，您之前有一部作品《底色》，我看过您的一篇文章，说的是底色与人之常情。您的作品中也确实注重表现一些平凡、普通的小人物，像小战士、小通信员、小卫生员，等等。您觉得人之常情的描写在当代军事文学创作中应该扮演一个什么样的角色或者占据什么位置，或者您觉得相比对正面战场的宏观描写或者对英雄人物的刻画，这种对人之常情的描写有什么特别的意义？

徐怀中：这个同学提的问题口开得很小，实际上是很大的问题。人之常情，顾名思义，就是说人自然就具有这种情感，是与生俱来的，是超越一切的。我们的战争文学当然要写金戈铁马，要写血与火的考验，但是如果一部战争题材的小说缺失了"人之常情"，你很难深入下去。比如我读了莫言的《丰乳肥臀》前一部分，给我的感受很深。他写的这位母亲生了几个女儿，一个女儿嫁给了八路军，一个女儿嫁给了国民党的军人，一个女儿嫁给了日本翻译官。也许一般说来让人无法接受，怎么会是这样子的？莫言的出生年代要晚得多，抗日战争初期，我已经懂事了，我记忆中华北、山东、河南、河北这一带，盗匪四起，社会混乱，各个地方的进步势力发展也如星火燎原，只要聚集起一支队伍随即就输送给八路军。那个时候我们的队伍和地方势力的队伍是很难严格加以区分的，他就是这样混杂在一起的。战争让人们来不及思考，那位母亲的行事是很自然的"人之常情"。她的女儿生了小孩，无论哪一个女儿生的，拿回家来，我给你们带，一视同仁，不分谁近谁远，这是很自然的。一些年轻的同志觉得过于离奇，说这可能吗，是这样的吗？我说这太真实了，就是这样的。人之常情并非不可理解的。

提问3：我想问莫言老师一个问题，我在读您的作品时，觉得您作品中的人物形象十分丰满，而且您在作品中对人性的善恶都有着十分强烈的渲染，善中有恶，恶中有善，善和恶都不是绝对独立的。您如何看待您作品中的善和恶？

莫言：严格地说，大部分人都是常人，在我们这个社会当中，特别坏的，坏到一点好处都没有的人，我想也不存在。但是比较坏的人是有的。另外，特别好的完美境界的圣人实际上也不存在，非常高尚、超出一般常人的道德水平的人确实是存在的。这样的人是我们历朝历代所褒扬、所学习的楷模。

尤其涉及战争文学，在战争这样一种特殊的环境下，人的性格、感情都会发生变异。有一些超出了常规的表现，这应该是军事文学作家特别关注的。所以我觉得有一个解读的文学作品里，往往就是把人物绝对化，好的人是好得一点瑕疵都没有，不好的人是一点人味都没有，完全野兽化的。连小孩子　看电影都知道谁是坏人、谁是好人，这样一种描写，这样一种人物塑造方法，应该是违背了生活的真实。我们过去戏曲里好人、坏人特别鲜明，后来大家不满足，希望艺术作品能写出人性的复杂，不要再写扁平的模式化的文学，希望写出性格丰富、立体、丰满的人物，我想这样的人物更让大家感觉到真切可信。

提问4：向莫言老师提一个问题，固然讲文无第一，武无第二。文学艺术、音乐、舞蹈、绘画都不像体育比赛一样，有第一名，有第二名。您的文学作品获得了诺贝尔奖，获得了国际上其他国家、不同流派的一些专家、读者的好评和赞赏。您觉得，尤其对欧洲诺奖的这些评委而言，哪些文学作品可以获得国际上的认可？另外，能不能跟我们讲一讲您获得诺奖前后一些不为人知的内幕和八卦。

莫言：今天是严肃的文学讲座，没有八卦。

我想文学艺术一方面有非常鲜明的民族性，另外也确实有它的世界性，当年歌德提出的"世界文学"概念，也是建立在这个基础上。

中国的作家，俄罗斯的作家，美国的作家，假如都写战争，我想写的肯定是不一样的。但是其中有一些东西是共通的。我去年看过一个电影叫《血战钢锯岭》，以前也看过《拯救大兵瑞恩》，这是美国人拍的，里面带着非常鲜明的美国价值观，而且那个故事到底能不能成立，也值得怀疑。但是他拍摄手法挺好，尤其是《血战钢锯岭》，深深地抓住了你，就是因为这个电影所塑造的人物太有个性，太丰满，太有意思，这值得我们学习。

我总是认为，好的文学作品或者好的其他艺术作品都是属于全人类的。我们中国的小说是写给中国读者看的，是中国文学的一部分，但是它也应该成为世界文学的一部分。我们中国的军人写的军事文学作品应该首先是让我们中国军人看的，让我们中国老百姓看的。但是我想她也应该能够具备感动世界上其他国家读者的力量，这就是文学内在的统一性。

提问 5：朱向前老师，当下一些网络文学作品给读者的导向似乎和传统文学有偏差，网络文学究竟是不是真正意义上的文学？您对网络文学持怎样的态度？

朱向前：网络文学我看得非常少，不过最近三五年以来，中国作协对网络文学也是高度重视，包括成立了网络文学委员会，包括这两届鲁迅文学奖、茅盾文学奖，专门吸纳网络文学作品参加。我们作为评委，确实不带任何主观偏见，大家都是一视同仁认真阅读。仔细一读，无论如何都会看出来网络文学的粗糙、不精致。我从网上看到，网络文学的写手一天要保证八千到一万字左右的写作量，这样的写作量是不可能太精益求精的。不说别的，从文字上就不耐看，而且进入茅奖、鲁奖的入围作品，还算是网络文学中比较拔尖而推荐的作品。

另外，从创作规律来说，就是保持日均八千到一万字，莫言创作最旺盛日期的最高纪录大概也不过如此，而且恐怕也不能维持太长时间。网络写手基本上是这样的写作状态。所以也不能说他不是文学，恐怕他的受众远远高于我们所谓的纯文学，比如说经常评奖时会介绍某本书的发行量，比如说几十万甚至上百万，但是这个不会影响评委们的评判标准，我觉得这也是中国当代文学守住的底线，是大家可以比较放心的。最后，我最想说的一句话是，今天我和莫言都是来文学系寻根的。三十年过去了，在我看来，但凡从文学系走出去的无非是两种人，一种是他给文学系带来荣誉，文学系因他而更加闻名遐迩，更加璀璨夺目，比如莫言。另一种人是文学系给他带来荣誉，他因为文学系而自信、而自豪，而更加有底气地工作着、写作着、生活着、快乐着，比如朱向前。但无论如何，我们都是从这里走出去的，即使是莫言这只金凤凰翱翔了全世界，但是他的摇篮还是在魏公村，还是在文学系。

　　所以，我想我和莫言，还有文学系的全体同仁都应该饮水思源、不忘初心，感谢我们的恩师，感谢文学系和文学系教学模式的开创者与奠基者——徐怀中先生。（热烈鼓掌）

（原载《人民文学》2017 年第 8 期）

莫言在"莫言作品独家授权新闻发布会"前的专访①

莫言等

莫言：各位网友，下午好！非常高兴在这个时候、在这个地点、以这样的方式跟大家见面。欢迎大家聆听我们的对话，也欢迎大家向我提问各种问题。

记者：我先问一下网友们最关心的一个问题：有很多文学爱好者，他们自己刚开始写小说的阶段不知道如何把这个故事，或者是这个小说写好。您在诺奖的颁奖典礼上说，您是一个"讲故事的人"，您非常擅长用故事来向大家讲一些文学的原理。那么您能不能用故事来向他们讲一下在写作的初始阶段应该注意什么呢？

莫言：我想每个人的心里都有很多的故事。早期作为一个文学爱好者，那种想发表作品的渴望是非常强烈的。当时只有刊物和出版社可以发表作品，不像现在有网络或者微信等众多的方式可以发表。当时只有写出稿子来，寄往出版社或者刊物。所以那个时候我为了能够让自己的作品发表，就特别留意报纸上广告栏里面刊物的广告。有一些省级的、地区级的比较小的刊物，我感觉像我这样初学的写作者，把我的稿子投到他们那里去，发表的可能性大一些，所以我就特别留意，后来也真的就是这样。那会儿没有复印机，也没有打印机，我们的小说写出来后只能抄一遍，然后就不断地往全国各地寄。好处是那会儿寄稿子不花钱，只要在信封上剪掉一个角，邮局里知道是稿件就免费。当时我还在山东黄县，现在的龙口镇当兵。每当稿子寄出去以后，就特别盼望邮递员的摩托车来，老远听到摩托车来了心就怦怦乱跳，渴望着收到一封来自编辑部的信。但往往来得都是一个大信袋，拆开以后是一封铅印的信附在上面，告诉你你的稿子看了，我们

---

① 2017年1月11日，浙江文艺出版社举办了"莫言长篇小说系列最新版暨莫言作品独家授权新闻发布会"，会前莫言接受记者专访。

不能用。一直等到 1981 年，我终于盼到了一封不是退稿的来信。当时我被调到河北保定去了，在河北保定当兵的时候就把稿子投往保定市的刊物《莲池》，是一个双月刊。这个老编辑给我来了一封信说：你的稿子我们看了以后非常高兴，认为你很有潜力，希望你到编辑部来一下。我收到这样一封信后特别高兴，第二天就特别认真地去请假，要到市里去，因为我们在琅琊山下，离保定市还有好几百里。我们领导也特别支持，说："你刮刮胡子，找通讯员把头剪一剪，军装换一换，别脏乎乎的。"去了以后慢慢地改了几稿，处女作发表了。所以我想，刚开始写作实际上大家都不知道写什么，我也一样，经常会注意留心看报纸上最新的一些事件，也看刊物上别人写了什么小说，想模仿一些。当时的老作家、有一些老同志也告诉你"别写这些老掉牙的东西，你要配合形势。你没看现在开始整党了吗？你写一点这方面的。你没看到现在农村包产到户了吗？写一点这个。"就让我们赶形势。这样当然也可以写，而且也可以发表，实际上我后来慢慢地觉悟到这样的方式是不对的。一个作家，或者一个文学爱好者，还是应该先写自己身边的事情，先写自己体验最深，记忆当中记得最深刻的、最熟悉的事情。写的人物、写的故事，最好能跟自己相关，慢慢地再扩展。认识到这个问题，实际上我已经写了好几年了，已经到了 1984 年，考到解放军艺术学院文学系，在那里经过一段时间的学习之后，才慢慢地觉悟到一个作家，尽管可以发表一些作品，跟风的作品啊、配合形势的作品啊，但最终要写出比较好的东西来，要持续不断地写作，要形成自己的风格，那就必须回到自己的记忆当中去、童年当中去、故乡当中去。

记者：因为这次浙江文艺给您的文学作品全编，长篇小说、近代的都有，那我想问一个您早期一点的作品《天堂蒜薹之歌》，因为我上学的时候特别喜欢，我很多朋友也喜欢。但是您也讲过，2000 年以后您在写作上有一个转向，原话应该是"大踏步地撤退"，到民间文学去汲取营养。那我想问一下那部小说，如果是同样的题材，现在您会怎么样去创作？

莫言：《天堂蒜薹之歌》应该是 1987 年写成的，写的时候也很快，大概写了三十多天吧。当时确实在我们山东老家附近的一个县里面发生过类似的事件：当地盛产大蒜，大蒜头两年卖得很好，蒜薹是大蒜长出来可以当菜吃的，收购价也很高，农民的期望很大，政府大量的鼓励。但是当蒜薹下来以后，可能是因为官僚主义、地区垄断，当然也有干部的不作为，个别干部的刁难、乱收费、腐败，就导致了大量的蒜薹积压，后来农民就到县政府去，情绪冲动，砸个门啊、砸个电视机啊等，引发了一个很大的群体性的事件。我看了报纸以后就觉得很冲动，情绪也很激烈，感觉到农民真的太不容易，应该是站在农民的立场上用小说的形式来发言。在这个小说的写作过程当中还是回到了故乡的，跟我刚才说得差不多。因为我没去过这个地方采访，仅仅从报纸上了解了这么一点问题，如果我把小说的背景写到真实发生这个事件的地方去，那我会写得很困难，我就把这个故事移到了我的故乡，河流啊，那片白杨树林、那片桑树林、红洼地、涝洼地、火车站、公交车站、供销社，实际上都在我的村庄周围，这里边小说里的人物也都变成了我的亲人，我的堂叔啊、邻居啊等等，这样的话就感觉到写的时候还是比较得心应手。这个小说之所以没有变成一种纯粹的发泄愤怒的作品，就是因为我在写的时候回到了故乡，我写的时候把主要的人物都找到了一个我的亲人们的、邻居们的原型。小说里的四叔，那个故事基本上就是按照我生活当中真正的一个堂叔的故事来写的。现在来想，如果再让我处理这么一个素材的话，我基本还是会这样写，肯定还是要把它家乡化、故乡化，我不会去贸然地写一个我不熟悉的地方。因为我们老家种高粱，种玉米，种胡麻，他们那个地方可能种的是另外的植物，比方说种的甘蔗呀、芝麻呀，这些东西我不认识也不熟悉。所以一旦跟故乡建立了联系，那么写人就变成了小说的主要的任务，所以我基本上还会用这样的方式来写。但随着年龄的增长，我想对于很多问题的看法不会那么偏激了，可能会站得更高一点。我当然对农民、对弱者充满了同情，对那些不作为的官员，对那些欺压农民的小官吏们依然会充满了愤恨。但是在写的时候，会都把他们当人来写，不用漫画的方法，不用丑化的方法，站在一个更高的角度上来写处在社会各个阶层的形形色色的人物，依然会这样写，但会写的更加冷静，让它的文学性更高，让它的事件性、当下性更弱一点。

记者： 您其实在总结包括《天堂蒜薹之歌》这些早期的一些作品的时候也说，那个时期是有些实验性的写法，虽然有些努力，但是还是保留了西方的一些外国文学的影响的，后面就是您转向民间文学去汲取营养的时候。我们有很多朋友都是青年的作家，他们对外国文学是非常熟悉的，但他对古典的、传统的这些反而是有些陌生的。所以在这方面，把传统的、古典的文化运用到小说创作中，您给青年作家有什么建议？

莫言： 这实际上也是从八十年代就开始讨论的一个问题，刚才您提到了《檀香刑》这部小说，我在后记里说我要"大踏步地撤退"。所谓"大踏步地撤退"针对的就是八十年代开始，我们中国改革开放了，西方大量的现代派小说、诗歌和其他文学作品翻译成中文出版，让我们这些很少接触外国文学的读者们读到他们的小说就觉得眼界大开，然后纷纷开始下意识的模仿。当然我也多次说过，当年我读了马尔克斯的《百年孤独》，刚读了几页我就感觉到"原来小说可以这样写"。早知道可以这样写，那我也可以写得很多很好，因为我的生活当中类似他小说里的那种事件比比皆是。但这是短暂的，全国作家你说谁没有受过西方现代派文学、魔幻现实主义文学的影响？很难有一个人拍着胸脯说"我没有"，大家都受到影响。很快大家就意识到，这样一味地跟在别人后面模仿是没有出息的。他写了一个人坐着白床单飞到天上去，你写一个坐着沙发升到天上去，尽管看起来不一样，但骨子里还是一样的。所以经过了这种短暂的模仿，大家还是认为应该走我们自己的道路，不仅仅是从形式上，更重要的是从思想上，从文学的更深层的思维上，应该还是走我们自己的路。走我们自己的路只有一种方法，那就是回归我们的历史，回到我们的现实中去，回到我们的文学传统中去。那么这样一个传统的东西，实际上是很丰富的，包括我们刚才讨论的古典文学，我们的"三言二拍"，我们的《红楼梦》《水浒传》，我们的民间戏曲，尤其是老百姓传承的口头文学、民间文化，都是我们作家要特别关注的东西。当时像韩少功先生他们都很关注，他写了一篇文章叫《文学的"根"》，由此引发了所谓的"寻根文学"运动。到了我写《檀香刑》的时候，我想大家已经共同地觉悟到这个问题了，我不过是把自己向民间文学寻找帮助的视角集中到了民间戏曲上。因为《檀香刑》应该是一部与民间戏曲密切相关的小说，甚至可以说是一部小说化的戏曲，或者是一部戏曲化的小说。因为里面既描写了茂腔的戏班的生活，主要的人物也都是戏班的演员，而且里面有大量的唱词，或者是"拟唱词"，或编的唱词，人物的思维也是戏剧化的思维、戏剧人物的思维。所以从这个印象来讲，我想《檀香刑》在我的创作当中应该是一个标志性的作品，就在于我非常自觉地把自己的写作跟民间的某种艺术形式结合起来了。

记者：莫言老师您刚才也说，文学要回到现实，回到民间，其实我在七八年前刚当记者的时候会有一个误区，会觉得文学，尤其是纯文学，不像以前影响力那么大，我们的作家好像也没有更多地去关注现实，有时候我会有这种问题。后来我发现其实我们的作家还是非常关注现实生活的，他们也在写，但是很大程度上，我们的青年作家也好，他们写的一些小说，是在文学圈子，或者是文学的专业范畴内去运行、讨论，很难在社会取得大范围的讨论。2016年有一个很著名的前辈作家写了一篇小说，但他引发社会讨论是在"女权"和"男权"这个话题，而不是在文学的专业范畴。所以我想请问您的问题是：您觉得是不是说现在有一种常态化的情况，就是我们的小说家在写现实，但引发的讨论主要是在专业范围内，而很难成为一个社会性的大范围的话题？

莫言：这我想也不仅仅是小说了，实际上严肃的艺术性的东西都面临着这样的问题。我们说文学又说"严肃文学"，或者是"正统的文学"、网络文学，音乐当然也有，戏曲呀，事实上都存在着这个问题。我想主要的就是现在社会生活越来越丰富，娱乐方式越来越多样化，人们的文化消费方式也越来越多。人们的业余时间是一个常数，如果上了网，或进了电影院就读不了书；如果读了书，可能就去不了剧院听戏，所以一个人怎样分配这些时间。所以我想上网总是比去电影院看电影更方便，在网络上阅读一部小说，比去买一本书阅读更方便。客观上社会发展的进步，造成了大家阅读量的减少，这个也是没有办法的事情。另外再一个，我想也只能我们作家自己要找原因，说明我们写的还是没有特别大的吸引力，还没有写好。如果我们的小说写得让读者读的时候感觉超过了去电影院，超过了去听歌剧，也超过了在网上浏览、玩儿游戏带来的那样的心灵的震撼、那种审美的愉悦，那自然会把读者吸引过来。一方面就是说我刚才讲的客观的社会的发展进步造成了阅读量的减少，另一方面就是应该从自身找原因，我们没有写好。当然，这个现实确实非常的丰富，作家跟现实实际上是逃离不了的，即便在家里蹲着不出门，也不下楼，你必然是生活在现实当中的，你无非是没到人群中去而已。你这三个月不下楼也依然是生活在当下，生活在现实里，你不可能跟外界的信息隔绝，你依然会以各种方式接收到大量来自各方面的信息。所以一个作家如果要写一部全面地反映社会的各个角落，描写了社会的各个阶层的这么一部百科全书式的作品，这个难度确实太大了，因为现在毕竟不是巴尔扎克的那个时代。所以每个作家所关注的、所描写的只能是自己的一个侧面，自己的一个角落，所以一部作品要想引发全社会的关注，确实很不容易。

记者： 我们提前征集了腾讯网友的提问，他们还有一个特别关心的问题：有很多人也看得出，能够看到莫言老师的新作品，刚才咱们提到您领奖回来的时候，当时我提了一个问题，问您很多人称您"大师"。当时我还记得您的回答。这么多年来呢，有很多很多的活动邀请您，各方的赞誉，当然也一直有一些文学批评。因为我有一本儿书，今天拿过来，叫《莫言批判》，当然还有各方面的舆论。这些是否给您的写作带来一些干扰、焦虑？或者说您觉得获奖之后，给您带来的比较大的麻烦，或者是说焦虑的情况是什么？

莫言： 你说的这些情况都是一种客观存在。现在我想起来了，当时我从回来的机场，见到你们，说到"大师"的问题。在当今这个社会里面，"大师"帽子满天飞。有的人自封为"大师"，有的人是被别人封为"大师"，有的人是生前就"大师"，有的人是死后才"大师"，所以这个"大师"我觉得实际上是无所谓的，谁"大师"谁"小师"啊？关键是你要有真东西，以前唱戏的讲，你得活儿好，有真玩意儿。作家呢，就是好作品，有了好作品什么都可以不说。我想诺贝尔文学奖跟中国文学界确实毕竟是第一次发生关系，大家高度关注我想这是必然的。我想任何一个人，不单是我，换做另外一个作家，这个作家所感受到的应该跟我所感受到的差不多。在一种高度关注之下，所有的问题都出现了，过去你说过的话，做过的事情，你书里边的某一段的描写，都有可能被人给弄出来，这个我想是一种不可避免的现象，应该习惯它。当然，作为一个作家，从我内心深处我是不想成为公众人物的，我是很怕在聚光灯下，也很怕在某一个场合成为主角儿，被大家围着呀，被照相机啪啪地拍照呀，被高度的关注。但是没有办法，你既然获得了诺贝尔文学奖，你这个角色是没法改变的。所以刚才我描写的这些现象，就只能是作为一种现实来承认它，有个习惯的过程吧。我想头两年确实是大量的社会活动、各种各样的议论信息，应该是在某种程度上分散了我的注意力，影响了我时间的分配。慢慢地，我也很清楚，原来我说这个"热"，可能是三个月就过去了，后来我想一年就可以过去，再想两年就过去了，现在事实证明，可能要稍微长一点，可能三四年之内，现在我觉得就慢慢地过去了。那么在这样一段时间里面，我依然还是把文学当作最重要的事情，尽管我没有出版新的作品，但是我一直在构思，也一直在利用一切时间在搜索，在找资料、查阅资料，甚至悄悄地到某个地方去采风、去观察地形，看看当年我书里面将要出现的人物生活的地方，了解这个人左邻右舍的情况，做准备吧，断断续续地写一些篇章。

记者：其实我的一些朋友，包括我们了解到您在构思一个新的长篇，而且有些网友说有可能是今年。所以说您能不能给网友们透露一下这个长篇什么时候大家能够看到？

莫言：现在真是很难预告，前半年我老是预告，结果就像天气预报一样，报了下雨，结果没下雨，所以我还是不预告了。但是我可以向网友们说，我真是在非常认真的写。或者说更坦率一点，如果说这个作品现在要出版能不能出呢，当然也可以。但是我觉得还是应该放下来，再冷静地放一段时间，再修改，再沉淀，也很可能把某些章节全部推倒重新写，所以我不预告。今年肯定出不了，今年我很多活动安排的挺满的，尽量吧，尽量的提前。

记者：其实作为诺奖得主，我们知道是可以向诺奖委员会推荐候选人的。我不知道您是不是推荐过哪些作家，大家最关心的是有没有中国的作家？

莫言：这个问题实际上也是很多朋友问过我，包括前两年瑞典学院的他们的院士来，艾斯·普朗克他们也都问我，我说我一直在非常认真的思考这个问题，我会推荐的。

记者：现在还不太方便说是吧？

莫言：这个要保密五十年。他们跟我说了你推荐可以，但是要保密五十年。实际上我永远不会说了，将来别人再说吧。

记者：刚才您提到艾斯·普朗克先生，今年我们也是有见面，跟他请教了一些问题。您获得诺贝尔文学奖之后，真的把中国文学在世界范围的认知度大大提升了。其实我们现在的作协也好、各方面的渠道、读书会，都在说中国文学走出去的问题。我不知道您是怎样看待中国文学在世界被认知的话需要哪些条件，包括现在的状况是怎么样的？

莫言：客观的来分析一下，应该说我们中国当代的文学，或者说是最近三十多年来的文学应该是取得了很好的成绩。对外介绍，我们只能是看翻译出去的作品，我们大量的作家的作品被翻译出去了。在欧洲、美国、法国、德国都造成了很大的影响。中国的作家获得诺贝尔文学奖、获得安徒生奖、获得星云奖、雨果奖，这个当然不能就说明是中国文学走出去的标志，起码也是一个旁注吧，在某种程度上也说明这些评奖委员会关注到了中国的文学。当然，我想一个国家的文学真正走出去那是要走到读者当中去，不仅仅是走到评委会当中去，而是被广大的国外的普通的读者所阅读、所喜欢，这才是真正的走出去。这个我觉得只能是慢慢来，是不能着急的。我是认为中国当代文学应该在世界文学的版图上占有了自己的很大的、很显要的位置。把中国当代文学贬得很低很低，贬得一无是处，这是不客观的，也是不公正的。那么再一个关于数量的问题。实际上，一个国家的文学走出去也不完全看数量。翻译出一万部作品去，只有一万个人看，这没有什么用。你只翻译出一部作品，但是被他们一代又一代的人看，那才真是厉害。所以我想俄罗斯也好，法国也好，他们19世纪、20世纪那么多作家，灿若星海，但是真正被中国读者所知道、所反复阅读的，也就那么几个作家。所以我想中国文学假如能走出去一部《战争与和平》这样的巨著出去，尽管一部书，我们也可以很自豪地说，中国文学走出去了。这就是一个慢慢的量的和质的一个过程。首先要有一个量，大量的翻译肯定是一个基础，然后在这些大量的被翻译出去的作品当中，外国读者慢慢地认可成为他们的经典，这最终就是比较好的结果了。

记者：莫言老师刚才我们也聊到您在北师大国际写作中心做的一些推动文学教育的相关工作，不知道莫言老师能不能剧透一下？我想问的是，因为张清华老师他们和鲁迅文学院邱华栋老师在做一个新的作家班，跟三十年前您在那个作家班是非常的相像。我之前采访他们的时候，他们说这个其实各种都非常像。因为我不知道您觉得现在的文学环境下，用这种模式的话，对青年作家的帮助是体现在哪些方面？

莫言：我觉得这个作家班还是非常有用的，因为我读过类似的两个班嘛。一个是1984到1986年，在解放军艺术学院文学系，尽管是文学系，实际上也是一个干部专修班。就是我们这一批的部队基层发表了一定数量的作品、很有基础的作家，然后集合到一起学习两年。这两年我想对我的创作发生了一个巨大的改变。尽管我是要在这里听课，要参加很多集体的活动。看起来是浪费了时间，实际上对创作的推动是非常大的。有一种氛围，当时我们的同学之间形成了一种标着劲儿的，比着干的这么一种心理暗示。大家看到同学发表了作品，自己也按捺不住要赶快写，最后变得我们像一个竞赛场一样，使劲儿地写。而且同学之间互相看作品，我写出来他们帮着看，他们写出来我来看，互相批评，共同提高。后来到了北师大跟鲁院办的这个班，我觉得效果跟这个还是差不多的。那么现在过了几十年以后，北师大跟鲁迅文学院再重新办一个这样的研究生班，我觉得还是很有用的。当然，那些作家也可以说我不上这个班，我在家里面上网、读书，照样可以了解到这些东西，但这个还是不一样。这就跟在电视上看足球赛跟到现场去看足球赛的区别差不多。另外，我在电视上当然也可以看话剧演出，但是我到剧场去看又是一种效果。所以我觉得作家有时候确实需要聚到一块儿，形成一种"场"，形成一种强大的心理上的力量，然后在这样一种共同生活、共同学习的环境里面，互相刺激，然后快速地进步。

记者：刚才咱们提到这个国际写作中心也好，或者包括王安忆老师在上海、别的作家老师们在其他高校，他们都做了大量的教育工作，对大学的文学教育，甚至有的是对中学的文学教育也做了很多的推动工作。您愿意从哪些方面去帮助这些愿意写作的年轻人，去做这种文学教育，高校，或者是中学？

莫言：这个我可能不会像他们做得那么专业了。像王安忆她是真的非常认真的讲课、带学生，我可能没有那么多的时间。我想国际写作中心它就是一个平台，我们会不断地把全国的这些最好的作家一个个的请过来，跟文学院的学生们见面，跟媒体见面，让他们讲课，用这样一种方式让大家获得对当代文学的一种更加全面的认识。我尽量地做一个召集人的工作吧，我想他们这种校仪式我也会参加，他们讲课如果我有时间也会去听。

记者：莫言老师因为时间关系，我们就再问最后一个问题。因为这个问题网友写得非常长，我只能念给您，这位网友说："我发现您早期的作品，如《透明的胡萝卜》，语言非常纯净，朴实。发展到后期，如《酒国》《檀香刑》等作品所表现出来雅俗共赏的感觉，有强烈的感官刺激，显得有些粗糙，感情缺乏节制。这当然体现了您丰富的想象力。但是，是否在一定程度上削弱了作品本身的原味，也给很多读者造成了阅读上的障碍。所以您是如何看待您语言运用上雅俗共用的问题？"

莫言：这位网友提问的非常好，非常专业，这也确实是我创作当中非常突出的一个现象。早期的像《透明的红萝卜》，这样一种比较透明的、比较宁静的，充满了童话色彩的小说。到了后来的《红高粱》就开始狂热起来了。到了《红蝗》啊，《丰乳肥臀》这些长篇，整个的语言就像黄河一样浑浊了，当然语言的气势也加大了，这个我觉得是一种两难的选择。一方面我感觉这样的小说需要一种有力的、充满冲击力的语言作为载体；一方面又感觉到小桥流水的那种叙述方法也很美，这个就是看把握的那个度了。假如一部小说里面既有这样万马奔腾般力度的、像滔滔巨浪一样的语言的一种"流"，另一方面又有那种宁静的山间小屋啊、林间小路啊这样一种清净的、宁静的语言，就形成一种语言的对比，这是比较好的。

（本文根据腾讯网 2017 年 1 月 11 日视频整理）

莫言在长篇小说系列最新版的发布会上答网友问①

莫言等

腾讯网友：你获奖那一刻心中在想什么？

莫言：好像当年回答过这个问题，我当时回答的时候说脑子里面一片空白，因为那样情况下灯光那么强烈，舞台、乐队，旁边坐那么多人。我当时回答就是我在观察，脑子一片空白，实际上脑子一片空白不可能，观察的时候也要用脑细胞指挥自己的眼睛。当时坐在舞台上看到同获诺奖其他行业的化学奖、物理奖的这些得主，也看到了我对面坐着瑞典皇家的国王、王后、公主们，另外看台下的观众，看我自己的家人。我感觉到我作为一个农民的孩子，能够在北欧这样一个富丽堂皇的、华贵的讲台上领取全球瞩目的奖确实很不容易，我自己也感觉到很不容易。当然，我内心深处也充满着感激，感激我的读者，感激我的老师，也感激我的亲人和家乡的父老乡亲。过了四年以后回过头回答这个问题，我多说一点。当时的回答很简单。

腾讯网友：中国作家什么时候再能得诺奖，你最看好哪些作家？作为诺奖得主，你会做一些助力的事情吗？

莫言：我非常期盼着，我现在比任何一个人都更期盼着中国第二个诺贝尔文学奖获得者，因为一旦出现以后，热点、焦点都会集中在他身上，我就可以集中精力写小说了。这个我认为还是有希望的，但是什么时间会得，我也不是算命先生。当然我作为诺贝尔文学奖获得者，有向瑞典学院推荐得奖候选人的权利，我也会好好行使这个权利。

主持人：也不能告诉你们，要保密。

---

① 2017年1月11日，浙江文艺出版社举办了"莫言长篇小说系列最新版暨莫言作品独家授权新闻发布会"。本文为莫言答腾讯网友的问题。

莫言：确实推荐了，但是要保密 50 年。

腾讯网友：我最喜欢您和贾平凹老师，您还有什么创作方面的野心？

莫言：贾平凹是我的大哥，我非常尊重他，虽然坐在一起的机会不多，但是神交久已。我很难忘却 80 年代从新疆回来，当时还跟他没有见过面，贸然给他拍一个电报，让他去火车站接我那个往事。因为火车晚点 8 小时，贾平凹在西安火车站拿着一个牌子，上面写着"莫言"两个字。后来人家说你们把牌子翻过来我就告诉你，你上面写着"莫言"谁敢说话。

我看到网友批评我，莫言这个人太不地道了，让贾平凹等了 8 小时也不出现，也不告诉人家。没有办法，那个时候没有手机，在火车上也不能拍电报，我下火车以后，充满希望到处张望，看能不能看到贾平凹的身影。同学们说你做什么梦，贾平凹这么大的名气，你没有见过人家，人家怎么可能接你。后来我想也是，他怎么会来接我，互不相识，多年之后在日本看到这篇文章才感觉到老贾真是好人，真去接我。但是后来他没有吃亏，他这篇文章转载了几百次了，得了很多的稿费。

媒体提问：你在采访中说过，80 年代把好人当坏人写，90 年代把坏人当好人写，现在把自己当罪人写，请你谈谈这三种写法不同，以及今后是否有新的写法？

莫言：这实际上也有一种文学史上的延续的意义，在 60 年代、70 年代，那个时候中国的文学写作实际上先入为主的东西很多，包括那时候电影以及其他的作品，好人、坏人非常明确。看电影小孩都知道，坏人出来，音乐都变了，连化妆、台词、形象都是丑化的。包括文学里面对正面人物描写和反面人物区别很大，比如说有一副挺拔的身材、浓眉大眼，这样一些词不可能描写到敌人身上去。事实上是这样吗？并不完全是，因为生活当中无论是敌人的队伍，还是我们的队伍，是各种人都有的。我就是举一个例，当时出来写作的时候感觉到应该从这方面突破，我们不能沿袭过去写法，好人坏人都应该当人来写。甚至应该矫枉过正，应该把好人当坏人写，过去写的好人一点弱点都没有，完全不食人间烟火，永远不会犯错误，永远没有胆怯、卑微。也不是把好人写成坏人，就是写出好人作为人的一面，他的软弱、他的自私、他的怯懦都是有的。无非最后战胜自己，反过来把坏人当好人写也是这个意义，坏人也有好的一面，你说即便是一个杀人不眨眼的人，他有时候也可能会动恻隐之心，他对自己的孩子，自己的亲属也是充满温情的，所以是这个意义。慢慢到了 90 年代以后，就把自己当坏人写，同样是这样一种艺术辩证法。我们一直在观察别人、批评别人、分析别人，但是很少往内看，来分析自己、批评自己。鲁迅为什么伟大？鲁迅就是经常自我拷问，他写一件小事，他得进行严酷的自我拷问。不要老是抱怨别人，老是把别人看作是自己的敌人，老是把别人看得比自己差，老是（只记着）别人给自己的一些批评。当然还有更加深刻的问题，就是我们每个人实际上内心深处都是有一个朦胧的地带，我们在人和事物之间有一个朦胧地带，往前走以后光明正大，往后退一步变成一个小人、恶人甚至一个禽兽，在这个意义上讲把自己当作罪人写是对自己的认识。也就是说一个作家深刻认识剖析了自我，认识了自我，然后才能够对别人宽容。

今后要沿着这样的想法来写，首先要把人当人写，不要受更多时代、政治以及流行观点的影响，无论写什么年代的故事，写什么年代人物，还都是要把人作为自己描写的首要对象。

主持人：无论怎么写，以人为本，是最人文的。

莫言：文学永远是以人为本，否则没有文学。

主持人：写出人的丰富性，立体性。

北京娱乐信报：莫言老师您好，我们知道您有很多有名的小说被改编成电影，以后还有没有将自己小说改编成影视剧的打算，你的新作会被改编吗？其次近年来 IP 成为潮流，众多网络小说改编成电视，对现在这样的 IP 发展您有什么看法？

莫言：我确实有一些作品早年被改编成电影，像《红高粱》；后来还有《白棉花》，张艺谋改编的电影《幸福时光》。当然后面的作品也有很多的导演、制片人，甚至有演员来谈，始终没有真正地谈妥当。我觉得我的小说很多是戏剧性很强的，我认为我是对戏剧非常感兴趣的作家。我小时候是看着很多农村地方戏长大的，所以小说里面的场面，对场景的描写、舞台描写，对人物戏剧性的刻画，尤其人物讲话，应该像台词一样写。所以我的小说里面也有很多评论家发现，包括一些话剧导演，说是《生死疲劳》里面在西门大院里面那一帮人喝酒的场景，就是话剧，拿到舞台上演就行了。将来肯定还会有别的小说被导演们改成电影。

IP 我不是特别知道，我知道是一个综合著作权，会由一个小说改成电影、电视、手游、漫画等各种各样形式。我觉得这对作家来讲是一件好事，一个作家有两个 IP 够吃好多年的，这是一件好事。但是我觉得最根本还是把小说写好，至于什么 IP 不 IP，这不是我的事情。我写一个小说能够 IP 当然好了。

媒体提问：莫言老师，现在网络小说和各种自媒体平台，您对这方面有什么看法？如何看待现在青少年不是太爱看经典作品的现象？在迎合年轻人审美要求方面您有没有什么想法？

莫言：关于网络文学我表态很多次了，网络文学没有太成气候的时候我就开始表态，表示热烈拥护。而且那时候我非常明确说，我的表态比很多官方还要早多了，网络文学是我们的文学的一个重要组成部分。网络文学和传统文学，最根本还是关于文学的定律：写故事、写人物，要使用优美的语言等，要寄托高尚的、深刻的思想，这都是没有什么区别的。当然，发展方式、写作方式不一样，阅读方式也不一样，那么这些特点不应该是关于文学评判的标准，不能说我用一个标准评判网络文学，用另外一个标准评判传统文学。当然我们也不可否认，由于书写方式和阅读方式改变，导致这个文学内容发生一些变化，这是存在的。但是最终网络文学中最好的东西还是要出成书的，我们的书可能会编到网上去，至于当下其他的用手机阅读、手机写作、微信等东西，我都是持一种高度认可的欣赏态度。当然我知道一件事情流行必有道理，当然我想技术进步为这个奠定了基础，无论怎么变来变去，你还是要把语言弄好。你发一个段子如果不幽默、语言不精练、语言不俏皮、语言不机智也没有人看。还是要玩语言功夫，这是看家本领。我们是玩语言的，或者是靠锤炼语言吃饭的，而一切都是依靠语言本身的魅力而能够流传甚广，把语言弄好，（这是）对网络写手、微信写手、传统写手的要求。

主持人： 网络文学的精品都是语言和故事非常精彩才能够成为现象级的作品，才有IP的价值。说到网络和微信，这里《中国新闻出版报》提了一个问题：微信上有很多打着莫言语录旗号的口号，网友广泛传播，你平常关注这些事情吗，玩微信吗？

莫言： 有一年在朋友的地方吃饭，（她说）我要献莫言老师的诗歌送给莫言老师，题目叫作《你若懂我该有多好》。然后我说，这要是我写的该有多好。现在互联网确实流传很多这样的诗歌、励志小文、箴言警句、鸡汤类的东西，关于爱情，关于励志的，等等，很多，我觉得其实都非常好，我也很感叹这些人，为什么要把自己这么好的作品放到我的名下呢？万一哪天我把他们结集出版以后，他们会不会来打官司呢？所以我希望这些朋友们赶快正名，把自己的"孩子"认领回去。要不然哪一天演变成书怎么变？你来认领的话，首先是你侵权了，还挺麻烦的这个事。反正我不会编，但是曹元勇如果编，我会支持。

提问： 七年前我还是一个学生，在北大见过您，没有想到七年后我也成为一名编辑，早知道我会成为编辑，七年前就要缠着您不放手了。想问问您，您有什么作品可以推荐给孩子，很多作家到一定时候都会写童话作品，您有没有类似的写作计划？

莫言： 儿童文学，每个人都是从儿童成长起来的，也是看着或多或少的儿童文学长起来的。少年时期读的作品，对我们的想象力，对我们未知世界产生多么大的作用。我经常想我应该为我的外孙女这一辈写几篇作品，在西安写过一篇，大概两万字，后来写不下去了，当然也是因为别的事情中断了。我感觉儿童文学确实还是挺难写的，第一要考虑儿童的年龄、心理、生理和阅读特点，不能完全肆无忌惮地写，这还跟少年时期不一样。为什么我写了两万字写不下去了，那个故事依然停留在 50 年代、60 年代的儿童剧水平之上，什么妖魔鬼怪，人变狐狸，狐狸变人，这些东西孩子肯定不感兴趣了。现在孩子从小拿着手机看那么多的儿童作品，所以我觉得我写的东西不如他们，我就不写了。

将来是不是能够写这样一点东西，就是成人也能够阅读，稍微大一点的孩子，只要有小学阅读能力了也可以读，写一种这样的。完全低龄化的，五六岁的、两三岁孩子的东西确实是一种专业技术，我写不了。

提问：莫言先生你的作品被世界关注之后，更多地被翻译到国外，翻译过程中有没有被文化误读的地方？你觉得中国文学怎么样才能更好地走向世界，被世界关注？

莫言：误读是普遍存在的，不要说是翻译过程当中被翻译误读，翻译完被外面读者误读；即便在我们中国，我的小说也可能被误读，这个也是文学吸引人的地方，可以有多种阐释，每个人都可以根据自己的经验、自己的状况，对这个作品做出自己的阐释。比如说我写的一些答案不太明确的小说，像《怀抱鲜花女人》，像《木匠与狗》，这些小说没有明确的答案，很多读者在网上留言问到底要写什么，到底最后结果如何？因为语言翻译过程实际上很艰难，不单是一个技术问题，实际上也是文化的深层交流。一个翻译家即便讲一口流畅的汉语，普通话讲得很标准，但是让他翻译我的小说，我估计难度也很大。因为我的描写有很多是 20 世纪 50 年代、60 年代的生活，写那个时代的人讲话，有那个时代的背景。我们讲一个最简单的例子，人民公社，我们这个年龄 50 年代出生的人不用解释，对 80 年代的人出生的人解释起来有一点儿困难。对现在的小孩儿讲人民公社、生产大队，不知道你讲的是什么，红卫兵、走私派、抓革命，这些事情对他们来讲完全是一种陌生的文化符号，需要加很多注释。国外的人根本不了解这些东西，由于我的作品当中大量充满这样一种时代的文化符号，时代的语言，时代创造的所流行的一些词语，那么怎么样变成万人知道，加大量注释，这样误译、误读是难免的。

当然我比较幸运，起码翻译成英文、法文、德文、瑞典文的这些比较大（语种）的翻译，还确实是比较精到的。

主持人：误读是难免的，但是误读也是一种文学美丽。

莫言：美丽的误读。

读者：写作难免会遇到思维枯竭的时候，这时您会怎么寻找灵感？

莫言：第一，应该有强烈的创新意识。就是我在动笔之前就想一定要创新，一定要写一部跟过去的作品不一样的作品。当然写的过程当中就像人走熟了一个道，不知不觉顺过去了，努力提醒自己，纠正自己，强烈创新意识，逼着自己走艰难的、危险的、艰苦的道路。

第二，要善于学习别人。我们这个年纪你说下到农村去，下到工厂去，长时间生活，跟工农兵同吃同住同劳动也不现实，即便努力争取，从年龄人也不会让你这样那样，最主要学习就是通过阅读学习。我当然不是鼓励大家抄别人的东西，但是要从别人的东西里面举一反三。你看到人家写这样一个故事，你马上由此联想到另外的故事。这个故事只有你自己知道是从哪里受到启发，别人看不出来的，应该善于做这样一种学习的借鉴。

有人发现《一个人的命运》是抄袭海明威的《老人与海》，我们都读了，根本想不到这两个小说怎么有借鉴和学习的关系。但是一点破以后，你想《老人与海》，一个老人在海上跟一群鲨鱼搏斗，最后一无所有，拿着一个鲨鱼的骨架回去。再想想《一个人的命运》，从家庭，抓去做战俘，儿子、老婆，什么都没有了，最后收养了一个小孩儿跟自己相依为命，真是有一点的相似性。所以我们应该在阅读当中学习这种精神，构想出自己新的具有创新性的故事。

再一个就是善于向别的艺术门类学习。我说我从杂技里面得到了灵感构思了一个小说，别人也不会相信，但是事实上这种事是存在的。当你看到一个人，一个芭蕾舞演员站在一个男人的肩膀上，女演员表演芭蕾的时候，我们不仅仅在欣赏这样一个芭蕾舞，西方艺术和中国杂技结合的节目，而会想到我们的小说。我们的小说里面能不能产生这样一种嫁接，就是像芭蕾舞一样站到杂技演员肩上一样，所以这样门类的艺术，像音乐、舞蹈、美术、电影、电视都可以变成小说创新的刺激力和想象力产生的源头。总之这个事情要详细说，很难说得很准确，每个人思维都是非常难以解释的过程。我们脑子瞬间(可以)完成一个计算，我们老是不相信计算机能代替人脑，想象就是计算机不如脑袋。我不相信有一部计算机看了《老人与海》能够写出《一个人的命运》来，这是人脑子艺术思维方面，绝对不会让计算机模仿。

主持人：谢谢莫言老师，就是莫言老师的语言大家会在阅读过程中发现，打通了所有的感官和视觉的、听觉的、触觉的各种感官，非常瑰丽的语言，吸收了文学的艺术形态，吸收了很多的艺术通感的一些语言，产生了源源不断的灵感，这是我个人的理解。当然，我们今天要感谢莫言老师给我们两小时的分享。

(本文根据腾讯网 2017 年 1 月 11 日视频整理)

《凤凰周刊》专访莫言①

莫言等

《凤凰周刊》：今年，你的小说、散文、随笔、剧本、演讲全编陆续由浙江文艺出版社出版，这是你第一次系统整理、修订和出版此前的全部作品，为何会选择浙江文艺出版社？

莫言：有很多原因，其中一个重要原因是我祖上是浙江人，在浙江龙泉生活过很长时间，那里出过有名的诗人，至今仍有很多管姓旗人在龙泉生活。2010 年，我专门去龙泉寻根访祖，追寻祖先的踪迹，他们是从龙泉慢慢往北迁徙的"天下无二管"，我应该算半个浙江人。

浙江人文荟萃，我所崇敬的鲁迅、茅盾、郁达夫等前辈都是浙江人，我的作品全编在浙江出版，也是想用这样的方式来表达对浙江籍文学前辈的崇高敬意的。当然，还有另一个重要原因，浙江文艺出版的曹元勇先生是我的老朋友，重出作品集也是我的愿望，他们的高度敬业精神和与曹先生多年的友谊使我下定决心，把全部作品版权交给浙江文艺出版社。

《凤凰周刊》：你的文学作品，聚焦最多的还是"山东高密东北乡"，如今，它已成为世界文学地图上的重要坐标。从高密到诺贝尔奖奖台，注定是一段不平凡的历程，你的写作从故乡获得的最大启示是什么？

莫言：故乡对于一个作家来说当然非常重要，每个人都有故乡，故乡对每个人都很重要。对我这样成长经历和写作类型的作家，尤为重要。1984 年，我还在军队服役，却从基层部队考入解放军艺术学院，接受正规的文学教育，阅读了大量的世界文学作品，

---

① 2017 年 5 月，莫言先生接受《凤凰周刊》的专访。

让我的视野开阔了很多，也转换了艺术思维。我不再像早期通讯员那样写作，从报纸和文件里寻找所谓的创作信息和灵感，而是开了窍，先写了短篇小说《秋水》，回顾家乡无边无际的大水；后来又写了中篇小说《白狗秋千架》，第一次提到"高密东北乡"，从此一发而不可收。凡是触及我的故乡，我都有写不尽的话。

我一出生就落在"高密东北乡"这块黑土上。无论这个地方多么贫瘠、多么荒凉，这个地方的官员多么霸道、老百姓多么愚昧，作为一个在外的游子，一旦踏上这块土地，我依旧会心潮激荡，那种感觉在别的地方是不可能产生的，这就是所谓的故乡的力量。我生于斯，长于斯，与这个地方血肉相连，它是我的血地。

故乡与童年紧密相连，记得在写《透明的红萝卜》时，我想到自己的故乡和童年生活，思绪好像一条河流的闸门被打开，活水源源不断而来。故乡也与母亲紧密相连，因为故乡，因为母亲，才有像《丰乳肥臀》这样的作品；故乡还与大自然紧密相连，当我描绘那些山川、河流、草木，那都是我生长的环境，所以信手拈来，完全没有任何隔阂。

《凤凰周刊》：你是经历过大饥荒、大劫难和大变革的人，最初投身写作是为了能"一天吃三顿饺子"，当最"原始"的愿望满足之后，是什么一直激励着你不断开创新的文学局面，寻求内容和形式上的突破？能否就你的写作历程，谈谈投身文学创作的诸般心法？

莫言：作为一个农民出身的人，我在农村扎扎实实生活了20年，又在中国最大的城市生活至今，经历了中国社会的巨大变革，我的写作可以说是这些变革的见证。

童年时代，我的确经历过很多饥饿，整天不想别的，就是为了多找一口吃的，填饱营养不良的肚皮。从野果、蚂蚱到煤块，我都试着去吃过。因此，我曾开玩笑说，投身写作就是为了一天吃三顿饺子，其实，这种原始的欲望很早就满足了。后来，是什么在激励我继续写作呢？我想是因为我心里有话要说，我想把心里话通过笔告诉读者。对于社会上很多事情，我有责任要写。还有我对文学本身的探索，也激励着我写出来。大家都在对小说艺术进行创新，到我这一代人，还有创新的可能性吗？我觉得还是有的，形式还有无限可能性，对小说艺术的痴迷追求激励着我。

我的创作一度很先锋。那时候，先锋是一个作家应有的人生态度，敢于跟流行的东西对抗，敢为天下先，在很多人都不敢说心里话的时候，你敢说；或者你以前不敢说，在那一刻敢说。我们都是从"文革"时代过来的，那种对作家的写作禁锢，不光是外在的、强制的，可能你从小生长的环境和所受的教育，你的阅读经历等，都决定了你只会那样去写。我最初的写作，就是带着对抗禁锢和寻求突破的意识开始的。

我早期的作品，几乎都是一种抵抗式的写作。当时常引人注目，让很多人咋舌，比如《红高粱》《酒国》《天堂蒜薹之歌》等。20世纪90年代以后，随着年龄的增长、创作量的累积，那种有意识的抵抗越来越少，回忆和温情变多，但还是会有争议，比如《丰乳肥臀》。到 1998 年以后的写作，我变得更低调，甚至说要大幅度往后退，有意识地压低写作的调门，比如《檀香刑》。2000 年以后，我觉得无论刻意的对抗，还是刻意的低调，都是故作姿态。我已经积累了足够的人生阅历，所谓求放心，跟着我自己的心去写，寻找一种长篇小说的大气象、大开合、大怜悯、大慈悲和大解脱，就有了《四十一炮》《生死疲劳》《蛙》等作品。

《凤凰周刊》：通读你的全部作品，的确能感受到如你所说的心路历程。你的创作是从 20 世纪 80 年代发轫的，都说那是当代文学的黄金时代。作家，尤其是青年作家们敢想、敢写、敢突破，文学观念很新潮，也涌现了一大批优秀的作家。而现在，不但文学边缘化，整个文化也倾向于保守与回流。能否谈谈自己写作之初对那个时代的感受？

莫言：现在大家都说，20 世纪 80 年代是文学的黄金时代，可当时我们并没有那种感觉，相反还觉得挺压抑的，因为经常听到一些小说因描写某某情节而被退稿或被批评。但文学的确是社会主流，时过境迁，我觉得那时候大家是对文学过度关注了。"文学"二字本身就是热点，就是一个大明星：一个刊物随随便便就可以发行数百万份，一次诗歌朗诵会，在首都体育馆可以卖得座无虚席，甚至还有很多站票，由此可见对文学的关注度是极高的。

前面提到，从 1984 年起，我在解放军艺术学院文学系开始了短短两年的学习。在那里，我接触到大量青年作家，他们都怀着炽热的文学理想。我的老师徐怀中先生，用了一种比较新的教学理念来安排课程，把全国很多著名教授、作家，以及各个艺术门类的著名艺术家请到学校，用讲座的方式给我们点拨，让我们短时间内接受了大量信息。使我们了解了中国文学的过去，也了解了世界文学的历史，以及很长时间内世界文学没有被我们注意到的部分。开阔了我们的眼界，提升了我们的创作热情，让我们把眼光投射到世界，把自己的写作立足于写经典作品的高度上。

在军艺两年，我一口气写下 80 部作品。那时候青年作家都很勤奋，学习环境很好。大家互相刺激，互相鼓励，也互相批评，用非常率真的语言"挖苦"别人。改革开放后，西方文化铺天盖地地涌进来，让人眼花缭乱。我们读到马尔克斯、卡夫卡、海明威、福克纳、川端康成等人的小说后，真有眼界大开的感觉。

读到马尔克斯的《百年孤独》时，我很是震惊，就像马尔克斯在 20 世纪 50 年代第一次读到卡夫卡的作品时一样发出感慨："原来小说还可以这样写！"除了佩服之外，我也觉得我的生活经历中有更丰富的东西，如果我早些知道小说还可以这样写，说不定我也就写出了一部《百年孤独》。

当年还读到福克纳的作品，他反复提"邮票般大小的故乡"，而川端康成则写到故乡的秋天里，黑色的大狗在水洼里低头喝水，这些都让我深受感染与启发，觉得我也能把故乡讲述出来。写出《白狗秋千架》之后，关于故乡的小说就接二连三地喷发了，高密东北乡就这样在我笔下慢慢浮现出来。

《凤凰周刊》：你曾在多次演讲中提及这些作家对你的影响，但你并没有照搬他们，他们更像你日后蓬勃书写、找到自我的一根导火索。当下与那个"黄金时代"已经大不一样，严肃文学从中心走向边缘，文学网络化、商业化、碎片化、娱乐化，你对当下的青年作家有何建议？

莫言：当年，西方作家的作品打开了我的思路，使我意识到，一个作家不应该受到什么戒律的束缚，更不要受自我的束缚，应多学习世界文学之所长。那时候，有抱负的青年作家，多数也像我这么想。但大家很快发现，争相模仿写出来的全是二流的"赝品"。

于是，大家又都想尽快写出有中国气派的小说，这样才能真正走向世界。其实，要彻底摆脱西方文学的影响、塑造出民族气派，是一个很艰难的过程。我们需要跟西方交流，在交流过程中，我们接受了西方的影响，同样，西方也会受到我们的影响。全球一体化潮流之下，不受外界影响的民族艺术是不存在的，只不过我们受益于世界更多一点。

文学到今天的确不热闹了，因为社会有更多的热点，人们有太多信息可供关注，甚至太多的信息让人无所适从。不要焦虑边缘，一个青年作家的突破，大多是从边缘开始的。

有的一旦突破，可能马上会进入中心，变成一个拥有流行话语权的作家，当然，也可能会逐渐走到自己的反面。今天的文学呈现多元化形势。这其实也有好的变化，那种主宰一切的权威的东西早已不复存在，或者极大地弱化了。大家各行其道，拥有各自独特的价值和声音，能更加自由地创作。

不过，我还是希望青年作家们勤奋一点，创造力旺盛一点，野心更大一点，有写出经典的梦想。我从1981年发表作品至今已有36年，写了很多书，但总认为应该写出一部更好的作品，让它真正成为世界文学的经典，但是因为这样那样的原因，也因为自己的懒惰，没能写得太多。我每次写的时候，都希望自己能写一部世界文学的经典，但是往往写着写着就感觉像爬一座高山，没爬到顶，气就泄了。至今我依然有写出伟大文学作品的梦想，经常在梦里面，一部经典作品就要收尾了。我想，如果一个作家没有这种梦想，那他就可以搁笔了。正是因为还有这样一种热情，所以，我还要写下去。

《凤凰周刊》：说到东西方交流的问题，一直有一种颇为喧嚣的声音，说你的写作迎合了西方人对中国的想象，有揭丑的意味，所以才获得世界文坛的认可。你如何看待这种评价？

莫言：我不赞同这种说法。在我开始写作的时候，我从来没有想到走出国门，也没有接触过任何西方人，根本不知道西方人怎么看中国，也不知道他们喜欢看什么。我只是用我的内心去写作，曾经看到过很多的事情，感觉心里有很多话压着要说出来，就写出来了。我写出来的东西，那时从来没想到会翻译成外文给西方人看，也从来没想到会被拍成电影给西方人看。我一直是作为一个地道的中国人在想象、在看待中国，在忠实于内心地进行写作，从现状到历史。当然，随着时间的推移，我内心的观点会有变化，这也是一个过程。

东西方文学一旦交流起来，影响是相互的。别人在看你，你也在看别人，我们在接受别人东西的同时，别人也在接受着我们的东西。我们没有必要妄自菲薄，当然更不要狂妄自大。我曾经跟一位美国青年作家说过，一个人如果不能正确地看待自己的国家，也就不能正确地看待别人的国家。自我矮化和天朝上国心态，都是不对的，"己所不欲，勿施于人"，己之所欲，也同样勿施于人。

文学永远以人为本，否则没有文学，从人性的角度看，大家都是一样的，这是文学交流相对于一般交流的巨大优势。我一直在写人，在写好人，也写坏人，在写别人，更在写自己，离开了人，我的写作就谈不上价值。所以，希望大家看待我，还是就文学谈文学，不要离得那么远。

《凤凰周刊》：的确，你的创作一直伴随着巨大争议，长篇小说《红高粱家族》《酒国》《丰乳肥臀》《檀香刑》如此，中篇小说《欢乐》《红蝗》也是如此，甚至你获得诺贝尔奖也在国内引起极大争议。获奖后，你的一些公共言论时常被夸大或扭曲，公众仿佛更关心作为公众人物的你，而非作为作家的你，你如何看待这些过于喧嚣的争议？

莫言：文学不像自然科学，有一套统一的、权威的标准，能被证明或证伪。文学是一个开放的多元的产品，每个人都会有自己的标准，高低参差，有人喜欢，有人不喜欢，进而产生争议，这很正常。诺贝尔奖只是一个评判标准，并不是唯一的评判标准，更不是最好的评判标准。我一直说，我获得这个奖，只是消除了作家的神秘感。

至于说作品以外的争议，在这次作品全编中出版的《丰乳肥臀》一书前，我写了一首打油诗，"曾因艳名动九州，我何时想写风流。百年村庄成闹市，五代儿女变荒丘。大爱无疆超敌友，小草有心泯恩仇。面对讥评哭为笑，也学皮里藏阳秋。"这首小小的打油诗，包含了我面对争议的基本态度。

从我内心来讲，我真的不希望成为公众人物。我多次说过，希望中国能尽快出第二位诺贝尔文学奖得主，那样，焦点都集中到他身上，我就可以躲到一边安静写作了。事实上，我也在向诺贝尔文学奖评委会推荐中国作家。至于网络上流传的一些冠我名号却不属于我的话，不属于我的诗歌和文章，我不敢掠美，一直希望有人能认领过去。由它们所引发的争议，我也不会承认。

《凤凰周刊》：作家最终还是要靠作品说话，你的作品汪洋恣肆，文辞瑰丽，充分调动了人的感知系统，眼耳鼻舌身意全部被释放与挥洒，五色斑斓又热情澎湃，你是如何形成这种看待世界的奇特眼光以及表达风格的？能否说一下你的小说观？

莫言：我一直说，要一个作家谈自己的小说观就是"瞎扯淡"，谈怎么写小说、怎么说话，就像问一只母鸡怎么下蛋。一个好作家写出自己独有的风格来，就像母鸡下了个蛋，是自然而然的事情。至于语言，那是作家的一种"内分泌"。他的语言可以通过后天努力来获得一些新质，但语言的基本风貌是一个作家天然就有的，或者说，一个作家的遗传因素以及他童年时期生活的环境、所接触的社会层面、所受的教育决定了他的语言风格，是一个自然而然的结果。

自然，就是不玄虚，自己看了也没有什么奇妙的。越是玄妙的小说观念越是不可信，一些作家把自己的小说观念讲得玄而又玄，其实对读者没有任何意义。我现在的小说观，依然没法清晰地和盘托出。随着小说的发展、创作的增多，首先让我感动的依然是一个画面，一个惊心动魄的细节，甚至是人脸上一次微妙的表情，或者仅仅一句非常漂亮的句子。

我是一个多神论者，自然而然地认为万物都有灵魂。我在乡下放牛时，感觉天上的云、地上的动物、一草一木都是有灵魂的。最早我是一个泛神论者，这在乡村很普遍，我家附近就是蒲松龄的故乡，小时候，从我爷爷、奶奶那里听到很多蒲松龄讲的故事。后来我进了大学，了解到无神论，也了解了更多的观念，各种各样的宗教信仰都是人类的财富。我怀有自己的信仰，尊敬所有向善的东西。

《凤凰周刊》：《丰乳肥臀》是一部你向母亲致敬的长篇，包含了极其丰富的意蕴、巨大的象征性和生命力。虽然，可以看到它受《百年孤独》影响的痕迹，但你完全站在中国土地上写作这个漫长而厚重、悲剧感丰沛的故事，它的主角不是"历史"而是"母亲"，不是时间，而是人性。能谈谈这部小说的创作思路吗？

莫言：《丰乳肥臀》确实是因为母亲去世而作，我也确实是要把这本书作为献给母亲在天之灵的一份礼物。我写这部小说时，最早考虑过"大地""历史""百年"之类富有象征意味的宏大题目。后来通过小说里讲述的故事，发现自己想写的仅仅是母亲。因为有了母亲，然后才有了我们。因为有了母亲的哺乳、母亲的教育，才有我们的成长。母亲是无私奉献的象征，男性和女性都有丰富的人性，但女性之所以伟大，就在于她有母性。母性的力量焕发出来，那就是"山可移，海可填"，什么力量也抵挡不住的。

一个身体弱小的母亲，当她要保护她的子女的时候，会焕发出人们难以想象的巨大力量，这种力量不仅仅是物质的力量，更是精神感召力。这部小说是站在人的立场上来写作的，最典型的就是母亲的几个女儿嫁给了不同政治力量的代表人物，他们成了刀枪相见、势不两立、你死我活的敌人；但是，当他们把自己的孩子送到母亲家时，母亲对这些孩子一视同仁。这样一个情节跳出了时空，象征着母亲包容一切，像大地包容万物一样，具有博大的情怀。

女性在我的创作生活中非常重要，而且我本人在长期的生活经验中发现：人在遇到困难时，陷入巨大的动荡和不安时，女性往往起到安抚人心、收拾破碎山河的作用。

（原载《凤凰周刊》2017 年 6 月 2 日）

故事沟通世界：莫言对话三十国汉学家[①]

莫言等

主持人：大家好！我是中国国际广播电台主持人闫钟芳，很高兴主持"故事沟通世界：莫言对话三十国汉学家"活动。今天出席活动的嘉宾有中国作家、诺贝尔文学奖获得者莫言先生、中国图书进出口(集团)总公司副总经理林丽颖女士以及来自三十多个国家的汉学家们。现在先有请莫言先生发言。

莫言：大家好！很高兴在这里跟大家见面，做一个面对面交流。昨天这个时候我还在老家高密，傍晚就到了北京。记得当年我要从高密回到北京，需要十几小时，现在只要四小时，明年据说只要三小时了。中国发展得很快，社会也发生了很大的变化，而我们作家，作为一个生活的艺术反映者，毫无疑问，会受到社会快速变化的影响。这次我在我的故乡写了几个短篇小说，最长的一篇一万多字，其他的大都是五六千字。大家很快就会在《人民文学》《收获》杂志上看到。这是我最近五年来第一次比较集中地发表作品。这次重新拿起笔来写小说，感觉到有很多非常新的想法。有一个比较的视角始终存在，因为生活变化了、人变化了，过去我作品里面描写的很多人物形象已经退出了历史舞台，而一批年轻人、一批具有时代感的年轻的人物形象，出现在乡村、城市以及各个领域的舞台上，这给我们作家的创作提供了非常宝贵的、丰富的、多样性的创作资源。刚才主持人讲了，每个人都有两分钟，我已经讲了三分钟了，到此为止，好。

主持人：谢谢莫言老师。莫言老师讲完，我突然意识到主持人今天不能再说话了，要说话的话又超时了。莫言老师 2012 年获得诺贝尔文学奖的时候说过，"我是一个因为

---

① 2017 年 8 月 23 日，在北京国际图书博览会上，莫言与来自三十国的汉学家进行对话。

讲故事而获得诺贝尔文学奖的人"。今天我们对话的主题就是"故事沟通世界"。莫言老师用中文讲故事，而在座的三十国汉学家用你们的语言将这些故事翻译给各国的民众，讲给他们听。我知道在座不少汉学家翻译过莫言老师的小说，也特别想听听你们想跟莫言老师交流些什么话题。第一个交流的问题，我想交给我正对面的、来自缅甸的杜光民老师。

杜光民： 莫言老师，您好。我是缅甸翻译您长篇小说的翻译家杜光民。今天我非常激动、非常紧张……因为您一直是我的偶像。我之前有翻译过您的《蛙》，之后翻译了《生死疲劳》，这本书即将在缅甸出版。接下来，我要翻译您的名作《红高粱家族》，这本书快要翻译完成了，在这里跟您报告一下。刚刚听说您要发表短篇小说，我非常期待。我今天太激动了，说话有点紧张。

主持人： 我发现今天杜老师实在是太激动了。我说您一定要带一个问题来，然后杜老师说了一下现在翻译的内容，没有说他想跟莫言老师交流些什么。有什么样的问题吗？

杜光民： 没有了。（微笑）

莫言： 这一场完了之后我们还有下一场，我与四个国家的汉学家深度对谈，其中就有杜光民先，我估计那会儿我们会谈得比较多。

主持人： 好的，那这个机会就让给其他人。那我们欢迎罗马尼亚的白罗米女士。

白罗米： 您好，我是来自罗马尼亚的白罗米。到目前为止，我翻译过《天堂蒜薹之歌》《酒国》等，后面我还要继续翻译，包括会选择翻译短篇小说。您是我崇拜的中国作家，今天见到您，感到非常荣幸。我的问题是，我从去年开始选择翻译您的短篇小说，很多很多，有十几篇，当编辑让我选择时，我觉得太多太多，很难选择，怎么才能选择最有代表性的？有 20 世纪 80 年代写的，有 20 世纪 90 年代写的。我知道莫言老师非常重视"变化"这个概念，不仅是人的变化，还有整个社会整个世界的变化。刚开始写文学作品，包括之前的短篇小说和以后写的短篇小说，您觉得最明显的变化是什么？您的兴趣集中在哪些方面？

莫言： 我最早的短篇小说，多数都以个人的经历为素材，比如我亲身经历过的一件事情，里边有自己的影子，里边也有自己亲人的事迹，后来写得越来越多了，个人所经历的故事都写完之后，就需要作家开阔自己的视野，培养自己将别人的故事变成自己的故事的能力。而一旦具备了这种能力后，这个时候听到的故事，从报刊上看到的故事，甚至在出国旅游访问时所观察到的一些现象，都可以变成小说的，尤其是短篇小说的素材。一个作家要不断写作下去，最早所使用的资源肯定是跟个人经验有关，但是个人经验会很快就被耗尽，耗尽以后就需要作家不断地开阔生活面，以更加包容的眼光来看待各种各样的人和事，从而使自己的创作呈现出更加丰富多彩的现象。所以我想，我早期作品和后来作品的区别可能就在这个地方。早期可能从作品里找到一个小男孩儿，那就是我或者是我的影子。后来我的很多小说里面就没有这个男孩的形象了。

如果你要从诸多短篇小说中选择出一本比较有困难的话，待会儿留个邮箱，我可以帮助你选择。你有我的电话或者邮箱吗？

白罗米：没有。我之前看过一个国家的记者采访您，我不记得是哪个国家。您说过这么一句话，"译者很重要，但是如果一个译者，在翻译过程中遇到一些问题，没有找您，这说明他不是一个好译者。"所以我到目前为止，还不是一个好译者。（莫言笑）我虽然不是一个好译者，但是我所翻译的一些书，还有我的同事所翻译的一些书，都特别受欢迎。我们这儿有人开创了一个莫言分析俱乐部，他们都在谈您的创作。我们虽然不是好译者，但是希望通过您的帮助，成为一个好译者。

莫言：这里边肯定有误解。我的原话大概是这样说的：有一种特别杰出优秀的翻译家，他对我的小说看得非常明白，他就不需要问我；有一种他明明对我的小说看得不太明白，但是他也不问。我想，有这么两类翻译家，您毫无疑问是第一类，所以你不问我，也是个好的翻译家。待会儿我把邮箱、联系方法告诉你们，有什么问题，不管大的小的，不管是文学方面的还是生活方面的，都可以跟我联系。现在通讯这么方便，我一定会有问必答。你是第一类的，不用问就可以翻得很好的译者，如果再问一下你就会翻得更好。

主持人：好的，谢谢莫言老师，谢谢白罗米老师。其实我们也挺兴奋的，有了莫言老师的电话和邮箱了，可以做更近的沟通。刚才其实是给了我对面的两位老师提问题的机会，我不知道其他汉学家有没有想要和莫言老师沟通的呢？

莫言：罗莎吧，罗莎是我1997年去意大利访问时就认识的。她当时已经把我的《红高粱家族》翻译成意大利文了，但是从那之后再没见过她。

主持人：二十年后，我相信您肯定对莫言老师的作品有更多新的见解和解读。不知道您想跟莫言老师沟通什么呢？

罗莎：（微笑）我没有问题。

主持人：没事，莫言老师的电话和邮箱，我们一会儿就有了。

莫言：她有我的联系方式。

主持人：好的。那请李雅格先生。

李雅格：大家好，莫言老师好，首先跟各位老师一样，很兴奋很激动。第一次有这种机会面对面地沟通。我是来自以色列的李雅格。以前曾经翻译过莫言老师的《蛙》，这是我翻译的第一本书，是直接从英文翻译的。后面还有三本书，也已经出版了，但是这三本书也都是从英文翻译出版的。我跟白老师一样，在翻译过程中遇到了不少难题，我不敢跟您联系。这个也表明我可能不是一个好的翻译家吧。

主持人：那您有什么样的难题呢？

李雅格：特别多，我现在一激动就全部记不得了。（在场嘉宾笑）但是，有一个现在想到的问题，就是有关《蛙》这本小说中的一个很重要的人物"小跑"。我就想问您，小跑在哪个程度可以说他代表您的生活经验？

莫言：百分之十吧。《蛙》这个小说，是这样的，最重要的人物是"姑姑"。她是一个妇科医生。这个妇科医生真的是根据我的一个姑姑的形象而来的，但是即便是这样有原型的人物，到了小说里也发生了很大的变化，尤其是她作为主要人物的家庭背景，都做了彻底的改动。我想，小说和作家本人的生活，其实关系很微妙的。有时候因为一个很小的细节而启发了灵感，由此产生了一部很大的作品。而在写的过程当中，他就要千方百计地尽量避免跟生活中的真人发生一些重合，否则可能会带来很多麻烦，所以原来我起小说人物的名字的时候，就运用生活当中的这个真实人物的谐音，比如"王帆"可能会改成"汪帆"，加个三点水。后面这样的改动，还是挡不住人家来对号入座，所以现在我改得就非常远，本来他姓王，我一下子让他改姓马，或者给他起一个外国名字，叫摩西或者约翰，这就很难对上了。所以我想，这个从文本出发就可以了，不要过多地去猜测小说中人物与作家的关系。你也是那种虽然不问，但是还是克服了问题的优秀翻译家。我也希望你以后直接跟我联系。

主持人：谢谢莫言老师，也谢谢李雅格先生。您还有什么问题吗？

李雅格：没有了。

主持人：那我想看一看，这边的老师，顾彬老师，您会有什么问题想要跟莫言老师沟通吗？顾彬老师是德国特别有名的汉学家。

顾彬：莫言一开始发表他的短篇小说，我觉得当时写的作品代表他的才能，是现代文学，但是到20世纪80年代末90年代初，好像他的小说发生了很大变化，就我看来，从我的标准、从德国文学评论来看，好像莫言开始退步，他不在写某种文学书，他在写一种感受，从我的标准看。我一直在研究，为什么会有这种变化，这种从短篇小说到特别长的长篇小说。

主持人：好的，谢谢顾彬老师。那么我们请莫言老师做一个解答，为什么会从写短篇变成写长篇呢？

莫言：顾彬先生是我1987年跟着中国作家代表团访问德国时认识的，三十年了。当时在波恩大学也参加了他组织的讨论活动，后来也有联系，会经常在会议上遇到。他对我的小说的批评，我一直很关注。我认为任何一个读者都可以是一个评论家，都可以有看法；任何一个专职的批评家，当然更有资格对一个作家的作品发表他自己独到的见解，这是非常好的事情。关于我的《透明的红萝卜》这部小说，实际上与顾彬先生有相同观点的中国评论家也有很多，包括很多作家，如清华大学教授、作家格非先生就说"莫言最好的小说是《透明的红萝卜》"。今年 3 月份我跟当年军艺上学时的老师一起座谈的时候，他也说，在很长一段时间里，别人问莫言什么小说最好，他也说《透明的红萝卜》，但他说他后来改变了这个说法，因为他没有读我后来写的很多作品。《透明的红萝卜》是一部中篇小说，中文有三万多字，是我的成名作。当然在这之前我也发表过一些中短篇小说，但是这个小说的影响力特别大。大家都喜欢这部小说里面的"小黑孩"，也喜欢那种所谓的"天籁之音"。这是在一个作家还没有掌握太多写作技巧情况下一种朴素的、感性的、直观的一种写作，所以这部作品确实具有不可替代的一些质感或者美感。顾彬先生认为那个时期我的小说最好，我认为他的看法可以坚持。至于后来为什么小说越写越长，这一方面是一个作家在写作过程中感受到比较短的篇幅已经不能满足他叙事的强烈愿望。他感受到故事很大、故事里边涉及的人物很多，如果只有两三万字、五六万字的篇幅，故事没有讲完就要结束，所以他希望能够把这个故事讲得充分、讲得圆满，让每一个人物都在这个小说里面，比较充分地展示，这样小说的篇幅就越写越长。当然，有没有这种高手作家，可以用极短的篇幅来讲述一个庞大故事，表现一个漫长的历史过程、塑造众多的人物形象？我想这样的作家应该有，但是这样的小说我目前看到的确实比较少。因为不管怎么说，小说对作家来说，确实存在一种物质性的容量。它的长度也是它的容量，长度太短的话，不能把作家想要说的话全部说完，我想这就是后来我的小说越写越长的一个原因。另外一个方面，就是中国作家好像有一种不约而同的共识，就是认为一个作家先从短篇入手，然后写中篇，就是大概三万字以上到六七万字之间这样一个长度；然后就写长篇，好像是一个不断学习的过程。先短篇，比较好把握；再中篇，又进一步；再写长篇，比较能够控制，所以很多作家都不约而同地按照这么一个创作的轨迹在发展。写长篇是否就是保守呢？我后来的以长篇为代表的作品是否就不是现代的文学而是保守的文学呢？我不同意这个看法，但是顾彬先生完全可以坚持他的这个观点。因为我觉得一部小说的保守与否跟长度没有关系，我想顾彬先生这个结论一定是建立在对我的作品充分阅读的基础之上的，但是我作为一个作者，我觉得小说里的人物具有多义性。就像我们中国最有名的《红楼梦》这部古典名著，一万个读者读《红楼梦》，对里面人物的看法起码有五千种，甚至还要多。贾宝玉到底是个什么人呢？每个人都会有自己的判断。有人也许说，贾宝玉是一个时代的觉醒者，是一个最有现代感的人物。当然，也有人会认为，这个人表面上看起来离经叛道，但骨子里还是很保守的。所以我想，关于一部小说，关于一个作家，每个人都可以发表自己的看法。作家应该认真聆听来自各个方面的批评意见。当然，也不是说你批评我，我要完全接受。不同意的话，我也可反批评。我可以说我不同意你这个观点，但是你尽可以坚持你的看法。我们可以争论、探讨。也许我的说服会让你部分改变你的看法，也许你的坚持会让我部分赞同你的看法。这是一种非常好的、非常正常的文学阅读中的现象，要坚持下去。

主持人：谢谢莫言老师，也谢谢顾彬老师。两位长者的交谈让我特别受益。莫言老师有一句话讲得特别好，如果不是建立在大量阅读的基础上，顾彬老师不会提出对文学作品的见解，而文学本身就是一种理解世界的方式，每个人有不同的方式，每个人去讲述自己的故事，每个人有不同的理解。这个话题非常有意思。

李莎：老师，您好。我叫李莎。我是意大利语翻译。我没有翻译过您的书，但是我看了一些。我们见过黑狗、红狗，但您小说里提到过一种绿狗，那是什么？有什么含义？

莫言：《狗道》是《红高粱家族》这部小说中的一个章节，这里边写了一群狗，它们在战乱之后，就无家可归了，变成了野狗。在生活中，我们看到有黑狗、有白狗、有花狗、有黄狗，确实没有绿狗。但是我很早前看过京剧《锁麟囊》，那里面有个小男孩，在跟妈妈撒娇时，说要一匹绿马。妈妈说，有白马、有黑马，但是没有绿马呀。但是这个小男孩说，我就要绿马。妈妈说，那好那好，我给你剪一匹绿马。这群绿色的狗，就是因为看了京剧里面的这个细节，受到的启发。因为我想一个作者，有时候也像一个任性的儿童，他要故意跟生活常识作对。生活中没有绿狗，我偏要写一只绿狗，写一群绿狗，由此形成小说在阅读过程中，让读者感觉到挑战的意味，让读者感觉到跟他的常识之间的冲突，而加深一种特别的印象。带着儿童的执拗，大概就是这么个意思。

主持人：谢谢您。

吴漠汀：我是来自德国的汉学家吴漠汀。德国民众会通过中国作家的作品来了解中国。我想问一下，您是不是也意识到了这是一种责任？而且全世界很多人都通过您的作品了解中国，您有时候在创作的时候，有没有感受到作家的一种责任？

莫言：好，谢谢。我曾经说过，在写作的时候，最好忘掉读者。当然这并不是说我对读者是轻视或者是瞧不起。读者成千上万，每个读者心目中的好小说都是不一样的，甚至是截然不一样的。一个作家如果在写作的过程中，过多地考虑到去适应读者的口味，那么他就不会写作了，无所适从了。我在写的时候，更不会去考虑到外国读者。因为作为一个中国作家，20 世纪 80 年代开始写作的时候，要考虑也是先考虑中国读者。当然，你刚才说的所谓忧虑、担忧、责任，是存在的。因为不管怎么说，我是一个诺贝尔文学奖的获得者，读者对我的期望是很高的，希望我在获奖之后还能写出好的作品，甚至是更好的作品来。这对作家本身就形成一种压力。我怎么样能保证现在写的小说比我以前的作品更好呢？这个是很难把握的。如果过去我认为一部小说写得差不多了，就直接拿去出版，现在可能会再修改一遍，再修改一遍，再放放，再放放，希望能够让错误少一点，起码让自己感受到差不多了，让自己觉得满意了才拿出来。这种压力是存在的。当然这也不是说我为了让外国的读者从我的小说里读到让他们满意的东西，我觉得还是自己对自己的一种要求，是我自己对小说艺术追求完美的一种愿望。我希望能够写出比我过去小说在艺术上更加完美的小说。当然，这个问题也涉及，你为什么还要写作？这也是对小说艺术追求的一种病态般的热爱。我就喜欢写，我就希望写出一篇让我非常得意的作品。这样一种满足，是其他任何荣誉都无法刺激的。

主持人：好的，谢谢莫言老师，也谢谢来自德国的汉学家吴漠汀先生。

哈利德：莫言老师好，我是来自突尼斯的汉学家。通过您写的一些作品，我们外国读者开始了解中国人，特别是中国农村的生活，在这方面我觉得您都说出来了，那么我想知道您还有什么没有说出来的？

莫言：一个作家不可能把他想说的话全部用小说说出来，但他总会有一些曲曲折折的表现。比如我在生活中特别不喜欢一个人，我不可能把这个人直接写到小说中，但是我在塑造某一个人物的时候，可能会把某一个我不喜欢的人身上的一些特点，融合到小说的人物中去。生活是千奇百怪的，个人经历也是曲折复杂的，一个人一生所经历的东西非常多，我写的小说只是很少的一部分，所以一个作家不可能把想说的都说完。只能说，说了一部分，还有一部分没有说，还有一部分将来再说，也有一些可能永远不会说。我想起来 2014 年去台湾，台湾有一个大和尚叫星云。星云法师送给我一幅用毛笔写的书法作品，四个大字叫"莫言说尽"。后来我想这个老和尚这四个字写得真是含义丰富，一方面说莫言你什么都不要说了，你把该说的都说尽了；另外，也可以理解成，你不要以为把什么都说尽了，你还要继续说。我想星云法师送给我的"莫言说尽"这四个字，回答你的问题是很适合的。

主持人：好的，非常感谢这个有意思的问题和莫言老师有意思的回答！那这边还有一个问题。

柯裴：莫言老师好，大家好，我叫柯裴，来自秘鲁。我不是翻译，我是记者，我想问一个很复杂的问题，你觉得，"爱"或者"爱情"是什么？

莫言：我觉得什么问题我都可以回答，就这个问题……（笑）这真是一个几千年来都存在的问题，也有成千上万的答案。你让我回答，我觉得确实是很难回答。因为我觉得爱，从广义上来讲，爱这个世界，爱这个宇宙，爱这个地球上所有的生物，从树木到生物，爱所有的人，从大人到儿童，包括仇人。那也可以狭义地讲，男女之爱，男的爱一个女的，女的爱一个男的。爱的本意到底是什么呢？我认真地考虑考虑，下一次见面的时候我们再来说吧。我去过你们秘鲁，我对秘鲁的印象很深，因为秘鲁有六千多种土豆，我又是一个非常爱吃土豆的人，所以在某种意义上来讲，什么是莫言的爱？土豆。

主持人：好的，其实我们刚开始已经说了，今天我们的活动时间非常有限，每个人说两分钟就结束了，但是没想到活动结束得那么迅速。有很多汉学家没有和莫言老师有直接的沟通。不过刚才我们也说了，这边会把莫言老师的联系方式给到大家，然后我们再去做深的沟通。我觉得今天这个活动，在座的各位都在做非常有意义的事情，用故事沟通世界。

首先特别要感谢的是莫言老师。作为讲故事的人，把这么多故事奉献给我们。作为中国的读者，我们非常幸运。那么再一个感谢是，如果说莫言老师是我们自家人的话，那么在座的各位都是我们远道而来的客人，所以特别感谢各位的桥梁作用；如果说莫言老师赋予了故事灵魂，那么感谢各位用自己的笔把这些故事再一次赋予了它本国语言的灵魂，让更多人、让世界各地的人，能够听到莫言老师故事里的内容，也知道更多关于中国文学的内容。现在我们用最热烈的掌声感谢三十国汉学家。（鼓掌）现在请莫言先生简单总结一下。

莫言： 在这么个小小的会场上，集中了那么多汉学家，是一个奇观。我有一个发现，就是汉学家里面，年轻人越来越多。他们的中文口语的表达越来越顺畅，越来越潇洒，这让我感觉到非常高兴。我们中国作家的作品能够走向世界，能够变成世界文学的一部分，中间这个桥梁就是各位。如果没有翻译家的劳动的话，那么我们的书只是一种潜在的世界文学，而不能给别国的人阅读。我想，一个作家面对着三十多个语种的翻译家，就像面对一座通向四面八方的立交桥一样。我看到，我的小说通过你们走向世界的各个方向，所以要表示非常非常地感谢。

翻译确实是一种非常复杂的劳动。我曾经多次地表达翻译家的劳动是具有创造性的劳动，有的人不同意，说翻译就是技术，是技术性的劳动，而我认为翻译家劳动的创造性是不应该被否认的。翻译并不是简单地把一种语言变成另一种语言。如果它是那么简单的话，那么将来这个工作完全可以交给电脑软件来处理。每一部小说的背后都有一个社会的、一个国家的、一个民族的、一个复杂的深厚的生活背景和历史背景。这种语言之外的、故事之外的东西，只有通过翻译家的体味，才能够完美地、相对完美地转译过去、才能够相对完美地用另一种语言转述，让另一种语言的读者所理解。在这个过程当中，是充满着灵感的，充满着创造的。我的译者确实有好多人，他们在翻译的过程当中也有很多的苦恼，跟我进行过很多的交流；当然，他们也有很高兴的时候，他们很高兴的时候就跟我说，这个问题我们是这样解决的，他们认为他们解决得很好。他们向我证明的一个条件就是，这本书翻译之后，他们国家的读者是什么样的感受，我说这个感受跟我期望的是一样的。比如说我日本的译者吉田富夫先生，翻译我的小说《檀香刑》时，他对小说里面的乐文感觉到很难处理，后来他就说他想到他的故乡，日本山区农民所唱的一种小戏曲。然后，他用他故乡的民间农民吟唱的戏曲，跟我小说里山东高密的茂腔作一种移植、一种对撞，他发现一下子就找到了语言的节奏感、日文的节奏感，所以我觉得他这个翻译是很成功的。我也接触了这部书的一些日本读者，我说你读完了这本书最强烈的一个印象是什么呢？感受是什么呢？这些读者说，耳边似乎始终有一种音乐在缭绕。我说太好了，证明他翻得很好！谢谢大家。

　　主持人：好的，谢谢莫言老师。

（原载《上海文学》2017 年第 10 期）

"民间艺术对我小说创作之影响"①

莫　言

主持人王海东(以下称主持人)：我向各位介绍一下今天的嘉宾，可能大家都不认识他。他是一位作家，他还有一个职务，山东高密东北乡文学共和国的大总统莫言先生，让我们把掌声给莫言先生。您来自山东高密，现场还有很多来自山东的深圳人，大家示意我一下。

接下来论坛正式开始，各位有问题请联系工作人员通过纸条方式提问，稍后会安排互动环节，请各位保持现场安静，我们一起分享莫言老师丰富的精神世界。莫言老师这是第几次来深圳？

莫言：15 次是有了。

主持人：深圳对于莫言老师来说是个很熟悉的地方。

莫言：80 年代开始，我们一年起码要来一次，有的时候一年来三次。

主持人：那时是为了创作采风来的吗？

莫言：各种各样的事情，跟文学有关的，也有跟别的事情有关的。

主持人：深圳人有一个特点先礼后兵，刚才我们用很热烈的掌声欢迎了您，接下来我们有一些不客气的问题委托我来向您提问。这个问题是，从 2012 年的获奖到现在已经过去 5 年，但是这 5 年里面很少看到您有作品发表，直到今年秋天，我们看到您有若干新作品在《收获》和《人民文学》发表，所以很多朋友嘀咕说，莫言老师是不是变懒了，或者他现在要特别爱惜他的光环，不轻易写作了？您在这里能为我们做点说明吗？

莫言：五年发表一部作品，对一个作家来讲本来不是一个问题，但是发生在我身上

---

①　2017 年 11 月 11 日下午 15：00—16：40，在深圳中心书城南区大台阶，莫言接受深圳读书论坛访问。

变成了一个问题，其实也不是一个问题，最终还是一个问题。

主持人：总得回答一下这个问题。

莫言：所以我必须回答这个问题，毫无疑问，获奖以后这五年，我社会活动的数量比以前要多得多，个人支配的写作时间变得很少，这是一个原因。另外的原因是，我下笔越来越谨慎，本来有一些作品在过去差不多可以出版了，现在希望再放一放，再放一放，再放一放，希望放的时间长一点，看的遍数多一点，纰漏少一些，让自己满意度高一点，否则会愧对读者。

主持人：也就是说，得奖这件事情让您的胆子变小了是吗？

莫言：胆子依然那么大，只是变得更加严谨了。

主持人：2012 年莫言老师获得诺贝尔文学奖这件事情，给大家留下了深刻印象，今天在这里，我们也准备了当时有关情况的视频，大家一起做一个回顾，请看大屏幕。

（看视频）

主持人：您在自述中有一句话给我们留下了深刻的印象，您说"写人物，要把他们当作人来写"，这个"人"的标准是什么？

莫言：世界上有形形色色的人，一个人一个面孔，即使我们偶尔会看到两个长的很像的人，但是用电脑分析还是会发现他们有很多不一样的地方，这是人不同的地方。但是人性当中很多东西是共同的，善、恶、美、丑，这些共通的感情，我想这是确定人道德面貌的主要方面。我们因为有着各种各样的道德和价值的衡量标准，因此我们对人的很多行为也有一个判断。如果一个人他的所作所为跟大多数人所认可的道德价值标准相违背的话，那我们认为这个人不好，甚至可以说是个坏人。如果一个人他大部分的行为，他的所作所为符合大家和社会认可的道德价值标准，那我们认为这个人是好人，干了很多好事。但是有一段时间，文学作品受到了阶级斗争扩大化的影响，以至于我们的文学作品里面、电影、戏剧里面有很多人物都有严重的"脸谱化"倾向，好人好的完美无缺，坏人坏的一无是处，这是不符合生活本来面貌的。在真正的生活当中，真正完美无缺的人是不存在的，特别优秀的人是有的，特别坏的人也是存在的，大多数人是差不多的，都是在法律和道德之间。

主持人：非黑非白，灰色。

莫言：普罗大众，这样的人是我们社会的主题。如果我们用现实主义的方法塑造人物，写人的话，那就不能对人进行特别的美化，也不能对人进行特别的丑化，我们要把好人当人来写，把坏人也当人来写。我曾经提出了一个阶段论，我有在一个阶段把好人当坏人写，我写的英雄人物身上有弱点，即便是一个胸口上挂满勋章的英雄人物，但他某个时刻也存在懦弱和胆怯，即使是万众所不齿的坏人，他的灵魂深处偶尔也会有善的一闪念，没有绝对的好人，也没有绝对的坏人，把好人和坏人都当人来写，这是我长期坚持的创作理念，这种创作理念集中体现在《丰乳肥臀》这本书里面。

主持人：人是最真实的，但是另外一个方面，您经常用充满了想象力的汪洋恣肆的笔法来描写人，所以我也注意到了，诺奖对您的颂词当中有这样一句话："莫言先生的想象力翱翔于人类之上"。今天的主题是"民间艺术对我小说创作之影响"，我的好奇在于，想象力是需要翱翔的，但是民间艺术似乎牢牢站在大地上的，您如何把这两者进行融合和利用呢？

莫言：一个作家确实需要天马行空一般的想象力，想象力应该是无边无沿的。但是这种想象力受到了现实生活的制约，无论是多么矫健的雄鹰，它可以飞到 2000 米高，可以在天上连续飞行很长时间，但他最终还是会落地，所以想象力实际上不可能是无边无沿的，也不可能是无源之水，无根之木。

现实和想象的关系，我想是辩证的。如果我的作品里都是不着边际的想象，那这个作品一般人也看不明白。如果作品里面一点想象力都没有，完全是对生活照相式的临摹也没有意义，我们还是遵循过去大家所共同认为的创作规律，我们既要坚守现实，从现实当中取材，再加上作家想象力，把它变成艺术作品，源于生活，高于生活。

主持人：还是偏技巧的问题，这种想象力写作者应该从哪里获得？

莫言：我在《收获》发布了小说，在《人民文学》发布了戏曲文学剧本，发了一组诗歌，最近在第 11 期《人民文学》发表了一部比较长的短篇小说，明年 1 月的时候还会在《花城》，在北京《十月》，以及东北《作家》发表一系列作品，这一批作品是在 2012 年的时候基本写好了，后来因为获奖比较忙乱，没来得及修改小说，从去年开始我就反复把这些作品拿出来反复修改。放了五年，我发现令人高兴的现象，小说本身是有生命的。

主持人：它自己会生长吗？

莫言：它在生长，举个例子。明年《十月》会发表我的小说《等待摩西》。我当时根据老家真实人物写的，我的小学同学，他在 80 年代初期的时候办乡镇企业，成为我们东北乡里很有名的万元户，农民企业家。后来他突然之间就消失了，从人间蒸发了，谁也不知道他去哪儿了。后来他的太太带着三个孩子，抚养着老人在家里苦苦等待。我在小说里面对这个进行了改写和夸张，后来他的孩子上了大学，有的就了业，全靠母亲捡破烂。这个女人一直在无怨无悔的等待这个男人，后来她的家门前修了一个汽车加油站，有长途汽车来加油、住宿，她就忙让她的孩子打印了很多小广告，寻人启事，不断往长途汽车上贴。长途车司机了解她的情况，也就让她贴。她在小广告里告诉她的丈夫，"你回来吧，我们的孩子长大了，孙子也出生了，回来以后我们会热情接待你，我们不会对你说半句不好听的话"。

主持人：这是生活中真实的字句。

莫言：我的小说五年前写到这儿为止了。今年 8 月我回我老家，在山东龙口吃饭，突然进来一个小伙子，他说我是谁谁谁的弟弟，我很高兴，我问他"你哥现在有消息了没有？"，他说"我哥回来了"。"他三十多年去什么地方了？""不知道，他现在不会用手机，也不知道银行卡为何物"。一会儿说在深山老林里面跟猿猴，老虎住在一起，一会儿说在某个地方的神秘山洞里面生活，说了很多像《聊斋志异》里面一样的故事情节，具体去哪儿也不知道，故事就到这儿。我就把接下来的故事续下来了，我没有照搬生活现实，这毕竟是一篇小说，小说的人物跟现实生活中的人还是有很大的区别。我把这小说演绎出了 7000 字，使本来只有 7000 字的小说，现在变成了 15000 字。放了五年这个小说涨了一倍，而且涨的是何等的巧妙，这就是生活对我们的馈赠。假如我五年前匆匆忙忙把这个小说发表了，接下来这个故事不写进去就非常遗憾。放了这五年，对我来讲是意外的收获，一下子让这个小说变得特别丰满。这个人的名字在"文革"期间改成特别革命的名字，爱东、卫东、文革。他们是个信奉基督教的家庭，他的爷爷当初给他起这个名字是牟西、约翰这样的名字，他的名字就叫牟西。

主持人：《圣经》到毛血的跨越。

莫言：我在小说里面写，他回来以后把名字改回来了，别人叫他卫东，他说"我不叫卫东，我叫牟西"，他的太太等了 30 多年，一直在等待牟西，跟宗教沾了一点边，使小说超过了世俗生活的意义，也让他妻子毫无怨言的等待有了宗教的庄严之感。这个小说是因为现实生活中事件本身的发展变化，使我的小说有了圆满的结局。

主持人：您一直说，您特别欣赏的小说是那种拥有超长精神的作品，我们看到这样的一部作品又融合了超长的人事，所以它体现出了尤其超长的风貌。

莫言：生活对我们的馈赠是非常丰富的，我们经常以想象力自我夸耀，我的想象力非常发达，我的想象力超越了一般人，但谁也不敢说，我的想象力超越了生活，因为生活的变化和发展太快了，太不可思议了。我的这一批小说里面，有好几本是因为情怀发生了变化。第 11 期《人民文学》发表的短篇叫《天下太平》，本来这个小说的题目是叫《死者的未婚妻》，小说的故事背景是发生在 70 年代末 80 年代初的时候。

在一个村庄的池塘里面，在北方池塘叫大湾，两个人打鱼，结果用网拖上来一具尸体，后来大家一辨认是村里的年轻人，这个时候他的未婚妻哭哭啼啼跑过来，我本来想把这个故事嫁接到《等到摩西》上，一个网打上来，把牟西打上来了。后来我发现牟西活着回来了，我只好把这个小说重新写了。山东省的环境督察组到我们县里去了，督察组在党的十九大之前督察力度非常之大，要求限定村里面所有养鸡厂，养猪厂关闭，卫生规模要求达到指标就可以开下去，老百姓要吃肉。排污和不达标的就必须要关闭，我突然想到了大湾周围有一个养猪厂，养猪厂经常偷偷把污水排到池塘里去，村庄的水都受到了影响。原来用网网上的死尸没有了，结果网上来了一个很大的鳖，这个鳖在北方来讲是很贵的，尤其是野生大鳖，一只鳖可以值好几千块钱。

主持人： 比尸体值钱多了。

莫言： 值钱多了。这一天，池塘的鱼全都发疯了一样，两个打鱼人，一老一少，每网都不空，一网下去满满都是鱼。他们两个实在不愿意丢掉这个机会，就让一个小孩看着这个鳖，我们打完鱼以后会送给你十斤或者十条大鱼，鳖拴在柳树上，小孩就看着鳖。最后这个小孩子的手指被鳖咬住了。我们在北方骂一个人报复心特别强，性格比较偏执，就说这个人像鳖一样，咬住人不松口，民间的说法是鳖咬住人死活不会松口。小孩的手指被鳖咬住了，全村人都出来了。我这部小说是想塑造北方新型村官，新型村支书。这个村支书跟过去小说里面见到的那种是不一样的，他没那么耿直，他身上带了一点黑色，流里流气。他在当村支书之前干得很多事情不太符合道德标准，他把他的前任书记推到池塘里面，这个人不会水，你交代我们村子前年修铁路，那么多赔偿款你贪污了多少？老书记后来交代了，交代以后他说"好了，很多村民也围观过了，把视频保留好，我现在去投案自首了"，毕竟把老书记推到池塘里了，让人把贪污事实交代了。就这样一个人，他当了村支书，结果把村庄治理的井井有条。

主持人： 有两把刷子。

莫言： 这个村支书看着小孩被鳖咬住了，医生也来了，办法也想了，有的人说直接把鳖脑袋剁下来，到医院把鳖头弄下来。有的人说用香烟烧鳖屁股，结果烧的鳖窜稀拉尿，咬得更紧了。后来村支书报警，打120。警察来了问什么事，村支书说小孩被鳖咬住手指了。警察很生气，你们不把我们警察当人是吧，被鳖咬了都找警察，将来你们家鸡不拉屎了也来找我们？这个警察骂骂咧咧的，老子昨天晚上一夜没睡，还感冒了，现在被鳖咬住了你找我。村支书说"你骂谁？""没骂你""没骂我？我视频都录好了，本来给你们提供了一个好机会，一个留守儿童被鳖咬住了手指，人民警察来了以后解救了这个儿童，视频往网上一发，你们马上变成网红，满满的正能量，你们局长一高兴，政委一高兴不提拔你们提拔谁，结果你们不利用这个机会，反而骂骂咧咧骂我们，这个视频一发你们想想后果"。带队的队长赶快给村支书敬烟，"对不起，对不起，这位同志昨天跟老婆打架，心情不太好，您千万别发这个视频，我们立刻解救这个儿童"。骂人的警察一看机会来了，立刻积极张罗，出各种主意"队长，要不我对这个王八蛋开一枪，嘣了算了""不行，你嘣了这个鳖，手指头还是拿不出来"。后来这个队长问："你们附近有没有养猪厂？""有啊，旁边就是。""有没有猪的鬃毛？""有。"最后的结果是，弄了两根猪鬃毛戳到鳖的鼻孔里面去，最后那个鳖打了一个喷嚏，趁着这个机会，这个警察把小孩的手拿出来了，拿出来之后全村人都拿着手机录像，立刻发视频，发朋友圈，警察也特别高兴。人民警察为了解救被鳖咬住手指的儿童，用这么巧妙的办法。要无赖。故事还没完，这个时候鳖怎么办？卖的话起码能卖两千块钱，一直没有让打鱼人走，"鳖咬住小孩，你们还敢走"，池塘的鱼都污染了，鳖也污染了，鱼都长出腿来了，你们还敢吃这样的鱼。为什么鱼长腿呢？因为旁边的养猪厂，也骂了养猪厂。养猪厂的厂长说我这两年做了很多贡献，我为人民解决了很多蛋白质的问题。什么蛋白质，你这个猪都是激素猪。养猪厂的污水排到池塘里面，鱼都长腿了，鳖咬住人不松口，你还吹牛。养猪厂厂长说，你不是要在这个地方建别墅嘛，少跟我玩这套，你顶多把我抓进监狱。这是个悬案，到底是不是要把养猪厂迁走建别墅，读者可以自己猜测。最后鳖怎么办了？被咬住手指的小孩说把它放了。书记说既然孩子说让放就放了，这个鳖这个时候就要往池塘里跑，这个时候旁边围观的一个处长一脚把拴鳖的绳子踩住，说鳖身上有字，写着"天下太平"，这个村子叫太平村。书记特别高兴，太平村抓住个鳖，鳖身上刻着"天下太平"，我们要把"天下太平"放了，不能把天下太平熬成鳖汤。突然鳖把身体竖起来，滚到池塘里。村民和书记一起欢呼天下太平，这是由《死者未婚期》的小说发展成了《天下太平》，如果牟西不回来，死者就是牟西，结果牟西回来了，死者就变成了王八。生活中发生的事情经常会改变一些小说的走向。

主持人： 我仿佛能看到您面对生活中各种有趣故事的时候，对他们进行从容的裁剪和安排创作出一篇篇精彩的文字，这是一个很精彩的故事。就像莫言老师在大屏幕上所说的"他作为作家愿意做的事情就是当好一个说书人"，莫言老师在这里为我们说了一回书，讲了一个有趣的故事。无论是牟西还是天下太平，都会让我想起一些流传的形象。牟西会让我们想到王宝钏苦守寒窑等待薛平贵。后面这位村支书会让我想到类似阿凡提民间有趣的聪明人物，这个也和民间艺术这个主题有一定关系。说到高密的民间艺术，我想以您在一篇文章中的一段话"烧酒大锅、染布的作坊、孵小鸡的暖房、训老鹰的老人、纺线的老妇、熟皮子的工匠、谈鬼的书场"对您来说，这是不是就是您心目中的家乡民间艺术？

莫言： 大家对我的情况也都比较了解了，我小学没有毕业，我的同龄人都在学校里打打闹闹的时候，我已经跟村里的成年人在一起了，当时还是经济体制，生产大队，因为干不了别的活，只好放牛，放完牛就跟大人在一块听他们讲故事。用耳朵的阅读完全是下意识，自然的状态。并不是为了将来当作家，在少年时期有意积累，生活就这样发生了，生活就按他自身的逻辑往前推进，往前发展。我正好赶上了写小说的行当，当年我听到的，看到的事实，这些故事，这些经验都变成了小说的素材和灵感。

主持人： 它们也需要您这样的人把它们表达出来。

莫言： 民间确实是所有艺术的原生库，辉煌殿堂上的高雅艺术，它的根实际上都在民间艺术里面，美术油画，国画，最终还是在老百姓结婚的墙壁上。音乐最终是在民间乐手的演奏上，民间歌手的歌唱上。小说故事都是在集市说书人的嘴巴里。戏剧、音乐、美术、舞蹈，我们所知道的和看到的一切艺术形式都可以在民间找到源头，现在如果要搞艺术创作，依然应该到民间去寻根。

在 20 个世纪 80 年代中国文坛的重要文学现象，这是载入文学史的寻根文学，是湖南作家韩少功首先写的《文学的根》，有一批作家群起呼应。这个背景在 80 年代初期的时候，大量的西方艺术和文学翻译到中国来，我们又经过了"文革"长达数十年的闭关锁国的状态，当我们的艺术家突然接触了来自西方新颖的文学和形式之后，每个人都感觉到眼界大开，或者脑洞大开，纷纷拿起笔写作，这种状态下的写作必然带有模仿的痕迹，我们当时很快地意识到，这样的模仿是没有出席的，我们必须写出具有民族特色，作家个性的作品来，然后你才有可能在世界文学版图上有一块区域，这就是寻根文学产生的背景。寻根文学提倡的就是要求作家从民间寻找灵感和资源，我的早期很多作品就是契合寻根文学理念。

主持人：当时是不自觉的实践。

莫言：你一旦要写作的话，故乡、童年、民间这个东西是必然而来就来的，民间也是非常丰富的组合，这里面有民间的艺术，有民间的生活，有民间的人物，有历史、有政治、有地理、气候、动物、植物，它是非常丰富立体的。今天题目特别强调民间艺术对作家的影响，民间艺术每个地方都差不多，这也是中国民间艺术特别丰富的重要原因，分类可以分为戏曲，我的老家就是茂腔。说到美术，我们老家就是扑灰年画，泥塑全国各地都有，高密的泥塑跟别的地方的泥塑不一样。山东高密有剪纸，陕北、安徽、东北都有剪纸，每个地方同样的艺术形式和表现的艺术手法不一样，都跟当地自然地理密切相关。我们高密应该有四样国家非物质文化遗产，高密剪纸、高密泥塑、高密扑灰年画、高密茂腔。剪纸就是过年为了喜庆剪点红纸窗花贴上，泥塑就是泥巴做的老虎，泥巴做的窑猴，扑灰画也跟节庆有关系，高密的祖先牌位是写在画上的。茂腔就是地方戏，流传的范围方圆不过数百里。

主持人：您对茂腔特别有感情，您在多篇文章中都有对茂腔的描写。

莫言：生活当中总是要有点音乐的，每个人都喜欢唱，喜欢听别人唱。越是在贫困、痛苦、孤独、寂寞的时候越需要放声高唱，越需要通过唱来抒发内心深处积压的情感。茂腔的腔调，肯定是在生活苦难深重的地方产生的，很悲凉，外地人说唱的跟哭一样的，我们听得还是很有感情的。茂腔最高的艺术标准就是能不能把人唱哭了，如果一场戏唱下来，大家都哭了，这就是好戏，好演员。如果我的故乡有声音的话，茂腔的旋律就是我们故乡的声音。我对我故乡的茂腔一直情有独钟，小的时候不让演旧戏，但是我们也把《沙家浜》《智取威虎山》演绎成茂腔，让茂腔悲悲凉凉的腔调唱革命样板戏，现在看很古老。小孩不能演主要角色，但是里面的小土匪，革命党兵，坏人还是需要我们上去扮演。《沙家浜》我演刁小三。

主持人：艺术界的重要人物。

莫言：《智取威虎山》里演过八大金刚里面的其中一个。后来我想，我将来一定会写一部小说致敬我家乡的茂腔，这就是小说《檀香刑》，这个小说今年被山东艺术学院改编成歌剧，现在正在山东各地巡演，我去看了两场，我是编剧之一。我终于感觉到我的小说能够跟戏剧结缘了，前面是跟中国地方戏剧结缘，《檀香刑》是改编成歌剧，是用西洋人的唱法演唱地道中国故事，效果非常独特。

主持人： 茂腔的底色是非常悲凉的，通过您的作品，我们也能够读到浓重的悲凉底色，在它的上面我们看到很多狂欢的文字，就像被鳖咬住手指头的小孩一样。不可否认的是，悲凉是您作品非常重要的底色，您描述的是对于很多读者朋友来说相当遥远而偏僻的角落，用您自己的话来说"邮票大小的地方"。现在是 21 世纪的第二个十年快要结束了，今天是双十一，今天上午网络电商购物再次创出新的记录，这是快速前进的，和互联网、卫生有关的时代。您觉得您对于悲凉的书写，对于遥远故乡的书写，面对这些城市观众的时候，他们阅读这些作品的理由是什么？您作品的价值如何凸显？

莫言： 悲凉是我小说一个调门，我的小说还有一个更加强烈的调门叫狂欢。《生死疲劳》《檀香刑》《酒国》以及其他短篇小说都可以读出狂欢，酒神的精神。老百姓如果天天悲凉，那这个人就会得抑郁症，他需要苦中作乐。中国人狂欢的精神不亚于西方，我经常回忆起，"文革"期间那样资源匮乏的情况下，孩子的欢乐状态还是很高。我们一方面饥肠辘辘，一方面在舞台上载歌载舞。

主持人： 极度贫困和极度欢乐。

莫言： 很多回忆让我很难对那个时代做出评价，这个时代对孩子是到底是极度悲凉，还是极度欢乐，这两方面就像一枚硬币，人们需要用狂欢的精神来弥补悲凉所带来的伤害，需要狂欢精神支持自己活下去，就像一台机器，长期处在冰冻状态就坏了，必须让它热一下，让人的生命力爆发出来，然后不断循环。小说里面的狂欢精神在当下这个时代里是可以找到很多知音和验证的。双 11 购物节，光棍节实际上就是一种狂欢，疯狂的购买。昨天我脚不太舒服，我找一个人帮我修脚，我不知道在双 11 上可以买到什么。我就跟小女孩开玩笑"能买到男朋友吗？"她说这个没有，能买汽车吗？除了男朋友什么都有。一技在手，购买全球，坐在家里面可以买到美国、法国的东西。在小小的地球上，有多少架飞机满载着货物在天空中向他的目的地快速飞行，在海上有多少集装箱装载着"双 11"狂欢节所派出去的货物，也在海上启航了。有多少骑着摩托车、电动车，货车的人在城市里面分配货物，一网购尽天下物，这种狂欢状态在过去确实无法想象。十年前设立这样莫名其妙的节日能卖这么多东西，大家都认为是胡说八道。现在看来，当年不着边际的胡思乱想都变成了现实，整个生活以狂欢的状态向前快速发展，这让我深深感觉到了忧虑。

主持人： 忧虑？

莫言： 上午一个朋友演示了人脸识别的手机，大家一起探讨了未来人脸识别的准确性，信息大数据的概括能力。在将来如果进了商场，或者进了高级的消费场所，这些服务员都可以通过我的脸知道，这个人银行里没有存款，是个穷光蛋，不要接待。另外一个人是有钱人，好好接待。

主持人：先画了像。

莫言：技术上是完全可以做到的，不是一件难事。我们将来要生活在透明状态下，我们看外面看不清，外面看我们清清楚楚，这很可怕。个人隐私还是要高度保护，用法律限制对个人隐私的窃取。科技的快速发展，对我这个年龄的人来讲有点恐慌，也没有成就感。一款手机的功能我仅仅学会了五分之一，人家又换代了。一台电脑我刚刚用熟练了，又落伍了。一台汽车，我前两年一直在感慨此生很大的遗憾，没有学会开车。后来别人说没关系，自动驾驶上市了。我为我这辈子没有能学会一门外语而遗憾的时候，别人说没关系，再过五六年，非常便捷准确的翻译器就出现了。

主持人：您会不会有这个担心，有一天别人告诉您说，作家也没有用了，我们现在已经有会写作的机器人出现了？

莫言：这个我还是比较有自信的，文学创作这种劳动还是比别的劳动复杂的，尽管阿尔法狗把全中国最优秀的棋手打败了，但是我想文学创作应该比围棋还要复杂，围棋是高度的数学运算，用数学方法可以解决地球上几乎所有的问题，但是用数学方法解释不了作家写小说和诗人写诗的问题。你如果是个有想象力，有创新能力的作家，不用太发愁机器人把你饭碗抢过去。

主持人：您对自己的心理年龄有没有评估，您觉得自己现在心理年龄多少岁？

莫言：一百多岁了。最主要的特征就是，害怕新事物，害怕新电脑、新手机。老是留恋旧事物，留恋茂腔，留恋集市上的说书人，留恋老母亲当年擀面条的味道。

主持人：很快就是您获得诺奖的五周年纪念了，您这五年来觉得自己的心理年龄老的特快吗？

莫言：这五年还挺年轻的，有时候又感觉自己很老。昨天在飞机上，有一个很老的人，满头白发，头顶也秃得很厉害，我们两个人都去洗手间，他竟然非常客气地说，"你年龄大，你先来"，我很受打击。

主持人：来深圳路上的伤心事。

莫言：后来我才知道我可能很老了，他说我比他年龄大，后来我想跟他交流一下，后来想一下还是算了，没有必要了。

主持人：您可以写一篇文章报复。

莫言：不要报复，虽然我经常感觉到自己很老，但是当我拿起笔来写作的时候我会忘掉我的年龄。

主持人：现在的场地在一周前举办了一场辩论赛，辩论题目是"深圳更需要文科生还是更需要理科生"。您说过文学是最有用的，原因就是它大概是没有什么用的，这正是它有用的原因。

莫言：无用之用。一棵大树因为长的弯弯曲曲，无用之材，所以没人砍伐它，反而活得长。因为这棵大树长的笔直，一看就是可用之材，很快就被人砍伐了。文学这种有用和无用也是辩证关系，从实用的角度来讲它确实不如科学、医学，我们发明了无人驾驶的汽车，我们发明了新药可以让不治之症得到有效的治疗。文学不具备这种功能，从这个意义讲它没有用。但是从长远来讲，文学又是每个人一生当中必不可少的一种东西，即便是一个没有阅读能力的人，他依然会受到文学的滋养。他尽管不能读书，但是他肯定听别人讲过故事，听别人谈论过艺术，历史。所以这都是跟文学有关的事情，在深圳这样一个现代化、国际化大都市里面，我们在科学创新方面力争成为全国的领头羊，文学、文化，艺术方面也应该并肩发展，所以我觉得这两方面都是需要的。从事科学研究的人，他也需要文学滋养。大的科学家本身就有很高的文学素养，2013 年的时候我跟杨振宁先生在北大做过论坛，杨先生是科学大家，他所研究的、发现的宇宙的很多定理我看不明白，也听不明白，但他跟我谈的很有趣，他能写很好的诗歌，他的文笔不亚于学文科的文笔。很多大的科学家，艺术方面都有很多才华。据说爱因斯坦小提琴拉的很好，袁隆平先生小提琴拉得也很好。

主持人：台球打的也特别好。

莫言：我前年在香港当评委投了他一票，他得了一个大奖，得了 2000 万港币奖金，奖金用于科研。很多科学家是本身具有艺术和文学素养的，从这个角度来讲，深圳很多科学研究领域的年轻人，科学家本身也都具有很高的文学和艺术素质，他们白天在实验室里面进行科学实验，面对电脑、数据，晚上会出现在音乐厅里面欣赏音乐，或者他星期天可能带着孩子在博物馆里面看作品。人类的智慧，有科学方面的结晶，也有艺术方面的珍品，这都是人类宝贵的财富，二者不可偏废。

主持人：我遴选一些问题。很多纸条是向您问好的。这位朋友说，"俺也是山东人，早上 4 点钟就开始准备见您了"，阿姨还说深圳欢迎您，来了就是深圳人。有很多比较年轻的朋友问了一个很一致的问题，怎样才能把文章写好？怎样才能把作文写好？

莫言：我可以说怎样把小说写好，但是让我讲怎样把作文写好，我很不自信。作文是比较复杂的事情，作文后面往往跟着考试，考试后面跟着分数，分数跟着升学，指导不好就影响孩子。

主持人：主要是您小学没毕业，对升学没有概念。

莫言：我可以指导一个业务作者写小说，但是不敢指导小学生写作文。现在的学生作文有特别浓厚的学生腔调，或者是雷同性，这些孩子写的小说差不多，这也体现在高考上，有一年高考三分之一的孩子家长出车祸，还有三分之一孩子家长得了重病。

主持人：他们也在追求悲凉的底色。

莫言：想象的雷同。文章之所以感人就是因为"真"，第二是要"直"。真实的，简练的把心里的话写出来。

主持人：您这次在《收获》和《人民文学》上发表新作之后，我看到评论说，您的文字似乎比以前更加简洁了，您认同这个评论吗？

莫言：我以前的文字饱受批评的最重要的原因就是一点都不简练，毫无节制，披头散发，感情泛滥。有人说我的小说是在一个意象上叠加了无数个意象，在名字前面加一连串的形容词，总而言之不是简洁的文体。随着年龄的增长，感觉说话应该直接一点，不应该绕圈子。文章的技巧，就像巴金先生讲的一样"最高的技巧是无技巧"。小学生写作喜欢用形容词，越用形容词越华丽，越有才华。作家大家是很少用形容词，如果不用形容词把一件事非常传神，准确的描述出来，这就是好文笔。我在朝这个方向努力，克制自己滥用形容词的习惯，希望把自己的文字变得简练，传神。

主持人：虽然得了这么大的奖，但是对自我的要求和修为是不能有丝毫放松的。小朋友问"莫言老师您最喜欢读的名著是哪一本"？

莫言：太多了，在乡村 20 年没有书可以读，当兵之后到图书馆借书读了一些，对我影响最大的一本书应该是《聊斋志异》，这本书对我影响比较大，《水浒传》《三国演义》经典著作。国外的也可以读一些《百年孤独》，海明威的小说，川端康城的、大江健三郎的，大家不要受我影响，每个人都会发现自己的经典。只要是现在还在出版的过去的书，应该都是经过了一代又一代读者阅读的筛选和考验，都是值得读的。

主持人：不设门槛，也不作约束。这个问题很阴险"如果中国会有下一个诺奖获得者，您认为会是贾平凹还是阎连科？"阎连科先生曾经有这么一句话"诺贝尔奖对于莫言先生的评价，根本配不上他的文学成就"，所以我觉得您会选阎老师对不对？

莫言：我去年动用了我推荐的全力，推荐了一个中国作家，让他进入了瑞典学院候选作家名单之中，但是 50 年之内不能说，有保密规定。

主持人：小说在每个时代都会有自己的主题，探险、时间，人的异化，城市与乡村的矛盾等，您认为新时代的小说主题会有哪些呢？

莫言：小说主题可以有千个百个，小说家的目的只有一个，写人。

主持人：莫言老师您好，很荣幸见到您，我读过您写的《蛙》，感触很深，我买了您的很多小说。您创作小说的初心是什么？为什么会选择小说来作为您的主要写作方式呢？

莫言：我的第一部作品是话剧，但是话剧比较难发表，后来我就改写小说了。我对戏剧的爱好贯穿始终，我在发表小说的时候我依然有戏剧梦，希望成为剧作家。后来我也慢慢开始写剧本，也发表了几本剧本，剧本也到了舞台，今年在《人民文学》第 9 期也发表了一个很长的戏曲文学。我对戏曲的爱好一直贯穿始终，写小说严格地说，每一部小说的核心我想就是一部戏剧，这个是我很个人化的说法，别人也未必同意。一部小说构成的最核心部分是可以演绎成一部戏剧的，哪怕是短篇小说。我有一个短篇《拇指铐》就讲一个孩子莫名其妙地被一个人铐在树上，这个就可以改成话剧。《等待戈多》完全可以不添任何情节的变成一个戏曲，或者话剧，甚至可以拍成电影电视剧。我刚才详细讲述《天下太平》，这就是一个话剧舞台。一棵大树下，一群人七嘴八舌，有严肃的，有痛苦的，有焦灼的，有讽刺的，有调侃的，这就是话剧的现场，最后也有突然发生的戏剧性，警察用猪鬃毛让鳖打喷嚏，好的小说，精彩的小说核心带有强烈戏剧性的，都可以改编成戏剧。

主持人：戏剧在表现人的冲突矛盾的时候会更加直接，激烈，是不是可以理解为您内心其实对人生的戏剧感是拥有某种向往的？

莫言：从小受到的民间戏剧熏陶太过浓重，不知不觉的就把戏曲里编的人的命运感和生活联系在一起，我观察人物的时候是用戏剧的爱好者，或者戏剧创作者的眼光观察生活，因为有了这种先入为主的观察方式，所以我能够发现，能够引起我灵感的，被我观察到的，多数是生活中比较有戏剧性的场面，比较有戏剧感的人物，比较有戏剧感的语言。

主持人：接下来是比较有戏剧感的要求，他说莫言老师，能否为我们现场观众来一段茂腔？

莫言：我不会唱，我演的都是没有台词的小土匪。我这边有高密老乡，他可以唱。山东商会的会长王凯（音）。

王凯：我也不会。

主持人：我们相信以后莫言老师会在这方面有意识的搜集。

莫言：这个一点都不困难，我不唱是为了保持神秘感，另外是怕大家食欲受影响，如果实在想听茂腔，就去网上搜高密茂腔。

主持人：鲁迅先生把文章写成了匕首和投枪，但他依然找学生许广平谈恋爱，您是情感丰富的作家，请问您会对什么样的女性动心？

莫言：我对所有的女性都动心。

主持人：有点搪塞。

莫言：有各种心，好心、坏心，我对不太好的女性也动心，这种心就是冷酷的，讽刺的、批判的心。对善良、美好的爱慕之心。

主持人：我不相信。您对动心这个词跟我们有不一样的理解？

莫言：我们试图搞出自己的特殊性来，否则坐不住。

主持人：多年前莫言老师写过一篇文章，描述过自己的理想生活，窗外有小雨阑珊，屋子里有暖炕，暖炕上面是被太阳刚刚晒过的被子，手里面是一本线装书，桌上一只红烛，身边是一位小狐仙来为他红袖添香，这是多年前莫言老师心目中的理想生活，现在心目中的理想生活还是这样吗？

莫言：当年《聊斋志异》读多了，中毒了。我胆子特别小，见到黄鼠狼都哆嗦，别说狐狸精了。现在这个年龄，见到狐狸精起码不会太害怕，会跟她谈谈论文了。

主持人：其他不会变吗？

莫言：这是读完聊斋之后的联想，真正在当代现实生活里面去追求这样的生活，本身就是不现实的东西。

主持人：您已经想明白这点了。

莫言：光有狐狸精不行，得有一个可以烧水的地方，可以喝茶、喝酒，吃点东西，这样生活才完美，光有书，光有狐狸，光有晒得很热的被子，还是要饿肚子。

主持人：莫言老师的重要变化是他的注意力从狐狸精身上转到了吃和喝身上。

莫言：老年人嘴巴馋了。

主持人：莫言老师曾经在很多文章中自嘲自己是一个吃货，但是我觉得爱吃不是什么问题。您的红高粱是几代人的经典，请问未来还有别的作品出现在荧幕上吗？

莫言：我的作品被改编成影视作品的不太多，《红高粱家族》多一点，电视剧，电影，也有舞剧。《师傅越来越幽默》改编成《幸福时光》。现在有好多小说里面包含着非常强烈的戏剧性，戏剧矛盾，戏剧人物，里面都有，留待将来导演发现。

主持人：莫言老师我发现您的书中有不少马尔克斯的影子，请您谈谈对于魔幻现实主义手法的看法。

莫言：魔幻现实主义手法在 20 世纪 80 年代对我们这批作家产生了巨大的影响，以至于很多作家的作品里面带有魔幻气。后来我非常清楚地意识到，必须立刻摆脱，要摆脱魔幻现实主义的影响。如果一个细节很好，但是容易让人联想到马尔克斯小说中的某一个细节，那我就要摆脱。这个努力我奋斗了很多年，我个人认为到了《檀香刑》这部长篇的时候摆脱的比较彻底，因为我有了一个巨大的依靠，这个依靠就是民间戏曲，这种艺术模式使我获得了远离魔幻现实主义。中国作家要摆脱西方文学的影响，应该向民间靠拢。这种影响并不是贬义的，如果你能把影响的痕迹消灭的看不出来，就很高明。如果影响很明显，那么它跟模仿的界限就很难区别，就会认为是模仿。

主持人：您在最初读到《百年孤独》的时候是很震撼的感觉，但是现在当它摆在您面前的时候，如何摆脱它的影响，其实对于很多作家来说都是略带痛苦，但必须要做的事情。

莫言：我们这代作家每个人都写出了自己的风格，每个人的作品都有自家的面貌，大家没有被马尔克斯引导着往前走，都走上了自己的道路。

主持人：这位朋友说，如果让您只选择自己的一部作品作为流传后世的珍藏的话，您会选择哪一部？

莫言：很痛苦的问题，不说为好。

主持人：应该有一个特别聪明的答案，下一部也许是这样。

莫言：也不是特别聪明的答案，如果说下一部，容易把前面的否定了。

主持人：接下来的写作计划是什么？

莫言：现在正在写着一批短篇小说，包括诗歌，同时也在构思舞台上可以演的剧本，所以慢慢来，想法很多，有时候不知道先写哪一个为好。

主持人：还会让我们等待五年吗？

莫言：不会。明年既有小说，又有诗歌，也有散文。

主持人：在获得诺奖之后，您的生活和创作都各自发生了哪些变化？这个问题一定有太多人问过您了。

莫言：刚刚谈的是写作的变化和想法，生活没有特别大的变化，首先是知名度高了一点，辨识度高了一点，过去是没有几个人认识，现在因为网络如此发达，影像普及，认识我的人多一些。

主持人：获得诺奖对您来说的话，可能会带来很多的不便，比方说会有更多的压力，会有更多文学之外的不恰当的关注目光，您如何看待这些？

莫言：我认为这都是人很中常的心理，这个对我本人来讲也是一件好事，他要求我更加注意，检点自己的言行。

主持人：这是非常好的约束？

莫言：过去可以说的话，现在稍微谨慎一些。有一些事情过去可以干，现在未必可以干。

主持人：您举一个例子。

莫言：我前一段时间骑自行车被一个女人撞了，过去我肯定说手指头被撞出血了，你要带我去医院把手包一包，现在是想着怎么样逃离她。

主持人：我用最快的时间把各位提出的问题向莫言老师进行了提问，也聆听了他的回答，这个环节我们接下来只能够先暂时告一段落。现在有请深圳出版发行集团的总经理尹昌龙博士（音），他有话向各位说，有请尹博士。

尹昌龙：非常感谢莫言老师今天下午一个半小时，几乎把我们所关心的问题都谈完了，从文学到故乡到未来的诺贝尔，今天是一个精神盛宴，给我们提供了很多解决疑难问题的路径。虽然不一定是标准答案，但是是比较好的，通往标准答案的路径。再次感谢莫言先生，也要感谢主持人王海东。深圳是爱读书的城市，也是文明的城市，我们今天下午在莫言先生面前也展现了一把深圳人是怎么爱读书，是怎么提出刁钻问题，展现思考能力的。这么多人这么有秩序，体现我们读书人的优雅和文明，再次感谢大家。莫言老师这次来有很多事情安排，他非常愿意跟大家多待一会儿，但是没办法跟别人约好的事儿不能失约，待会他要先走一会儿。

我们从开头到现在非常有序，也非常热烈，我希望我们待会儿离开场地的时候也特别有序，展现深圳读书人的形象。希望我们有个好的开头，也有个好结尾。莫言先生是个非常和蔼亲切的人，一般读者朋友的要求都是有求必应。但是莫言先生这次右手得了腱鞘炎，手没法写字，莫言先生很在意我们，他在北京签了几百套书，他觉得这么多人到现场来要对得起大家，他想了一个点子。著名的雕刻大师给莫言先生雕了一个章，咱们国家 G20 国礼雕刻人，他也仰慕莫言老师，专门给莫言老师雕刻了一枚章，并且把莫言先生的头像也雕在章上了，特别生动。他把章拿到现场，一会儿有工作人员在台上帮大家盖章，表达莫言先生的一份心意。再次感谢大家，谢谢。

（本文由管笑笑博士提供）

莫言答新华网专访[①]

莫言等

新华网：您新创作的三部短篇作品要在 9 月份的《收获》杂志上刊出，这几个作品写的是什么内容？

莫言：2012 年获诺奖，时隔 5 年终于要发新作品了。

有三个短篇小说想在《收获》的第五期发表。为什么要一块发表？因为这三个小说体裁都比较接近，都是写的家乡的人和事。所以起的总题目叫《故乡人事》。我 2012 年获奖之后也没有在刊物上发表过作品，写当然在写，也是想写完了以后放一下，打磨的尽量让自己满意一点儿，希望让读者也比较满意。

新华网：读者们更期待您的长篇作品，为什么这次是三部短篇？

莫言：长篇小说我想现在大家关注度比较高，我认为长篇也好、中篇也好、短篇也好都是很重要的，弘扬一个作家的艺术成就并不是说长篇是唯一的标准。我手边也有一些写完正在修改的作品，里面有诗歌、有小说、有散文，也有剧本。

我个人对写长篇还是充满了兴趣，也正在准备、正在写，但什么时候能够写完、什么时候能够满意到让自己拿出来发表的程度，这个可能要过一段时间。总之，发点文学、发点诗歌、发点剧本、发点短篇小说、发点散文，也是向读者证明我没有偷懒，一直在写。

新华网：您的作品当中最难改编的一部是什么？

莫言：我的作品改编难度挺大的，我的小说多数不是按部就班地讲故事，都在形式上做了很多探索，所以改编难度相对大一点。但是也不是说在艺术形式上走得远一点就

---

① 2017 年 8 月 25 日，新华访谈专访莫言。

没法改编，依然可以改编。我刚刚动笔把我的小说《檀香刑》改编成了歌剧，上个月已经在济南开始公演，现在正在山东省内巡演。《檀香刑》40多万字改编成一个能演两个小时的歌剧，这个难度也很大。但是在改的过程中也是我对作品重新一次审视，要把这么多的素材剪裁到适合一部歌剧的内容，就要做出很多的牺牲，把很多你认为很好的东西要砍掉，只保留最精华的部分。所以改编的过程也是对自己小说核心提纯的过程。所以我想我的作品实际上都是可以改的，就看改编者怎么样取舍的问题。

新华网： 怎么看待网络文学热？文学创作水平是可以教出来的吗？

莫言： 应该说现在写作的群体是非常庞大的，网络写作，在网络上可以发表作品，打破了过去报刊一统天下的局面。过去你要作为一个文学爱好者，要想发表作品，只能投稿到刊物去，投稿到出版社去，投稿到报纸的副刊去，那阵地很少，所以很多人的作品没有机会得到发表。那现在有了网络，发表的门槛降低了，难度也减小了。所以这是群体写作得以存在的技术支撑。

新华网： 怎么看待文化市场的IP热？怎么看文学和市场的关系？

莫言： 现在在这样一个时代里，一个作品被IP，能够产生伟大的经济效益，也能够被广大观众读者所接受，我觉得这是一个好现象。文学无论多么高尚，它最终还是要变成一种商品存在来营销。如果你的小说写出来束之高阁，没有出版，那这个小说作为一个作品没有完成，我想真正的完成是到了读者手里边阅读的时候才算完成。没有一个作家说他的小说写完了不想被人阅读的，也没有一个诗人写完了诗歌只给自己读，大多数人还是希望作品能够传播地更加广泛，能够被改编成更多的文学样式、艺术样式，然后供给广大的受众。

新华网： 您看中的作品和作家尤其是青年作家有哪些？

莫言： 看到老作家宝刀不老，年轻作家、"80后"作家也变成非常成熟的作家，"90后"作家现在也是初露锋芒，崭露头角，已经显示出他们的不同寻常之处，这个是让我感觉特别高兴的。我尤其要特别说一下我们山东高密，"90后"的作家涌现出了一个小小的群体，这让我作为一个高密人、作为一个高密的老作者感到非常欣慰。

他们现在是文坛的主力军。我们"50后""60后"慢慢地要退到二线去了，"70后""80后""90后"陆续登场了。

新华网： 您新创作的三部短篇作品要在9月份的《收获》杂志上刊出，这几个作品写的是什么内容？

（本文根据新华网2017年1月18日视频整理）

莫言答腾讯文化[①]

莫　言

问：莫言老师您好，最近您集中发表了一批新作，请问您什么时候打磨好了这些作品，又在什么时候觉得这些作品可以发表了呢？

莫言：去年年底的时候，有一次徐则臣来北师大参加活动，我说我写了个剧本，要不要给你们看看，因为在我的记忆里，《人民文学》好像发表这种戏曲类的剧本比较少，没想到则臣很愉快地答应了，说他们很期待。之后由于春节比较忙碌，也因为当时没有想好一个好的修改方案，因此一直没把剧本修改好。

《锦衣》这个文学剧本在 2014 年的时候写好的。早在 2000 年的时候，有一次我在澳大利亚演讲时曾使用过"锦衣"这个素材，因为这是我童年记忆中印象非常深刻的一个故事。这个故事是我母亲跟我讲的：有一位地主家的姑娘待字闺中，她母亲却经常在半夜听到这姑娘闺房中传出男女谈笑的声音，于是她母亲跑来问女儿这是咋回事？女儿告诉母亲说，一到深夜，就有一个年轻帅气的小伙子来和她幽会，他穿着一身金光闪闪的衣服。母亲对她说这必是妖孽，要她在这小伙子下次来的时候把他的衣服藏起来，女儿听了母亲的话后，真的把小伙子的锦衣藏到了一个柜子里，后来小伙子很无奈地在天明时分走了。第二天，这姑娘打开衣柜一看，柜子里一地鸡毛。

我在第一稿的时候曾把这个故事写成了一个类似于《白蛇传》的神话故事，可越重读越觉得这样写没有现代意义，因为反封建、婚姻不自由等问题已经不再属于现代问题，可是我又无法舍弃我母亲讲的这个故事。后来我读到一些资料，看到在山东的胶东半岛，曾经有很多青年男女远渡重洋去日本接受孙中山同盟会的思想，回国后组织起来为

① 2017 年 8 月 30 日，莫言在北京师范大学国际写作中心接受腾讯文化、中国作家网联合采访。

推翻清朝一起革命，于是我把《锦衣》这个故事的时间放到了辛亥革命前期。有了这个构思后，我修改得十分顺利，加上之前写了一些诗，就都交给则臣看了。

问：2011 年，您担任了话剧《我们的荆轲》的编剧，这一次则创作了戏曲《锦衣》，您近年来是否对戏剧这种体裁更为偏爱一些了呢？

莫言：戏剧创作一直是我创作中的重要方面，我的处女作其实就是一部话剧剧本，创作于 20 世纪 70 年代末，当时上海宗福先有个话剧叫《于无声处》，影响很大，又看了郭沫若、莎士比亚很多剧本，尝试了一下，自己感觉写得不好，后来在搬家途中丢失了。2000 年后，有位朋友跟我合作了一个剧本叫《霸王别姬》，空军话剧团把它搬上了舞台，连演了 40 天，而且作为文化部外派的剧目出国演出。这部剧的主演还因为出演这部剧获得了梅花奖。接下来就是《我们的荆轲》。当时也是空军话剧团的导演说他手中有一个剧本，写的是荆轲刺秦王这样一个历史素材，他本人不太满意。于是我想试试，便按照我对荆轲的理解把这个历史故事重新演绎了一下，一个星期就交了初稿。这部剧后来在沈阳、北京人艺、圣彼得堡、新加坡、马来西亚等很多地方上演了。我当时热情很高，想创作系列历史剧，也有一些素材方面的准备，但是由于种种原因没能继续。我是戏曲，尤其是民间戏曲的发烧友。我们高密这个小地方有一个很独特的剧种叫茂腔，现在已经成为了国家级非物质文化遗产。我的创作受到茂腔的影响很大，《檀香刑》里面就有大量的戏文。由于受过民间文化尤其是戏曲的滋养，我一直想做这样一个尝试，也作为我对民间文学的报答。

《锦衣》是我独立完成的戏曲文学剧本。之所以叫"戏曲文学剧本"，就在于它不是特别规范的戏曲演出剧本，一方面，因为剧本太长，有三万多字，而按照舞台的要求大约一万多字就够了，所以《锦衣》若要搬上舞台还要进行大量删节；另一方面，里面的唱词也不是按照规范的唱词写的，这个唱词对平仄有要求，我却写得很自由。这是一种尝试，也是我对民间艺术的致敬，同时也能通过这样的方式来试图开拓我艺术创作的领域。

民间艺术有深厚的历史和地理原因，一个地方的人之所以用这样一种腔调演唱，这跟当地的文化尤其是方言有很大关系，小剧种自身所具有的浓厚的地方色彩是对走进庙堂的京剧、昆曲这样的大剧种的一种对应，它们的唱词不如王实甫、关汉卿来得规范，但是它有蓬勃的生命力，有强烈的生活气息，和老百姓的生活密切相关。我想我作为一个写小说的，应该天天看戏，这是一种必要的学习。自己动手写一个剧本，会有共生的体验，通过写剧本的过程，我感受到了当年我们的民间艺人们在创作、演出地方戏曲时的感受，这也使得我的创作体验更为丰富。

问：我看这个剧本的时候，很感兴趣的是"人鸡幻化"的这部分，它的舞台感很强，是不是您特意设计的一个情节？

莫言：这个"人鸡幻化"的情节当然远远超出了我母亲给我讲述的故事原本。故事里的鸡失去了"锦衣"，变成了一个"光腚"鸡，很狼狈，但是在小说里面，我还是把他作为一个有正气的正面形象来表现的。在剧中，审判官说，只要你还能变回鸡，就免死；你变不成鸡的话，你们俩就要被火烧死。就在他要把锦衣往身上一披变成鸡的时候，这位女子把锦衣抢过去，一把扔到火里去。她说，你就是个人，你没必要为了救我而变成一只鸡，你就是一个堂堂正正的奇男子，一个英俊的男子汉，我宁愿死也不要让你再变成一只鸡了！我想用这个方式，把这个故事升华一下。现在有了革命的背景以后，这个故事纯粹就是表演了，变成了革命党利用了当时迷信的社会环境，来吸引清朝的统治者、军队离开县城，是革命军攻打县城的调虎离山计，但我还是完整保留了第一稿里"人鸡相变""宁死不变"这样一个光彩照人的细节。

问：我们也注意到，和剧本同时发表的这一组诗也是非常少见的，包括则臣也说，这是他第一次见到您的诗歌作品。刚才您说过，这些诗是平时写的，在诗歌写作上您有什么规划吗？另外，这组诗叫《七星曜我》，虽然您写到的都是大作家了，但是，用"曜"的话，会不会觉得太隆重了？

莫言：我写诗的过程也很长了，但一直羞于拿出来示人。当年也写了很多打油诗、仿古诗。因为我们山东人、我们高密人发音的调值不准，所以只能凭感觉，自己觉得符合了律诗的平仄要求，但实际上是不准的，所以我用书法作品写出来的那些打油诗，从来没敢说是律诗、绝句，这样的东西有很多，也有地方一直想收集出版，但我觉得再积累一下，即便是打油诗，也要像样才行。这种白话诗也一直在写，我感觉这些内容就是一个随笔，记一件事，记一个人，用这种分行的、基本押韵但又不严格押韵的句子记下来，累积起来。这一次给则臣的这七首，是和知名作家的交往、友谊，则臣说要不要取一个总题目，比如叫《格拉斯大叔的瓷盘（外六首）》。我想着，这七位作家，不管怎么说，在他们本国，在世界上，都是很有影响的，称得上七颗文坛巨星。恰好，北斗七星嘛。这个"曜"字也是在给星球起名字时经常用的一个字，它不是"照耀"的意思，也不是说他们像太阳一样照耀着我，而是另外的含义。

问：您写瓦尔泽的那首，也特别有意思，用了一种非常特别的句式，包括您写道"这些话是我写的还是马丁·瓦尔泽说的？"您能稍微解释一下，想给读者什么提示吗？

莫言：瓦尔泽的小说也好，讲话也好，里面确实有一些绕来绕去的句子，但是绕得很有意思，形成了一种独特的语言风格，当然也是德国人的哲理、思辨传统，对一个问题从各个角度来表现，用很独特的修辞方式，这是我所不具备的。有他的例子在，我们就可以"仿造"出很多类似的句子。现在我看到网上某一个人的一句话流行之后，就会铺天盖地仿制出很多类似的句子来，这就是语言强大的繁殖能力，语言的繁殖能力是写诗人的一个基本能力。有的人写诗从一个意象到另一个意象，不断地联想、跳跃，很自然地生成很多东西。所以这首诗里面很多句子实际上是根据马丁·瓦尔泽先生喜欢用的句式自动繁殖出来的句式。

问：您在诗中也写到了勒·克莱齐奥先生，我知道您和勒·克莱齐奥先生有深厚的友谊，您也写到他送您围巾等细节。在我的印象里，中国的大作家好像不太关注时尚，您对时尚持什么态度？

莫言：中国作家里有很多对时尚是很研究的，穿着都很有品位。时尚也是社会生活的重要一部分，作为一个写作者应该了解时尚，了解都市生活，了解年轻人的生活，如果你写到某些特定的阶层，而对时尚不了解的话，可能就写不了，从了解生活这个角度来讲，有必要。但是，我本人确实不太了解，这也是每个作家可能的局限。

写克莱齐奥的这首诗有事实，有幻觉，后面大部分写的是幻觉。前面写到他低头进入我们家那个矮小的大门等，这都是现实。有一天，我梦到一个场景，一匹烈马奔驰而来，克莱齐奥飞身上马，腾空而起，就把梦中的情景跟现实的一些细节嫁接到了一起。

问：您在北师大的毕业典礼上发表过非常精彩的演讲，马上就是开学季了，北师大和鲁迅文学院联手合作的研究生班马上要开班，您对这些新学员有什么期许？

莫言：这批年轻作家在进入这个班之前，就已经创作出了很有名气的作品，应该放下过去的荣誉，也是放下过去的包袱，以一个学生的身份、学生的心态谦虚学习，我希望这样一种学习能为他们今后的攀登提供一个巨大的推力。总而言之，学习不是目的，将来能够写出好作品才是目的，这是为了未来的创作而学习，是一种必要的准备，祝贺他们，也祝愿他们。

（原载搜狐网 2017 年 9 月 1 日）

莫言答中国新闻网[①]

莫　言

记者：莫言老师，这次的"翰墨三人行"展览有近百幅作品，里面有没有您觉得写的拿手的诗，或者您印象特别深刻，或者比较容易的？您介绍一下这次创作的作品吧。

莫言：《翰墨三人行》展览实际上是慢慢形成的一个展览，刚开始也没有想到是这样一种合作方式，刚开始可能谈的时候，让我们三个人，他们两个画家自己每人拿出一批画来，我作为一个书法的爱好者也写一批字，然后掺和到一块展览，后来见吴馆长的时候，他说，你们既然是三人行，应该有合作的作品，就不应该把三个人的作品简单凑到一起。在他的提议之下，我们就有了一种三人的合作。

首先是华山先生他画人物，然后让吴悦石先生给他补上风景，我再给他们题诗，后来也慢慢发生了一些变化，我说也不能老是你们画画，让我给你们题诗啊。我说反过来，我来先写成诗，你们给我配画，这样一种合作。有的时候就是吴悦石先生先画了风景，然后杨华山再补一些人物之类的。我想这个过程确实是一个，首先是一个非常愉快的过程，第二，是一个互相学习的过程，当然更多的是我向他们二位学习，因为书画方面，毫无疑问，他们是专家，我太业余了。

在这过程当中，我才知道了画家是怎么样把画画出来的，而且在他们的指点之下慢慢知道了题跋在整个画面当中的作用，题得好会画龙点睛，题得不好可能是画蛇添足。我想刚开始确实有那么几幅，我起了一个画蛇添足的作用。

那这样一个诗，实际上题画诗，过去像李白、杜甫的诗，完全可以借他们的诗意来

---

① 2017 年 9 月 14 日，莫言接受中国新闻网采访。

画一个画。而我看到一些大画家的配的诗，像齐白石先生的，还有像启功先生的，他们题的既风趣又幽默，又跟画意非常贴切，又用这样一种风趣、幽默的题诗告诉了观众、读者非常深的一些道理。我当然是达不到这个水准的，我更多的就是根据我个人的一些生活经验，比如说有一幅是一个渔民跟一个砍柴的樵夫他们俩坐在一起喝酒的一个画面，我就给他题了一个"渔樵对应图"，配上几个打油诗，"我打渔你砍柴，二人相逢酒一杯，你好我好大家好，劳动人民最开心。"这么题上了诗。

我有时候也写，譬如说有两句是"吃上地瓜小豆腐，便是人间好时光"，这记录当年生活困难的时候，我婶婶跟我母亲在一块议论感叹，哎呀，我们什么时候能够天天吃上地瓜和小豆腐，就心满意足了。吴先生就给我配上了一个：两个红火的地瓜，一块豆腐，还有一个南瓜，就一下子让诗跟这个画面很生动的结合在一起。那既展示了这种劳动人民的朴素的生活，也让大家在日常的、家常的、平常的事物当中发现了一种美。

我还写过"八月十五月光明，故乡已是高粱红，酿成美酒我先饮，不觉醉到小桥东。"我先写了一首打油诗，后来吴先生就给我配上了一个：两个篓子，两篓鲜红的高粱，然后一个面貌有几分像我的人，光着背，躺在这个高粱旁边，显然是一种沉醉不醒的状态。他这样一种配画既跟诗意非常的贴切，但是也不完全跟生活常识相符，因为大家都知道，高粱实际上是没有那么红，红高粱也就是一种暗红的颜色，但是在画家的笔下高粱是非常鲜红的，非常的美。而且我们也知道，高粱跟酒之间还有一个漫长的工艺加工过程呢，他也没有画酒，也没有画酒瓶子，也没有画酒碗，就画了两篓高粱，然后一个躺到地上酣睡的人，那么就把这酿酒的过程、喝酒的过程都给省略掉了，但是我想观众一看也会明白，也会感觉到这种省略是非常有意思的。

每一幅画里面都有类似的一些合作的小故事，譬如说华山画了一个老子跟孔子的一个对话，老子跟孔子对话到底说了什么？这个历史上、史书上也没有记载，鲁迅的小说里当然也提过，好像两个人讲的都是普通话、家常话，他让我给他题一个联，我给他撰了一个联，上联是"圣人雅言普通话，老子文章道德经"，那圣人的话肯定是最雅的了是吧，圣人雅言。普通话有两个含义：一个就是当时孔子讲的，应该就是当时那个时候的普通话；再一个意思就是说圣人的言论，现在我们当作经典，当作是千古不变的经典，以一种崇敬的心情来学习。那像孔子的论语也好，其他的著作也好，讲的都是老百姓当时的语言，讲的都是大实话。对当时的学生来讲，对当时的老百姓来说，孔夫子讲的话不是像现在我们认为的深奥、难懂，所谓是圣人雅言普通话。"老子文章道德经"，这里边老子可能让大家也感觉到，老子就是我，我就是老子，他的文章就是五千言的《道德经》；另外也有一重含义就是，老子的文章就是我们道德的经典——《道德经》。所以我自己感觉到这个联句编撰的还比较满意，也比较有趣。

当然，在平仄上我就很难深究了，因为我们这种平仄是很难辨别的，但是我也努力做到了，起码这个联句的最后一个字"话"应该是第四声，然后"经"应该是平声，基本就说这个对联的最基本的要求就是上联的收尾的一个字应该是四声，下联的收尾的一个字应该是平声，那么这一点要求还满足了。"普通话"对"道德经"也马马虎虎反正，"雅言"对"文章"，"圣人"对"老子"，所以这个联句我自己认为还是比较满意的，当然我想真正的诗歌大家对古典诗词深有研究的人，肯定还是可以找出毛病来，很多的毛病。

所以，这种合作的过程也是逼着自己学习的过程，我刚才说合作的过程是学习的过程是具有两重含义：一个是互相之间的学习，主要是我向他们学习；另外也是因为要写诗，因为要配对，所以也逼着自己学习。

记者：那么这次展览中的诗，它其实就是高定版，您特意专门写的，它和您之前发表的《七星曜我》有什么不同吗？

莫言：不是一回事，《七星曜我》应该是现代白话诗了，它不是说像律诗，像什么绝句那么规整，有平仄要求。自由诗就是写得比较随便，《七星曜我》，讲了我跟七个世界各国的大作家的一些交往，以及我对他们的友谊，我们的友谊。

那这一次基本都是打油诗，也有个别的一些诗，个别的一些仿照的诗。基本都是五言一句的或者七言一句的基本押韵的打油诗，不讲平仄的。偶尔有一点讲平仄的就是我刚才讲的，像那几副对联，勉强可以有平仄，起码在这方面是注意了。这样一种诗我想实际上也是现在很多人的爱好，打油诗这样一种风趣、幽默、调侃、自嘲，是严肃的律诗不太具备的一个功能，所以这也是一种很民间的文化，民间的老百姓尽管他不懂诗词，但是他也可以脱口而出几句顺口溜，那这几个顺口溜既风趣又生动，所以这也是民间文化的一种重要的构成部分。

在我们合作的过程当中，我为他们题跋，或者我题跋他们配画的这一百多幅作品里边，这样的打油诗是占了最主要的部分。所以，由此也可以看到我的心态、我的追求、我的爱好、我的价值观念等。

记者：这次其实除了这个展览，大家能看到您的书法，能看到您的一些打油诗，而且您现在已经在《人民文学》上，发表了《七星曜我》和《锦衣》这两个戏曲文学剧本，能说一下这些剧本吗？

莫言：《锦衣》这个剧本写的是一个中规中矩的剧本，所谓中规中矩还是符合中国的传统戏曲的审美观念，以及老百姓的审美观念，比如说大团圆的结局，然后人物的高度的脸谱化，好人是好人，坏人就是坏人，好人和坏人之间的界线是非常明确的。而且就是说，这个人一上场，他性格的确定，而且后面也不会发生变化。我觉得唯一的跟过去的戏曲不太一样的就是，用了大量的（丑角），一般过去丑角，这些衙役们、媒婆们，他们起一个串场的作用，小丑就是为了活跃舞台剧场气氛的，他们的戏份是很小的。但是在《锦衣》这部作品里边，像王豹、王婆这两个男女丑角他们的戏份很大，而且是把他们当作一个人物来塑造的，要通过他们的对白，通过他们的旁白，是在充分的展示他们内心，也展示了在那样一种社会激烈动荡的环境下小人物的生存智慧。

当然，我想《锦衣》现在之所以是这样一个结构，也是跟整个的创作过程有关，因为刚开始只是想写一个公鸡变人，然后跟一个女的产生爱情关系这么一个剧本，写完了以后就感觉没有超出《白蛇传》，也没有超出《追鱼》，就是没有超出一般的神话剧的套路，我觉得太单薄了，而且在当今这个时代讲一个公鸡变人的故事有什么意义呢？除了展示一下美好爱情，除了展示一下，如果演员能够真正把它在舞台上演出的话，除了能产生两个幽美的唱段之外，别的意义也不大，后来就搁置了。这个戏实际上是 2014 年就写好了，一直想不到修改的方法，后来偶然翻史料，发现在清朝末年的时候，我们山东，尤其是胶东半岛有大量的青年，或者是官费或者是自费去日本留学。他们到了日本以后接受了西方的资产阶级的民主思想，有的甚至成了孙中山他们同盟会的会员，就回国来发动政变，最后变成了辛亥革命的一个重要的组成部分。这样一个历史事实就启发了我，让我把《锦衣》这个神话公鸡变人的故事跟山东青年去日本留学，然后回国来革命的历史事件结合在一起，就变成了目前的《锦衣》的两块。

当然基本上看还是非常忠实于民间区域的这种传统，这种智慧，民间戏曲的智慧，也是民间的智慧，带给了老百姓的一种，审美的一种趣味吧。

记者：除了戏曲剧的，其实我也看了您的其他作品，诗歌来说，算是个深入到您的作品其中的特色，您怎么看待您的这些诗歌呢？

莫言：这个诗歌也就是偶尔兴起，随便写了纸条，然后整理一下。我写的更多的还是打油诗，几百首是有了，也曾经在 2011 年的时候，他们就帮我编了个集子，我也不好意思拿出来，我觉得拿出来怪丢人的，当时编排好了，被我压住了。这五年陆陆续续写的就更多了，像这一次 100 多首，三人行翰墨展就 100 多首，加上平常写的，我想打油诗累计起来七八百首是有的，将来精选吧，精选一下，到时候看看出个几本。

记者：之前您在接受采访的时候，有记者问过您，说您这五年没怎么出过作品，然后您就说，其实您一直都是在写，能跟我们说下这五年来您的写作状态吗？

莫言：我觉得要求一个作家年年出作品这也不现实，而且我想一个作家年年出作品也没有意义。我现在也越来越体会到，与其发表十部一般化的作品，不如发表一部比较好的作品。所以我愿意用我全部的作品换鲁迅的一个短篇小说，换他一个《阿Q正传》，如果我能写出一部类似于《阿Q正传》，在中国文学史上的地位，那我愿意把我所有的小说都不要了，所以可见一个好作品跟一般作品的这种含金量、重量。这五年之所以没有发表作品，写好作品是一个重要的原因。另外，也确实是有一些时间上的分配受到了一些影响，写也一直在写，也写出了一些短篇。我想这一次即将发表的三个短篇，实际上都是我 2012 年写出初稿，然后在《人民文学》第十一期将要发表的短篇，也是很早以前写好的。现在也还有一些作品已经写好了，但是正在认真地打磨，争取陆续的推出来，所以我想明年应该有更多的作品面市吧。在《花城》、《十月》、《人民文学》，就陆续有一些短篇、剧本、诗歌，不断出版。反正我相信读者最关心的就是，你什么时候出一个长篇小说啊，这个我一定会写的，一定会认真写，一直在做着充分的准备。

实际上长篇、短篇、中篇，很难说哪个更高尚，但是从体量上来讲，从重量上来讲，在读者心目中和作家心目中的分量来讲，当然还是长篇是最重的，这个是一个现实，我们也不能否定。所以我想长篇我肯定会写，慢慢来吧，不要着急。

记者：您刚才谈到，就是说提到写作这五年，在时间分配上确实受到影响。那咱们都知道您这五年来参加了很多社会活动，包括演讲、沙龙和开设课程，这个会不会稍微占据您原本的一些时间？

莫言：这肯定是。我也一直认为，想参加一些必要的社会活动，也是我应该尽的责任。比如说到学校里给学生们讲讲课，然后参加一些比较重要的文化活动。前两天我在图书博览会上跟30个国家的翻译家对话，我是专门从高密赶过来，这些活动我觉得意义比较大，所以还是应该参加。

记者：除了写作，然后参加一些必要的活动。那您其余的时间是怎么样的呢？您能简单谈谈吗？

莫言：我想跟一般的同学一样，无非是看书、生活、学习、写作，基本是这样的。没有特别固定的时间，几点到几点我必须写作，几点到几点我必须睡觉，没有，我这个人生活还是非常随意，没那么严格。

记者：那您对您这个新作，已经亮相的这三个作品，您会不会有什么期待？比如说读者的反映。

莫言：也没什么期待，我想读者肯定是一方面看到这个作品还是延续了我的一些基本的风格，写农村题材，写高密东北乡，这些元素还都是有的，但是应该也会有一些新的东西进去。我现在写的是眼下农村、眼下的姑娘，跟我过去写的70年代、60年代，甚至是几十年前的故乡，肯定是生活发生了巨大的变化。生活变了，人的面貌也变了，所以人的性格也变了。所以我想里边有不变的东西，这个读者一眼就看出来了，但是应该也有一些变化的东西会让读者感受到。所以我觉得对任何一个作家，或者对任何一个艺术家来讲，就所谓的创新不可能写出一部完全的，全新的作品，都是在一种旧有的模式上的，边缘的一种突破。就像人不可能一下子从猿人进化成人，它是一步步进化成人的，一点一点的。

记者：那您可能自己不在意，但是难以避免的是，您戴上诺贝尔文学奖的光环，在写作的时候会觉得有压力吗？

莫言：这个也是客观地来看这个问题，是存在的。我自己写的时候，下笔也会谨慎。我也讲过，过去比如差不多了，那就出版了，或者就发表吧；现在可能说再放放，再拖拖，再改改，所以更加的慎重，希望更加完美一点。另外一点就是说，写作的时候还是要放下一切的包袱，不要让诺奖变成一个沉重的担子，或者一个沉重的冠冕压着自己，那就没法写了。写的时候我就是一个读者，我就是一个作者，我甚至写的时候要忘掉读者。作家当然是为读者写作的，也是为自己写作的，这是不能否认的。但是作家在写作的时候，应该是不要去想到，这样写读者会不高兴，还是应该按照自己想法写，跟着自己的感觉写。当然写出来以后呢，自然是要给读者读的。为什么这么说呢？因为读者是分成了很多群体的，很多层次的，有一万个读者就可能有一万个想法，那你作为一个作家，一对一万，不可能同时满足所有人审美的趣味、爱好，所以只能是根据你自己对小说的理解，对人生的理解，来确定你的写作。从这个意义上来讲，一方面心里边把读者看的比山还重，一方面把读者完全忘到一边去。

记者：马上今年的诺贝尔文学奖又要快颁发了，这几年其实已经有一些中国作家入围提名什么的，您觉得中国作家还有没有再得诺奖的希望？

莫言：那肯定还是有的。

记者：您对网上流传的一些所谓的关于莫言的说法，起初好像还有一些说"莫言语录"什么的，这些您都了解吗？

莫言：知道知道，我对网上这些，网上的所谓的"莫言金句"，莫言的"鸡汤文"是吧，我也看到很多。有很多人发到我手机上认证了。我也多次说过，很多文章和金句是我写不出来的。我觉得这些作者不要长期的隐姓埋名，这么好的作品归到莫言名下，你说让我占了多大的便宜是吧？所以他们应该把自己的"孩子"领回去。

这个所谓网上"莫言书法"以及在很多拍卖行上出现的"莫言书法"有很多，确实写得比我好多了，他们也是埋没了自己的才华，也希望他们以后署上自己的大名，不要署我的名。

记者：现在网络文学小说发展得比较猛。在我之前的采访了解到，他们有的作家不太关注网络文学，有的就特别喜欢，您对这个现象怎么看呢？

莫言：我一直对网络文学持一种赞赏的态度，我觉得它这个也是时代发展的必然。而且，我也读过一些网络作品，确实里面有一些感觉是不错的。当然面对这么一种浩如烟海、汗牛充栋的作品链，谁也没有时间去全部读完。

所以我想网络作家他们自己在慢慢地调整，当他们在网上发表一定量的作品之后，他们也是要求自己作品的质量，艺术水平的提高，肯定也在调整。所以网络文学从来跟严肃文学之间没有一道不可逾越的墙壁，网络文学从来就是文学重要的组成部分，它就是文学的一部分。无非就是它发表的阵地、写作的工具、载体不太一样，但是它归根结底还是要符合文学的基本要素，否则的话也不能叫文学。

记者：对。网络文学有一个"不太好的现象"，就是同质化更严重一些。您有关注吗？另外它有抄袭的问题。

莫言：这个问题其实也存在的，这个没办法。网络文学的抄袭可能更方便，像拷贝过来几千字，钢笔抄袭还挺累的，但这毕竟是少数的，我想有志气的、有追求的在网络上发表作品、在网络上写作的作家不会这样做的。

记者：还是有自律的那种网络文学作家。

莫言：那肯定是，这个东西众目睽睽，网络上藏龙卧虎，你抄一句人家就发现了，何况整段整本的抄，被人家揭露以后就整个砸了牌子了。所以有追求、有志气和有才华的作者是不会这样做的，这种现象即便在网络之前有纸和笔写作的时候也是存在的，当然也是极少数的，一旦被揭露这个人就身败名裂了。从此以后即便是再写作，大家也忘不掉你的污点。

记者：您刚才说您平时有时间也会看一些网络文学作家的作品，您一般会关注哪些类型的作品？

莫言：我关注比较窄，我应该读过几部写官场的网络文学，也读过几部写职场的，这个比较多。

记者：您现在会在手机上看电子书吗？

莫言：我看的很少，因为我感觉到很疲劳，毕竟字很小。而且我也不可能随时戴着老花眼镜，不戴老花眼镜也能看，但是看几分钟就受不了了。还是感觉到传统读法好，捧着一本书读。

记者：还是喜欢传统读法。

莫言：对，感觉读纸质书感觉更好了。但是我想年轻人肯定是有自己的感觉，肯定跟我们这些老同志不一样。

记者：在手机上阅读，以及在电子阅读器上阅读，难以避免一个问题，可能会导致的碎片化，您觉得咱们现在有没有必要为这个问题感到焦虑？

莫言：这个没有必要焦虑，你在纸质书上阅读也可以碎片化，你可以跳着读，可以读一页放两年再读。我想只要好的作品，无论是在手机上阅读，在阅读器上，台式电脑上都是一样的。它可能有一个问题可能速度也快，你翻屏跟翻书感觉还不太一样，速度快，滚来滚去的是吧。所以这样一种阅读的现状实际上有时候也影响到写作的风格，网络的文学一般篇幅比较长，有的甚至上千章，几百万字，但是读起来是很快的。所以这种超长的长度，快速的阅读，有时候也是这个作者来不及精雕细琢，这是客观存在的。

记者：您刚刚也提到这种方式的阅读，可能会带来快餐式的阅读或浅阅读的情况。您作为一个大文学家您觉得怎么能改善这种现象？

莫言：这种阅读不应该完全否定它，即便我们拿着书阅读，也不可能每一本书下的功夫都一样。经典可能我们要反复读、认真读、来回读，一遍一遍琢磨，甚至有一些地方读到能够背出来的程度。对于一般的东西我们也是泛泛的读一下，浏览一下。所以这种快阅读，并不是一种要否定的阅读方式，而是阅读的一种很重要的方式。所以我觉得一个人如果所有的阅读都是快阅读，那么适当的可以增加一点细阅读。

如果你拿了一本书像读《论语》一样的那个读法也是无聊，那一辈子几本书都读不完了，各种阅读方式和阅读速度的结合。

记者： 莫言老师，大家一直特别关心，您自己的平常的阅读习惯是什么样的？

莫言： 我没有什么习惯，我就逮着读，好的我就多读两遍，不好的我就走快点过去了。

记者： 就是读得比较杂，能这么说吗？

莫言： 读书不求甚解，有时候读一本书也很费劲，反复地读，比较认真地把一本书吃透，大多数情况下是不求甚解翻翻就过去了。

（原载中国作家网 2017 年 9 月 18 日）

莫言与复旦大学陈思和教授、浙江文艺出版社常务副社长曹元勇的对谈①

莫　言　陈思和　曹元勇

主持人(浙江文艺出版社常务副社长曹元勇)：今天这个日子有着特别的意义。因为，每一年诺贝尔文学奖颁奖就在12月10日。5年前的今天，莫言老师到瑞典斯德哥尔摩领取了诺贝尔文学奖，至今还有哪些细节是您难以忘记的？

莫言：当时，大雪弥漫，斯德哥尔摩机场关闭了，我们凌晨两点被困在赫尔辛基的一家饭店。我的第一个感觉是，北欧的雪真大。

我的老家非常干旱。我就联想到，假如能把这雪挪一点过去，多么好。地球真是多样化。我们飞行10来个小时，就到了和自己熟悉的地方完全不一样的地方。外部物质世界的多样性，决定了文学艺术的多样性。每个人的思维和创作，毫无疑问会受到外部环境的影响，甚至牵制和制约。干旱、雪、风雨、雷电都会变成艺术中的一个元素。而作为艺术的创造者，就是要千方百计地保护和创造多样性。

主持人：任何一个时代的作家，都面临着如何继承自己民族文学传统的问题。进入21世纪的今天，这个问题变得更为复杂、紧迫。莫言曾经讲过，当初看了马尔克斯、福克纳等人的作品，知道了作品可以这样写。但很快，他就意识到，自己要远离他们的影响。此后他的《檀香刑》《生死疲劳》等作品，体现出鲜明而浓烈的和传统文化的血脉关系。请您谈谈作家到底该如何面对我们的文学传统、如何在自己的创作中弘扬传统？

---

① 2017年12月10日，在思南读书会现场，莫言与复旦大学陈思和教授、浙江文艺出版社常务副社长曹元勇的对谈。

莫言：中国的文学传统体现在一部部文学遗产里，唐诗宋词元曲明小说，等等，这是印到纸上或刻在碑上的文学作品。还有一种文学传统是在民间用口头方式一代代传承的。这也是我们从事文学创作的宝贵资源。而且，民间的文学传统十分丰富多样。一个广东人所接受的民间文学的影响，和一个山东人所接受的民间文学的影响，方式可能是一样的，都是听老人们讲故事、民间艺人说书、戏曲舞台上的演唱，但内容可能完全不一样。

民间的俗言俚语里包含着很多语言化石。很多看起来很土的话，如果写到纸上，就会发现它非常典雅，也许就是古人当年所讲述的语言，一直在口头传承最后变成了民间的俗语。民间的东西对我的影响，甚至比书本对我的影响还要大。如果我们每个人都从书本、经典作品里继承文学传统的话，很可能我们所利用的资源是一样的。如果我们每个人都把民间文学这个传统好好加以利用，就拥有了文学资源的丰富性和多样性。人类艺术最重要的特征就是丰富性和多样性，而民间文学恰好为我们提供了多样性的基础。

主持人：一个作家的才能，更多的是从传统典籍里生发出来，还是自民间流传的活的文化里生长出来？陈思和教授作为中国现当代文学的研究者和评论家，对此有怎样的观察与判断？

陈思和：任何一个民族的文化传统都有两种，一种是和今天没有关系已经死掉的传统，一种是和今天还有关系的活的传统，这种活的传统就在我们的日常生活当中。

一个作家首先要关注的就是他的现实生活，在生活当中找到民族文化力量的源泉。莫言读过大量山东地区的民间故事、小说，其中最著名的是蒲松龄的《聊斋志异》，他的小说里经常有动物出现，牛会说话、驴子会说话，这都可以归纳到中国文化传统，我们的传统喜欢说鬼故事、狐狸精。

莫言小说《生死疲劳》里的主人公被冤枉枪毙，后来转生为驴、牛、猪、狗、猴、大头婴儿蓝千岁，经过几世轮回仍然想着复仇。在每一个轮回中，他变成的每一种动物都非常顽固。这很像《聊斋》中的一篇故事《席方平》，那也是一个坚持不停告状申冤的人。这里面就有一种中国的文化精神：对一切不公正的现象抗争到底。在这个意义上，莫言的创作是跟中国民间文化相通的。

真正的作家一定是从现实生活当中产生的。作家要看到现实生活中深层次的地方，那里有中国文化的积淀，有中国文化的传统。

主持人：莫言小说《檀香刑》里的茂腔，这种戏剧方式完全来自作者老家的一种民间地方戏种，但又在作品中获得了现代意义，焕发出一种特质。请问陈思和教授，莫言是怎样将这些民间的东西，转换为当下文学的鲜活内容的？

陈思和：有一点非常有意思，莫言是一位民间作家，他的很多文学资源来自民间。但是，他对这些素材的处理完全是现代人的思维和审美方式。

莫言让我们感到惊艳的第一篇小说是《透明的红萝卜》，叙事精彩，有很多想象。小说里，铁匠诱惑一个小孩，让他用手去抓烧红的铁。小孩拿了铁之后，手就烧焦了，闻到一股肉被烧焦的味道。那天晚上，小孩做了一个梦，梦中看到一个透明的闪着金光的萝卜。这种表述和写实的表述不一样，不是直接描述这个小孩手烧焦了，怎么痛，却写小孩做了那么美好的一个梦。一个悲惨的现实，在莫言的笔下变得那么梦幻那么美好。

莫言曾经也说过，"《透明的红萝卜》是我的作品中最有象征性、最意味深长的一部。那个浑身漆黑、具有超人般的忍受痛苦的能力和超人般的感受能力的孩子，是我全部小说的灵魂。"可以说，这个小孩就是莫言创作的一个奥秘。莫言一生经历了很多苦难。而苦难对于莫言来说，不是负能量的东西，他把它们转化成艺术上正能量的东西，变成一种美。

某种意义上来说，莫言的作品都像透明的红萝卜一样，一块烧红的铁会变成一个透明的美好的象征。这个转化本身就是一种现代性的转化。莫言所有的小说都有这样一种力量。

主持人：今年，您改编的小说《檀香刑》同名歌剧被搬上舞台，由您担任编剧的话剧《我们的荆轲》也将上演，戏剧创作对您来说意味着什么？

莫言：民间戏曲对我的影响非常大，我的老家高密号称有"四宝"，剪纸、泥塑、年画和茂腔。我小时候，没有电视、电影看，看的是民间戏班子的演出。所以，我对民间戏曲、对乡村的舞台，非常熟悉，也很有感情。

我也总认为，我应该在某一部小说里面好好致敬一下我所熟悉的民间戏曲，于是就有了《檀香刑》。《檀香刑》某种意义上是小说化的戏曲或者戏曲化的小说，人物设置高度脸谱化，人物之间的关系也充满戏剧性，整个小说完全按照戏剧剧本的构思来写，语言更是大量使用了茂腔的语汇。

《我们的荆轲》讲的是老故事。过去，我们都把荆轲当成正面英雄来歌颂，创作话剧的时候，我不能走老路，就让荆轲变成了充满反思精神的人。我想，这个剧本的亮点就在于荆轲在追求一种真正的人的境界。

我认为，一个小说家应该也是一个剧作家，或者说，一部好的小说的内核就应该是一部剧。任何一部好小说，完全可以被改编成一部好的话剧、电影或歌剧。戏剧对于老百姓的影响甚至比小说更大，尤其过去农村教育不普及，对于不识字的农民来说，民间戏曲就是他们的教材，舞台就是向大众开放的舞台。

小说家应该多了解其他的艺术形式，尤其是戏曲、曲艺这样注重语言艺术的。好的小说语言应该是有节奏的，是可以被朗读的。

主持人：最新的莫言作品关注的是什么？

莫言：今年，我发表了《锦衣》《天下太平》，还有一些小说明年陆续会发表。这批小说大部分是 2012 年春天我住在西安秦岭脚下一个朋友家里写的。当时，因为得奖这件事情，把这批小说放下了。

当我重新把这批小说找出来的时候，我发现不能就这样发表，必须修改。这些小说就像当年埋到地下的萝卜和白菜一样，我们以为埋下去它们不长了，其实它们还是在生长的，萝卜长满了芽子，白菜心里钻出了绿芽。这几篇小说的人物都是有原型的，5 年的时间，这些原型人物的命运都发生了变化，一位死了的突然活着回来了，一位很落后的突然开上奔驰了，一位很懦弱的突然干了一件惊天动地的事。从这个角度来讲，小说是能够成长的，而且建立在故乡基础上的小说本身是充满开放性的，永远不会封闭。

主持人： 陈教授如何评价莫言最新的写作？

陈思和： 2012 年自斯德哥尔摩回来以后，我们一直在期待莫言有新的作品出现，并且期待莫言的创作出现新的变化。

莫言今年发表的这几部作品，我都看了，感觉还是延续莫言原来创作的基本风格，但又有许多新的内容。在获奖 5 年后的今天，莫言的这些最新的作品，让我们看到了莫言对农村、对社会、对文学命运作出了自己新的思考与解答。

【答现场提问】

读者： 对今天的年轻人来说，民间口头的文学传承已日渐凋零，那么，新一代写作者怎么去吸取这样的文学滋养？

莫言： 我认为，所谓的民间不是固定不变的概念。一提到民间往往想到穷乡僻壤，实际上民间是一个广泛的概念，上海难道就没有民间了吗？高楼大厦里面照样有民间，每个作者都应该了解自己的生活圈子，了解自己身边的人，熟悉自己身边的事，写自己熟悉的东西，而且要善于从生活当中发现小说的故事情节，要从身边熟悉的人的言谈当中发现语言的新元素，充分吸收他人生活当中的艺术情节。

充分熟悉老百姓的语言，并且从中提炼出文学语言来。这样，这个民间谁都有，并不是只有我们这一代作家、在农村长大的才有民间，即便在中国的上海、香港，或是美国，都是有民间可写的。

读者： 您的新作《锦衣》是否受到昆曲《牡丹亭》的影响？

莫言：《锦衣》故事的原型是我听我母亲讲的民间故事。第一稿，我几乎就是按照故事原型写的，写完之后发觉没有什么意义，就放了很长时间。今年夏天，我又拿出来，还看了一些史料，进行了再创作，就有了《锦衣》目前这个剧本的样子。写《锦衣》这个作品，我是要圆一个多年的梦想——写一个戏曲剧本。其次，是要充分体验一下戏曲语言写作的快感。

读者： 您的作品是否都有原型，有没有纯想象的作品？

莫言：纯想象的作品是不存在的，即便你写科幻也是基于你了解现实世界的材料，还是要写人，写人的感情。纯粹想象的完全没有现实基础的小说或者剧本都是不存在的。

读者：您平时怎么安排自己的个人生活，通过什么娱乐方式调整身心？

莫言：我确实没有固定的生活方式，年轻的时候熬夜写作，现在写的时间比较短，一般是白天写一点；娱乐方式也不多，看看电视，偶尔看看演出。也不懂音乐，偶尔打开电脑看看地方戏，有时候翻来覆去听听茂腔的唱段，也是自得其乐。

（原载腾讯网 2017 年 12 月 18 日）

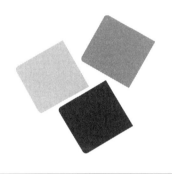

附　录

文学的踪迹

——2017年莫言出席活动集锦

1. 1月11日，莫言主任参加了由浙江文艺出版社在北京主办的"莫言长篇小说系列最新版暨莫言作品独家授权新闻发布会"，莫言主任在现场作了即席发言，并与媒体进行了近一小时的精彩互动。

2. 3月1日，莫言主任赴解放军艺术学院，面对军艺师生，同恩师徐怀中将军、师兄朱向前共同座谈，彭丽媛院长全程聆听。

3. 4月1日，"求索之路永无止歇：北京师范大学驻校作家韩少功入校仪式暨创作四十年研讨会"在京师大厦举行，莫言主任主持了入校仪式，并赠送韩少功先生书法。

4. 4月18日至21日，应团结香港基金以及全国政协副主席董建华的邀请，莫言主任赴香港访问。4月19日莫言主任在香港湾仔香港会展中心发表了题为《黄土地幻觉世界与中国文学契机》的演讲。

5. 6月22日，莫言主任参加了北京师范大学2017届本科生毕业典礼，并发表演讲。

6. 6月23日，莫言主任赴济南，参加了民族歌剧《檀香刑》首演。

7. 6月27日，莫言主任应李嘉诚基金会的邀请参加了汕头大学毕业典礼，并发表演讲。

8. 7月6日至7月11日，莫言主任赴山东烟台调研。

9. 7月20日至8月22日，莫言主任回故乡高密潜心创作。

10. 8月23日，莫言主任中断写作从故乡高密返回北京，参加了在北京国际图书博览会举行的"中国文学与全球化时代——莫言作品国际传播沙龙"。莫言主任与阿尔巴尼亚翻译家斯巴修、缅甸翻译家杜光民、保加利亚翻译家韩裴、以色列翻译家李雅各等三十位知名汉学家进行对谈，共同探讨了中国文学在创作上、传播上如何面对全球化时代这一话题。

11. 9月11日，莫言主任赴山东潍坊观看民族歌剧《檀香刑》。

12. 9月15日，莫言主任出席了在北京国子监举行的"大美寻源，彝伦长德——吴悦石、莫言、杨华山翰墨三人行"书画展开幕式。

13. 9月26日，莫言主任赴南京参加了书画家管峻先生的"执管风韵——管峻书画精品展"。

14. 11月11日，应深圳市委宣传部的邀请，莫言主任赴深圳参加"深圳读书论坛"，并接受题为"民间艺术对我小说创作之影响"的访谈。

15. 11月13日，莫言主任在香港接受了香港浸会大学荣誉博士学位。

16. 12月9日，莫言主任在上海参加纪念《收获》创刊六十周年座谈会暨第二届收获论坛。

17. 12月10日，莫言主任在上海参加"与时代同行"纪念《收获》创刊六十周年作品朗诵会。

18. 12月15日，莫言主任在珠海主持"2017金砖国家文学峰会"。

19. 12月23日，莫言主任在北京参加第一届国学教育论坛。

20. 12月26日，莫言主任参加中国艺术研究院主办的"电影电视评论周"开幕式，并发表主题演讲。

21. 莫言主任在《文汇报》发表散文《马的眼镜》。

22. 莫言主任在《文汇报》发表散文《朗读与呐喊》。

23. 莫言主任在2017年第9期《人民文学》发表新作戏曲剧本《锦衣》和组诗《七星曜我》。

24. 莫言主任在2017年第10期《收获》发表短篇小说《地主的眼神》《斗士》《左镰》。

25. 莫言主任在2017年第11期《人民文学》发表短篇小说《天下太平》。

（本文由北京师范大学国际写作中心苗昂先生提供）

2017 年莫言研究资料索引

1 月

1. 魏红霞. 从文学伦理学批评的视角解析莫言小说《丰乳肥臀》[J]. 长春大学学报，2017(01)：59-62.

2. 李鹏飞. 简析莫言小说《欢乐》主人公社会身份的缺失[J]. 宁夏大学学报（人文社会科学版），2017(01)：106-108＋114.

3. 彭玲, 周智敏. 论莫言作品中侠客形象的反传统性[J]. 湖南人文科技学院学报，2017(01)：82-86.

4. 杜昆. 诗性正义没有缺席——解析莫言的《爆炸》和《弃婴》[J]. 广西师范学院学报（哲学社会科学版），2017(01)：23-27.

5. 黄学呈, 哈赛宁. 古老文明之间的当代对话——埃及汉学家、翻译家哈赛宁先生访谈录[J]. 当代作家评论，2017(01)：192-201.

6. 张学军. 反复叙事中的灵魂审判——论莫言《蛙》的结构艺术[J]. 当代作家评论，2017(01)：145-152.

7. 《百年巨匠》国际宣传片启动仪式在京举行[J]. 公关世界，2017(02)：16-17.

8. 崔涛涛. 德译本《蛙》：莫言在德国的"正名"之作[J]. 小说评论，2017(01)：109-114.

9. 刘汀. "物世界"的辩证法：重评《红高粱家族》[J]. 小说评论，2017(01)：99-103.

10. 刘诗宇. 当代文学史视阈中《红高粱家族》[J]. 小说评论，2017(01)：104-108.

11. 关峰. 中国故事的日常生活叙事——莫言新世纪长篇小说综论[J]. 江南大学学

报（人文社会科学版），2017（01）：97-103.

12. 王鹏程．中国故事与中国精神——中国当代文学研究会第十九届学术年会综述[J]．中国文学批评，2017（01）：152-156.

13. 綦天柱，胡铁生．当代大众文化语境下的文学经典化——以诺贝尔文学奖获得者及其作品为例[J]．求是学刊，2017（01）：132-142.

14. 程光炜．上海批评圈与其他小说[J]．南方文坛，2017（01）：6-12.

15. 张志忠．《我们的荆轲》：向《铸剑》致敬——莫言与鲁迅的传承关系谈片[J]．南方文坛，2017（01）：13-19.

16. 陈雅鑫．中国式悲悯精神——浅谈莫言创作精神[J]．大众文艺，2017（01）：19.

17. 张舸．致敬古典还原民间——试论莫言《生死疲劳》章回体的民间叙事[J]．绵阳师范学院学报，2017（01）：88-91.

18. 李芙蓉．生态翻译学视角下莫言演讲词的英译研究[J]．重庆科技学院学报（社会科学版），2017（01）：76-78.

19. 王树福．彰显的与遮蔽的：《生死疲劳》俄译名考辨[J]．中国俄语教学，2017（01）：51-57.

20. 张相宽．从鲁迅和莫言的创作看中国现当代文学的民族化路径[J]．宁夏社会科学，2017（01）：247-252.

21. 陈定家．网络文艺批评的困境与对策——从网评莫言的"准的无依"说开去[J]．人民论坛，2017（02）：132-133.

22. 陈晓明．"歪拧"的乡村自然史——从《木匠和狗》看中国现代主义的在地性[J]．文学评论，2017（01）：5-16.

23. 张清华．莫言与新文学的整体观[J]．文学评论，2017（01）：17-27.

24. 谢有顺．感觉的象征世界——《檀香刑》之后的莫言小说[J]．文学评论，2017（01）：28-36.

25. 刘旭．文学莫言与现实莫言[J]．文学评论，2017（01）：37-44.

26. 阿·卡尔柳凯维奇，刘雅仪．"中国文学——了解中国信息的主渠道……"[J]．俄罗斯文艺，2017（01）：153-157.

27. 叶玮玮，李军．互文性角度下莫里森与莫言作品接受的影响因素[J]．长江大学学报（社科版），2017，40（01）：62-65.

28. 陈爱菊．《红高粱家族》之翻译生态环境探析[J]．科技视界，2017（01）：116＋137.

2 月

29. 宋桂奇. 演讲——如何消除人们的错误认识[J]. 应用写作,2017(01):33-34. 高莉萍,蒙兴灿. 论葛浩文《檀香刑》英译本中特殊比喻句的翻译——以译者主体性发挥为视角[J]. 名作欣赏,2017(03):162-164.

30. 方耀.《百年孤独》的魔幻现实主义解析——兼论其对中国当代文学的影响[J]. 淮海工学院学报(人文社会科学版),2017(02):49-52.

31. 杜克洁. 叙事的张力与文本的深意——再解读莫言《白狗秋千架》[J]. 菏泽学院学报,2017(01):49-53.

32. 李晓燕.《丰乳肥臀》中母亲形象创作原型探源[J]. 文艺争鸣,2017(02):173-180.

33. 张越. 文学翻译中译者主体性的彰显——以莫言《红高粱家族》葛浩文英译本为范例[J]. 成都大学学报(社会科学版),2017(01):90-95.

34. 郭荣荣. 论莫言生命力的刻画——小说集《学习蒲松龄》解读[J]. 牡丹江大学学报,2017(02):44-46.

35. 訾西乐. 苦难与温情——论莫言小说的乡土叙事[J]. 美与时代(下),2017(02):103-104.

36. 单伟龙. 基于语料库的葛浩文习语翻译研究——以《红高粱家族》和《变》为个案[J]. 外语电化教学,2017(01):83-89.

37. 任一江.《檀香刑》的"声音系统"研究[J]. 三明学院学报,2017(01):66-70.

38. 张嘉星. 莫言《蛙》中"姑姑"人物形象分析[J]. 延边教育学院学报,2017(01):15-18.

39. 程光炜. 从田野调查到开掘——对 80 年代文学史料问题的一点认识[J]. 中国现代文学研究丛刊,2017(02):57-71.

40. 唐小林. 莫言的一锅"乱炖"[J]. 文学自由谈,2017(01):64-76.

41. 武光军. 葛浩文英译《红高粱》中的创造性搭配及其跨语言翻译研究[J]. 北京第二外国语学院学报,2017(01):94-104+135.

42. 苏冬凉. 莫里森和莫言作品后现代写作手法对比初探[J]. 泉州师范学院学报,2017(01):70-74.

43. 杨红梅. 福克纳与莫言小说中的时间叙事特征[J]. 文艺评论,2017(02):76-83.

44. 刘欢. 精神分析视野下莫言小说中女性形象的审美观照——以《红高粱》《丰乳肥臀》《蛙》为视点[J]. 湖北科技学院学报,2017(01):68-73.

45. 李沛. 从"三美论"看葛浩文译《天堂蒜薹之歌》中的歌谣[J]. 潍坊学院学报,2017(01):18-22.

46. 贾宽涛. 论莫言小说创作与故乡的关系[J]. 长治学院学报,2017(01):38-40.

47. 甘露. 葛浩文的翻译诗学研究——以《红高粱家族》英译本为例[J]. 上海翻译,2017(01):21-26.

48. 李梦洋. 论莫言的饥饿情结[J]. 现代语文(学术综合版),2017(02):58-59.

49. 王红丽,吕颖. 论《檀香刑》中暗含的暴力美学因素[J]. 现代语文(学术综合版),2017(02):62-64.

50. 张佳雨. 论莫言小说《蛙》男权的削弱[J]. 文学教育(上),2017(02):52-53.

51. 周红怡. 简论"畅销书排行榜"对读者阅读的影响[J]. 今传媒,2017(02):126-128.

3 月

52. 郭艳秋. 莫言作品英文译者的"再创作者"身份初探[J]. 扬州教育学院学报,2017(01):12-15.

53. 董勋,段成. 葛译莫言小说民俗文化英译研究——基于文化传真的视角[J]. 当代外语研究,2017(02):82-87.

54. 李昱洁. "审丑"视角下的中俄小说研究——以索罗金及莫言小说为例[J/OL]. 北方文学(下旬),2017(02):18-20.

55. 曹东琴. 浅析《檀香刑》中的摹状修辞艺术[J]. 现代语文(语言研究版),2017(03):83-85.

56. 宋庆伟. 基于语料库的汉英句法形式化考察——以"莫言小说汉英平行语料库"中的物主代词为例[J]. 外语与翻译,2017(01):44-49.

57. 刘海清. 法兰西语境下的莫言文学[J]. 当代作家评论,2017(02):194-199.

58. 侯立兵. 也谈莫言《檀香刑》的生命权力叙事——兼与温泉先生商榷[J]. 文艺争鸣,2017(03):180-184.

59. 孙琪. 论语言前景化现象中的翻译策略——以《红高粱家族》中的色彩词翻译为例[J]. 齐齐哈尔师范高等专科学校学报,2017(02):45-47.

60. 沈倩.《蛙》语言特色分析[J]. 语文建设,2017(09):71-72.

61. 许多. 中国文学译介与影响因素——作家看中国当代文学外译[J]. 小说评论,2017(02):4-10.

62. 周银银. 代际差异与新世纪介入"中国现实"的长篇小说[J]. 小说评论,2017

（02）:38-46.

63. 庄爱华 . 传统视野与莫言的爱欲书写——以《红高粱家族》《丰乳肥臀》《檀香刑》为例[J]. 小说评论,2017(02):65-70.

64. 周蕾 . 莫言在 1985:"高密东北乡"诞生考[J]. 小说评论,2017(02):54-64.

65. 王萍 . 乡音环绕的"东北乡"——论莫言作品方言的语料价值[J]. 盐城工学院学报(社会科学版),2017,30(01):57-62.

66. 张敏 . 诺贝尔文学奖与中国现当代文学的发展——兼论鲍勃·迪伦获诺奖对当下文学的启示[J]. 辽宁教育行政学院学报,2017,34(02):101-105.

67. 毕坤,杜少华,胡丹丹 . "鲁迅文学遗产的传承"学术研讨会综述[J]. 济南大学学报(社会科学版),2017,27(02):151-156.

68. 许雪姣 . 论《红高粱家族》的艺术特质[J]. 成都理工大学学报(社会科学版),2017,25(02):95-98.

69. 蔡静平 . 无垠的创意——解放军艺术学院文学教育三十年[J]. 解放军艺术学院学报,2017(01):191-198.

70. 李秀芳 . 莫言作品中的动物叙事研究[J]. 河北能源职业技术学院学报,2017,17(01):14-16.

71. 王晴晴 . 莫言"丑角精神"与太宰治"丑角精神"之对比——基于《牛》和《人间失格》的解读[J]. 湖北函授大学学报,2017(05):172-173.

72. 杨旸 . 死而复生的转变仪式——《蛙》戏剧的意义分析[J]. 戏剧文学,2017(03):126-132.

73. 滕野 . 简析大江健三郎与莫言文学创作的异同[J]. 边疆经济与文化,2017(03):74-75.

74. 沈杏培 . "计划生育"的叙事向度与写作难度[J]. 社会科学,2017(03):164-173.

75. 韩晓楠,潘慧杰 . 数据库下的本源概念翻译模式分析——以莫言小说《丰乳肥臀》及其英译本为例[J]. 英语广场,2017(03):36-37.

76. 朱宏 . 罪与耻:莫言的《蛙》与库切的《耻》之比较[J]. 绥化学院学报,2017(03):59-61.

77. 陈雨 . 苏童和莫言笔下的英雄主义——以《米》和《红高粱家族》为例[J]. 才智,2017(07):229.

78. 赵丽丽 . 文学翻译中的误译现象研究——以莫言《生死疲劳》英译本为例[J]. 名作欣赏,2017(09):151-152+160.

79. 闵俊 . 中国文化"走出去"战略下的文学翻译——基于译介学视角[J]. 郑州航空工业管理学院学报(社会科学版),2017(01):97-100.

80. 赵文兰.《十三步》叙事艺术论[J]. 当代文坛,2017(02):69-73.

81. 陆涛. 莫言小说研究中的语图符号学方法[J]. 东方论坛,2017(01):29-35.

4 月

82. 赵敬鹏. 惩罚图像的语言再现——《檀香刑》新论[J]. 中国文学研究,2017(02):20-23.

83. 刘洪强. 历史与遮蔽——莫言《红耳朵》与《神嫖》的原型分析[J]. 中国文学研究,2017(02):110-114.

84. 符晓晓. 莫言小说翻译者葛浩文译者风格研究[J]. 赤峰学院学报(汉文哲学社会科学版),2017(04):94-96.

85. 丁小芝,武宁. "前景化"视角下《红高粱家族》方言变异及英译策略探析[J]. 重庆广播电视大学学报,2017(02):75-80.

86. 唐小林. 当代小说病象观察[J]. 长江文艺评论,2017(02):37-43.

87. 王书玮. 多维视角下的日本莫言文学阅读[J]. 外国文学动态研究,2017(02):37-43.

88. 袁茂萍. 浅析莫言小说中"我父亲"的形象[J]. 读与写(教育教学刊),2017,14(04):19+22.

89. 张元. "三元共生":日本的中国当代小说译介整理研究[J]. 齐齐哈尔大学学报(哲学社会科学版),2017(04):111-113.

90.《百年巨匠》国际宣传片启动向世界讲述中国故事[J]. 企业研究,2017(04):8.

91. 韦锦泽. 2016 年中国大陆当代文学外译研究一瞥[J]. 东方翻译,2017(02):28-34+53.

92. 林翠云,张箭飞. 嗅景与个人记忆的重建:以《生死疲劳》为例[J]. 中国现代文学研究丛刊,2017(04):183-193.

93. 王佳欢. 论莫言《枯河》的变异性[J]. 华北水利水电大学学报(社会科学版),2017(02):151-153.

94. 李红艳. 浅析川端康成对莫言文学的影响[J]. 湖北函授大学学报,2017(07):171-172.

95. 王俊忠. 莫言、苏童小说的乡土表达[J]. 黎明职业大学学报,2017(01):7-10.

96. 高慧雯.《红高粱》中的莫言创作心理探析[J]. 湖北工程学院学报,2017(02):48-51.

97. 汪珍. 生态女性主义视角下的莫言作品及译本解析[J]. 文化创新比较研究,

2017(11):31-32.

5 月

98. 贾丽萍. 对话经典与梳理历史——"经典作家与中国现当代文学"国际学术研讨会综述[J]. 鲁迅研究月刊,2017(05):92-96.

99. 辛璐,穆阳. 莫言《蛙》的生命追思——从文学作品中看我国计划生育的发展进程[J]. 山西农经,2017(10):45-46.

100. 左云超,宋庆伟. 后殖民翻译理论视域下《丰乳肥臀》英译本解读[J]. 牡丹江教育学院学报,2017(05):12-14.

101. 王晓燕. 论莫言《红高粱》系列小说的特征[J/OL]. 北方文学(下旬),2017(05):258-259.

102. 郭圣龙. 论莫言小说《丰乳肥臀》的多元艺术风格[J]. 安徽文学(下半月),2017(05):30-31.

103. 祝志满. 论诺贝尔文学奖新变下中国文学的发展动向[J]. 牡丹江大学学报,2017,26(05):54-56.

104. 韩继磊. "莫言与中国当代文学经典化"学术研讨会暨潍坊学院"莫言研究中心"成立大会在潍坊召开[J]. 山东师范大学学报(人文社会科学版),2017,62(03):157.

105. 许宗瑞. 莫言作品的国外读者评论——基于亚马逊网站莫言作品英译本"用户评论"的研究[J]. 燕山大学学报(哲学社会科学版),2017,18(03):43-50.

106. 柴鲜.《黑书》与《酒国》:"奇妙的巧合"[J]. 小说评论,2017(03):59-64.

107. 徐玉松. 酒文化的批判与反思:论《酒国》[J]. 小说评论,2017(03):65-69.

108. 任美衡,葛佳宁. 莫言小说与当代文学教育新问题、新思考[J]. 小说评论,2017(03):91-96.

109. 李洱. 思维的精微或鲁迅传统的一翼[J]. 小说评论,2017(03):13-14.

110. 杨丹宇. 文学翻译中译者地位与译者素养的思考[J]. 前沿,2017(05):99-103.

111. 张洪波,韩传喜. 心灵胎记与文学超越——莫言散文的"故乡意象"与艺术传达[J]. 求是学刊,2017(03):120-126.

112. 韩雪梅. 论莫言获奖的提振"核力"[J]. 吉林省教育学院学报,2017,33(05):164-167.

113. 王洪岳. 从讽刺到反讽——莫言对鲁迅创作手法和观念的继承与发展[J]. 浙江师范大学学报(社会科学版),2017,42(03):36-43.

114. 胡辰辰. 论莫言《生死疲劳》的美学张力[J]. 西南交通大学学报(社会科学版),

2017(03):42-46.

115. 谢尚发. 莫言的"红萝卜故事"——《透明的红萝卜》文本内外[J]. 东吴学术，2017(03):131-143.

116. 滕野. 浅析莫言"文学的王国"中的日本表现[J]. 黑龙江教育学院学报，2017(05):107-109.

117. 杨超高. 鲁迅与莫言文学创作思想比较研究[J]. 山东理工大学学报（社会科学版），2017(03):62-67.

118. 刘著妍.《生死疲劳》译本中的叙事聚焦重构[J]. 成都理工大学学报（社会科学版），2017(03):99-102.

119. 先敏. 论《檀香刑》的第一叙述者[J]. 传播与版权，2017(05):125-127.

120. 张岩，梁耀丹，何珊. 中国文学图书的海外影响力研究——以近五年（2012—2016年）获国际文学奖的作家作品为视角[J]. 出版科学，2017(03):107-113.

121. 方雯. 从福柯的话语权力理论看小说《蛙》的反思色彩[J]. 四川劳动保障，2017(S1):47-49.

122. 解殿双. 自虐·自嘲·自省——莫言作品审美意象解析[J]. 哈尔滨师范大学社会科学学报，2017(03):119-121.

123. 张蕴华.《天堂蒜薹之歌》的叙事技巧分析[J]. 艺术科技，2017(05):184+232.

124. 王光东. 新世纪小说创作中的"地方经验"问题[J]. 社会科学，2017(05):165-171.

125. 董凤霞. 从《丰乳肥臀》英法译本中的信息凸显再论译者的"忠"与"不忠"[J]. 兰州文理学院学报（社会科学版），2017(03):110-115.

126. 胡铁生，王晶芝. 语言学转向对文学话语确定性的影响——以莫言小说的文学话语为例[J]. 河南师范大学学报（哲学社会科学版），2017(03):114-120.

127. 江南，岳德华. 从葛浩文英译看莫言前景化语言翻译得失[J]. 北华大学学报（社会科学版），2017(03):9-14+2.

128. 曹金合. 论莫言八九十年代小说语句的极限式实验色彩[J]. 北华大学学报（社会科学版），2017(03):15-22.

129. 崔锋娟. 莫言小说的形式艺术特征分析[J]. 四川文理学院学报，2017(03):97-100.

130. 徐慢. 言语行为理论视角下《红高粱家族》人物对话的英译分析[J]. 海外英语，2017(07):131-132.

131. 孙宇. 文化翻译视域下葛浩文对莫言小说英译的启示[J]. 学习与探索，2017(05):169-175.

132. 米家路,原蓉洁.重返原乡:张承志、莫言与韩少功小说中的道德救赎[J].当代文坛,2017(03):66-70.

6 月

133. 张继光.仅仅是译者吗?——葛浩文多重身份研究[J].民族翻译,2017(02):41-47.

134. 杨匡汉.莫言的聊斋[J].中华文化论坛,2017(06):61-68+191.

135. 郭玉洁,靳明全."单一神话"视域下对《生死疲劳》的解读[J].当代文坛,2017(04):96-99.

136. 王森正.论莫言《挂像》中的视角和话语[J/OL].北方文学(下旬),2017(06):14-15+25.

137. 黄佳.灵与欲的交错——解读《透明的红萝卜》的隐喻色彩[J].美与时代(下),2017(06):69-73.

138. 何元媛.葛浩文英译莫言小说的发展变化——以《红高粱》《酒国》《生死疲劳》为例[J].现代语文(语言研究版),2017(06):154-157.

139. 江志全.莫言作品在韩国的译介、传播与接受[J].当代韩国,2017(02):104-113.

140. 陈定家.探寻网络文学健康发展之路——兼论网络文艺价值导向的几个问题[J].创作与评论,2017(12):4-15.

141. 王宇弘.论葛浩文的层级式文化翻译策略——读莫言《檀香刑》译本[J].双语教育研究,2017(02):46-54+2.

142. 宋沈黎.莫言《丰乳肥臀》中的性别建构与操演[J].关东学刊,2017(06):25-32.

143. 杨阳.铁肩担道义妙手著文章——对莫言作品研究热的反思[J].安徽水利水电职业技术学院学报,2017(02):80-83.

144. 董首一.传统文论:当代文学研究中的新维度[J].江西社会科学,2017(06):115-121.

145. 胡密密.《生死疲劳》小说中乡土语言的杂合翻译——以"第三空间"理论为视角[J].昌吉学院学报,2017(03):65-69.

146. 王兴文.文学如何讲述历史——《红高粱》:虚幻现实主义的源头、方法及立场[J].海南师范大学学报(社会科学版),2017(03):26-31.

147. 喻晓薇.从福克纳、加西亚·马尔克斯走向蒲松龄——莫言小说创作与《聊斋志异》的关系[J].海南师范大学学报(社会科学版),2017,30(03):32-38.

148. 张意薇,陈春生. 锚与舵的伦理——《静静的顿河》与《丰乳肥臀》中的政治选择及命运归属[J]. 海南师范大学学报（社会科学版）,2017(03):39-43.

149. 周晓梅. 试论中国文学外译中的认同焦虑问题[J]. 外语与外语教学,2017(03):12-19＋146.

150. 全国"莫言与中国当代文学经典化"学术研讨会暨潍坊学院"莫言研究中心"成立大会[J]. 潍坊学院学报,2017(03):2.

151. 王恒升. 在历史和现实之间辗转腾挪——论莫言的长篇小说创作[J]. 潍坊学院学报,2017(03):14-20.

152. 冯全功. 中国当代小说中的概念隐喻及其英译评析——以莫言、毕飞宇小说为例[J]. 外语与外语教学,2017(03):20-29＋146-147.

153. 孙伟红,王培芝.《丰乳肥臀》上官鲁氏母性形象的再解读[J]. 潍坊学院学报,2017(03):21-23.

154. 尹洪山. 从莫言作品的海外传播看东西方文化的认同构建[J]. 青岛科技大学学报（社会科学版）,2017(02):58-62.

155. 杨阳. 小说《生死疲劳》荒诞背后的真实解读[J]. 重庆科技学院学报（社会科学版）,2017(06):67-68＋82.

156. 潍坊学院"莫言研究中心"简介[J]. 潍坊学院学报,2017,17(03):121.

157. 杨欢. 解读莫言小说中女性形象的独特塑造[J]. 教育观察（上半月）,2017(11):141-142.

158. 王晴晴,徐凤.《透明的红萝卜》中比喻修辞日译特点[J]. 滨州学院学报,2017(03):69-74.

159. 丁宁. 盲人之歌——浅析《天堂蒜薹之歌》[J]. 名作欣赏,2017(18):42-43＋79.

160. 赵牧. 革命话语的情色重构——论新时期以来"革命重述"中的情色叙事[J]. 文艺研究,2017(06):16-25.

161. 陈莉. 黑孩是莫言双重世界的自画像[J]. 社会科学论坛,2017(06):107-113.

7 月

162. 巴晓岩. 谈莫言的《酒国》在俄罗斯的传播、接受及成因[J/OL]. 北方文学（下旬）,2017(07):113-114.

163. 陈云光,吴凌燕. 激励后人"健康前行"[J]. 职业教育（下旬刊）,2017(07):32-33.

164. 孟宇,王军平,齐桂芹.《红高粱家族》葛浩文译本中的翻译杂合解析[J]. 当代外语研究,2017(04):90-94.

165. 田耘,甘露.《红高粱家族》的跨文化传播研究[J]. 肇庆学院学报,2017(04):28-30+42.

166. 赵亚珉,郭苏兰. 葛浩文莫言作品英文翻译批评评述[J]. 现代语文(语言研究版),2017(07):153-155.

167. 李晓燕.《丰乳肥臀》中马洛亚牧师创作原型探源[J]. 当代作家评论,2017(04):128-136.

168. 张依. 霍米·巴巴后殖民理论对中国文学"走出去"的启示——以莫言作品为例[J]. 戏剧之家,2017(14):248-250.

169. 宋雨桐,陈礼鹏. 汉语隐性冲突话语中的语用修辞研究[J]. 戏剧之家,2017(14):268-269.

170. 史海静,刘婧. GeneralViewonChinglish[J]. 海外英语,2017(14):105-106.

171. 刘旭. 东方化文学与新世纪中国文学的未来——以莫言和赵树理为例[J]. 天津师范大学学报(社会科学版),2017(04):26-30+71.

172. 黄德海. 地狱焰火中的幽微良知——莫言的三个中篇兼及《檀香刑》[J]. 创作与评论,2017(14):13-19.

173. 顾江冰. 寻根、重述历史和"经典"--从域外博士学位论文对莫言研究现状谈起[J]. 石家庄学院学报,2017,19(04):39-43+46+44-45.

174. 王佳都. 莫言小说《白狗秋千架》中的人物形象意义分析[J]. 绵阳师范学院学报,2017,36(07):130-134.

175. 俞敏华."滔滔不绝"的俗世喧嚣——莫言小说论兼及"乡土"叙事姿态的文学史考察[J]. 华东师范大学学报(哲学社会科学版),2017(04):36-43+161.

176. 赵璐. 童年的呐喊:莫言童年记忆与苦难书写的创作立场[J]. 湖北文理学院学报,2017(07):58-61.

177. 赵璐. 罪与罚的生命诘问——论《蛙》的"罪"与"忏悔"[J]. 浙江万里学院学报,2017(04):78-82.

178. 贾璐. 一曲《红高粱》,一吟一断肠——《红高粱》创作追记[J]. 当代戏剧,2017(04):61-62.

179. 阎浩岗. 论莫言小说的颠覆式书写[J]. 名作欣赏,2017(19):75-80.

180. 滕野. 论川端康成对莫言文学的影响[J]. 大庆师范学院学报,2017(04):121-123.

181. 沈家豪,吴若昕. 汉英翻译过程中译者主体性的研究——以葛浩文对莫言作品《蛙》的翻译为例[J]. 海外英语,2017(13):116-117+137.

182．詹斌．朗读与朗读者[J]．青海党的生活,2017(07):46.

183．马汉广．新时期文学全球化发展与自主创新的里程碑——评胡铁生教授的《全球化语境中的莫言研究》[J]．学术交流,2017(07):223.

184．周立宇．切入朗读追问——苏教版新增课文《卖白菜》生态教学实录[J]．语文知识,2017(13):21-25.

185．张学军,郝伟栋．论《十三步》叙述分层中的荒诞意识[J]．山东社会科学,2017(07):75-81.

186．罗伯特·W.罕布林,李萌羽,杨燕．国际化的福克纳——兼与苏童、沈从文、莫言、余华创作比较[J]．东方论坛,2017(03):48-54.

187．曹金合．论莫言20世纪八九十年代小说语义的极限实验色彩[J]．东方论坛,2017(03):63-68.

188．王金胜．"崇高"的解构与重构——莫言文学与中国现代经典崇高美学传统[J]．东方论坛,2017(03):55-62.

189．曹金合．莫言八九十年代小说高密味方言寻踪[J]．枣庄学院学报,2017,34(04):66-74.

8月

190．孙丹萍．从"求同"到"存异":卡森·麦卡勒斯与中国作家的比较研究综述[J]．山东外语教学,2017,38(04):71-77.

191．刘芊芊．莫言作品的民间化叙述视角[J]．中华文化论坛,2017(08):160-163.

192．陈曦．法国视阈中的中国当代文学[J]．当代文坛,2017(05):70-74.

193．刘堃．福克纳和莫言:狂欢化叙事的构建与阐释[J]．求索,2017(08):141-145.

194．赵婧先．一捧赤子之心——读《红高粱家族》有感[J/OL]．北方文学(下旬),2017(08):26.

195．陶倩影．论莫言《蛙》的疼痛性书写[J]．遵义师范学院学报,2017(04):69-71+82.

196．洪治纲．论文学的不可通约性[J]．文艺争鸣,2017(08):1-3.

197．王雪颖．对"心灵沉沦"的"形而上的反抗"——莫言小说的哲理内蕴阐释[J]．文艺争鸣,2017(08):139-143.

198．姜智芹．《今日世界文学》与当代小说在英语世界的传播[J]．外国语文,2017(04):82-91.

199．夏云．精神分析与莫言笔下的女性形象[J]．文化学刊,2017(08):71-73.

200．张瑛．莫言《红高粱》的语言艺术[J]．文化学刊,2017(08):74-75.

201. 柴鲜．莫言《酒国》的记忆叙事[J]．贵州大学学报（社会科学版），2017(04)：167-172.

202. 郭晴云．《天堂蒜薹之歌》：多重视角下的现实人生[J]．潍坊学院学报，2017(04)：4-7＋19.

203. 韩彬．山东社科论坛"莫言与中国当代文学经典化"学术研讨会会议综述[J]．潍坊学院学报，2017(04)：1-3.

204. 张惠莉．莫言小说认知范式探微——以《檀香刑》《生死疲劳》《蛙》为例[J]．黑龙江工业学院学报（综合版），2017(08)：134-137.

205. 莫言出席汕头大学2017年毕业典礼[J]．华文文学，2017(04)：2.

206. 张曼．莫言《丰乳肥臀》中绿色色彩词的应用分析[J]．开封教育学院学报，2017(08)：32-33＋155.

207. 曾景婷．中国文学"走出去"之译介模式再思考——兼谈葛浩文英译《生死疲劳》[J]．淮阴工学院学报，2017(04)：31-35.

208. 李军辉．文学经典影视改编中的审美嬗变——以《红高粱》为例[J]．中州学刊，2017(08)：159-163.

209. 周领顺，丁雯．汉语"乡土语言"英译的译者模式——葛浩文与中国译者对比视角[J]．北京第二外国语学院学报，2017(04)：2-12＋128.

210. 李晓玲．葛浩文英译《红高粱》中的改写现象[J]．济南职业学院学报，2017(04)：112-114.

211. 紫茵．千头万绪一场戏——听民族歌剧《檀香刑》首演有感[J]．歌剧，2017(08)：15-18.

212. 李艾媛．莫言文学作品手法研究[J]．农家参谋，2017(16)：270-271.

213. 王厚平．美学视角下探析《红高粱家族》的比喻英译研究[J]．疯狂英语（理论版），2017(03)：174-175.

214. 张灵，罗欣．小说话语与法学视野   以莫言两篇小说中的公共领域问题书写为例[J]．北京科技大学学报（社会科学版），2017(04)：69-77.

215. 王厚平．基于接受美学角度探究葛浩文如何把握莫言作品的艺术魅力及翻译策略——以《酒国》为例[J]．海外英语，2017(15)：109-110.

216. 林碧玉，穆阳．莫言小说《红高粱》的语言艺术特色探究[J]．产业与科技论坛，2017(15)：174-175.

9 月

217. 张意薇，陈春生．锚与舵的伦理：略议《静静的顿河》与《丰乳肥臀》中的政治选择及命运归属[J]．科教文汇（下旬刊），2017（09）：157-160.

218. 赵鑫．《我弥留之际》与《丰乳肥臀》的比较研究[J]．北京印刷学院学报，2017（05）：193-194＋66.

219. 石金莉．莫言小说《蛙》中的语言偏离现象[J]．牡丹江大学学报，2017（09）：126-127.

220. 曾辉．从跨文化阐释的角度对比《中国哲学简史》与《生死疲劳》的翻译[J]．河北工程大学学报（社会科学版），2017（03）：76-78.

221. 孙俊杰，张学军．莫言小说中的创世纪神话[J]．山东师范大学学报（人文社会科学版），2017（05）：11-20.

222. 廖四平．时代及社会的敌人——论《丰乳肥臀》的批判性[J]．当代作家评论，2017（05）：144-149.

223. 姬志海．莫言长篇小说的悲剧性研究[J]．当代作家评论，2017（05）：150-158.

224. 姜智芹．莫言作品中的外国人形象[J]．当代作家评论，2017（05）：159-164＋170.

225. 秦晓梅．《生死疲劳》英译策略研究[J]．语文建设，2017（27）：60-61.

226. 袁寒英．《红高粱家族》的语言意蕴与创造性思维[J]．语文建设，2017（27）：48-49.

227. 曾小峰．操控论视角下葛浩文翻译选材研究[J]．长春师范大学学报，2017（09）：78-80＋96.

228. 孙俊杰，张学军．莫言小说中的鬼话人情[J]．小说评论，2017（05）：95-102.

229. 巩晓悦．论莫言、陈忠实、阿来小说中梦的叙述[J]．小说评论，2017（05）：103-108.

230. 姬志海．"后诺奖"时期莫言小说研究的瓶颈和路径——兼及莫言研究的分期问题与刘广远、王敬茹商榷[J]．社会科学动态，2017（09）：55-61.

231. 张晓鹏，黄开勤．论《生死疲劳》的叙述视角[J]．襄阳职业技术学院学报，2017（05）：130-133.

232. 蒋爱玲．莫言文学作品的语言特点及作用分析[J]．佳木斯职业学院学报，2017（09）：101.

233. 齐金花．莫言的幻觉现实主义形成及其本土化建构[J]．江苏社会科学，2017（05）：202-207.

234．赵倩,陈少锋．实验性质的写作创新探求——论余华、莫言小说中戏仿手法的运用[J]．陕西学前师范学院学报,2017(09):108-112．

235．武沂冬．浅析歌剧《檀香刑》的成功改编[J]．当代戏剧,2017(05):19-21．

236．张瑞英．"感物"与"感悟"——论莫言创作中的感觉与悟性[J]．齐鲁学刊,2017(05):140-149．

237．周文慧．"十七年文学"对莫言小说创作的影响[J]．齐鲁学刊,2017(05):150-154．

238．周卫忠,宋丽娟．复调理论与生存世界的主体间性——从巴赫金诗学看莫言小说的复调叙事[J]．齐鲁学刊,2017(05):155-160．

239．邵彤．莫言作品中的汉语情感隐喻[J]．哈尔滨师范大学社会科学学报,2017(05):125-128．

240．王悦晖．浅谈《檀香刑》中人性的光辉与卑污[J]．名作欣赏,2017(26):105-106．

241．王凤语．以荣格原型理论解读莫言《蛙》中的姑姑形象[J]．太原学院学报(社会科学版),2017(04):73-76．

242．王梦瑶．弗洛伊德精神分析理论视域下昆丁与永乐自杀的对比解读[J]．六盘水师范学院学报,2017(04):54-57＋61．

243．彭秀坤．莫言小说含魅叙事的东夷文化基因[J]．天府新论,2017(05):134-140．

244．肖向明．重勘"民间—历史"现场——论新时期小说的"民间信仰"叙事[J]．中国文化研究,2017(03):105-117．

10 月

245．柴鲜．嵌入文本迷宫的隐喻:比较帕慕克《黑书》和莫言《酒国》[J]．南华大学学报(社会科学版),2017(05):103-109．

246．孙国亮,李斌．中国现当代文学在德国的译介研究概述[J]．文艺争鸣,2017(10):102-109．

247．陈心哲．莫言英译作品海外传播环境分析[J]．安徽文学(下半月),2017(10):4-6．

248．陈瑶．《蛙》的悖论叙事[J]．语文学刊,2017,37(05):113-118．

249．韩继磊．对现实人生的深层透视——解读莫言小说《欢乐》[J]．潍坊学院学报,2017(05):20-24．

250．戴筱筱,丛新强．《生死疲劳》的罪感书写[J]．潍坊学院学报,2017,17(05):25-28．

251. 魏家文. 莫言《四十一炮》中的乡村书写及其意义[J]. 贵州大学学报（社会科学版）,2017(05):146-149.

252. 刘聪聪,赵海萍. 从接受美学角度看小说政策性语言的翻译策略——莫言《蛙》葛浩文译文评析[J]. 现代语文（语言研究版）,2017(10):155-157.

253. 孙志鸿,张澳川. 歌剧《檀香刑》中的传统文化基因[J]. 人文天下,2017(20):24-26.

254. 张红.《红高粱家族》文学创作解读[J]. 语文建设,2017(30):55-56.

255. 何永康. 段子手"莫言"[J]. 文学自由谈,2017(05):137-140.

256. 戴松林,翟晶晶. 风景描写:川端康成《雪国》通往莫言《白狗秋千架》的桥梁[J]. 佳木斯大学社会科学学报,2017(05):118-122.

257. 程宁,王达敏. "忏悔"、"语境"和灵魂写作的局限性——对莫言小说《蛙》的再解读[J]. 合肥工业大学学报（社会科学版）,2017(05):66-73+102.

258. 张惠莉. 论莫言小说《檀香刑》中的"身体言说"[J]. 郑州航空工业管理学院学报（社会科学版）,2017(05):81-86.

259. 王素丹. 葛浩文英译《红高粱》误读误译现象分析[J]. 衡阳师范学院学报,2017(05):128-133.

260. 谢天振,朱振武. 让"影子部队"登上世界文学舞台的前台——谢天振、朱振武在上海书展上的对话[J]. 东方翻译,2017(05):4-9+2.

261. 张剑. 译介与出版的双重过滤和诠释——谈莫言文学作品在日本的传播[J]. 出版科学,2017(05):37-41+45.

262. 楼宇. 中国对拉美的文化传播:文学的视角[J]. 拉丁美洲研究,2017(05):31-44+155.

263. 张卫国. 莫言文学作品出版、翻译与著作权保护[J]. 社会科学家,2017(10):146-150.

264. 丛新强. 文化自信·中国故事·全球化——记"莫言与中国文化自信"学术研讨会[J]. 中关村,2017(10):84-87.

265. 王怀瑞,席汇东,高瑞泽. 父亲告诫莫言常怀谦和之心[J]. 中国纪检监察,2017(19):64.

11 月

266. 谭鼎莎. 从《檀香刑》的看客形象探析莫言对鲁迅的继承和超越[J]. 牡丹江教育学院学报,2017(11):6-8+33.

267. 王裔君．莫言作品中的"东方主义"现象及反思[J]．山西财经大学学报，2017（S2）：86-87＋92.

268. 巩晓悦．莫言小说的幻觉叙事研究[J]．当代作家评论，2017（06）：132-138.

269. 张保华．面向本土经验的一个文学创制：论莫言小说《檀香刑》的戏剧化[J]．广西师范学院学报（哲学社会科学版），2017（06）：35-39.

270. 黄怀军．莫言小说中的尼采式主题：影响还是契合？[J]．文艺争鸣，2017（11）：101-106.

271. 肖向明．魔幻传奇：论新时期小说"民间信仰"书写的审美趋向[J]．学术研究，2017（11）：153-159.

272. 冯全功．葛浩文翻译策略的历时演变研究——基于莫言小说中意象话语的英译分析[J]．外国语（上海外国语大学学报），2017（06）：69-76.

273. 廖素云，冯琰．从认知隐喻视角小议《丰乳肥臀》中的明喻翻译[J]．湖北民族学院学报（哲学社会科学版），2017（06）：179-183.

274. 汪珍．莫言小说中的生态伦理翻译研究——以葛译本《丰乳肥臀》为例[J]．兰州教育学院学报，2017（11）：155-156.

275. 蒋明智，黄震宇．民间立场与人性救赎——莫言小说《蛙》的民俗意蕴[J]．文化遗产，2017（06）：95-103.

276. 王晓梅，高红霞．主题书写的相似——福克纳对中国新时期家族小说的影响[J]．甘肃高师学报，2017（11）：19-21.

277. 翟瑞青．基于生命体验的自由表达——莫言小说语言缘起[J]．北方论丛，2017（06）：65-69.

278. 黄大军．空间与地方：莫言剧本《锦衣》的文化政治解读[J]．当代戏剧，2017（06）：22-24.

279. 柴鲜．符号化的"食婴"记忆——莫言《酒国》的文化命题[J]．陕西师范大学学报（哲学社会科学版），2017（06）：108-116.

280. 郭元鹏．别让"写作神器"与莫言们抢饭碗[J]．青年记者，2017（31）：57.

281. 张志忠．如何讲述当代中国的神奇故事——与李建军论莫言与诺奖[J]．中国政法大学学报，2017（06）：132-145＋161.

282. 郭洪雷．论莫言小说的动物修辞[J]．中国政法大学学报，2017（06）：146-157＋161.

283. 张清媛，卓光平．傻子的眼睛与陌生的效果——论《檀香刑》中小甲的话语视角[J]．名作欣赏，2017（32）：36-38.

12 月

284. 黄婕. 论中国当代小说中的人体物化变形叙事[J]. 闽南师范大学学报（哲学社会科学版），2017（04）:18-23.

285. 韩文瑛. 从文体学视角分析《檀香刑》中暗喻及其英译[J]. 淄博师专学报，2017（04）:64-67.

286. 张婧冉. 用批判性话语分析方法析莫言的《天堂蒜薹之歌》[J]. 广播电视大学学报（哲学社会科学版），2017（04）:59-64.

287. 刘霞云. 无"体"之体:论90年代以来长篇小说文体探索新趋向[J]. 河北科技大学学报（社会科学版），2017（04）:64-71.

288. 吴金娇. 被扭曲的女性——论《丰乳肥臀》中的女性失语[J]. 昭通学院学报，2017（06）:97-100＋105.

289. 张涵，岳静. 莫言小说《蛙》中的地方性谚语[J]. 现代语文（语言研究版），2017（12）:99-101.

290. 吴维燕. 苦难书写·生命呈现·人性考验——莫言《丰乳肥臀》中"饥饿"的主题意义[J]. 苏州教育学院学报，2017（06）:60-63.

291. 王椰林. 在严肃与戏谑中轮回——分析莫言长篇小说《生死疲劳》的玄真风格[J]. 湖北广播电视大学学报，2017（06）:58-62.

292. 姜智芹. 英语世界中国当代小说的译介与研究[J]. 国际汉学，2017（04）:41-54＋202.

293. 张舸. 冷暖人生伪善人性——评莫言小说《白狗秋千架》人性的蜕变[J]. 阿坝师范学院学报，2017（04）:73-75.

294. 顾江冰，江涛. "百年中国乡土文学经验:从鲁迅到莫言"国际学术研讨会综述[J]. 关东学刊，2017（12）:139-145.

295. 刘法民. 论莫言文学的恶之美怪诞[J]. 北方工业大学学报，2017（06）:56-60＋94.

296. 郭芳丽. 虚构的真实:1980年代先锋作家真实观[J]. 海南师范大学学报（社会科学版），2017（06）:15-20.

297. 陈晓丹. 诗学形态作用下葛浩文的翻译改写——以《生死疲劳》的英译为例[J]. 长春工程学院学报（社会科学版），2017（04）:86-90.

298. 霍彦京. 阐释学视角下的译者主体性研究——以《生死疲劳》为例[J]. 佳木斯职业学院学报，2017（12）:329-330.

299. 刘延福. 浅析《丰乳肥臀》中的"长篇情怀"与"大悲悯"情怀[J]. 名作欣赏，2017

（35）：34-35.

300．周卫忠，汪子恒．莫言短篇小说乡土叙事的狂欢元素[J]．名作欣赏，2017(35)：142-145.

301．张志忠．寻找一种叙述腔调：以《丑兵》与《一件小事》为例——莫言与鲁迅的关联研究之一[J]．西南民族大学学报（人文社科版），2017(12)：176-179.

302．喻晓薇．莫言小说与明清英雄传奇小说传统[J]．西南民族大学学报（人文社科版），2017(12)：180-186.

303．马婧．"异常"以何重建主体性？——以权力为解释学的莫言小说考察[J]．西南民族大学学报（人文社科版），2017(12)：187-193.

304．王朱杰．现代性的"吁求"及其"后果"——从鲁迅的《狂人日记》到莫言的《酒国》[J]．西南民族大学学报（人文社科版），2017(12)：194-197.

305．张露．文学翻译中的文化误读现象分析[J]．海外英语，2017(23)：137-138＋144.

306．赵庭，单既玉，魏云东．以"微"促"效"，开创德育新模式——山东省高密市德育工作综述[J]．中国德育，2017(23)：58-61.

图书在版编目（CIP）数据

莫言研究年编.2017 / 张清华，赵坤主编.—北京：
北京师范大学出版社，2021.1
（莫言研究年编丛书）
ISBN 978-7-303-25741-6

Ⅰ.①莫⋯　Ⅱ.①张⋯ ②赵⋯　Ⅲ.①莫言－文学研
究－文集－2017　Ⅳ.① I206.7-53

中国版本图书馆 CIP 数据核字（2020）第032287号

莫言研究年编.2017
MOYAN YANJIU NIANBIAN. 2017

策划编辑：禹明超　责任编辑：李　志
美术编辑：王齐云　装帧设计：王齐云
责任校对：陈　民　责任印制：陈　涛

出版发行：北京师范大学出版社	开本：787mm×1092mm 1/16	版次：2021年1月第1版
印刷：北京玺诚印务有限公司	印张：19.75	印次：2021年1月第1次印刷
经销：全国新华书店	字数：410千字	定价：78.00元

北京师范大学出版社

http://www.bnup.com
北京市西城区新街口外大街 12-3 号
邮政编码：100088
营销中心电话：010-58805602
主题出版与重大项目策划部：010-58805385